柏林故事集
The Berlin Stories

克里斯多福. 伊薛伍德
Christopher Isherwood

劉霽 譯

目次

柏林最後列車

1

我的第一印象是這陌生人的雙眸呈不尋常的淡藍色。在那空白的幾秒間，我和他四目相對，而那雙眸空洞茫然，明明白白流露著恐懼。那雙受驚又帶著純真淘氣的眼睛，讓我依稀回想起某個難以明確述說的事件，某個發生在許久以前，跟中學教室有關的事。那是學童違反規定時驚嚇的眼神。我當然沒有逮到他正在做什麼壞事，只逮到他作賊心虛的神情：或許他幻想我會讀心術。總而言之，他似乎沒聽見或看見我穿過車廂來到他這頭，因為我的話音讓他嚇了一大跳。確確實實的一大跳。他神經質的反應如回音一樣打向我，使我本能地向後退了一步。

我們好似兩個在大街上迎面撞個正著的人，雙方都不知所措，都準備道歉認錯。我面露微笑，急著想安撫他，於是再次重複先前的問題：

「先生，不好意思，能借個火嗎？」

即便如此，他也沒有立刻回答。他顯然忙著進行某種快速心算，手指緊張兮兮地舞動，沿著背心一陣慌忙摸索。依那樣子，他可能要脫衣服，也可能要拔槍，或僅僅想確認身上的錢沒有被我扒走。隨後，那瞬間的不安如同雲絮從他目光中退去，留下一片清朗的藍天。他終於明白我要什麼

了。

「好的，好的。呃——沒問題。當然行。」

他說話時手指優雅地貼著左太陽穴，先咳了一聲，再驀然一笑。他的笑容極有魅力，但笑後露出了我見過最難看的牙齒。那牙就像一列碎石。

「沒問題。」他重複。「樂意之至。」

他一派優雅地操著食指和拇指，伸向那貌似昂貴的柔軟灰西裝，在背心的口袋中探尋，掏出一個金色酒精打火機。他的雙手白皙、嬌小，指甲修剪得齊整漂亮。

我請他一根菸。

「呃——謝謝。謝謝。」

「你先請，先生。」

「不、不，你請。」

打火機的微弱火焰在我倆間搖曳閃爍，如同我們過分矯情的謙恭創造出來的氣氛般稀薄易散。一口最輕的呼息即可撲滅那火，而一個稍顯輕率的姿勢或言詞即可摧毀那氣氛。現在兩根菸都點著了。我們各自坐回自己的角落。陌生人仍對我懷有戒心，不知是否越了界，害自己淪落到煩人精或

壞分子的手裡。他膽小而易受驚嚇的靈魂渴望歇息。而我呢？手邊沒有東西好讀的我，可以預見這將是一段完全沉寂的旅程，而且長達七或八小時。我決定開口說話。

「你知道我們什麼時候會抵達邊境嗎？」

我日後回想，並不覺得這問題有何不尋常。的確，我對答案沒什麼興趣，只是為了展開對話才隨口問問，完全無意打探或去招惹什麼。然而問題在那陌生人身上產生了非同小可的效果。我確實成功挑起了他的興趣。他瞥了我一眼，那眼神古怪而耐人尋味，表情則似乎僵硬了些。那是一位撲克牌玩家突然猜到對手拿到同花順時，必須小心應付的眼神。最後他回答了，緩慢且小心翼翼地說：

「我恐怕無法告訴你確切的時間。再一小時左右吧，我想。」

他的眼神茫然了片刻，再度蒙上陰影。某個不愉快的念頭似乎像隻馬蜂騷擾著他；他微微撇頭避開。然後，他出人意料以不耐的口吻補充道：

「這些邊界啊……真是麻煩死了。」

我不太確定這話該如何理解。心裡突然閃過一個念頭：他或許是個溫和的國際主義者，一個國

際聯盟協會*的成員。我大膽地煽風點火：
「真該全部廢掉才是。」
「非常同意。確實該廢掉。」
他的親切無庸置疑。他有個碩大渾圓的肉鼻子，似乎斜向一邊的下巴讓他的臉好像一組壞掉的六角形手風琴。他說話的時候，那下巴以極端怪異的方式歪曲抽動，邊旁令人驚異地裂現一道有如傷疤的深邃酒窩。他的臉頰老熟紅潤，其上的額頭卻冷硬蒼白，彷彿一塊大理石。剪得詭異的深灰色瀏海覆蓋於上，濃密、結實、厚重。觀察了一陣子之後，我才興致勃勃地發現他戴了假髮。
「尤其是——」我順水推舟。「這一大堆繁文縟節。護照查驗之類的。」
且慢，情況不妙。從他的表情看來，我馬上曉得自己不知怎地又敲出了不安的音符。我們說著相似卻截然不同的語言，不過這一次，陌生人的反應不是懷疑。他以略帶困惑的坦率和不加掩飾的好奇，開口問道：
「你自己在這裡遇過麻煩嗎？」

* The League of Nations Union。第一次世界大戰後國際聯盟成立，可視為今日聯合國的前身。國際聯盟協會則是依國際聯盟精神於英國成立的民間組織，致力於推動國際正義與永久和平的各項運動。

比起問題本身，我覺得他問問題的語氣更叫人覺得古怪。我用微笑隱藏我的不解。

「喔，不，正好相反。他們通常都懶得打開任何東西。至於護照，他們幾乎不太檢查。」

「你這麼說我就放心了。」

他一定從我臉上看出一些端倪，於是趕緊補充：「這聽起來或許很可笑，但我實在痛恨受到無謂的打擾。」

「當然，我完全明白。」

我咧嘴一笑，因為對他的舉止我剛理出了一個令人滿意的解釋。他老兄幹了一點無傷大雅的小走私，八成是準備送老婆的一塊綢布，或要給朋友的一盒雪茄。而現在，他開始感到害怕了。看他那身裝扮，他肯定富裕到足以負擔任何金額的稅款。有錢人總愛找些奇怪的樂子。

「這麼說來，你沒有從這裡越境過？」我覺得自己和藹可親、樂於助人、高人一等。我會鼓勵他，而要是事態急轉直下，也會提示他一些冠冕堂皇，能討好海關人員的的託詞。

「最近這幾年沒有。我通常途經比利時。出於種種因素，所以……」他再次顯得躊躇猶疑，並且嚴肅地搔著下巴，然後又好像被某樣事物喚醒似的，忽然意識到我的存在。「或許，我該自我介紹一下了。亞瑟．諾里斯，單身漢。還是該說，孤家寡人一個？」他焦慮地咯咯笑，隨後又慌慌張

張，高聲地說：「別起身了，拜託。」

我們相隔太遠，不起身就握不到手。我權且在座位上禮貌性地欠欠身。

「我是威廉．布萊德蕭。」我說。

「老天，你不會剛好是薩福克郡布萊德蕭家的人吧？」

「應該沒錯。大戰前我們住在伊普斯威奇*附近。」

「你說真的？沒開玩笑？我曾一度拜訪霍普．盧卡斯太太，還借住過她家。她在梅特拉克附近有間漂亮的房子。她結婚改姓前是布萊德蕭小姐。」

「那就對了，她是我姑婆艾格妮絲。她大約七年前過世了。」

「真的？老天，老天，真是個令人遺憾的消息……當然，我還很年輕的時候就認識她，而她那時已是中年婦女了。容我提醒，我現在說的可是一八九八年的事。」

這段期間我一直偷偷研究著他的假髮。我從來沒見過這麼假的假髮。假髮後腦勺的部分跟他的真髮梳攏在一起，可謂天衣無縫，但前端的分邊就露餡了。即便如此，跟邊防官相隔三四碼，應該

---

*英國薩福克郡首府。

還是可以通過檢查。

「哎呀呀。」諾里斯先生有感而發。「老天爺，這個世界可真小。」

「你應該沒見過我母親吧？或者我的叔父？那個艦隊司令？」

我現在認命地以為要開始玩牽關係的遊戲了。這種遊戲非但無聊，還相當耗神，而且可以持續好幾小時。一連串可輕易開啟的話頭已羅列在我的眼前：叔叔伯伯、阿姨嬸嬸、表兄弟姊妹、他們的婚姻和他們的財產、遺產稅、抵押貸款、房產銷售，然後話題再順勢轉到寄宿學校和大學，比較彼此對食物的評價，交換教師的趣聞軼事，討論著名的比賽及遠近皆知的論辯。我對該採取什麼腔調語氣一清二楚。

只是我萬萬沒想到，諾里斯先生似乎不想玩這個遊戲。他匆匆答道：

「恐怕沒有。沒見過。大戰之後，我跟英國的朋友多半失去了聯繫。工作的關係，我得常常往國外跑。」

「國外」兩字讓我們倆自然而然都望向了窗外。荷蘭正如飯後的夢鄉般帶著和緩的睡意悄悄滑過我們的視野：那是一片寧靜濕軟的風景，四周圍繞沿著堤防而行的電車。

「你對這國家熟嗎？」我問。自從注意到他的假髮，我發現自己不知何故就是無法對他冠上

「先生」這個敬稱。況且，若他戴假髮是為了讓自己看起來年輕點，那我如此執著於年紀上的差距，便是有失體貼，也不禮貌。

「我對阿姆斯特丹很熟。」諾里斯先生以一種緊張、鬼祟的姿態搔著下巴。這是他的習慣動作。他另一個習慣是擺出咆哮鬼臉般的大嘴，但那模樣不具凶暴的攻擊性，反而像頭籠中的老獅。

「沒錯，相當熟。」

「我很希望能到那兒一遊。那裡應該非常平靜祥和。」

「正好相反。我跟你保證，那絕對是歐洲最危險的城市。」

「你說真的？」

「沒錯。深愛阿姆斯特丹如我，也向來斷言它有三大致命缺陷。首先，屋子裡的階梯很多都太陡了，除非你是專業登山人士，否則那些樓梯可能會讓你爬到心臟病發或摔斷頸子。第二，滿街的人都在騎腳踏車。他們在城市裡橫行無阻，毫不在乎人命似地狂飆，而且顯然還把這當成一種榮耀。我今早才千鈞一髮地逃過一劫。而第三，就是那些運河。夏天，你也知道……極度不衛生。哎，髒死了。簡直無法用言語形容我受的那些苦。連續好幾個星期，我的喉嚨沒有一天不痛的。」

等到我們抵達本特海姆，諾里斯先生已將歐洲大部分主要城市的缺點都數落了一遍。我驚愕地發現他竟然去過這麼多地方。他曾在瑞典的斯德哥爾摩受風濕之苦，在立陶宛的考納斯得過風寒，在拉脫維亞的里加覺得百無聊賴，在波蘭的華沙遭受極端無禮的對待，又在塞爾維亞的貝爾格萊德找不到最愛的牙膏品牌。羅馬的蟲子惹惱了他，還有馬德里的乞丐、馬賽的計程車喇叭聲也是。在羅馬尼亞的布加勒斯特時，他跟當地的抽水馬桶過不去。君士坦丁堡*則讓他覺得物價昂貴又缺乏品味。只有巴黎和雅典這兩個城市讓他讚譽有加。尤其是雅典。雅典是他的心靈故鄉。

火車停了下來。蒼白壯碩的藍色制服男子們在月台上來回踱步，舉手投足間流露著一絲邊界車站官員那種暗藏險惡的悠閒氣息。他們跟獄吏沒有兩樣。感覺就像他們絕不會容許我們任何一人繼續前行。車廂走道遠端有個聲音迴盪著：「**護照檢查****。」

「我想——」諾里斯先生溫文儒雅地笑著對我說：「我難忘的美好回憶之一，就是花了好幾個早晨，在忒修斯神廟後面那些別緻的老街上徘徊。」

---

* 土耳其伊斯坦堡的舊稱。

** 原文常有直接引用德語之處，以不同字體標示，後文亦同。

他緊張得不得了，纖細白皙的手不斷玩弄著小指上的印戒，不安的藍眼隨時瞥向車廂走道。他的聲音惺惺作態：尖銳的聲調中有種做作矯情的歡樂，讓人聯想到戰前上流社會客廳喜劇中的角色。他說話的音量大到隔壁車廂的人都能聽見。

「人總會不經意就碰上一些令人著迷不已的小角落，比方一根矗立在廢物堆中的圓柱⋯⋯」

「護照檢查。請拿出護照。」

一名官員出現在我們的車廂門口。他的聲音讓諾里斯先生輕微但明顯地抖了一下。為了趕緊讓他鎮定下來，我急急忙忙遞上自己的護照。不過，就如我先前所提，那官員幾乎看也沒看。

「我要去柏林。」諾里斯先生邊說，邊掛起迷人的微笑奉上護照——太過迷人，簡直有點過頭了。官員沒有反應，只是哼了一聲，並且興味盎然地翻著護照內頁，接著走到外頭的通道，將護照高舉至窗戶的光線下。

「說起來也真奇怪——」諾里斯先生閒話家常似的對我說：「翻遍古典文學，竟然沒有一部作品寫到雅典的利卡貝托丘呢。」

我驚異不已地看著諾里斯先生：他的手指糾結抽搐，聲音勉力自持，光滑雪白的前額還浮現粒粒汗珠。如果這就是他先前所說的「無謂的打擾」，而如果每次犯點小規就得這般憂忡忐忑，也難

怪他會因為神經緊張而提早禿頭了。他帶著強烈的痛苦迅速朝通道瞥了一眼。另一名官員來到。那兩人背對我們，一起檢查那本護照。諾里斯先生顯然費了一番好大的心力，才保持住自己東拉西扯的閒談語氣。

「據目前所知，似乎是受到狼群的侵擾。」

護照現在落到另一名官員手上，而且他似乎要把護照帶走。他的同僚正在查閱一本閃亮的黑色小筆記本。他陡然抬起頭問道：

「你目前住在柯比赫街一六八號？」

那一刻，我以為諾里斯先生就要昏倒了。

「呃……對……是的……」

他就像隻遇到眼鏡蛇的鳥兒，無助而出神地死盯著訊問者。旁人或許會以為他即將被逮捕，然而，實際上，那官員僅僅在本子上做了註記，再度哼了一聲，便掉頭前往下個車廂。他的同僚將護照還給諾里斯先生，道了聲：「謝謝你，先生。」並禮貌地敬了個禮，就隨著那位官員離去。

諾里斯先生長長地嘆了口氣，一屁股跌坐在硬木椅上。有段時間他似乎連話都說不出口。他拿出一條白色絲質大手帕輕拭著額頭，小心地避免弄亂假髮。

「麻煩你行行好，開點窗吧。」他終於以虛弱的聲音說：「這裡怎麼一下子就變這麼悶呢？」

我趕緊照辦。

「還需要什麼嗎？」我問。「來杯水？」

他無力地拒絕我的提議。「你真好心……不用了。我應該過一會兒就沒事。我的心臟不比從前了。」他嘆了一口氣。「我老了。這種事我應付不來。這種四處奔波的生活……對我沒好處。」

「其實你不需要這麼心煩意亂。」在那一刻，我對他的關懷保護之情更勝先前。他如此輕易又危險地激發了我強烈的呵護慾望，而這慾望又左右了未來我倆之間所有的進退往來。「不過是一點小事，犯不著苦惱啊。」

「那叫一點小事！」他略顯可悲地高聲抗議。

「當然。不管怎麼說，那問題只消幾分鐘就解決了。那傢伙只不過把你和另一個同名同姓的人搞混了。」

「你真這麼認為？」他孩子氣地急於接受安慰。

「還有其他可能的解釋嗎？」

對此，諾里斯先生似乎不敢肯定。他懷疑地說：「這個嘛——呃——沒有吧。嗯，應該沒

有。」

「更何況，這種事屢見不鮮。還曾經有完全無辜的人被錯認成知名的珠寶大盜，被脫得精光搜身哩。想想，好險你沒碰到這種事！」

「真的！」諾里斯先生咯咯地笑。「光用想的，就夠我這薄臉皮紅了。」

我們都笑了。我很高興能成功地安撫他，但又不免想著，到時候海關檢查員來到，他又會落得什麼樣子。畢竟──若他果真如我所料走私了些小禮物──這才是讓他神經兮兮的真正原因。如果一點點護照的小誤會就讓他苦惱成這樣，那海關檢查員肯定會讓他心臟病發。我不知道該不該直截了當地提醒他，並建議他把東西藏在我的旅行箱裡，但見他如此樂而忘憂，對迫在眉睫的麻煩一無所覺的樣子，我就不忍心驚動他了。

我完全錯了。到了海關檢查的時候，諾里斯似乎樂在其中。他沒有顯露一絲不安，他的行李中也沒被查獲任何該課關稅的物品。他以流利的德語和檢查員開著一大瓶寇蒂香水的玩笑：「沒錯，就是我自己要用的，我可以保證。就算給我全世界我也不願捨棄它。在您手帕上來一滴吧？真的是芬芳又清新。」

終於全部結束了。火車緩緩地朝德國蜿蜒行進。餐車侍者穿過走道，敲響他的小鑼。

「現在呢，親愛的老弟——」諾里斯先生說：「謝謝你精神上寶貴的支持，但什麼言語都不足以形容我的感激之情，所以，在一場虛驚和千里跋涉之後，希望你能賞光讓我請你吃頓午餐。」

我道謝，並表示恭敬不如從命。

我們走進餐車，舒服地就座，接著諾里斯先生點了一小瓶白蘭地。

「我平常規定自己絕不在餐前喝酒，但偶爾不妨破例一下。」

侍者送湯上桌。他嚐了一口，又隨即喚來侍者，以略帶責備的語氣對他說話。

「想必你也會同意這裡面加了太多洋蔥吧？」他焦急地問。「我有個不情之請。我希望你能親自嚐嚐。」

「是的，先生。」侍者說。他忙得焦頭爛額，以致那聲遵從中帶著些微傲慢，還一把將湯盤掃走。諾里斯先生頗感惱火。

「你看到了嗎？他不肯嚐，不肯承認出了什麼錯。老天，有些人真是冥頑不靈！」

然而，過了一會兒，他就忘了自己對人性的這點小失望，非常認真地研究起葡萄酒單。

「讓我瞧瞧……來瞧瞧……準備來點德國白葡萄酒了嗎？可以？提醒你，那就像樂透喔。在火車上凡事都要做好最壞的打算。不過我說，就來冒個險吧，如何？」

德產白酒上桌，結果是正確選擇。諾里斯先生說他自從去年在維也納和瑞典大使的午餐餐會後，就沒嚐過這麼好喝的德國白酒。而且還能搭配他最愛的菜：腰子。「老天！」他興高采烈地評論道：「我真是胃口大開呀……如果你想吃烹理得最完美的腰子，就要去布達佩斯。那兒的腰子對我而言宛如天啟……不過我得說，這些也真的很美味，你不覺得嗎？真的相當美味。一開始我還以為吃到了噁心的紅椒，但那僅僅是我緊張過度的幻覺而已。」他喚來侍者。「麻煩你向主廚轉達我的讚賞好嗎？就說我要為這頓最出色的午餐向他致意。謝謝。好了，幫我拿根雪茄來。」雪茄送了上來；諾里斯先生將雪茄一支支端到鼻前聞了聞，又拿在拇指跟食指間掂了掂重量，最後選了托盤中最大的一支。「什麼？老弟，你不抽嗎？哎，你該來一支的。好吧，好吧，或許你有別的惡習。」

這個時候的他興致高昂，歡快無比。

「我得說年紀越大，就越懂得珍惜生活中的一些小小享受。一般而言，我旅行一定要坐頭等艙。向來值得。頭等艙的接待貼心多了。就拿今天來說吧。若非我坐的是三等車廂，他們絕對不敢騷擾我。在三等車廂等著一堆德國官員來找碴吧。『一群無名小卒』，是不是這麼說的？說得真好！對極了……」

諾里斯先生若有所思，安靜地剔了一會兒牙。

「我這一代所受的教養，是以美學的角度來看待奢華享受。但戰後，人們似乎改觀了。大家經常甘居下流，以粗鄙為樂，你不覺得嗎？有時候我自己也會有點罪惡感。隨處所見盡是失業和貧窮。柏林的情況很糟。唉，非常糟……想必你也清楚。我只能出點微薄之力，能幫就幫，但真是有如滴水入海。」諾里斯先生嘆著氣，用餐巾擦了擦嘴。

「瞧瞧我們現在，奢侈享受地乘車前行。社會改革分子一定會以此譴責我們，毫無疑問。但是，你想想，要是沒人來這餐車用餐，這些職員不全都同樣得去領失業救濟金了……老天，老天。如今一切都變得太複雜了。」

我們在動物園站道別。諾里斯先生卡在你推我擠的到站乘客之中，握著我的手好長一段時間。

「*再見*，老弟。*再見*。我不說別的，因為我希望我們很快就會再碰面。那段討人厭的旅程中，我若經歷了任何一點不快，也因為有幸結識你而完全釋懷了。我現在想問，你願不願意到我住處喝杯茶呢，就這禮拜找一天？禮拜六怎麼樣？這是我的名片。請務必賞光。」

我承諾會去。

2

諾里斯先生的公寓有兩扇前門，比鄰而立。兩扇門的門板上各有一組圓形窺孔、擦得明亮的球形門把，以及銅製門牌。左手邊的門牌刻著「亞瑟・諾里斯。私宅」，右手邊的則是「亞瑟・諾里斯。進出口」。

遲疑了一會兒後，我按下左手邊的門鈴。鈴聲響得嚇人，那音量肯定能響徹整層樓房。然而，一點動靜也沒有。屋內沒傳出任何聲響。我正打算再按鈴時，意識到有隻眼睛正透過門上的窺孔打量著我。那隻眼究竟在那兒看了多久，我並不清楚。我尷尬不已，同時也不確定是該瞪著那眼睛直到它退出窺孔，還是就假裝什麼都沒瞧見。我裝模作樣地檢視著天花板、地板、牆壁，然後鼓起勇氣偷偷瞥了一眼，想確認那眼睛是否已離去。還在那裡。惱怒之下，我乾脆轉身背對著門。將近一分鐘過去了。

最後，我還是轉了回來，卻是因為另一扇門——進出口那扇門打開了。一個年輕人站在門檻邊。

「諾里斯先生在嗎？」我問。

年輕人懷疑地打量著我。他有雙水汪汪的淡黃色眼珠，麥片粥色的皮膚上灑了一片斑斑點點。他的頭又大又圓，窘迫地接上胖嘟嘟的短小身軀，身上則穿著齊整的輕便西裝和漆皮鞋。我對他的外貌毫無好感。

「有預約嗎？」

「有。」我的語氣極其簡慢。

一瞬間，年輕人的臉上彎出諂媚的笑。「喔，是布萊德蕭先生吧？麻煩請稍候。」

接著，叫我吃驚的是，他就當著我的面關上門，再旋即從左手邊的門復現，側身讓我進屋。這舉動實在令人匪夷所思，尤其進屋後，我立刻發現所謂「私宅」和「進出口」的分野，不過只是一張掛在玄關的厚布幕。

「諾里斯先生要我向您轉達，他馬上就出來。」大頭年輕人邊說邊踮著漆皮鞋尖，優雅地踏過厚地毯。他說話輕聲細語的，彷彿怕被偷聽。他打開一間大客廳的門，僅以動作示意我坐下，之後便離開。

我獨自環顧四周，略感困惑。這裡的每樣東西，無論是家具、地毯、配色都講究品味，但整個房間就是古怪地缺乏個性，像是舞台上或高級家具店櫥窗裡的房間：精緻、昂貴、刻意。我原本預

期諾里斯先生所生活的空間會更富異國情調，或許有一些中國風的裝潢，搭配著金色或大紅色的龍之類的東西。那應該很合他的風格。

年輕人留門半敞著，而門外傳來他的聲音，大概正對著電話說：「客人到了，先生。」結果，我也聽得見諾里斯先生的回應，而且他的聲音甚至還要更清晰可聞。聲音就從客廳對面的一扇門後傳了過來。「喔，到了嗎？謝謝。」

我很想笑。這種小鬧劇多餘到近乎荒唐了。過了一會兒，諾里斯先生本人走進客廳，緊張地搓著指甲修剪齊整的雙手。

「親愛的老弟，真是榮幸啊！大駕光臨真讓寒舍生輝。」

他氣色不太好，我心想。他今天的臉色沒有那麼紅潤，黑眼圈也冒出來了。他坐在一張扶手椅上，但馬上又站了起來，好似沒有心情久坐。他應該換過一頂假髮了，因為這頂假髮和真髮的接合處顯眼得要命。

「你會想參觀一下房子吧，我猜？」他神經質地用指尖按著太陽穴。

「是啊，很想。」我笑著回答，同時感到困惑。諾里斯先生顯然在趕什麼。突然之間，他拉起了我的手肘，領著我往對面他剛現身的那扇門而去。

「我們先往這邊走，沒錯。」

但我們還走不到兩步，玄關就爆出話音。

「你不能進來。絕對不行。」是引我進屋的那位年輕人在說話。接著一道響亮而憤怒的陌生聲音回道：「胡說八道！他明明就在！」

諾里斯先生如受槍擊般驟然停步。「老天！」他低語，聲音幾不可聞。「老天！」他受猶疑與驚恐所困，靜立在房間中央，彷彿拚命地思索該往哪邊轉。他把我的胳膊握得更緊，但這力道並非尋求支持，僅是懇求我別作聲。

「諾里斯先生要到晚上很晚才回來。」年輕人不再語帶辯解，而是相當堅決。「你在這兒等只是浪費時間。」

他似乎移動了位置，就在房外，或許正擋住了客廳的入口。下一刻，客廳門被悄悄闔上，接著發出鑰匙轉動的喀擦聲響。我們被反鎖在房內了。

「他在那裡面！」陌生的聲音怒吼，又兇又響。接著是一陣糾纏拉扯的聲音，再來是砰的一聲，聽起來像是年輕人被猛地甩到了門上。重擊聲驚起諾里斯先生的行動。他一把將我拖進隔壁的房間，動作簡潔且出乎意料地靈敏。我們一同站在出入口邊，準備隨時更進一步地撤退。我可以聽

見他在身旁沉重地喘著氣。

此時，陌生人奮力搖晃著客廳的門，像是要破門而入。「你這該死的騙子！」他以嚇人的聲音吼道：「我一定會給你好看！」

這一切如此離奇，幾乎讓我忘記應該要感到害怕。不過，大可猜想站在那扇門外的人不是發酒瘋，就是真瘋了。我向諾里斯先生投以詢問的目光，他則低聲安慰道：「他馬上就會走了，我想。」奇怪的是，儘管他對這一切的發生感到害怕，卻似乎一點也不驚訝。從他的語氣多少可以想像，他把這當成一件不愉快，卻會一再重複的自然現象，就好比劇烈的大雷雨。他的藍眼睛機警而不安地戒備著，雙手擱在門把上，準備一見苗頭不對就立刻甩上門。

諾里斯先生說對了。陌生人很快就膩了，不再搖晃客廳門。只聽見爆出一連串柏林式的咒罵，接下來，他的聲音便漸行漸遠。過了不久，我們聽見公寓大門隨著砰的一聲巨響被甩上。

諾里斯先生鬆了一大口氣。「我就知道他撐不了多久的。」他滿意地說道，同時心不在焉地從口袋掏出一個信封，對著自己搧起來。「真是討厭。」他咕噥：「有些人就是完全缺乏同理心……親愛的老弟，我得為這場騷亂致歉。完全沒有料想到。我說真的。」

我笑了。「沒關係，還挺刺激的。」

諾里斯先生似乎很欣喜。「很高興你沒有放在心上。難得能找到在你這個年紀，卻不受那些荒謬的中產階級偏見所影響的人。我覺得我們倆有許多共通之處。」

「是啊，我也這麼覺得。」話雖這麼說，我卻無法全然理解他到底覺得哪些偏見荒謬，而那些偏見又跟這名憤怒的訪客有何關係。

「我在這漫長的人生中，也經歷了不少大風大浪。我平心而論，光就愚蠢和死腦筋這兩點來看，我還沒遇過誰超越得了柏林的小商人。容我提醒，我說的可不是規模較大的公司。他們向來通情達理，呃，或多或少啦……」

他顯然起了分享祕密的興致，說不定即將透露許多有趣的資訊，只可惜客廳門打開了，那年輕人的大頭重現門檻邊。他的出現似乎瞬間斬斷諾里斯先生的思緒。諾里斯先生立刻變得愧疚、憂懼，態度也曖昧了起來，彷彿正和我進行某種社交上荒謬無比的事，剛好被逮個正著，只得賣力展示禮儀以遮羞。

「容我介紹：施密特先生——布萊德蕭先生。施密特先生是我的祕書兼左右手。只是，在這裡呢——」諾里斯先生神經兮兮地竊笑。「我可以保證，左右手對主子的舉動瞭若指掌。」

他邊興奮地輕咳了幾聲，邊嘗試將這笑話翻譯成德文。施密特先生顯然聽不懂，也懶得裝懂陪

笑，不過卻暗自對我笑了一下，邀我加入他的容忍與輕蔑，在他雇主賣弄幽默時捧個場。我沒有回應。我已經看他不順眼。他也看出來了，而那一刻我很高興他有看出來。

「可以跟你私下說幾句嗎？」他對諾里斯先生說。那語氣很明顯是想要羞辱我。他的領帶、衣領和西裝全都工整如常。他剛剛分明遭人暴力以對，身上的裝束卻沒有顯現任何一點跡象。

「好，呃——好的。當然可以。」諾里斯先生的語氣不耐卻溫順。「不好意思，老弟，可以稍候一下嗎？我不喜歡讓客人等，但這件小事有點緊急。」

他匆匆穿過客廳，消失在第三扇門後。施密特尾隨而去。想當然耳，施密特要告訴他糾紛的詳情。我考慮過偷聽，但還是覺得太冒險了。反正，我日後應該可以從諾里斯先生那兒得到答案。等我跟他的交情再深一點之後。感覺諾里斯先生並不是個謹言慎行的人。

我環顧四周，這才發現原來自己待在一間臥房裡。這房間不算大，一張雙人床、一組龐大的衣櫥和一個裝著三面鏡的精巧梳妝台幾乎佔去了所有的空間。梳妝台上琳琅滿目，排列著一瓶瓶香水、化妝水、消毒劑，一罐罐面霜、護膚品、粉撲，以及齊全到足以開藥房的各式軟膏。我偷偷打開桌子的一個抽屜；裡面除了兩條口紅和一枝眉筆，別無其他。我還來不及更進一步調查，就聽見客廳的門開啟。

諾里斯先生忐忑不安地返回。「現在，在那極度令人遺憾的插曲之後，讓我們繼續進行皇家公寓的私人導覽。你面前是一張簡樸高雅的臥榻，那是我在倫敦特別訂做的。我總覺得德國床鋪都小得可笑。這張床裡用的是最上等的螺旋彈簧。如你所見，我是很守舊的，還在用英國的床單和毛毯。德國羽絨被會讓我作非常恐怖的惡夢。」

他滔滔不絕，興奮得手舞足蹈，但我一下就看出他跟祕書談完之後覺得很沮喪。別再提及那個陌生人的造訪似乎比較識相。諾里斯先生顯然想將這事兒拋到九霄雲外。他從背心口袋撈出一把鑰匙，插進衣櫥將門敞開。

「我有條規矩：一週的每一天都要有套西裝搭配。或許你會說我虛榮，但你若是知道在人生中的關鍵時刻，能依心境穿著恰如其分的衣服，這對我來說有多麼重要，肯定會大感吃驚。我認為，這能賦予一個人無比的自信。」

臥房另一頭是餐廳。

「請欣賞這些椅子。」諾里斯先生說，並有點奇怪地（我當時是這麼覺得）補充道：「我跟你說，這套桌椅估計價值四千馬克。」

餐廳有條過道通往廚房。到了廚房，我被介紹給一位臉色陰鬱的年輕人認識。他正忙著備茶。

「這位是赫爾曼，我的管家。他跟我多年前在上海請的一個中國男孩一樣優秀，都是我請過最棒的廚師。」

「你去上海做什麼？」

諾里斯先生眼神閃爍。「哎，人到了哪裡，能做的還不就那些？混水摸魚囉，我想可以這麼說。沒錯……容我提醒，我說的可是一九零三年。聽說現在的情況已經大不相同了。」

我們回到客廳。赫爾曼拿著托盤尾隨於後。

「哎呀呀——」諾里斯先生拿起茶杯，評論道：「在這個瞎攪和的時代，連喝個茶也要攪和一番。」

我尷尬地咧咧嘴。後來，我跟他更加熟絡後，才曉得這些冷笑話（他有一整套全集）根本無意惹人發笑。冷笑話只是他一天的例行公事中，需在某些場合完成的一部分。沒有丟個冷笑話，就好比忘了禱告一般。

諾里斯先生執行完例行儀式之後，再度陷入沉默。他肯定又在擔心那位吵鬧的訪客了。一如先前，被他冷落時，我就開始研究他的假髮。我一定非常魯莽地直盯著假髮看，因為他突然抬起頭時，察覺了我注視的方向，而且出其不意直率地問我：

「是不是歪了？」

我滿臉通紅，窘得無地自容。

「好像有那麼一點。」

然後我痛快地笑了起來。我們都笑了。在那一刻，我甚至願意給他一個擁抱。我們終於提到那玩意兒了，雙方都如釋重負，好像兩個剛互相公開表白的人。

「可以稍微再往左邊一點。」我說，並伸出援手。「容我……」

但這舉動撈過界了。「老天，不行！」諾里斯先生大喊，並且不由自主驚慌地將身子向後縮。下一秒他再度恢復正常，臉上掛著慘笑。

「恐怕這種事──呃──就跟廁所裡的事一樣隱私，最好在閨房這類私密的空間裡動手。請容我失陪一下。」

「這一頂恐怕不太合。」幾分鐘後他走出臥房，並繼續說道：「我一向不喜歡這頂。這頂是我次好的。」

「那你總共有幾頂？」

「三頂。」諾里斯先生像個靦腆的持有人般檢視著指甲。

「一頂可以戴多久？」

「很遺憾，沒有多久。我每隔十八個月左右就得買頂新的，而且一頂還所費不貲。」

「大概多少錢？」

「三到四百塊馬克。」他知無不言，態度認真。「幫我製作的人住在科隆，我還非得親自去那裡量身訂做才行。」

「還真累呀。」

「的確是。」

「再跟我說一件事就好。你是怎麼讓它乖乖待在頭上的？」

「裡面有塊小貼片，上面有黏著劑。」諾里斯先生稍微降低音量，彷彿這是最了不得的祕密。「就在這裡。」

「這樣就行了？」

「平時日常生活的穿脫，足夠了。不過，我還是得承認，在我多采多姿的生活裡，確實出現過各式各樣讓我想到就臉紅的場景。那種時刻，什麼膠都來不及啊。」

喝完茶，諾里斯先生帶我參觀他的書房，就在客廳另一頭的門後。

「我這裡收了些非常珍貴的書籍。」他對我說。「一些非常好玩的書。」他扭扭捏捏地強調。我駐足瀏覽書名：《金鞭女孩》、《史密斯小姐的拷問室》、《女子學校監禁》、《夢特嬌的私密日記》、《鞭笞者》。這是我首次一窺諾里斯先生的性癖好。

「改天再讓你瞧瞧我收藏的其他寶貝。」他狡猾地補充。「等我夠瞭解你之後。」

他領路來到一間小辦公室。我意識到，這裡肯定就是在我到來時，那位不受歡迎的訪客等候之處。房內空蕩得詭異，只有一張椅子、一張桌子、一個檔案櫃，及掛在牆上的一大張德國地圖。施密特不見蹤影。

「我的祕書出門了。」諾里斯先生解釋。他不安的眼神厭惡地在四面牆上游移，彷彿這房間讓他產生不悅的聯想。「他拿打字機去清理了。這就是他剛才找我處理的事。」

這謊言編得毫無意義，讓我有點不快。我並不期望他對我推心置腹，但他也沒必要把我當成傻瓜。長久以來，我對那些尖銳問題的顧忌，如今全都煙消雲散了。於是我帶著坦誠無諱的好奇開口：

「你究竟進出口些什麼東西？」

他聽到後相當冷靜，笑容虛假而冷淡。

「親愛的老弟，我這輩子有什麼沒出口過呀？我想我可以宣稱出口過所有——呃——可出口的東西。」

他拉出檔案櫃的一個抽屜，姿態有如房地產經紀。「你瞧瞧，最新型的。」抽屜幾乎空空如也。「跟我說一件你出口的物品。」我堅持，面帶微笑。

諾里斯先生一副正在思考的樣子。

「時鐘。」最後他說。

「你出口到哪裡？」

他以一種不安、鬼祟的動作搔著下巴。這一次我成功戲弄了他。他有點慌亂，也稍微惱羞成怒了。

「說真的，老弟，如果你想知道這麼多技術上的細節，得去問我的祕書。我可沒時間注意這些。我把所有——呃——比較不值一提的細節都交給他全權處理了。沒錯……」

3

聖誕節過後幾天，我致電亞瑟（我們已直呼對方的名諱了），並提議一齊度過除夕夜。

「親愛的威廉，我很高興，真的。莫大的榮幸……我想不到更令人愉快或更具有福氣的良伴，來一同慶祝這特別不祥的新年了。我應該邀你前來共進晚餐，只可惜我有約在先。這樣的話，你建議在哪兒碰面？」

「三頭馬車酒館怎麼樣？」

「非常好，老弟，我把自己全交給你了。我怕自己在這麼多年輕面孔前會感到手足無措。一個一隻腳已踏進棺材的老頭子……有人會說不行，不行！這裡可不適合老頭兒。年輕人多殘酷呀。算了，這就是人生……」

亞瑟一旦講起電話，就很難讓他停下來。我之前經常把話筒擱在桌上，心知幾分鐘後再拿起來時，仍會聽到他如連珠炮般講個不停的聲音。不過今天有個學生正等著我上英文課，我只得打斷他。

「很好，那就約三頭馬車，十一點。」

「那再好不過了。在這期間，我得小心飲食，早點上床，總而言之就是讓自己準備好盡情享受一個充滿**酒、女人和歌唱**的夜晚。尤其是酒。沒錯。祝福你，老弟。再見。」

我除夕夜在家同女房東及其他房客共進晚餐。我到三頭馬車時肯定已經醉了，因為當我望向盥洗室的鏡子，發現自己竟然戴著一個假鼻子。我還記得當時嚇了一大跳。酒館裡擠滿了人，很難分辨誰在跳舞，誰又只是站著。兜轉了一陣子後，我在一個角落找到亞瑟。他正和另一位比他年輕許多的男士同坐一桌。男士戴著單片鏡，有一頭光亮的黑髮。

「啊，你來啦，威廉。我們才在擔心你會不會拋棄我們了。容我介紹兩位我最珍貴的摯友互相認識吧，布萊德蕭先生——佩格尼茨男爵。」

男爵淡漠而文雅，微微點了點頭。他像條越水游來的鱈魚般向我傾身，問道：

「不好意思，你去過那不勒斯嗎？」

「沒有，從沒去過。」

「抱歉，請原諒。我總覺得我們以前曾經見過。」

「或許吧。」我一邊禮貌地說，一邊暗自疑惑他怎麼可以堆著笑卻不讓單片鏡滑落。那鏡片無

框也無繫帶，好似藉由某種駭人的外科手術直接鎖在他那張修剃乾淨的粉色臉上。

「或許你去年待過若安樂松*？」

「沒有，我沒去那邊。」

「好，我明白了。」他帶著禮貌的遺憾，笑著說：「這樣的話，還請見諒。」

「別放在心上。」我說。我們都開懷地笑了。亞瑟顯然相當樂見我讓男爵留下好印象，也笑了。我將一杯香檳一飲而盡。有組三人樂團正在演奏著：**迎接我，我的夏威夷，我對你一往情深，至愛不渝****。舞者們呆板地緊緊相依，身體以一種局部麻痺似的韻律擺動著。有組巨大的遮陽篷從天花板懸吊而下，在他們頭上緩緩搖盪，繚繞的煙霧和蒸騰熱氣從中穿過。

「你們不覺得這裡面有點悶嗎？」亞瑟焦慮地問。

窗邊放了許多裝滿有色液體的瓶子，一經從下方打上的燦爛光源，瓶子就綻射出紅紫、翠綠、朱紅色的光。似乎就是這些光照亮了整間屋子。香菸熏得我雙眼刺痛，眼淚直流。音樂漸奏漸弱，

---

* 法國蔚藍海岸邊的度假小鎮。

** 出自德國當時知名歌曲〈Grüss mir mein Hawaii〉。

然後又猛然響得可怕，就這麼反覆著。我的手滑過椅子後方壁凹處那閃亮的黑色油布帷幔，說也奇怪，那觸感相當冰冷。一盞盞燈看上去就像高山上的牛鈴。毛茸茸的白色猴子攀掛在吧檯上方。要不了多久，喝完這份量不多不少的香檳之後，我應該就會產生幻覺了。我啜飲一口。現在，在思慮極度清晰，不帶激情或怨尤之下，我看清人生究竟為何了。我記得，跟那不斷旋轉的遮陽篷有關。很好，我喃喃自語，讓他們舞吧。他們在跳舞。我很開心。

「嘿，我喜歡這地方。喜歡得不得了。」我滿腔熱情地跟男爵說。他似乎不意外。

亞瑟一派嚴肅地強屏著呼吸。

「親愛的亞瑟，別這麼哀怨。還是你累了？」

「不，不累，威廉。只是在想點事罷了。這類場合並非沒有嚴肅的一面。你們年輕人享享樂子也是理所當然。我一點也不怪你。個人有個人的回憶。」

「回憶是我們最寶貴的東西。」男爵附和。隨著酒精持續作用，他的臉似乎正慢慢地分崩離析。一塊沒有知覺的堅硬區域在單片鏡周圍形成。多虧單片鏡，他整張臉才不至於瓦解。他的面部肌肉拚命地夾住鏡片，而已然脫離的眉毛翹起，嘴角微微鬆垂；一粒粒細小的汗珠沿著他那稀疏、如綢緞般光滑的黑髮分界處浮現。他察覺我的目光，遂朝我游身而上，來到分隔我倆的界面。

「不好意思，打擾一下。可以問你個問題嗎？」

「請便。」

「你讀過米爾恩的《小熊維尼》嗎？」

「讀過。」

「請說說，你喜歡嗎？」

「非常喜歡。」

「那真令人高興。我也非常喜歡。」

現在我們全都站了起來。怎麼了？午夜了，我們以杯碰杯。

「恭喜。」男爵說，一副引用了什麼絕妙佳句的樣子。

「容我舉杯！」亞瑟說：「祝福兩位一九三一年萬事如意。萬事……」他的聲音顫顫巍巍漸趨於無，手指緊張地撥弄著厚重的瀏海。樂隊猛然爆出一聲巨響。我們就像高山鐵路的列車緩慢而費力地爬上頂峰，然後朝下一頭衝進了新年。

接下來兩個小時發生的事則有點混亂。我們到了一間小酒吧。我只記得那兒有一紙翩翩抖動的

紙幡羽尾，深紅色，非常美麗，在電風扇吹出的風中如海草般擺盪。我們晃過滿是女孩子的街道，聽她們當著我們的面拋出煽情的調笑。我們在弗里德里希站的高級餐廳吃了火腿和蛋。亞瑟人不見了。男爵對此顯得有點詭祕莫測，可我弄不懂是為什麼。他要求我稱他庫諾，並說明自己有多仰慕英國上流階級的品性。我們正搭著計程車，就我們倆。男爵跟我說了他一位朋友的事，一位年輕的伊頓公學同學。眼前這位伊頓畢業生曾在印度待了兩年。回來後的某個早上，他在龐德街遇見了伊頓的老同學。兩人久別重逢，但那位同學只說：「哈囉，我現在恐怕不能跟你多聊。我得陪母親去購物。」「我覺得這樣很好。」男爵下結論：「這是你們英國人的自制。你懂吧？」計程車跨過了幾座橋，經過一座煤氣廠。男爵緊握著我的手，針對年輕的諸多美好發表了長篇大論。他的面容變得有點模糊，英文會話能力也快速退化。「是這樣的，不好意思，我整晚都在觀察你的反應。希望你不會生氣？」我在口袋中找到我的假鼻子，並拿出來戴上。被壓得有點皺了。男爵似乎深受感動。「這一切對我來說都太有趣了。你懂吧？」緊接著我得讓計程車在一根燈柱旁停下，因為我突然很想吐。

我們沿著一旁被高聳暗牆阻隔的街道前行。越過牆頂我突然瞄到一個十字形裝飾。「老天爺！」我說：「你是要帶我去墓園嗎？」

男爵只是微笑。我們停下車，似乎抵達了夜晚最黑暗的角落。我絆到了什麼，男爵熱心地攙扶我的臂膀。他似乎來過這裡。我們穿過一道拱門，進入一座庭院。幾扇窗戶流瀉出燈光，還可斷斷續續聽見一些留聲機的樂音以及笑聲。一扇窗中探出一個頭和肩膀的剪影，高喊：「新年快樂！」，然後又猛力啐了一口。那唾沫噗的一聲輕輕落在我腳邊的石板道上。接著，別的頭也開始從其他窗戶浮現。「是你嗎，保羅?你這隻豬！」有人吼道。「紅色陣線！」另一個聲音大喊，還伴隨著更響亮的潑濺聲。我想這一次，是整杯啤酒都空了。

接下來，又是當晚一段無所知覺的時間。我不知道男爵究竟是怎麼把我弄上樓的。我一點感覺也沒有。我們來到一間擠滿了人的屋子。屋內的人在跳舞、嘶吼、歌唱、飲酒、跟我們握手、猛拍我們的背；屋內有個巨大的煤氣吊燈，不過已被改裝成安電燈泡式的燈了，燈上還纏著紙花綵。我的目光繞著屋內打轉，揀選出大型或微型的物件：一個漂著空火柴盒的大紅酒杯碗、一顆從項鍊脫落的珠子、一座安放於哥德風衣櫥上的俾斯麥半身像。我鎖定這些物件，但一會兒後，我的目光又迷失在五顏六色的混亂之中。然後，我突然瞥見了亞瑟的頭，大吃一驚。頭的嘴巴大張，假髮卡在左眼上。我跌跌撞撞要找他的身體，最後舒服地倒在一張沙發上，摟著一個女孩的上身。我的臉埋進了充滿灰塵味的蕾絲靠墊。喧鬧聲如轟然浪潮一波波淹過我，我彷佛置身海上，而那感覺竟奇特

地有種撫慰的力量。「別睡著了，親愛的。」我摟著的女孩說。「不會，當然不會。」我回答，並坐起身梳理梳理頭髮。突然之間，我感覺相當清醒。

我對面有張大扶手椅，亞瑟就坐在那張椅子上，大腿上還有一位纖瘦、深膚色、緊繃著臉的女孩。他已經脫掉外套和背心，如在自家。他身上繫著俗麗的吊帶，用鬆緊帶固定住捲起的襯衫袖。除了腦袋底端附近還有少許頭髮，他幾乎全禿了。

「你搞什麼呀？」我驚呼：「會感冒的。」

「這不是我的主意，威廉。你不覺得嗎？這不啻是向鐵血宰相獻上的崇高敬意！」現在的他似乎比今晚稍早之前更有精神，而且真奇怪，一點也沒醉。他有顆引人側目的大頭。我抬起視線，瞧見那頂假髮正瀟灑地戴在俾斯麥的頭盔上。那對他來說太大了。

再轉過頭，便看見男爵坐在我身旁的沙發上。「哈囉，庫諾。」我說：「你怎麼在這裡？」

他沒回答，只一味露出他燦爛卻僵硬的微笑，還拚命挑著其中一道眉毛。他似乎正處在崩潰邊緣——那片單片鏡馬上就會掉下來。

留聲機突然爆出響亮刺耳的樂音。屋內大部分的人開始跳舞，幾乎全都是年輕人。男孩們上半身只著襯衫，女孩們皆解開了禮服扣子。房間的空氣因粉末、汗水及廉價香水而變得濁重。一名個

頭高大的女人雙手各拿著一杯葡萄酒，用手肘擠開人群。她身穿粉紅色絲綢短衫，搭了一條非常短的打褶白裙；她的腳塞進了一雙小到荒謬的高跟鞋，包覆著絲襪的腳背從鞋中鼓起。她的臉頰塗成粉蠟色，頭髮則染成金箔色，跟她抹了粉的手臂上所戴的六個閃亮手鐲正搭。她就像一個真人大小的洋娃娃般古怪、邪惡，臉上也正如洋娃娃有雙惹人注目的藍瓷眼眸，但眼中卻不帶笑意，儘管她的雙唇綻放著笑容，還露出好幾顆金牙。

「這位是歐嘉，我們的女主人。」亞瑟解釋。

「哈囉，寶貝！」歐嘉給我一杯酒。她擰著亞瑟的臉頰。「怎樣，我的小斑鳩？」這個動作相當不痛不癢，我因此聯想到面對著一匹馬的獸醫。亞瑟咯咯笑著說：「斑鳩？這可算不上什麼特別恰當或響亮的稱號吧？你覺得呢，安妮？」他問膝上那位深膚色女孩。「你很沉默耶。沒有為今晚更添熱鬧喔。還是對面坐的那位極端英俊的年輕男子讓你失了神？威廉，我相信你已經征服她的心了。我說真的。」

安妮對此笑了笑，一個輕描淡寫、鎮靜自若的妓女式微笑。

接著她搔了搔大腿，打了個呵欠。她穿著剪裁時髦的黑色小夾克及黑色裙子，腳上是一雙黑色長靴，鞋帶一路繫到膝蓋，頂端有圈奇特的金色紋飾，為她整套裝束添上了制服般的效果。

「啊，你在欣賞安妮的靴子呀。」亞瑟滿意地說：「你應該瞧瞧她另一雙靴子。鮮紅皮革配上黑色鞋跟。我親自替她訂做的。安妮不肯穿上街，說太顯眼了。但有時候，如果她感覺特別**精力旺盛**，來見我時就會穿上。」

這個時候，幾名男女停下了舞。他們手挽著手站在我們周圍，眼裡帶著原始人般天真的興致緊盯著亞瑟的嘴，彷彿期待字詞會具體可見地從他喉嚨中跳出來。其中一個男孩笑了起來，模仿說道：「喔，沒錯，我跟你唆音文，對吧？」

亞瑟的手無意識地在安妮大腿上遊走。她起身猛力將手拍開，帶著如貓般不近人情的惡意。

「老天，看來你今晚很**殘酷**喔！我知道自己該為此受到**懲戒**。安妮是個極其**嚴厲**的年輕小姐。」亞瑟大聲訕笑，並繼續用英文閒話家常般說：「你覺不覺得這張臉既精緻又美麗？難以言喻地完美。就像拉斐爾的聖母像。前幾天我有個妙喻。我說，安妮**罪**美了。希望還算有創意？有嗎？還請笑一笑。」

「我覺得確實不賴。」

「**罪**美。很高興你喜歡。我當時的第一個念頭就是，一定要跟威廉說。你知道，你真的啟發了我，讓我靈感源源不絕地湧現。我向來都說只希望和三種人作朋友：非常有錢的人、非常聰明的

人，以及非常美麗的人。親愛的威廉，你可以算是第二種。」

我可以猜到佩格尼茨男爵屬於哪一種。接著，我轉頭四顧看男爵有沒有聽見，但他正忙著。沙發的另一端，他斜倚在一位穿拳擊運動衫的強壯年輕人懷中。那位年輕人正緩緩將一大杯啤酒倒進他的喉嚨。男爵無力地反抗，啤酒濺灑了一身。

我意識到自己的手臂正環著一個女孩。或許她一直都在那兒。她依偎著我，同時另一側則有個男孩正鼇手鼇腳地準備扒走我的錢包。我張嘴要抗議，但想想還是算了。何苦要破壞如此美妙的夜晚呢？歡迎他拿我的錢。我最多也只剩三馬克。反正呢，男爵會買單。那一刻，他的臉就像在顯微鏡下一般清晰無比，而我也是當時才注意到他有在做人工日光浴。他的鼻頭周圍正要開始脫皮。他可真不賴呀！我向他舉杯致意。他的魚眼越過那拳擊手的臂膀閃現一絲微光，頭輕輕動了動。他已經無力言語。等我轉過頭，亞瑟和安妮已不見蹤影。

抱著打算去找他們的模糊意圖，我搖搖晃晃站起身，卻只是捲進突然再次點燃滿室精力的熱舞中。我被人摟腰、圈頸、親吻、擁抱、呵癢、脫個半光。我跟女孩跳，跟男孩跳，跟兩三個人同時跳。大概過了五到十分鐘，我才抵達房間另一頭的門。門後是條漆黑的走廊，只有盡頭溢出一絲光線。走廊塞滿了家具，人只能側身沿著邊緣慢慢前進。我又拖又擠地走到一半時，痛苦的喊叫聲從

我前方亮著燈的房內傳了出來。

「不，不要！饒命！喔，老天！救命！救命啊！」

那聲音——不會錯的，他們肯定把亞瑟捉了進去，正在洗劫和毆打他。我早該料到了。我們真傻，竟然跑到這種邪惡的地方鬼混，要怪只能怪自己。酒精讓我勇敢。我奮力擠到門前，一把將門推開。

頭一個映入我眼簾的是安妮。她站在房間中央。亞瑟蜷縮在她腳前的地板上。他又脫去了好幾件衣服，身上的穿著輕便了許多，卻十分合乎現場氣氛：淡紫色絲質內衣、橡膠束腹、一雙襪子。他一隻手拿刷子，另一隻拿著黃色擦鞋布。歐嘉站在他後方，揮舞著一條粗重的皮鞭。

「這也叫乾淨？你這隻豬！」她用恐怖的聲音吼著：「立刻給我重擦！再讓我發現上面有任何一點髒汙，我就抽得你整個禮拜沒辦法坐下。」

她邊說邊在亞瑟屁股上俐落地抽了一記。他發出混雜疼痛與愉悅的尖叫，並發狂似的趕緊對安妮的靴子又刷又擦。

「饒命！饒命！」亞瑟的聲音尖銳又歡欣，時而發出有如幼童聲線的假音。「住手！你會殺了我的。」

「殺你還算便宜你了。」歐嘉回嘴，同時又抽上一鞭。「我要活剝你的皮！」

「噢！噢！住手！饒命！噢！」

他們的聲音大到沒聽見我推開門。不過現在他們瞧見我了。我的出現似乎完全沒有讓他們任何一個感到倉皇失措，而且，亞瑟的情緒顯然更加高漲。

「老天！威廉，救我！你不願意？你跟她們一樣殘忍。安妮，我的愛！歐嘉！瞧瞧她是怎麼對待我的。天曉得她們等一下還會逼我做些什麼！」

「進來吧，寶貝。」歐嘉用老虎似的滑稽腔調吼道。「稍安勿躁！下一個就輪到你了。我會讓你哭著找媽咪！」

她拿鞭子作勢朝我揮了揮，我只能頭也不回地往走廊衝去，而亞瑟歡愉和痛苦的尖叫在我身後窮追不捨。

幾小時後我醒過來，發現自己蜷曲成一團躺在地上，臉貼著沙發腳。我的頭像個火爐，每根骨頭都在痛。派對結束了。有半打傢伙不省人事地四散躺在狼藉的房間內，手腳伸展出各種極端不舒服的姿勢。日光穿過百葉窗的葉片板，在屋內閃爍著。

確認過亞瑟或男爵不在那群躺倒地上的人之列後，我小心翼翼越過他們，走出公寓，下樓，穿過庭院，進入大街。整棟樓似乎滿是醉死的傢伙，我一個人也沒碰見。

我發現自己身在靠近運河的其中一條後街，離默肯橋站不遠，距我租屋處約半小時路程。我沒錢搭電車。反正，走走路對我也比較好。我一跛一跛地走回家，沿途沉悶的街道上皆是飛舞飄揚的紙幡帶。那些幡帶或懸掛在潮濕單調的屋子窗台上，或繫在濕黏的細樹枝上。到家時，女房東迎向我，報告亞瑟已經來電三次打聽我的消息。

「真是位說話得體的紳士呀，我一直這麼認為。而且這麼體貼。」

我附和她，然後上床睡覺。

4

我的房東施洛德女士非常喜歡亞瑟。她跟他講電話時總稱呼他**醫師先生**，這是她表示敬重的最高級尊稱。

「啊，是你啊，**醫師先生**？我當然認得你的聲音，一聽就知道了。今早你聽起來很疲憊。又晚歸？**吶**、**吶**，可別指望我這老太婆會相信你的話哦；我知道你們這些紳士出去尋歡作樂時都是什麼樣子……你說什麼？胡扯一通！你這油嘴滑舌的小子！哎呀，你們男人從十七到七十歲，全都一個樣……**呸**！你真讓我驚訝……不，打死我也不會！哈，哈！你要跟布萊德蕭先生說話？哎，當然，我都忘了。馬上叫他來聽。」

亞瑟來跟我喝茶時，施洛德女士會穿上她那件低胸黑絲絨連衣裙，戴起那串名牌珍珠項鍊。她塗上胭脂，抹了眼影，慇勤地為亞瑟開門，模樣簡直就是滑稽版的蘇格蘭瑪麗女王。我跟亞瑟論及此事，他頗為自得。

「真是的，威廉，你還真刻薄，說話這麼尖酸。我開始害怕你那根舌頭了。真的。」

自此之後，他常稱呼施洛德女士「女王陛下」。「聖女施洛德」則是另一個特別受喜愛的稱

調。

無論多趕，他總是能找出幾分鐘的時間跟她調情，送她花、糖果、香菸，並在漢斯——她嬌弱的金絲雀——的健康狀況起了變化時與她同聲嘆憂。當漢斯最終過世，而施洛德女士流下了眼淚，我以為亞瑟也要哭了。他是發自內心地難過。「老天，老天！」他不斷重複：「大自然真的是非常殘酷。」

我的其他友人對亞瑟就沒那麼熱情。我把他介紹給海倫．普拉特，但那次會面並不成功。那時候海倫是倫敦一家政治週刊的特派員，工作之餘，也翻譯和教教英文賺些外快。我們有時會互相轉介學生。她看似一個外表嬌弱的金髮美女，實則鐵石心腸，擁有倫敦大學學歷，對性的態度相當嚴肅。她習於日夜在男性社會中打滾，也不太需要其他女孩的陪伴。要論拚酒，她可以讓大多數英國記者躺平，有時也真這麼做了，但並非她樂在其中，而是原則問題。她在跟你初次見面的場合就會直呼你的大名，並告訴你她父母在倫敦西區開了間雜貨店。這是她「測試」一個人個性的方法：你的反應最終決定了你在她心目中的評價。最重要的一點：海倫討厭被提醒自己是個女人，除了在床上。

亞瑟完全缺乏應付她這種人的技巧，無奈我發現時已經太遲。他一開始就被她嚇到了。她完全

無視所有文雅的小禮節，而正是這些禮節庇護著亞瑟羞怯的靈魂。「哈囉，兩位。」她邊招呼，邊從正閱讀的報紙上隨興伸出一隻手。（我們約好在威廉皇帝紀念教堂後面的一間小餐館碰面。）

亞瑟謹慎地握了握她伸出的手。他不自在地在桌邊磨磨蹭蹭、東摸西摸，等待著他習以為常的儀節。什麼動靜也沒有。他清了清喉嚨，咳了一聲說：

「可容我坐下？」

海倫原本正要大聲朗讀報上的什麼，此時抬頭瞥了他一眼，彷彿早已忘了他的存在，驚訝地發現他怎麼還站在旁邊。

「怎麼？」她問：「椅子不夠嗎？」

我們不知怎地聊起了柏林的夜生活。亞瑟戲謔地咯咯笑了起來。海倫是以統計和心理學角度在談論，於是對亞瑟投以疑惑非難的目光。最後亞瑟神神祕祕地提及「西方百貨公司的名產」。

「喔，你是指那一區的妓女呀。」海倫以女教師在上生物學般就事論事的清晰口吻說道：「會扮裝迎合戀鞋癖的那些？」

「哇，老天爺，哈哈，我得說——」亞瑟笑了笑，又咳了咳，快速撥弄著假髮。「很少遇見如此——容我這麼說，呃——**前衛**，或者該說，呃——**時髦**的年輕女子……」

「天啊！」海倫撇過頭，不快地說：「從以前每週六下午在店裡幫忙我老媽開始，就沒人叫過我年輕女子了。」

「你——呃——來這城市很久了嗎？」亞瑟趕緊問。他隱約意識到自己犯了錯，認為應該要換個話題。我瞧見海倫看他的眼神，知道全完了。

「給你個建議，小布。」後來我們再見面時，她對我說：「千萬別相信那個男的。」

「我不會。」我說。

「唉，我瞭解你，你心腸軟，就跟大多數的男人一樣。你們替人編造一大堆浪漫幻想，因此忽視了他們的本性。你有注意到他的嘴嗎？」

「常常注意。」

「噁，真惹人嫌。我光看就受不了。鬆軟醜陋，像張蟾蜍嘴似的。」

「這個嘛……」我笑著說：「我大概對蟾蜍有莫名的偏愛吧。」

這次的失敗沒讓我氣餒，後來還將亞瑟介紹給弗里茨．溫德。弗里茨是德裔美國人，一個喜愛都市生活的年輕人，休閒時不是在跳舞就是在打橋牌。他對畫家和作家的圈子有種令人難以理解的熱情，並藉著在一家新潮的藝術品經銷商工作，在這些人中取得了一定的地位。那家藝術經銷商沒

有付他任何薪水，但弗里茨有錢，負擔得起這嗜好。他對小道八卦之敏感，已經近乎一種才華了，如果當起私家偵探肯定是第一流的。

我們一同到弗里茨的公寓喝茶。他和亞瑟談論著紐約、印象派畫作，以及王爾德未出版的作品。亞瑟機智風趣，而且驚人地博學。弗里茨的黑眼珠閃著光芒，邊聽邊記下嘉言錦句，以供來日使用，而我露出了笑容，感覺愉快又驕傲。我自認得肩負這次會面的成敗，所以有點孩子氣地巴望亞瑟能得到認同。或許，我也希望能藉此徹底、決定性地說服自己。

我們互相承諾很快再見，然後道別。一兩天後，我在街上巧遇弗里茨。從他迎向我那種歡欣鼓舞的模樣，我立即知道他肯定有些格外歹毒的事要告訴我。有一刻鐘的時間，他只是開心地聊著橋牌、夜總會，和最近燃起他熱情的源頭：一位知名的女雕刻家。壞心眼的奸笑隨著他想到正賣著關子的珍貴消息而不斷加深。最後他終於脫口。

「最近還有見到你那位朋友諾里斯嗎？」

「有啊。」我說：「怎麼？」

「沒什麼。」弗里茨慢吞吞地說，雙眼則賊兮兮地盯著我的臉。「只是希望你注意點，如此而已。」

「什麼意思？」

「我聽到一些關於他的奇怪傳聞。」

「喔，真的？」

「或許不是真的。你也知道就是有人愛嚼舌根。」

「我也知道你特別愛聽，弗里茨。」

他咧嘴一笑，絲毫沒因此動怒。「有傳聞說諾里斯其實是個低級的騙子。」

「我得說，低級這個詞似乎不適合套用在他身上。」

弗里茨笑了。一個優越、寬容的微笑。

「我敢說要是你知道他坐過牢，一定會嚇一跳吧？」

「你的意思是，要是知道你的朋友說他坐過牢，我會嚇一跳吧？唔，一點也不會。你的朋友向來口無遮攔。」

他沒回話，只是繼續微笑著。

「他是為了什麼而入獄？」我問。

「我沒聽說。」弗里茨吞吞吐吐。「但我或許猜得到。」

「我可猜不到。」

「小布，聽我說幾句。」他現在語氣一轉，認真了。他將手擱在我肩頭上。「我要說的是，若是只有我們倆，理都不用理，管他去，誰在乎啊？但我們還要顧及其他人啊，是不是？假設諾里斯抓到哪個小子，把他騙得一乾二淨，那怎麼辦？」

「那真是太可怕了呀。」

弗里茨放棄了。他的最後一擊是：「好吧，別說我沒警告過你喔。」

「不會，弗里茨，我肯定不會。」

我們愉快地告別。

或許海倫．普拉特說得對。我一步接一步為亞瑟打造了浪漫的出身背景，並且小心翼翼，唯恐他人打破。的確，我挺享受把玩這個念頭，即他其實是一個不折不扣的危險罪犯；但我很肯定自己從來沒有一刻當真。我這一代的人對於犯罪幾乎個個避之唯恐不及。我固執己見的牛脾氣強化了我對亞瑟的喜愛。如果我的朋友因為他的嘴巴或過去而不喜歡他，那是他們的損失；而我——我往自己臉上貼金——比起他們更具深度，更有人情，總之是一個更敏銳的人性鑑賞家。雖然我在寄回英

國的信中，有時會稱呼他「最叫人吃驚的老騙子」，但這麼做只是想為他在我自己心目中增添點光環：膽大妄為又自立自強，不顧一切又鎮靜自若。而這一切，現實中的他顯而易見又令人痛心地無一具備。

可憐的亞瑟！我很少認識神經如此衰弱的人。有時，我相信他肯定為輕微的被害妄想所苦。我彷彿可以見到他如同往常，無聊、茫然而不安地坐在我們最喜愛的餐廳中一個最隱蔽的角落等我；他故作鎮靜地將雙手交疊在膝上，頭部維持著一種傾聽卻彆扭的角度，好似他預期自己隨時會被一聲巨響嚇到。我彷彿可以聽見他在講電話，小心翼翼，盡可能地貼近話筒，音量比耳語更低不可聞。

「哈囉。對，是我。所以你見過那批人了？很好。那我們什麼時候可以碰面？老時間吧，就在有興趣的那個人的屋子。麻煩請另一個人也到場。不、不，是D先生，這尤其重要。再見。」

我笑了。「別人聽到說不定還以為你是什麼大陰謀家哩。」

「真的是椿非常大的陰謀。」亞瑟咯咯地笑著。「才怪。我跟你保證，親愛的威廉，我不過是在討論一些買賣老家具這類的小事。我剛好對此有些——呃——投資上的興趣。」

「那幹嘛要這麼鬼鬼祟祟的？」

「你永遠不知道隔牆有誰的耳。」

「不管怎麼說，肯定沒什麼人會有興趣吧？」

「時至今日，還是小心謹慎為上。」亞瑟一語帶過。

近來，我幾乎已經將他那些「好玩」的書籍全都借閱過了，而大多數都叫人失望透頂。書的作者們怪異地以一種拘謹、勢利、中下階層的語氣敘事，儘管致力於煽情，但到了一些最重要的段落卻令人氣惱地含糊其詞。亞瑟有一整套簽名版的《我的愛戀與人生》。我問他是否認得法蘭克・哈里斯。

「是有些交情，沒錯。都是許多年前的事了。他的死訊對我來說真是晴天霹靂。他是自成一格的天才。多麼風趣的人。我記得他有一次在羅浮宮對我說：『親愛的諾里斯啊，你跟我是世上僅存的紳士冒險家了。』他也可以很尖酸刻薄。凡是曾被他品頭論足一番的人，絕對不會忘記。」

「這又讓我想起——」亞瑟若有所思地說：「已故的迪斯利爵士曾丟給我的一個問題。他問我：『諾里斯先生，你是個冒險家*嗎？』

---

* 此處與上文的「冒險家」原文同為adventurer，既有愛好冒險者之正面意思，亦有用不正當手段謀求名利者之負面意思，一語雙關。

「多麼莫名其妙的問題啊。這可不叫什麼機智風趣，而叫粗魯無禮。

「我回他：『我們都是冒險家，人生就是場冒險。』答得挺妙，你不覺得嗎？」

「堵他的嘴正好。」

亞瑟靦腆地檢視著指甲。

「我最能言善道的時候通常是在證人席上。」

「你是說這事是發生在審判期間？」

「不是審判，威廉，是訴訟。我當時控告《晚間郵報》誹謗。」

「哦，他們說了你什麼？」

「他們針對一筆交我託管的公款流向做了諸多影射。」

「結果當然是你贏了吧？」

亞瑟小心地摸著下巴。「他們無法證明指控的真偽。我獲判五百鎊的賠償金。」

「你常提誹謗告訴嗎？」

「五次。」亞瑟害羞地承認。「另外有三次是在法庭外私下合解了。」

「而你總是獲得賠償？」

「多少。都是點小錢。名譽無損也就夠了。」

「肯定是相當不錯的收入來源。」

亞瑟擺出不表贊同的手勢。「這就言過其實了點。」

終於，這似乎是我提問的好時機了。

「告訴我，亞瑟，你坐過牢嗎？」

他緩緩搔著下頦，露出他破敗的牙齒，空洞的藍眼深處閃出一絲奇特的神色。也許他是鬆了一口氣。也或許，我甚至猜想，那是他一種感到滿足的虛榮。

「所以你聽說過那件案子了？」

「是的。」我說謊。

「畢竟那時候媒體都大肆報導。」亞瑟靜靜地將手擱在他的傘把上。「你可有機會讀到完整的卷證？」

「不，很可惜沒有。」

「真的可惜。我很樂意借你相關剪報，但很不巧那些剪報在我多次搬遷中全都遺失了。我很想聽聽你公正的意見……我認為陪審團從一開始就對我有偏見。要是當時的我有像現在這麼老道的人

生經驗，應該毫無疑問會無罪釋放。我的律師給了相當錯誤的建議。我應該以有理可據做為抗辯，但他向我保證要取得足夠的證據幾乎不可能。法官對我非常嚴厲。他甚至誇張地暗指我涉入某種形式的敲詐勒索。」

「哇！那太過分了吧？」

「確實是。」亞瑟悲傷地搖搖頭。「很不幸地，英國人的法律意識有時並不敏銳，無法明察一些行為中較細微的差別。」

「而你……被判了多久？」

「第二級監獄十八個月。在艾草叢監獄。」

「希望他們有善待你。」

「他們一切照規定來。沒得抱怨……不過，自從我出獄後，就對刑罰改革產生強烈的興趣。我還特意捐款給以此為目標而成立的各種社團。」

亞瑟暫停了一下，顯然沉浸於痛苦的回憶中。「我想……」終於他繼續說：「我可以信心十足地斷定，在整個職業生涯中，就算不是完全沒有，我也鮮少知法犯法……另一方面呢，我一向主張經濟上較富裕但智力上較欠缺的人，貢獻點財力資助我這類人生活，是天經地義之事。我希望你也

認同？」

「既然我不屬於較有錢的那群……」我說：「認同。」

「真高興。你知道嗎？威廉，我感覺我們會發現彼此對許多事情的看法一致……說起來真不得了，有那麼多白花花的銀子就躺在那裡，等著人去撿。沒錯，只是去撿起來而已。即便今日也是如此。只是你得有那個眼光去發現。還要有本錢。擁有一定金額的資本絕對是必要的。我哪天一定要告訴你我跟一個美國人做的買賣。他相信自己是彼得大帝的嫡傳後裔。這故事真是太有啟發性了。」

有時亞瑟會談到童年。小時候的他身體孱弱，從來沒有上過學。他是獨子，跟寡母相依為命，非常愛慕自己的母親。他們一同研讀文學與藝術，一同走訪巴黎、巴登巴登、羅馬。他們總是在最上流的社交圈中來去，從德國城堡到法國莊園，再從法國莊園到英國宮殿，所識無不高雅、迷人、有品味。同時，他們也始終掛念著彼此的健康。病臥在相隔一道門的房裡時，他們會要求移動床鋪，以便不用提高音量就能聊天。他們說故事，講笑話，為彼此提振精神，一同度過沉悶不眠的夜晚。療養時，他們坐在遮篷輪椅上，被人推著比肩穿過瑞士琉森的各個花園。

這病痛交織成的牧歌，本質上就注定無法長久。亞瑟必須長大，必須前往牛津，而他的母親必

須死。她的愛一直庇護著他直到最後；只要還有一絲意識，她就不准僕人發電報通知他。等僕人最終違背她的命令時，為時已晚。一如她所願，她纖細敏感的孩子得以免於臨終告別的沉重壓力。

母親過世後，他的健康大大好轉，因為他得自立了。他繼承了一小筆財富，相當程度舒緩了他所面對的未知與苦楚。照倫敦九零年代上流社會的生活標準，他的財富至少夠支應十年。可是兩年不到，他錢就花光了。「就是那時候——」亞瑟說：「我首次認識到『奢侈』的意義。從那時起，很遺憾地，我的字典被迫放進了許多其他的詞彙；其中有一些相當醜惡恐怖。」「我希望——」他曾在另一個場合簡單地談到：「自己是現在才擁有那些錢。我會知道該怎麼善用。」那時候他才二十三歲，對此一無所知。金錢以魔法般的速度消失於馬匹的嘴裡和芭蕾舞孃的長襪上。僕役們油膩的手掌也緊握著一把接著一把來的鈔票。金錢轉換成一套套華服，而華服一兩週後又因生厭轉送到男僕手上；或轉換成具有東方情趣的小擺設，但不知怎的，一進了他的公寓就變成生鏽的舊鐵罐；或轉換成最新印象派天才的風景畫，結果隔天早上在日光下一看卻是幼稚的塗鴉。他當年衣冠楚楚又機智風趣，還有燒不完的錢，肯定是社交圈內最搶手的黃金單身漢。殊不知最後榨乾他的不是女人，而是猶太人。

他一位嚴厲的伯父收到了求援，勉為其難解救了他，但有附帶條件。亞瑟必須定下心來攻讀法

律。「我捫心自問，自己真的努力過了。我無法形容那有多痛苦。一兩個月後，我不得不採取行動。」當我問他是什麼行動，他又變得沉默寡言。我猜他找到了某個方法，巧妙運用了他社交上的人脈。「當時看來似乎非常卑鄙齷齪。」他隱諱不明地補充。「你知道，我那時是如此敏感的年輕人。不過現在想起來只覺得好笑。」

「我把那一刻當作我事業的起點，而且不像羅得的妻子*，我從不回頭。這些年來有高有低……起起伏伏。高的部分攸關歐洲歷史，低的部分我寧願忘記。好了好了，就如那句眾所周知的愛爾蘭老話，手已經搭上犁了，就得耕下去囉。」

我猜亞瑟所謂的起伏，在那年春天和初夏期間動作得相當頻繁。他向來不太願意討論這些，但他的精神總是充分透露了他的財務狀況。那些「老家具」（或不管實際上是什麼）的買賣似乎提供了暫時的喘息。而五月，他短暫去了趟巴黎回來，顯得興高采烈，並小心翼翼地說有好些機會「只欠東風」。

這些交易的背後，都有施密特那邪惡、頭如南瓜的形影在移動。亞瑟相當坦白地告訴我，他對

*舊約聖經人物，罪惡之城索多瑪被上帝毀滅前，天使通知羅得一家逃離，並叮囑途中不可停留或回頭，但羅得之妻禁不住回望，隨即化成一根鹽柱。

這位祕書感到害怕，而這一點也不奇怪。施密特太有用了；他已將主人的利益跟自己的利益劃上了等號。他是那種不僅有能力，還積極樂於替雇主幹髒活的人。從亞瑟偶爾不經意透露出來的蛛絲馬跡，我逐漸摸清了這位祕書的職責和才華。「對我們這階層的人而言，要對某些對象說某些話，實在非常難以啟齒。那會傷害我們纖細的情感。人真得非常殘酷才行啊。」這一點，施密特似乎不覺困難。他隨時準備好對任何人說任何話。他帶著鬥牛士的勇氣和技巧正面迎向債主。亞瑟再怎麼亂槍打鳥，他也都能貫徹到底，並且就像叼著鴨子回家的獵犬般捧著錢回來。

施密特掌控並負責發放亞瑟的零用錢。有很長一段時間，亞瑟不願承認這點，但這根本是不言而喻的事。有些時候，他連坐公車的錢都不夠；還有些時候他會說：「等一下，威廉，我有東西忘了，得上樓去拿。不介意在樓下等我一分鐘吧？」而通常，他差不多一刻鐘之後才會回來，可能深感沮喪，也可能容光煥發，就像個意外收到大筆小費的打工學生。

另一個我習以為常的說詞是：「我現在恐怕無法請你上樓。屋裡太亂了。」我很快就發現這話的意思是施密特在家。亞瑟害怕尷尬場面，總是盡可能避免我們碰面；從我首次造訪之後，我們倆對彼此的厭惡就與日俱增。我想，施密特不只是討厭我，還認定我會對他雇主造成有害且令人不安的影響，因而敵視我。他從來沒有真的劍拔弩張，只是掛著那無禮的微笑，並以踩著那雙踏地無聲

的鞋，突然出現在房內為樂。他會一聲不響站在那兒幾秒鐘，然後突然開口，嚇得亞瑟跳起來驚呼。他連續這樣做了兩到三次之後，亞瑟的神經已緊張到無法有條不紊地談論任何事了，於是我們只好撤退到最近的咖啡館繼續談。施密特會幫他的主人穿上大衣，虛情假意地欠身送我們出公寓，然後為成功達到目的而暗自滿足。

六月，我們去跟佩格尼茨男爵共度長週末；他邀我們去梅克倫堡一個湖岸邊的鄉間別墅玩。別墅中最大的一間房是健身房，裡頭配備了最新的健身器材，讓男爵盡情享受雕塑身材的嗜好。他每天在電動馬、划船機，和一條旋轉按摩帶上折磨自己。天氣非常熱，我們全都下水游泳，就連亞瑟也是。他戴了頂橡皮泳帽；他私下在自己臥室裡仔細調整過了。屋內滿是英俊的年輕男子，個個身材健美非常，展現著塗了油在太陽下烤曬幾小時後的古銅膚色。他們吃東西狼吞虎嚥，餐桌禮儀讓亞瑟痛心疾首；其中多數人說話時帶著極重的柏林口音。他們在沙灘上摔角、打拳擊，從跳板上翻滾躍進湖中。男爵每個活動都湊上一腳，並經常嚴重遭人擺布。男孩們帶著純真的野蠻，對他極盡惡作劇之能事，打破了他的備用鏡片，也差點弄斷他的頸子。他只是以英雄般冷酷的微笑承受這一切。

我們造訪的第二天晚上，他擺脫了那群人，跟我獨自到樹林中散步。當天早上，那群人才把他置於毯子中拋來拋去，最後將他摔在柏油地面上。現在，他走起路來還有點重心不穩。他的手沉重地搭上我的臂膀。「等你到了我這年紀——」他憂傷地跟我說：「就會發現生命中最美好的事物是心靈。單靠肉體並不能讓我們得到幸福。」他嘆了口氣，並在我手臂上輕輕一捏。「我們的朋友庫諾非同小可。」一同坐火車回柏林的途中，亞瑟論道：「有些人相信他會飛黃騰達。若他在下一屆政府中位居要職，我一點也不會驚訝。」

「不會吧？」

「我認為——」亞瑟側著頭，謹慎地瞥了我一眼。「他對你有極大的好感。」

「是嗎？」

「我有時候覺得，威廉，以你的才華，沒有更野心勃勃實在可惜了。年輕人應該善加把握機會。以庫諾的身分地位，他可以提供你各種形式的幫助。」

我笑了。「你的意思是，幫助我們兩個吧？」

「好吧，你要這麼說也沒錯。我承認我在其中的確預見了某些好處。但不管我有什麼過錯，希望至少不是個偽君子。說不定，他會請你當他的祕書。」

「真抱歉，亞瑟。」我說：「如此重責大任我恐怕擔當不起。」

5

接近八月底，亞瑟離開了柏林。他的離去瀰漫著一種神祕的氛圍；我壓根兒不曉得他曾有這個打算。我打電話到他公寓兩次，都在我很肯定施密特不會在的時候。廚子赫爾曼只知道老闆歸期未定。第二次打去的時候，我問他去了哪裡，得到的答案是倫敦。我開始擔心亞瑟會永久離開德國了。他無疑有充分的理由這麼做。

然而，九月第二週的某日，我住處的電話響了。亞瑟本人在線上。

「是你嗎，老弟？是我。我終於回來啦！我有好多事要跟你說。拜託別說你今晚已經有約了。沒有吧？那你六點半左右能到附近來嗎？可以先告訴你，我準備了一點小驚喜要給你。不行，我不會再多說了。你得親自來看看。**再見啦**。」

我抵達公寓時，亞瑟神采奕奕。

「親愛的威廉，真高興再次見到你呀！近來如何？還是老樣子？」

亞瑟嘻嘻作笑，搔著下巴，目光迅速且不安地掃視房間，彷彿還不能確定所有的家具仍在該有的位置。

「倫敦的情況如何？」我問。雖然他在電話上說了那麼多，但現在似乎不是特別想交際閒聊。

「倫敦？」亞瑟一片茫然。「哦，對。倫敦……老實跟你說，威廉，我不在倫敦。我在巴黎。就目前而言，我會希望讓這裡的某些人稍稍難以掌握我的行蹤。」他停頓一下，然後感人地補充：「不過你畢竟是我非常要好又親密的友人，應該可以告訴你。我這一趟跟共產黨不無關聯。」

「你的意思是你成為共產黨員了？」

「有實無名，威廉。沒錯，有實無名。」

他沉默了一會兒，享受著我的震驚。「更有甚者，我今晚請你來，是要你親眼見證我所謂的信仰宣言。我一小時之後會在一個反對剝削中國農民的集會上發表演說。希望你能賞光。」

「那還用說。」

集會在新克爾恩區舉行。亞瑟堅持要坐計程車過去。他正處於一種想要揮霍的情緒之中。

「我覺得……」他說道：「日後回想，今晚會是我人生的轉捩點之一。」

他的緊張顯而易見，不斷撥弄著手上那疊紙，也偶爾不悅地看向計程車的窗外，好似就要開口請司機停車。

「想必你的人生有很多個轉捩點。」我開口，好分散他的注意力。

聽到這帶有奉承意味的話，亞瑟立即面露喜色。

「的確，威廉，的確如此。假若我的人生今晚就要結束（我由衷希望不會），我也可以老實地說：『無論如何，我真真切切地活過了。』……真希望你認識早先時候，就是戰前，在巴黎生活的我。我有自己的車，在郊區還有間公寓。那公寓可是自成一格的名勝。臥室是我親手設計的，全是深紅與黑色。我收藏的鞭子大概無能人比。」亞瑟嘆了口氣。「我天性敏感，對周遭環境會有即時的反應。當太陽照耀著我，我就會伸展開來。要見識我的最佳狀態，就得讓我置身在合適的環境中：好的桌子、好的酒窖、藝術、音樂、美麗的事物、風趣迷人的朋友，然後我就會開始發光發亮，徹底改頭換面。」

計程車停下，亞瑟毛躁地付了車資。我們穿過一個完全暗下且空無一人的廣大啤酒花園，進入空蕩蕩的餐廳。一名年長的侍者告知我們集會在樓上舉行。「不是第一道門喔。」他補充：「那是九柱遊戲俱樂部。」

「老天！」亞瑟驚呼：「我們恐怕來得太晚了。」

他說得對，集會已然開始。攀爬著晃動的寬闊樓梯時，可以聽見演講者的聲音在破落的長廊上迴盪。兩個身材壯碩、配戴鍾子和鐮刀臂章的年輕人守在雙開門前。亞瑟低聲匆匆解釋，然後他們

就讓我們通過。亞瑟緊張地掐著我的手。「回頭見了。」我在眼前最近的一張空椅坐下。

會堂又大又冷，裝潢成俗麗的巴洛克風格。這會堂或許是三十年前建造的，而且從那之後就沒再重新粉刷過。天花板上有繁多粉紅、藍色、金色的小天使圖樣，玫瑰及雲朵已經剝落，顯露出濕氣。四面牆垂掛著鮮紅色的橫幅，上頭有白色的字體書寫著：「**工人陣線反法西斯戰爭**」、「**我們要工作和麵包**」、「**世界勞工大團結**」。

講者們坐在台上的一張長桌後面，面對觀眾。他們的背後是一張繪有林間綠地的破爛布幕。台上有兩名中國人，一名正在做速記的女孩，還有位滿頭亂髮的憔悴男子雙手撐著頭，彷彿在聽音樂。在他們前方，一名矮小、寬肩的紅髮男子危險地站在講台邊緣，像揮舞旗幟般對我們揮舞著一張紙。

「同志們，這些人就是見證。你們已經聽到他們說的了。不證自明，對吧？我也不用再多說什麼了。明天，你們就會在《世界晚報》上讀到。這些內容不適合上資本主義的報紙，即使要上也上不了。那些老闆們的報紙不會登這些，因為要是登了，可能會惹毛證券交易所。這樣是不是很可惜？沒關係。工人們會讀到。工人們會有自己的想法。讓我們將此訊息傳遞給中國的同志們：德國共產黨的勞工們抗議日本劊子手的暴行。工人們聲援中國成千上萬無家可歸的農民。同志們，國際

勞工聯盟中國分部懇請我們提供資金，對抗日本帝國主義及歐洲人的剝削。幫助他們是我們的義務。我們要幫助他們。」

紅髮男子邊說邊露出微笑，一個充滿戰鬥與勝利意味的微笑，而他的眼白，甚至牙齒都在燈光下閃爍。他手勢擺動的幅度細微，但驚人地有力。儲存在他矮小結實身軀中的那股龐大精力，不時就像馬力過強的電動自行車，幾乎要把他整個人甩下台。我在報紙上見過他的照片兩三次，但想不起他是誰。從我坐的地方很難聽清他說的每句話。巨大的回聲充塞寬闊、潮濕的會堂，不斷蓋過他自己的聲音。

現在，亞瑟出現在講台上了。他匆匆與中國人握手、致歉，忙亂地找到自己的位子。隨著紅髮男子的最後一句話脫口，台下爆出一片掌聲，而這明顯讓亞瑟嚇了一跳。他猛然坐下。

趁著聽眾鼓掌，我往前幾排移動，擠進前方一個空座位，好聽得清楚些。我坐下的時候，感覺有人拉我的衣袖。是安妮，那個長靴女孩。我認出坐在她旁邊的人，就是除夕夜在歐嘉那兒灌庫諾啤酒的男孩。他們倆似乎都很高興見到我。男孩握手時的手勁之強，讓我幾乎快喊出聲來。

會堂裡擠滿了人。聽眾身著髒兮兮的日常衣服坐在堂中。他們多數人穿著馬褲搭配粗毛線襪，上半身則是毛衣和鴨舌帽。他們的目光追隨講者，閃著飢渴的好奇心。我從未參加過共產黨集會，

而眼前最打動我的，是一排排仰望的臉上，那毫不動搖的專注。那是柏林勞工階級的臉，蒼白且早生皺紋，常顯憔悴和清苦；他們稀疏的金髮自寬闊的前額向後梳，一如學者的頭。他們來這裡不是為了見到彼此，不是要被看見，甚至不是要盡什麼社會責任。他們全神貫注，卻不被動。他們不是觀眾。他們帶著一種渴望但克制的熱情，投入紅髮男子的演說中。他替他們發聲，讓他們的想法清晰可聞。他們正在傾聽著彼此共同的心聲，間或不由自主地突然猛力鼓起掌來。他們的熱忱，他們的意志力叫我激動。我在局外旁觀。或許有一天，我也該加入其中，背棄自己的階級，背棄那些受劍橋時期的無政府主義演講，及堅信禮時的口號，還有十七年前父親的部隊往火車站行進時樂隊奏的曲子，而攪得混淆不清的情感。矮個兒男子演說完畢，在如雷掌聲中回到自己桌後的位子。

「他是誰？」我問。

「什麼，你不知道嗎？」安妮的朋友驚呼。「那是路德維希．拜爾。我們之中最傑出的人。」

這位男孩叫奧托。安妮介紹我們認識，於是又得再來一次那幾要斷骨的握手。奧托和安妮交換位置，好跟我說話。

「你前幾天晚上有到體育宮嗎？老兄，你真該去聽聽！他講了兩個半小時，連一口水都不用喝。」

一名中國代表現在應介紹之詞而起身。他說得一口謹慎、標準的德語，一字一句就如同亞洲樂器幽微、憂傷的絃音般，傾訴著饑荒、洪水、日軍空襲無助城鎮的故事。「德國同志們，我從不幸的國家帶來了悲傷的訊息。」

「我的老天爺！」奧托低語，深受打動。「那裡一定比我姑媽在西蒙街的住處還慘。」

時間已是九點一刻。中國人之後，輪到那名滿頭亂髮的男子。亞瑟越來越不耐煩。他不斷瞥著手錶，還偷偷摸起自己的假髮。接著，第二位中國人上台。他的德語不如他的同胞，但聽眾仍一樣熱切地聆聽。看得出來，亞瑟已經快氣瘋了。終於，他起身繞到拜爾的座位後方，彎下腰，開始激動地耳語。拜爾面露微笑，友善地做了個安撫的手勢。亞瑟似乎很受用，半信半疑地回到自己的位子，但很快又開始坐立不安。

中國人終於說完了。拜爾立刻起身，把亞瑟當小孩鼓勵似的牽起他的手臂，引他到台前。

「這位是亞瑟．諾里斯同志。他要來跟我們說說英國帝國主義在遠東所犯下的罪行。」

對我而言，他站在那兒是如此荒謬的光景，我很難保持一臉正經。我真的無法理解會堂裡的其他人為何沒有爆笑出聲。但真沒有，聽眾顯然不覺得亞瑟有何可笑之處。就連安妮，這個比在場任何人都更有理由從滑稽角度看待他的人，也是滿臉嚴肅。

亞瑟清了清嗓子，翻弄著自己的紙頁，然後開始用流利、藻飾的德語講話，不過速度稍嫌過快。

「自從協約國政府的領袖們，以他們無與倫比的智慧，挑定一天簽下那無疑有如天啟般充滿靈光的凡爾賽條約之後，自從那天起，我重申……」

一陣彷彿出於不安的輕微騷動，傳過一排排的聽眾。但那些蒼白、認真、朝上仰望的臉並不帶一丁點的諷刺。他們毫不懷疑地接受這位文質彬彬的布爾喬亞紳士，接受他時髦的服裝，他資產階級式優雅的機智。他是來幫助他們的，拜爾也支持他，那他就是他們的朋友。

「過去這兩百年來，英國帝國主義致力於贈送三大禍福難料的救濟予其受害者，分別是：聖經、酒精及炸藥。而這三樣之中，我或許可以大膽地說，炸藥理當是最無害的。」

這句話引發了一些掌聲，遲來、猶疑的掌聲。聽眾好像贊同他的論點，卻仍對他的舉止抱有疑慮。他明顯受到鼓舞，便繼續說：「這讓我想起一個故事：英國人、德國人和法國人打賭，看誰可以在一天之內砍下最多棵樹。法國人頭一個嘗試……」

故事結尾時，現場爆出笑聲及響亮的掌聲。奧托樂得猛捶我的背。「**天啊！這傢伙的嘴可真厲害，對吧？**」然後他再次傾身聆聽，目光專注於講台上，手臂環繞著安妮的肩膀。亞瑟的語氣從優

雅的戲謔轉為嚴肅的雄辯，逐步邁向演說的高潮：

「今晚我們坐在這會堂裡，耳際迴盪著中國農民飢寒交迫的呼救聲。這些求救聲橫跨半個地球來到我們面前。希望很快，他們的聲音會更加響亮，蓋過外交官們無用的場面話，以及伴舞樂隊在豪華酒店的賣力演奏。而在那些酒店中，軍火製造商的妻子們正撥弄著一顆顆用無辜孩童的血換取而來的珍珠。沒錯，我們要讓歐洲和美國每一個有理性的人都清楚聽見這些哭喊。到那時候，也只有那時候，才能終止這毫無人性的剝削，這活生生的靈魂交易……」

亞瑟以強而有力的手勢結束演說。他滿臉紅光，熱烈的掌聲一波接一波襲捲會堂，還有許多聽眾高聲喝采。掌聲正盛，亞瑟就走下講台，來到門邊跟我會合。聽眾齊轉頭看著我們出去。奧托和安妮也跟我們一同離開了會場。奧托擰著亞瑟的手，並用那厚重的手掌結結實實賞了亞瑟的肩頭幾記拍打。「亞瑟，你這老傢伙！真有一套啊！」

「謝謝你，老弟。謝謝。」亞瑟邊退避邊說。他很自豪。「他們反應如何，威廉？不錯吧，我想？我希望有清楚表達到重點？拜託跟我說有。」

「說老實話，亞瑟，我驚訝地合不攏嘴。」

「你人真好。從你這麼嚴厲的批評家口中得到讚美，真是如聞天籟呀。」

「我不知道你原來對演講這麼有經驗。」

「在我風光的時候——」亞瑟靦腆地承認：「有許多在公眾面前講話的機會，不過很少有場面像今天這麼盛大的。」

我們在公寓吃了頓冷餐。施密特與赫爾曼都出門了，是奧托與安妮泡茶擺桌。他們似乎熟門熟路，很清楚廚房裡每樣東西擺放的位置。

「奧托是安妮挑選的護花使者。」亞瑟在他們倆離開房間時解釋。「在別行，他會被稱作她的經紀人。我相信他有從她的收入抽取一定比例的佣金。我不喜歡問得太詳細。他是個好孩子，但極度愛吃醋。幸運地，不是對安妮的客戶吃醋。我可怎樣都不想上他的黑名單。據我瞭解，他是所屬拳擊俱樂部的中量級冠軍。」

餐點終於準備好了。他手忙腳亂，拚命下指令。

「可以請安妮同志幫我們拿些杯子來嗎？她人真好。我想舉杯慶祝這個夜晚。如果奧托同志不嫌麻煩，我們甚至可以來一點白蘭地。我不知道布萊德蕭同志喝不喝白蘭地。你最好問問他。」

「在如此歷史性的時刻，諾里斯同志，我什麼都喝。」

奧托回報已經沒有白蘭地了。

「無妨。」亞瑟說：「白蘭地不是無產階級的飲品，我們喝啤酒。」他為我們倒酒。「敬世界革命。」

「敬世界革命。」

我們以杯碰杯。安妮優雅地啜飲，手指夾著杯把，小指還故作斯文地翹起。奧托一飲而盡，砰的將平底杯重重砸在桌上。亞瑟的啤酒流錯邊嗆到了他。他咳嗽，口沫四濺，一頭鑽進了餐巾。

「這恐怕是不祥之兆喔。」我開玩笑地說。他似乎相當不快。

「請別說這種話，威廉。我不喜歡聽到有人說這種話，即使只是個玩笑。」

這是我頭一次發現亞瑟迷信。我樂不可支，對此也印象深刻。他顯然有很壞的聯想。難道他真的經歷過某種宗教洗禮？難以相信。

「你成為共產主義者很久了嗎，亞瑟？」開始用餐後，我用英文問道。

他稍微清清喉嚨，不安地朝門的方向瞥了一眼。

「在內心裡，是的，威廉。可以說我一直都覺得，在最深層的意義上，我們所有人皆兄弟。階級區隔對我而言從來就沒什麼意義，對暴政的深惡痛絕也一直存在我的血液之中。我甚至在幼年，就已無法忍受任何形式的不公不義了。那觸犯了我的美學，如此愚蠢又如此醜陋。我還記得第一次

受到褓母不公正的懲罰時，內心作何感受。讓我憤慨的不是懲罰本身，而是那背後的笨拙與想像力的匱乏。我記得，那傷害我非常之深。」

「那你為何沒有早點加入共產黨？」

亞瑟突然面無表情，以指尖敲著太陽穴。

「時機尚未成熟。時候未到。」

「那施密特對此有什麼看法？」我調皮地問。

亞瑟二度匆匆地朝門一瞥。如我所料，他心裡七上八下，深恐這位祕書會突然走進來。

「就目前而言，施密特和我對此事的看法恐怕不太一致。」

我咧嘴一笑。「不過想當然耳，你很快就會讓他改觀吧。」

「別說英文了，你們兩個。」奧托高聲道，並有力地推了我肋骨一把。「安妮跟我也要聽笑話。」

餐間我們喝了很多啤酒。我的腳步肯定有點不穩，因為當我用完餐起身，竟撞倒了自己坐的那張椅子。椅座底面貼了一張標籤，上面印著數字六九。

「這是幹嘛的？」我問。

「喔，那個呀？」亞瑟慌忙地說道，看上去非常倉皇失措。「那只是原本出售的商家自己給商品編的號碼。肯定一直都在那兒……安妮，寶貝，可以麻煩你跟奧托行行好，把一些東西收拾到廚房，擱在水槽裡嗎？我不想留太多東西給赫爾曼明早收。他會跟我嘔氣一整天的。」

「那標籤是要幹嘛的？」他們一出房間，我就溫和地重複提問。「我想知道。」

亞瑟憂傷地搖了搖頭。

「唉，親愛的威廉，什麼都逃不過你的法眼。我們又有一樁家務隱私曝光了。」

「恕我駑鈍，什麼隱私？」

「我很樂見你年輕的生命從未受如此齷齪的經驗所玷汙。在你這年紀，說來遺憾，我就已經跟某種紳士相熟了。現在這屋裡的每件家具都可找到對方的署名。」

「老天爺，你是指查封官嗎？」

「我比較喜歡稱他為**執達吏**。好聽多了。」

「可是，亞瑟，他什麼時候要來？」

「很遺憾，他幾乎每天早上都來。有時候下午也來。不過他很少碰到我在家。我寧可讓施密特去應付他。據我觀察，他似乎是個少有或根本沒有文化的人。我懷疑我們兩人會有任何交集。」

「他很快就會把所有東西都拿走嗎？」

亞瑟似乎很享受我的驚慌，一副置身事外的樣子抽著菸。

「下週一吧，我猜。」

「太可怕了！沒有辦法了嗎？」

「哦，肯定有辦法。**總會**有辦法解決的。我可能不得不再次拜訪我的蘇格蘭朋友，艾薩克斯先生。艾薩克斯先生跟我再三強調他是來自一個古老的蘇格蘭家族，因弗內斯的艾薩克斯家族。我頭一次有幸見到他時，他幾乎要擁抱我。他說：『啊，我親愛的諾里斯先生，你是我的同鄉呀。』」

「可是，亞瑟，去找放高利貸的只會讓你陷入更深的困境呀。這種情況持續很久了嗎？我一直以為你很富有。」

亞瑟笑了。

「我是很富有，希望如此，不過是精神上的……親愛的老弟，別為我大驚小怪。靠著點小聰明，這種日子我也過了將近三十年之久啦，而且打算繼續這樣過下去，直到蒙主寵召，去跟我那些恐怕不太討人喜歡的父祖先輩們作伴。」

我還沒來得及再追問，安妮跟奧托就從廚房回來了。亞瑟興高采烈地招呼他們，而安妮很快就

坐上了他的膝蓋，又摑又咬地阻止他佔便宜。至於奧托，他已脫下外套，捲起袖子，專心一意地想要修好留聲機。這幅家居場面似乎沒有我的位置，於是我趕緊告辭。

奧托帶著鑰匙下樓，替我開大門。道別時，他嚴肅地舉起緊握的拳頭行禮：

「紅色陣線。」

「紅色陣線。」我回答。

6

那次聚會後不久，一天早上施洛德女士拖著步子十萬火急地衝進我的房間，跟我說亞瑟正在線上。

「一定是很嚴重的事情。諾里斯先生連聲早安都沒跟我說。」她非常在意，而且有點受傷。

「哈囉，亞瑟。怎麼啦？」

「我的老天爺，親愛的老弟，現在別多問。」他的語氣急躁不安，速度快得我幾乎聽不懂他在說什麼。「我受不了了。我只想知道，你能馬上過來嗎？」

「唔……我十點有學生要來。」

「不能改期嗎？」

「事情有這麼嚴重嗎？」

亞瑟受到了刺激，微微怒吼著：「有這麼嚴重嗎？親愛的威廉，麻煩你發揮一下想像力。事情不嚴重的話我會在這種鬼時間打電話給你嗎？我只問一句：行，或不行。如果是錢的問題，那好解決，我很樂意付你平常的終點費。你都收多少？」

「夠了，亞瑟，別說傻話。如果是急事我當然會過去。我二十分鐘後到。」

我發現公寓的門全都大開，就逕自走了進去。看來亞瑟一直像隻慌張的母雞在房與房之間衝來闖去。此刻，他人在客廳，已著好裝準備出門，正焦急地要戴手套。赫爾曼跪在玄關一個櫥櫃前，悶悶不樂地在翻找什麼。施密特倚著書房門口，唇間叼了一根菸。他一點也沒有要幫忙的意思，而且顯然相當樂見自己的雇主如此苦惱。

「啊，威廉，你終於來了！」一見到我，亞瑟就高喊。「我還以為你不會來了。哎，天啊，天啊！已經這麼晚了嗎？別管我的灰色帽子了。跟我來，威廉，一起來。我在路上會跟你解釋一切。」

出門的時候，施密特給了我們一個令人不快的嘲諷微笑。

等我們舒適地安座在巴士的上層後，亞瑟也變得比較鎮定、有條理。

「首先——」他迅速摸遍身上所有口袋，翻出一張折疊好的紙。「請讀讀這個。」

我看著那張紙。那是張政治警察的傳票，要求亞瑟・諾里斯先生於當天下午一點前到亞歷山大廣場報到。上面並沒有寫明要是他沒照做會怎樣。措詞官樣正式且冰冷有禮。

「老天爺，亞瑟。」我說：「這到底什麼意思？你最近又幹了什麼？」

儘管惶惶不安，亞瑟仍適度展現出某種自負。

「我自認與第三國際的代表——」他壓低嗓音，目光快速掃過同車乘客。「與他們的來往並非完全徒勞無功。聽說我的努力甚至在莫斯科的某些地方激起了讚許的聲音……我跟你說過，對吧，說過我去了趟巴黎？對、對，沒錯……這個嘛，我在那邊有個小任務得完成。我跟某些位居要職的人物談了話，並帶回一些指示……現在別管這個了。無論如何，顯然這兒的政府當局消息比我們估計的更靈通。這是我必須去弄清楚的。整個問題非常棘手，我得小心，可千萬不能洩漏口風。」

「也許他們會對你嚴刑逼供喔。」

「哎，威廉，你怎麼能說這麼恐怖的話？害我頭都暈了。」

「可是，亞瑟，這想必……我的意思是，你不會有點樂在其中嗎？」

亞瑟笑了。「哈哈，哈哈哈哈。威廉，我真得說，即便在最黑暗的時刻，你的幽默總是能萬無一失地讓我元氣大振……好吧，好吧，要是審問是由安妮小姐，或其他同樣迷人的年輕女士執行，我或許會帶著——呃——非常複雜的情感受審。沒錯。」他不自在地搔著下巴。「我很需要你精神上的支持。你務必要陪同，並握著我的手。而若是這個——」他緊張地朝肩後瞥了瞥。「這個面談結束得不太愉快，就得麻煩你去找拜爾，把發生的事情一五一十告訴他。」

「好，我會的。放心。」

當我們在亞歷山大廣場下車，可憐的亞瑟顫抖不已，於是我建議先找間餐廳喝一杯白蘭地。我們坐在一張小桌子邊，凝望著道路對側一大塊灰褐色的警政機關建築。

「敵人的堡壘。」亞瑟說：「得靠可憐的我去闖一闖，單槍匹馬。」

「記住大衛與歌利亞*。」

「唉呀，恐怕聖經詩歌的作者與這個早上的我沒什麼共通之處。我倒感覺比較像是隻即將被壓路機輾平的甲蟲……奇特的是，我從早年開始，就對警察有種出於直覺的反感。他們制服的式樣令我不快，而德國的頭盔不只醜陋，更有種說不出來的邪惡。光是看著他們用那缺乏人性的陳腐字跡填寫公文，我就感覺胃在下沉。」

「我懂你的意思。」

亞瑟開懷了點。

「我很高興有你的陪伴，威廉。你這麼富有同情心。在這赴往刑場的早上，我想不出比你更好

---

* 舊約聖經中少年大衛斬殺巨人歌利亞的知名故事。後引喻為以小搏大。

的隨行者了。跟那個可惡的施密特正好相反。他只會幸災樂禍。最讓他感到痛快的，就是他終於能理直氣壯地說——我早跟你說了吧。」

「說到底，他們在裡面也不能對你怎樣。他們只會對工人動手。記住，你跟他們的主子是同一階級的。你必須讓他們知道這點。」

「我會盡力。」亞瑟懷疑地說。

「再來杯白蘭地？」

「唔，好吧，再來一杯。」

第二杯白蘭地起了奇妙的作用。我們自餐廳走入寂靜、濕冷的秋日早晨，手挽著手滿臉笑容。

「勇敢點，諾里斯同志。想想列寧。」

「哈哈，恐怕我從薩德侯爵身上會得到更多鼓舞。」

但警察總部的氛圍讓他清醒了不少。隨著憂慮與沮喪漸增，我們徘徊在狹長的石造走廊，走廊上一扇扇門都標了號；也受誤導在一層層樓梯中上上下下，撞上各個攜帶著鼓脹的犯罪資料夾，行色匆匆的警官。最後我們來到中庭。一抬頭，視線所及盡是加裝粗重鐵條的窗戶在俯瞰著我們。

「老天，老天！」亞瑟呻吟著。「我們這次恐怕是自投羅網了。」

這時，上方傳來一聲尖銳的口哨。

「哈囉，亞瑟！」

奧托正從高處一扇上了鐵條的窗戶往下望。

「他們逮到你什麼啦？」他逗趣地大喊。我們倆還來不及回答，便有道穿著制服的人影出現窗邊，把他推走。這幻影既短暫又惹人不安。

「他們似乎將整幫人都一網打盡了。」我笑著說。

「的確不尋常。」亞瑟心神不寧地說：「不知道……」

我們穿過一道拱門，登上更多階梯，進入一個滿是小房間和陰暗走道、狀似蜂巢的地方。每層樓都有幾個臉盆，漆成健康的綠色。亞瑟看了看他的傳票，找到他應該報到的房間號碼。要分開時，我們匆匆低語了幾句。

「待會兒見，亞瑟，祝你好運。我會在這裡等你。」

「謝謝你，老弟……萬一事情真的往最糟的情況發展，也就是我走出這個房間時戴著手銬，除非我先開口，否則你千萬別跟我說話或表示認識我。別把你捲進來或許比較明智……這是拜爾的地址，萬一你得自己一個人去的話。」

「我相信沒這個必要。」

「還有一件事我得跟你說。」亞瑟的態度有如正要登上斷頭台的人。「如果我今天早上在電話裡表現得有點急躁，那真是抱歉。我當時心煩意亂……如果我們得有一陣子見不到面，我不希望你因此對我留下了壞印象。」

「別胡說了，亞瑟。我當然不會。快去吧，把這事做個了結。」

他握了握我的手，再怯生生地敲門，走了進去。

我坐下來等他。我頭上有張血紅色的海報，公告舉發殺人凶手的賞金。我的長椅上還坐了一名肥胖的猶太貧民律師及他的客戶：一名淚眼汪汪的小妓女。

「你只要記得——」他不斷耳提面命：「你六號晚上之後再也沒見過他就好。」

「但他們總有辦法問出來的。」她抽抽噎噎地說：「我知道他們有辦法。他們會用那種眼神看著你，然後突然丟出一個問題——你根本沒有時間思考。」

將近一小時後，亞瑟才再度現身。我立刻從他的表情看出面談並沒有預期的糟。他連聲催促。

「走吧，威廉，快走。我不想在這裡多待一秒。」

出到街上，他招了輛計程車，吩咐司機開往凱瑟霍夫酒店，並一如往常地補充道：

「不趕，沒必要開太快。」

「凱瑟霍夫！」我驚呼。「我們要去拜訪希特勒嗎？」

「不，威廉。不是去找他……雖然，我承認，混進敵營對我來說有某種樂趣。你知道嗎？我最近還刻意跑去那裡修指甲。他們有非常好的師傅。不過，今天我的目的完全不同。拜爾的辦公室也在威廉大街上。不過，從這裡直接開過去似乎不怎麼謹慎。」

於是，我們搬演了一小齣聲東擊西的荒謬劇：走進酒店，在會客廳喝了杯咖啡，瀏覽著早報。讓我失望的是，我們沒有見到希特勒或其他納粹領導人。十分鐘後，我們再次回到大街上。我發現自己快速斜睨著左右兩側，尋找可能是偵探的人物。亞瑟對警察的執迷極有傳染力。

拜爾棲身於公寓頂層一間凌亂的大房中。該公寓位在茲瑪街之後，屬於較破落的樓房，跟亞瑟所謂的「敵營」，我們剛離開的那間四壁襯墊、昏黃豪華的酒店，確實形成顯著的對比。公寓房門長期都不關。屋內四壁懸掛著德語和俄語的海報、群眾集會跟遊行的通告、反戰連環漫畫、工業區的地圖，以及標示罷工規模和進展的圖表。地板上光禿禿的一片，沒鋪地毯，也沒有上漆。房間迴響著打字機的喀喀聲。各種年紀的男女進進出出，有的坐在翻過來的糖盒上聊天，等候會見。他們個個耐心、愉快、輕鬆自在。每個人似乎都互相認識，即使看見新面孔，也幾乎總是直呼其名，就

連對陌生人也會直稱「你」。香菸是人手一根。地上散落著被踩扁的菸蒂。

在這不拘禮節、令人愉快的日常即景中，我們發現拜爾正在一間狹小破舊的房間裡，對著一名女孩口授一封信。我曾在新克爾恩集會的講台上見過那女孩。拜爾似乎很高興見到亞瑟，但並不特別感到訝異。

「啊，親愛的諾里斯，有什麼我能效勞的嗎？」

他說的英語頓挫鮮明，且帶有強烈的外國口音。我從沒見過這麼漂亮的一口牙。確實，他和亞瑟的牙齒各有其出眾之處，或許該將兩副牙並排陳列在牙齒博物館內，作為經典對照。

「你已經見過他們了？」他又問。

「對。」亞瑟說：「我們剛從那邊過來。」

那位女祕書起身走出房間，順便帶上門。亞瑟戴著手套的高雅雙手正經地擱於大腿上，開始述說他在警局跟官員面談的經過。拜爾在他的座位上聆聽。他有一雙格外靈活生動的深紅棕色眼眸，而那目光直接、銳利、精明如帶笑意，可是他嘴上並沒有笑。他的臉和身體一動不動地聽著亞瑟說話，完全沒有點頭、變換姿勢或玩手指。他的靜止讓人感受到一股專注的力量，強度有如催眠。看得出來，亞瑟也感覺到了這股力量；他在座位上侷促不安地扭動，並小心避開拜爾的眼神。亞瑟一

開頭就跟我們保證警察非常禮遇他：其中一位幫他脫了外套和帽子，另一位幫他拉了椅子，還拿雪茄給他。亞瑟坐上椅子，但拒絕了雪茄；他相當強調這點，彷彿那是他意志堅強、剛正不阿的證明。於是，警察繼續彬彬有禮地請他容許他們抽菸，這亞瑟同意了。接下來是一連串故作閒聊的論證詰問，主要是關於亞瑟在柏林的商業活動。此時亞瑟謹慎地保留大部分的細節。「你不會感興趣的。」他告訴拜爾。然而，我猜警方儘管一派客氣，但已成功讓他驚駭有加。他們消息超乎想像得靈通。這些客套結束後，真正的訊問才開始。「據我們所知，諾里斯先生，你最近去了趟巴黎。這趟旅行跟你私人的生意有關係嗎？」

當然，亞瑟對此早有準備。或許準備得過頭了。他的解釋滔滔不絕。警方最後用一個親切的問題將之戳破。他們提出了一個名字和一處地址，聲稱諾里斯先生曾兩度造訪該處，就在他抵達巴黎的當晚和離開的當天早晨。這是不是同樣屬於私人生意上的會面呢？亞瑟沒否認當時的確大吃了一驚。不過，他宣稱自己仍非常謹慎。「當然，我沒有笨到去否認。我表現出一副蠻不在乎的樣子。我想我讓他們留下了好印象。他們在動搖，我看得出來，明顯地動搖了。」

亞瑟停了一下，再謙虛地補充道：「不是我吹牛，我還蠻懂得該如何應付這種特殊情況的。沒錯。」

他的語氣渴求著一句鼓勵或認可。但拜爾既不鼓勵，也不責難，連開口或移動都沒有。他深棕色的眼睛繼續凝視著亞瑟，帶著同樣精明的專注、笑意和機警。亞瑟侷促地短咳了一聲。

亞瑟急於打破那無情、催眠似的沉默，因此開始天花亂墜地講個不停。他肯定講了將近半小時。然而，真正能講的其實並不多。警方展現了他們的情報能力後，便趕緊跟諾里斯先生保證，只要這些活動侷限在其他國家，他們就一點興趣也沒有。但如果是發生在德國，那就另當別論了。德意志共和國歡迎所有外國訪客，但希望這些訪客們能銘記，有些內規是不分主客，一概都得遵守的。總之，德意志共和國若不幸得拋卻與諾里斯先生的友誼，將會是莫大的遺憾。警方相信像諾里斯先生這麼飽經世故的人，一定能領會他們的意思。

終於，正當亞瑟走向門口，讓人協助穿上大衣並接過帽子時，對方拋來了最後一個問題，且提問的語氣就好像這跟先前所談到的毫無瓜葛：

「你最近加入了共產黨？」

「我當然立刻就看出這是陷阱。」亞瑟跟我們說：「完全是個陷阱。但我得迅速思考，回答時任何一點遲疑都會致命。他們太精於注意這些小細節了……我沒加入共產黨，也沒加入其他任何左翼組織。我只是贊同德國共產黨在某些非政治議題上的立場……我想這是正確答案吧？應該是。沒

錯。」

拜爾終於露出笑容，也開了口：「你的做法相當正確，親愛的諾里斯。」他似乎隱隱樂在心中。

亞瑟開心得像隻受了撫捋的小貓。

「布萊德蕭同志給了我很大的幫助。」

「喔，是嗎？」

拜爾沒有問是什麼樣的幫助。

「你對我們的運動有興趣？」

這是他首次打量著我。不，他並不覺得感佩。同時，他也沒有譴責。一個年輕的資產階級知識分子，他心想。滿腔熱忱──在一定的範圍內。受過教育──在一定的範圍內。只要用他所屬階級的措詞作出請求，他會有能力回應。有點小用：每個人都能做點什麼。我感覺得到自己已是滿臉通紅。

「如果可以，我願意幫忙。」我說。

「你會說德語？」

「他德語說得好極了。」亞瑟插話，就像個在跟私校校長極力褒薦自己兒子的母親。拜爾微笑著，眼神再次打量著我。

「怎麼樣？」

他將桌上一些紙翻過來。

「這裡有些翻譯工作可以煩勞你幫忙。能請你將這翻成英文嗎？如你所見，這是我們過去一年的工作報告。你會從中稍稍理解我們的目標。我想這應該能提起你的興趣。」

他遞給我一疊厚厚的手稿，並站了起來。他比起在講台上還要更顯得矮小寬闊。他將一隻手搭在亞瑟的肩頭。

「你剛說的那些，非常有趣。」他跟我們倆握手，送出燦爛的臨別微笑。「也拜託你——」他幽默地跟亞瑟加了一句。「別把這位年輕的布萊德蕭先生捲進你的麻煩裡。」

「沒問題，我跟你保證，作夢也不敢。在我眼裡，他的安危不敢說超過，但也幾乎和我自身的安危同等珍貴了……好吧，哈哈，我就不再浪費你寶貴的時間了。再見。」

與拜爾會面後，亞瑟的精神為之一振。

「你讓他留下了好印象，威廉。沒錯，是真的。我一眼就看得出來。而他對人的判斷是非常敏

銳的。我想他對我在亞歷山大廣場回答警方的那些話很滿意，是吧？」

「肯定是。」

「我想也是，沒錯。」

「他是誰？」我問。

「我自己對他也所知甚少，威廉。我聽說他原先是一名化學研究員。我想他的父母應該不是勞工階層的。他感覺起來不像，對吧？無論如何，拜爾不是他的真名。」

這次會面之後，我急於再見見拜爾。我趁授課的空檔盡快完成了翻譯。花了我兩天時間。那份手稿是報告各種罷工行動的目標和進展，以及為罷工者的家庭提供糧食和衣物補給所採取的各項措施。我遇到的主要困難是為數眾多且不斷重複出現的名稱縮寫，各自代表了參與行動的不同組織。由於我不知道大多數這些組織的英文稱呼，也就不知道該用什麼字母替代。

「那無關緊要。」我問拜爾時，他回答：「我們會自行處理。」

他的語氣中有些東西讓我感覺受到羞辱。他交給我翻譯的那些手稿一點也不重要，八成也不會送去英國。拜爾將稿子當成玩具般丟給我玩，無疑是希望能藉此擺脫我那煩人、無用的熱忱，至少

一個星期。

「你覺得這工作有趣？」他繼續說：「我很高興。在我們這時代，每個男女都必須認識這些問題。你讀過馬克思嗎？」

我說曾嘗試讀過《資本論》。

「哦，那對入門者來說太難了。你應該先讀讀《共產黨宣言》。還有列寧的一些小冊子。等等，我拿給你……」

他極其和善可親，似乎不急著打發我。會不會他這個下午果真沒有其他重要的事要忙？他問起倫敦東區的生活情況，我努力擷取三年前，在貧民區廝混的幾天中得到的一點經驗來作答。光是受到他的注視，我就彷彿聽到最激勵人心的讚賞。我發現幾乎都是自己在說話。半小時後，我腋下夾了幾本書籍和更多待譯的文件，正打算道別。此時，拜爾問道：

「你認識諾里斯很久了嗎？」

「超過一年了。」我反射性地回答，心裡對這問題幾乎沒起什麼反應。

「真的？你們在哪兒認識的？」

這一次，我沒漏掉他的弦外之音。我定定地看著他，但他令人驚奇的雙眼沒有顯現一絲懷疑、

威脅，或狡詐。他只是掛著和藹的笑容，靜靜等候我的回答。

「我們是在火車上認識的。在來柏林的車上。」

拜爾的目光閃過一絲興味。他以讓人卸下心防的溫和直率問道：

「你們是好朋友？你常去找他嗎？」

「是啊，經常。」

「你在柏林沒有很多英國朋友吧，我想？」

「沒有。」

拜爾嚴肅地點點頭。接著從椅子上起身，跟我握手。「我得工作了。如果有任何事想跟我說，請別客氣。歡迎隨時來找我。」

「多謝。」

原來如此，走下破舊的樓梯時，我心想。他們沒有一個人信得過亞瑟。拜爾不信任他，但準備好隨時利用他，以防萬一。同時，也打算利用我就近監視亞瑟的行動。這並不需要讓我知情，要套出我的話太容易了。我感覺憤怒，同時卻又覺得有趣。

畢竟，這也怪不得他們。

7

大約一週後，奧托出現在亞瑟家，鬍子沒刮且亟需飽餐一頓。他們是前一天放他出來的。我當天晚上到亞瑟的公寓時，他跟亞瑟正待在餐廳，剛吃完一頓豐盛的大餐。

「他們星期天通常會給你們吃什麼？」我進屋時，他正問著。「我們有加了香腸的豌豆湯。還不賴。」

「我想想……」亞瑟沉思。「我恐怕真的不記得了。那段期間我始終沒什麼食慾……啊，親愛的威廉，你來啦！請拿張椅子來坐，只要你不鄙視跟兩個老囚徒為伍就好。奧托正和我交換些情報。」

亞瑟跟我走訪亞歷山大廣場的前一天，奧托跟安妮吵了一架。奧托想捐十五芬尼給一個來為國際勞工聯盟募捐罷工基金的人。對此，安妮「原則上」不表贊同。「為什麼要把我的錢給那些骯髒的共產黨員？」她這麼說。「錢可是我拚了命努力賺來的。」話中的所有格挑戰了奧托的身分與權利，不過他寬大地不予計較，但那形容詞可真讓他大為震驚。他賞了她一巴掌。「沒有很大力。」他跟我們保證，但那力道也夠讓她在床上翻了個筋斗，一頭撞上牆，連帶讓一張裱了框的史達林相

片掉落地面，摔破了框上的玻璃。安妮開始邊哭泣邊咒罵他。「這是給你個教訓，不懂的事就少開口。」奧托這麼跟她說，態度還算和善。共產主義在他們之間向來是個敏感話題。「我受夠你了！」安妮哭吼：「還有你那些該死的紅色鬼玩意兒。全給我滾出去！」她將相框朝他扔了過去，但沒打中。

奧托待在附近的酒館中，把整件事仔細想了一遍，然後做出一個結論：他才是受傷害的一方。在痛心與憤怒之下，他開始狂飲柯恩酒。他喝了相當多，到了晚上九點還在喝。此時，一個他認識的男孩埃里希進了酒館賣餅乾。埃里希平日就帶著他的籃子遊走於這一區的咖啡店跟餐廳，順便傳遞訊息，收集流言蜚語。他跟奧托說剛在克羅茲堡的一間納粹酒館中，見到安妮跟韋納．貝多夫在一起。

韋納一直是奧托的死對頭，不管是在政治立場上或在私底下。一年前，他離開奧托所屬的共產黨基層組織，加入了當地的納粹衝鋒隊。他一向對安妮情有獨鍾。此時已喝得爛醉的奧托做了一件清醒時絕不敢做的事：他一躍而起，隻身前往納粹酒館。還是兩名在他進去一兩分鐘後恰巧經過的員警出手干預，才讓他免於分筋斷骨的下場。那時他剛第二次被扔出大門，還打算再衝進去。警察費盡千辛萬苦才把他架走；前往警局的路上，他則是又咬又踢。而納粹們當然對此舉動同仇敵愾。

這事第二天登上了他們的報紙，內容描述「十名武裝共產分子無故且卑劣地攻擊一間國家社會主義黨人的酒館，其中九人事後成功脫逃」。奧托把這張剪報收進皮夾裡，並驕傲地展示給我們看。他並沒有親自逮到韋納。他一進入酒館，韋納就和安妮躲到後頭的房間去了。

「就送他好啦，那下流的賤人。」奧托惡狠狠地補充：「就算她跪著回來求我，我也不會要她了。」

「唉呀呀。」亞瑟不自覺地咕噥了起來：「我們真是生活在一個紛紛擾擾的時代……」他陡然拔起身。有些地方不對勁。他的目光不安地在滿桌的盤碟間游移，像是一個錯失登場機會的演員。桌上竟然沒有茶壺。

過沒幾天，亞瑟打電話來告訴我，奧托與安妮復合了。

「我相信你聽到一定會很高興。我在促成這件好事上可以說起了某種程度的作用。沒錯……和事佬萬歲……事實上，由於下週三有個小小的紀念日，我現在對調解糾紛特別感興趣……你不知道嗎？對，我要邁入五十三歲了。謝謝，老弟。多謝了。我得承認一想到自己已是天命之年，還是會覺得挺不習慣……好了，我可以邀請你一道參加這個無聊的宴會嗎？女士也會出席。除了重修舊好

的那對，還會有歐嘉夫人和其他兩位更聲名狼藉的迷人舊識。我會把客廳的地毯收掉，好讓年輕人跳跳舞。很不錯吧？」

「的確很不錯。」

週三晚上我臨時有課得上，於是比預期的時間更晚才抵達亞瑟家。我發現赫爾曼正在樓下大門等著接我。

「真抱歉。」我說：「希望沒讓你在這裡站太久？」

「沒關係。」赫爾曼簡短回答。他打開門，領路上樓。真是個鬱悶的傢伙，我暗忖，連慶生會都不能開朗點。

我在客廳找到亞瑟。他只著襯衫躺在沙發上，雙手交疊於膝。

「你來了，威廉。」

「亞瑟，真的非常抱歉。我盡力趕來了。本來還以為我永遠都走不了。我跟你說過的那個老女人毫無預警地跑來，堅持要上兩小時的課，但她其實只是想抱怨女兒的言行舉止。我以為她會沒完沒了地講下去……咦，怎麼回事？你臉色不太好。」

亞瑟憂傷地抓抓下巴。

「我很沮喪，老弟。」

「怎麼會？為了什麼？……話說，你其他的客人到哪兒去了？他們還沒來嗎？」

「來了。但我不得不將他們送走。」

「你生病了？」

「不，威廉，沒病。恐怕我是老了。我向來討厭吵吵鬧鬧，現在更是完全無法忍受。」

「誰在吵鬧？」

亞瑟緩緩地從椅子上起身。那一瞬間，我彷彿瞥見二十年後的他：身子不住抖顫，神情可憐兮兮。

「說來話長，威廉。我們先吃點東西好嗎？現在恐怕只能提供炒蛋和啤酒了。說真的，啤酒也未必有。」

「沒有也無妨。我帶了點小禮物給你。」

我拿出一直藏在背後的那瓶白蘭地。

「親愛的老弟，你真讓人感動莫名。太客氣了，你真是太客氣了。你確定沒有太破費嗎？」

「哎，沒什麼，小意思。我現在存了不少錢。」

「我一直覺得——」亞瑟哀傷地搖搖頭。「能有辦法存到錢簡直是一種奇蹟了。」

我們穿過剝去地毯後裸露的木地板，腳步在公寓中大聲迴響。

「原本慶祝活動一切就緒，此時卻出現妖魔鬼怪阻止了這場饗宴。」亞瑟摩擦著雙手，神經質地輕笑。

「啊，但幢幢幽影、無聲幻象，
挑勾的手指再再呼喚我捨棄
捨棄友誼、交際、酒香
捨棄歌唱，捨棄喜慶的輝光！*」

「和此時此景挺貼切的，我覺得。你知道老同鄉威廉·華森吧？我向來認為他是當代最優秀的詩人。」

* 摘自英國詩人威廉·華森（William Watson）詩作〈The Great Misgiving〉。

為了今晚的宴會，餐廳已掛上紙綵，桌子上方則懸著中國式燈籠。見到這些，亞瑟搖搖頭。

「要不要把這些東西拿下來，威廉？會不會讓人太鬱悶？你覺得呢？」

「我不怎麼覺得啊。」我說：「相反的，這些應該會讓我們高興點才對。畢竟，不管發生什麼事，今天總還是你的生日呀。」

「好吧，好吧，或許你說得對。你總是這麼達觀。命運的打擊真的是很殘酷。」

赫爾曼陰沉沉地端著蛋進來，接著有點幸災樂禍地報告，家裡沒奶油了。

「沒奶油。」亞瑟複述。「沒奶油。我這個主人可真丟臉丟到家了……見到現在的我，誰想得到我曾在自家招待過不只一位皇室成員？我本來打算今晚在你面前擺上豪華盛宴的。事到如今，我就不詳述菜單了，免得你口水直流。」

「我覺得炒蛋很不錯。我只是很遺憾你得把賓客全都請走。」

「我也是，威廉，我也很遺憾。很不幸，我不可能讓他們留下。我可不敢面對安妮的怒火。她想必期待有一桌子的山珍海味……反正，無論如何，赫爾曼說屋裡連蛋都不夠。」

「亞瑟，告訴我發生了什麼事。」

他對我的焦躁露出微笑，一如往常地享受著故作神祕的樂趣。他若有所思，食指和拇指擰著垮

落的下頦。

「這個嘛，威廉，我接下來要說的事情有點悽慘，而且全都源於客廳那張地毯。」

「你為了跳舞而收起來的那張？」

亞瑟搖搖頭。

「很遺憾，地毯不是為了讓人跳舞而收起來的。那只是**一種說法**。我不希望讓富有同情心的你為此感到不必要的苦惱。」

「你是說，你賣掉了？」

「不是賣，威廉，你應該瞭解我。能當的我絕不會賣。」

「真遺憾，那是張很不錯的地毯。」

「確實是……價值遠遠高過我所拿到的兩百馬克。但事到如今，人也不能期待太多……不管怎樣，這原本也夠支應我計劃的小宴會了。但很不幸——」此時，亞瑟朝門口瞥了一眼。「施密特那雙鷹眼，或者該說，那雙禿鷹的眼睛，一看到撤走地毯後的空地板就立刻亮了起來。他敏銳得可怕，幾乎立刻就駁斥了我言之成理的解釋。他對我非常殘忍。多麼鐵石心腸的人……長話短說，在我們極不愉快地談完後，我只剩下總共四馬克七十五芬尼。其中的二十五芬尼零錢還是事後追加

的。他跟我要回家的巴士錢。」

「他真的把你的錢拿走了？」

「沒錯，是我的錢，對吧？」亞瑟急急切切，緊抓住這一點小小的激勵。「我就是這樣跟他說的。但他只是對我極其凶惡地大吼大叫。」

「竟然有這種事？你為何不乾脆炒他魷魚？」

「這個嘛，威廉，聽我說，理由非常簡單。我欠他九個月工錢。」

「我就猜八成是這樣。儘管如此，你還是沒理由被他吼來吼去啊。我就不會忍受這種事。」

「啊，老弟，你總是這麼堅定。真希望那時有你在場捍衛我。我敢肯定你一定有辦法對付他。不過我得說——」亞瑟懷疑地說：「施密特要是真的硬下心來，也是打死不退的。」

「話說回來，亞瑟，你不會真打算花兩百馬克弄一桌七人份的晚餐吧？我從沒聽過這麼荒唐的事。」

「本來還有小禮物的。」亞瑟溫溫地說：「一人一份。」

「的確是很貼心……但這麼浪費……你都拮据到只能吃炒蛋了，好不容易手頭有了點錢，卻打算一擲千金。」

「別連你也來跟我說教，威廉，不然我要哭了。我的小毛病改不了。若不偶爾容許自己享點樂子，人生可有多乏味呀。」

「好吧。」我笑著說：「我不跟你說教。換作是我，大概也會這麼做。」

飯後，當我們拿著白蘭地回到少了地毯的客廳，我問亞瑟最近有沒有見到拜爾。聽到這名字時，他臉上表情的變化讓我一驚。他柔軟的嘴唇帶著怒氣噘起，同時避開我的視線，皺眉猛搖著頭。

「只要能不去，我就盡量不去那裡了。」

「為什麼？」

我很少見他如此。他似乎真的因為這個問題而對我發脾氣。沉默了一陣子後，他突然帶著孩子氣的任性，劈里啪啦講了起來：

「我不去是因為不喜歡去。因為去了就讓我心煩。看到那邊如此亂無章法，我這種敏感的人就滿肚子火……你知道嗎？前幾天拜爾遺失了一份極其重要的文件。你覺得後來是在哪裡找到的？廢紙簍裡。說真的……想到那些人的薪水還是用勞工的血汗錢支付的，就叫人火冒三丈……還有呢，整個地方，間諜進進出出的。拜爾甚至連他們的名字都知道……而他做了什麼？什麼也沒做。完全

沒有。他好像根本不在乎。這就是最讓我火大的地方，這種得過且過的做事方式。唉，要是在俄羅斯，他們早被拖到牆邊槍斃了。」

我笑開了。亞瑟是激進派革命分子，這簡直太夢幻了。

「可你之前這麼仰慕他。」

「哦，他是夠能幹，有他的一套，毫無疑問。」亞瑟偷偷摩擦著下巴，牙齒像頭在吼叫的老獅全都暴露出來。「我對拜爾非常失望。」他補了一句。

「真的？」

「沒錯。」一些殘存的謹慎理智明顯讓他停了下來，但他最終還是克制不住。誘惑太過強烈。

「威廉，我跟你說一件事，但你一定要保證絕對不會講出去。」

「我保證。」

「很好。當我投身入黨，或者說，承諾提供協助時（雖然好像沒什麼資格說這種話，但我還是有很多地方幫得上忙，畢竟有好些門路他們至今仍無法觸及）——」

「我相信你幫得上忙。」

「我們約定，我想這是很自然的，約定了一點（該怎麼說呢？）——這麼說吧——一點報

酬。」亞瑟停頓並擔憂地瞥了我一眼。「威廉，希望這沒有嚇到你吧？」

「一點也沒有。」

「我真高興。我早該知道你是個明理人……畢竟是見過世面的。對一般成員來說，有旗幟、標語和口號就很好了，但領導人知道推行政治運動必定少不了錢。我當初考慮加入他們的時候，就曾跟拜爾談過此事。我得說，他非常通情達理。他相當清楚，像我這樣拖欠五千鎊債務……」

「天啊，有這麼多嗎？」

「很遺憾，有。當然，不是所有的款項都同樣急迫……我說到哪兒了？喔對，像我這樣拖欠著債務，很難為我們的大業提供什麼幫助。你也知道，我動不動就陷入各式各樣不堪的窘境。」

「而拜爾同意代為償還其中一部分？」

「你還是一如往常地直截了當呀，威廉。這個嘛，沒錯，可以說他有這麼暗示，清楚明白地暗示，要是能順利完成首次任務，莫斯科不會辜負我。我完成了。拜爾也會一口承認。結果怎樣？什麼也沒有。當然，我知道這並不全是他的錯。他自己，還有辦公室那些打字員跟職員的薪水也經常拖欠好幾個月。但這依舊很惹人厭。我也不禁覺得他沒有盡全力傳達我的要求。我去找他抱怨連下一餐的飯錢都沒著落時，他似乎還把我當笑話看……你知道嗎？我連去巴黎的那趟旅費都沒拿到，

我還得自掏腰包。你自然會料想至少旅費可以報帳吧，所以我可是搭頭等艙去的。」

「可憐的亞瑟！」我幾乎忍俊不禁。「那現在該怎麼辦？這些錢還有任何指望嗎？」

「我想大概沒有了。」亞瑟沮喪地說。

「來，讓我借你一些吧。我有十馬克。」

「不了，謝謝你，威廉。我感激你這份心意，但我不能跟你借。我覺得這會破壞我們美好的友誼。不了，我會再等個兩天，然後採取某些行動。而若這些行動不成功，我也知道該怎麼辦。」

「你很神祕耶。」有一瞬間，我的腦中甚至閃過亞瑟可能打算自殺的念頭。不過，亞瑟企圖自殺——這畫面如此荒謬，讓我忍不住露出微笑。「希望一切都進行得很順利。」道別時我加了這麼一句。

「我也希望，親愛的威廉。我也希望。」亞瑟謹慎地朝下望了樓梯間一眼。「請幫我跟尊貴的施洛德女士問好。」

「你真得儘快找一天到我們那兒坐坐。你好久沒來了，沒見著你她可是日漸憔悴。」

「樂意之至，等這些麻煩全都解決了就去。只要真有解決的一天。」亞瑟深深嘆了口氣。「晚安，老弟。願上帝保佑你。」

8

隔天，週四，我忙於授課。週五我打了三通電話到亞瑟家，但總是忙線中。週六我到漢堡跟一些朋友共度週末，直到週一傍晚才回到柏林。當晚我撥電話給亞瑟，想要分享我的週末見聞，但同樣忙線中。我每隔半小時就撥一次，共撥了四次，最後忍不住向總機抱怨。她官腔官調地告訴我：「該用戶的話機已經停用。」

這並不特別讓人驚訝。考量到亞瑟目前的經濟情況，很難想見他會按時付電話費。儘管如此，他還是可以來找我或捎個訊息來呀，我心想。想必他已是分身乏術了。

又過了三天。我們難得一整個禮拜都沒碰到面，甚至連通電話也沒講到。或許亞瑟病了。確實，我越想就越肯定這是他杳無音訊的原因。他八成是為了債務憂心到精神崩潰了，而這段期間裡，我卻一直對他不聞不問。我突然覺得非常愧疚。我決定當天下午去探望他。

某些徵兆及良心上的不安加快了我的腳步。我以破紀錄的速度抵達柯比赫街，快步上樓，顧不得氣喘吁吁，即刻摁下門鈴。亞瑟畢竟不年輕了。他過的那種生活足以讓任何人垮下來，而他的心臟又那麼不堪一擊。我得準備好面對晴天霹靂的噩耗。要是……咦，怎麼回事？一定是我在匆忙間

算錯了樓層。我正站在一扇沒有名牌的門前，一間陌生公寓的大門前。這是人在慌亂間總會發生的尷尬蠢事。我頭一個想法是逃之夭夭，該往樓上或樓下則不太確定。但我好歹已經摁了這家的門鈴，最好還是等人應門，然後向對方解釋我的錯誤。

我等著，一分鐘、兩分鐘、三分鐘。門沒有開。看來沒人在家。我免出一次洋相。

可是現在，我注意到別的細節了。面對我的兩扇門上都有個小方塊，方塊中的漆色比木板其他部分更為暗沉。無庸置疑，那是最近移除名牌後所留下的痕跡。我甚至還看見原本鎖螺絲的小洞。一股驚恐襲來。不到半分鐘，我就先沿著樓梯一路奔上頂樓，再衝到底層。我既迅速又敏捷，就如人有時在惡夢中竄逃的模樣。到處都見不著亞瑟家的兩個名牌。等等，或許我根本就進錯了樓。我也曾做過比這更愚蠢的事。我出到大街，檢查入口的門牌號碼。沒錯，是這棟樓。

那一刻，要是女門房沒現身，我不知道會做出什麼事。她一眼就認出我，朝我僵硬地點點頭。她對亞瑟的訪客明顯都沒什麼好感。查封官的幾次來訪，無疑已壞了這座公寓的名聲。

「如果你是來找你的朋友——」她惡意地加重語氣。「太遲了，他已經走了。」

「走了？」

「對，兩天前。房子現在待租。你不知道？」

我大概露出了如漫畫般驚慌的表情，於是她不悅地補充道：「沒收到通知的不只你一個。已經有一票人來過了。他還欠你錢，對吧？」

「他去哪兒了？」我沒精打采地問。

「我哪知道，也不在乎。他那個廚子會來收信，你最好去問他。」

「我沒辦法，我不知道他住哪兒。」

「那我幫不了你。」女門房有些幸災樂禍地說。亞瑟一定曾忘了給她小費。「你何不去找警察試試？」

她丟下這一句後便轉身進屋，砰一聲將門關上。我沿街緩緩走開，感覺頭暈目眩。

不過，我的疑惑很快得到解答。隔天早上我收到一封自布拉格某間旅館寄出的信：

親愛的威廉：

請原諒我。我迫不得已必須臨時且祕密地離開柏林，因此無法事先通知你。我跟你提過的那個小任務，唉，結果跟所謂的成功是天差地遠，而且醫師命令我即刻換個環境。對我這種特殊體質的

人來說，柏林的空氣確實變得有害健康。要是我再待上一星期，幾乎可以肯定會出現危險的併發症。

我的家私已全數出售，而收入大部分被我眾多的追隨者強索瓜分。對此我沒有怨言。他們，除了其中一位，皆對我仁至義盡，超乎所值。至於那一位，我不會再容許他那可憎的名字通過我的雙唇。這麼說就夠了，他從過去到現在一直是個徹頭徹尾的惡棍，而他的表現也正是如此。

我覺得在這裡生活很愉快。飯菜美味，雖然比不上我所鍾愛、無可匹敵的巴黎（希望下週三，我疲憊的腳步就可以踏上那兒），但仍遠遠好過未開化的柏林所端上的任何食物。這裡也不乏美好又殘酷的女性慰藉。在舒適文明的愉快作用下，我已然敞開了胸懷，感到心曠神怡。我是如此盡興，就怕再這麼下去，抵達巴黎時已是一貧如洗。無所謂，不義財神肯定會眷顧我，就算不是永久，也至少會讓我有時間四處探探。

麻煩跟我們共同的朋友致上最友好的問候，並跟他說我不會失敗，一定按時抵達，執行他委託的各項任務。

務必儘快回信，饗我你那無與倫比的風趣。

不渝的摯友

亞瑟敬上

我的第一個反應，或許不合情理，是感覺憤怒。我得承認，自己對亞瑟的情感絕大部分是種佔有慾。他是我的發現，我的資產。我就像一位被自己飼養的貓拋棄的老處女般感到很受傷。到底是太傻了。亞瑟是自己的主人，用不著跟我解釋他的行動。我開始尋找理由解釋他的行為，而且就像溺愛子女的雙親，找起來輕而易舉。說真的，他的表現不是相當高尚可敬嗎？受到來自四面八方的威脅，卻一直獨自面對問題。他小心翼翼避免讓我捲入跟官方當局可能形成的不愉快。他一定是跟自己說，畢竟我都要離開這國家了，但威廉還得留在這裡討生活，我沒有權利為了滿足自己個人的情感而讓他付出代價。我想像亞瑟臨走前最後一次匆匆溜過我家大街，悲苦暗藏地抬眼瞥過我房間的窗，遲疑片刻，然後憂傷地離去。最後，我坐下來寫了一封輕鬆悠閒、充滿溫情的信給他，什麼問題也沒問，甚至避去了任何可能危及他或我自己的詞語。對亞瑟的離去難過不已的施洛德女士也在信後添了長長的附筆。她寫道，千萬別忘了，柏林這兒還有一間屋子，大門將永遠為他敞開。

我的好奇心遠遠沒有得到滿足。最直接的辦法就是詢問奧托，但我要上哪兒去找他？我決定從

歐嘉那兒著手。我知道安妮在那邊租了一間臥房。

自從新年午夜的派對之後，我就沒見過歐嘉；亞瑟倒有時會去找她談生意，陸陸續續也跟我說了許多關於她的事。她和大多數設法在那段經濟破產的日子中謀生的人一樣，有著多重職業，若用亞瑟喜愛的用語「直截了當地說吧」，她是老鴇，是毒販，是收售贓物者；她也出租房間，洗衣服，興致來的時候還會做些精緻花俏的針線活。亞瑟有一次給我看她聖誕節送的桌布，真是巧奪天工。

我輕輕鬆鬆找到那間屋子，穿過拱門進入庭院。中庭狹窄幽深，像座直立的棺材。棺材頭端置於地面，因為樓面微微向內傾斜。樓面間有巨大的橫拱支撐，跨過缺口，高懸於上，頂著灰色的方塊天空。而在下方底部，陽光從來無法穿透之處，形成了深邃的薄暮，像是高山峽谷中的微光。庭院有三面是窗戶，第四面則是寬廣的單調牆面，約八十呎高，灰泥表面浮起了氣泡又破裂，留下裸露、烏黑的疤痕。在這可怕的絕壁腳邊，立著一間古怪的小屋，八成是戶外廁所。旁邊有台只剩一個輪子的廢棄手推車，還有一張現在幾乎難以辨識的印刷公告，說明公寓居民在哪些時刻可以拍打清理地毯。

即便在下午這種時候，樓梯間依然非常昏暗。我磕磕絆絆地往上爬，數著平台，最後在一扇希

望是正確的門上敲了敲。門內傳出拖鞋拖過地板的聲音和鑰匙碰撞聲，然後上了鎖鍊的門開了一條窄縫。

「哪位？」一名女子的聲音問。

「威廉。」我說。

她對這名字沒有任何印象，門開始遲疑地緩緩闔上。

「我是亞瑟的朋友。」我急忙補充，努力讓聲音聽來可信。我看不見與我對話的是什麼樣子的人，屋裡一片漆黑。這簡直就像在告解室裡跟神父說話。

「你等等。」那聲音說。

門關上，拖鞋聲遠去。有另一個腳步聲回來了。門重新開啟，狹窄玄關的電燈被點亮。歐嘉本人站在門檻邊。她雄偉的身形包裹在一件五顏六色的炫目和服中，散發的威嚴有如披上儀典袍服的女祭司。我不記得她有這麼高大。

「怎樣？」她說：「有什麼事？」

她沒認出我。在她眼裡，我說不定是警探。她的口氣咄咄逼人，沒有顯露一絲猶疑或恐懼。她已準備好面對任何敵人了。她嚴峻的藍眼睛有如雌虎，時時保持警戒，並在此刻越過我的肩頭，望

進陰暗的樓梯井。她想知道我是不是單槍匹馬前來。

「請問我可以跟安妮小姐說句話嗎？」我禮貌地問。

「不行，她在忙。」

然而，我的英國口音讓她安了心，於是她簡短加了句：「進來。」就轉過身，領路進客廳。她一派冷漠，留我自行關上大門。我順從照辦，尾隨進屋。

客廳桌上站了個人，正是奧托。他上身只有一件襯衫，正笨拙地修理著改裝過的煤氣燈。

「唷，是小威呀！」他大喊，跳下桌，猛然朝我肩頭一拍。

我們握了握手。歐嘉屈身坐在一張面對我的椅子上，姿態有如算命師般雍容又帶點邪氣的尊貴。手鐲在她浮腫的手腕上刺耳地叮噹作響。我很好奇她到底幾歲了；或許不超過三十五，因為她飽滿、蒼白的臉上還未有皺紋。我不太想讓她聽見跟奧托的談話，但很明顯只要我在屋內，她就不打算走開。她洋娃娃似的藍眼虎視眈眈，一眨不眨地瞅著我。

「我是不是在哪邊見過你？」

「就在這房間。」我說：「見過我醉醺醺的樣子。」

「哦。」歐嘉的胸脯靜靜伏動，她笑了。

「亞瑟離開之前，你有和他見面嗎？」一段長長的沉默後，我問奧托。

「有，安妮和奧托都有見到他，不過顯然純粹是出於巧合。他們週日下午順道去串門子，剛好碰見亞瑟在打包。只見他電話不斷，東奔西跑，然後施密特出現了。他跟亞瑟退到臥房商談，沒多久奧托和安妮便聽見高亢、憤怒的說話聲。施密特出了臥房，亞瑟尾隨於後，滿腔無處宣洩的怒火。奧托不太清楚是怎麼回事，但他知道事情跟男爵有關，還有金錢。亞瑟生氣是因為施密特跟男爵說了什麼，施密特的態度則時帶羞辱，時帶輕蔑。亞瑟吼道：「你不只是忘恩負義到了極點，還是個徹徹底底的叛徒！」奧托對這話記憶猶新。亞瑟的用字遣詞似乎讓他特別有印象，或許是因為「叛徒」這詞在他心目中有明確的政治意涵。確實，他相當理所當然地認為，施密特以某種方式背叛了共產黨。「我頭一次見到他，就對安妮說：『如果告訴我他是被派來監視亞瑟的，我也不意外。他頂著那顆腫腫的大頭，看起來就像個納粹。』」

接下來的事更證實了奧托的看法。施密特正要離開公寓時，轉過身對亞瑟說：

「好，我走啦。就讓你那些寶貴的共產朋友來大發慈悲了。等他們將你最後一分錢都騙光後……」

他沒能再說下去。原本對這些爭執的來龍去脈毫無頭緒的奧托，終於聽懂了這句，並大為光

火，一把拽著施密特的後領拖到屋外，再一腳重重踹在他的屁股上，讓他直飛下樓。奧托以特別驕傲與愉悅的語氣詳加描述那一腳。那是他人生中可列入經典的一踢，靈感突發的即興之作，判斷和時機都拿捏得恰到好處。他急於讓我明白那一腳是怎麼踢又踢在哪的，於是要我站起來，並用腳尖輕觸我的臀部。我有點不安，因為很清楚他得花多大力氣才能自我克制，不會一腳踹下去。

「哎喲，小威，你真該聽聽他落地的聲音！乒！乓！啪唧！一時間他好像連自己在哪兒或發生什麼事都不知道。然後他開始啜泣，像個小嬰孩一樣。我笑得幾乎站不穩啦，當時你用一根手指頭就可以把我推下樓。」

奧托說到這兒也開始笑了起來。他笑得開懷，不帶一絲惡意或凶殘。他對落敗的施密特不抱任何怨恨。

我問還有沒有聽到他再多說什麼。奧托不清楚。施密特緩慢而痛苦地站起身，嗚咽地吐出一連串含糊不清的威脅言語，並一拐一拐地走下樓。一直在背景中的亞瑟此時疑慮地搖了搖頭，出聲反對：

「你不該那麼做的。」

「亞瑟心腸太好。」奧托補充，故事也來到了尾聲。「他相信每一個人。而他得到了什麼感謝

嗎？沒有。他總是受到欺騙與背叛。」

最後這一句似乎怎麼回應都不恰當。接著，我說得先走一步了。

我似乎有什麼地方逗樂了歐嘉，她的胸脯無聲打著顫。走到門邊時，她無預警地在我臉頰上粗魯、蓄意地捏了一下，就像從樹上摘李子。

「你是個好孩子。」她發出刺耳的咯咯笑聲。「一定要找個晚上來這裡玩玩。我會好好讓你開開眼界。」

「你應該跟歐嘉玩一次看看，小威。」奧托認真地建議。「絕對物超所值。」

「我相信肯定是。」我禮貌地說，然後快步下樓。

幾天後，我跟弗里茨・溫德約在三頭馬車碰面。我到的時候還早，便坐上吧檯，結果發現男爵就坐在我旁邊的高腳凳上。

「哈囉，庫諾！」

「晚安。」

他油亮的頭拘謹地點了一點。出乎我的意料，他似乎不是很樂意見到我，甚至可說正好相反。

他的單片鏡閃著客氣的敵意，裸視的那隻眼則顯得游移又狡黠。

「好久沒見到你了。」我爽朗地說，試圖對他的態度表現得若無所覺。他的目光掃過整個房間，肯定是在尋找援手，但沒人回應他的請求。酒館內還近乎空蕩蕩的一片。酒保慢慢挨了過來。

「你要喝什麼？」我問。他閃避我的態度激起了我的興趣。

「呃——不用了，謝謝。是這樣子的，我得走了。」

「什麼?這麼快就要走了，男爵先生?」酒保慇勤地詢問，而他下一句問候更無意間增添了男爵的不快。「為什麼?你才來不到五分鐘耶。」

「你有亞瑟．諾里斯的消息嗎?」他正打算下椅，不過我有點惡毒地刻意忽略這個動作。除非我把座位往後推一點，否則他下不來。

這名字明顯讓庫諾聞之一縮。

「沒有。」他的語氣冰冷。「我沒有。」

「他人在巴黎。」

「是嗎？」

「好吧。」我誠心地說：「就不耽擱你了。」我伸出手，他勉為其難地碰了碰。

「再見。」

終於脫困的他像支箭般衝往大門。旁人說不定還以為他是在逃離一間疫病醫院。酒保微微一笑，拾起銅板扔進錢箱。那些攀權附勢的食客被棄之不顧的例子，他可見多了。

我則又多了一個謎團待解。

冬天有如每一個昏暗小站皆停靠的長列車，拖拖沓沓地過去了。每個星期都有新的緊急命令頒布。布呂寧（Heinrich Brüning）操著主教般乏味的聲音對著商家發布命令，沒人聽從。「這是法西斯主義。」社會民主主義者如此抱怨。「他太軟弱。」海倫．普拉特說：「這些豬玀需要的是一個胸上有毛的男子漢。」黑森州文件*被發現，但無人在乎。醜聞已經多不勝數。筋疲力竭的大眾已經對層出不窮的意外感到消化不良。人們曾說納粹在聖誕節前就會掌權，但聖誕節來臨，他們卻還沒得勢。亞瑟寄了張艾菲爾鐵塔的明信片來祝賀佳節。

柏林幾乎處於內戰狀態。仇恨突然就爆發，在街角、餐廳、電影院、舞廳、室內游泳池，於午

＊納粹所擬全面消滅共產黨的一份計劃文件，當時查獲後引發軒然大波，甚至曾引起解散納粹衝鋒隊的聲浪，但後來二線人物出面扛責，納粹中心人物切割撇清，最後不了了之。

夜、早餐後、下午時分，毫無預警，亦無來由。有人拔刀，有人揮舞著釘環、啤酒杯、椅腳或含鉛棍棒；子彈劃破佈告欄上的廣告，從公共廁所的鐵皮屋頂反彈回來。一名年輕人會在擁擠的大街上被襲擊、扒光、痛毆，任其在人行道上淌血。一切只消十五秒就結束，攻擊者也逃逸無蹤。奧托在柯本尼卡街附近的露天市集捲入鬥毆，眼睛上方被剃刀劃開一道口子。醫生為他縫了三針，他也在醫院躺了一星期。報紙上滿是互相敵對的烈士遺照，納粹、國旗團、共產黨俱在。我的學生會望著這些搖頭，並為德國的情勢向我道歉。「天啊，天啊！」他們說：「太糟糕了。不能再這樣下去。」

凶殺案記者和爵士年代作家將德語擴展到前所未有的境地。報紙上的謾罵字眼（叛徒、凡爾賽走狗、齷齪凶手、馬克思騙子、希特勒人渣、紅色害蟲）此起彼落，簡直就像中國人三句不離口的謙恭敬語。愛這個字，曾被歌德捧上了天，如今還不值一個妓女的吻。**春天、月光、青春、玫瑰、女孩、寶貝、真心、五月**：這些貨幣在專事描寫探戈、華爾滋和狐步舞的作家手中慘遭貶值，全都浪擲在個人逃避上。找個親愛的小甜心吧——他們建議——忘了不景氣，忽視失業率。遠走高飛——他們慫恿我們——去夏威夷，去那不勒斯，去那夢幻的維也納。胡根貝格（Alfred Hugenberg）隱身在烏法製片廠幕後，以民族主義迎合各方需求。他製作戰爭史詩、軍營生活鬧劇、輕歌

劇——戰前狂歡作樂的軍事貴族在劇中全換上了一九三二年風格的服飾。他手下優秀的導演和攝影師，必須將才華傾注於在香檳中的氣泡和燈光打在絲綢上的光澤，這些無謂美麗的鏡頭上。

而一個接一個的早晨，整座廣大、潮濕、陰鬱的城市之中，以及郊區公有地上那些有如包裝箱般的小屋聚落裡，年輕人睜開眼就得面對另一個空洞無業的日子，等著他們盡可能設法度過。他們賣鞋帶、乞討、在職業介紹所的大廳下棋、在男廁徘徊、幫忙開車門、在市場搬條板箱、閒蕩、竊盜、偷聽賽馬內幕、分享在街溝撿來的菸屁股、在天井和行駛中的地鐵車廂裡高歌民謠換點零錢。新年過後降雪了，但積不久；他們沒有剷雪的錢好賺。店家直接在櫃台檢查銅板，就怕收到偽幣。施洛德女士的占星師預言末日將臨。「聽著——」弗里茨．溫德在伊甸旅館的酒吧啜飲雞尾酒時說：「我才不在乎這國家落入共產黨手中。我的意思是，我們好歹得改變一下觀念。管他去死。誰在乎？」

三月初，總統大選的宣傳海報紛紛出籠。興登堡（Paul von Hindenburg）的肖像下方搭配了歌德字體的標語，整體的感覺就像在宣教：「他一直忠於你；請你也忠於他。」納粹發展出一套對策，聰明地應付這個可敬的偶像，卻又不致淪為過分褻瀆：「榮耀歸于興登堡；選票投給希特勒。」奧托和其同志們每晚出動，帶著油漆罐和刷子進行危險的冒險。他們爬上高牆，攀著屋頂

前進，在看板下蠕動。他們得小心避開警察和衝鋒隊。隔天一早，過路行人會瞧見台爾曼（Ernst Thälmann）的大名清晰地題寫在一些顯著且難以接近的地方。奧托給了我一把標語小貼紙：票投台爾曼，勞工的候選人。我隨身放在口袋裡，趁沒人注意時就往店鋪櫥窗和大門貼上幾張。

布呂寧在體育宮發表演說。我們一定要投給興登堡，他說，拯救德國。他的手勢激動且帶有警告意味，他的眼鏡在聚光燈下閃爍著情感，他的聲音在顫抖中傳遞了學究式一本正經的熱情。「通貨膨脹。」他恐嚇，而聽眾為之悚然。「坦能堡戰役*。」他恭敬地提醒，台下掌聲不絕。

拜爾在盧斯特花園演講。當時正逢暴風雪，他站在一輛貨車車頂說話；一個沒戴帽子的矮小人影對著下方一大片臉孔與旗幟組成的人海比手畫腳。他後方是冰冷的宮殿正面，而沿著宮殿的石頭護欄，沉默的武裝警察成隊而列。「瞧瞧他們。」拜爾高喊：「可憐的傢伙！這種天氣還讓他們在戶外罰站真是不好意思。沒關係，他們有上好的厚大衣可以保暖。那些大衣是誰給他們的？是我們。我們是不是很好心呀？可是誰又會給我們大衣？我哪知道！」

*第一次世界大戰初期著名戰役，德國大敗俄羅斯，而領軍的即是興登堡。

「所以那老傢伙又贏了。」海倫．普拉特說：「我就知道他會當選。在辦公室贏了十馬克，那些可憐的傻蛋。」

這天是選舉後的週三。我和海倫站在動物園站的月台上；她來送我上開往英國的火車。

「對了——」她又問道：「你有天晚上帶來的那個怪胎呢？莫里斯，是這名字吧？」

「是諾里斯……我不知道。我好一陣子沒他的消息了。」

她會問起亞瑟實在奇怪，因為就在前一刻，我也正好想起了他。在我心中，他始終和這座車站連結在一起。再過不久，他的離去就要滿六個月了，但感覺彷彿才是上禮拜的事。我決定，一抵達倫敦，就要寫封長信給他。

9

然而，信我並沒有寫。為何，我也不清楚。可能是我懶惰而天氣轉暖了。我經常想起亞瑟，頻繁到會覺得通信只是無謂之舉，彷彿我倆之間已有某種心電感應。最後，我到鄉間旅居四個月，並發現自己將寫有他地址的明信片忘在倫敦某個抽屜裡了。一切都為時已晚。不過其實也沒多大關係，因為此時他八成早就離開了巴黎。不知他是否在柏林。親愛的老陶恩沁大街一點也沒變。我從車站搭計程車途經此處時，透過車窗望去，瞧見幾名納粹穿著嶄新的衝鋒隊制服。看來已經解禁了。他們沿街昂首闊步，動作僵硬。年長的百姓遇見他們就熱情地行禮。另外還有幾位則佇立街角，搖晃著喀喀作響的募款箱。

我爬上熟悉的樓梯。還沒來得及按電鈴，施洛德女士就衝了出來，敞開雙臂迎接我。她肯定一直在觀望我到了沒。

「布萊德蕭先生！布萊德蕭先生！布萊德蕭先生！你終於回來找我們了！我一定要給你個大大的擁抱！你氣色真好呀！你一走什麼都不一樣了。」

「這裡的一切都還好嗎，施洛德女士？」

「這個嘛……我想沒得抱怨。夏天情況很糟。但現在呢……快進來，布萊德蕭先生，我有個驚喜要給你。」

她歡欣鼓舞地招呼我穿過玄關，並以極富戲劇性的姿勢使勁拉開客廳門。

「亞瑟！」

「親愛的威廉，歡迎來到德國！」

「我不知道……」

「布萊德蕭先生，我得說你長了不少肉呀！」

「哎呀……哎呀……這真是快樂的大團圓。柏林再度恢復本色了。我提議大家到我的房間，一起喝一杯慶祝布萊德蕭先生的歸來。你會加入吧，施洛德女士，對不對？」

「噯……你真貼心，諾里斯先生，我肯定加入。」

「你先請。」

「那怎麼好意思。」

經過好一番推託揖讓後，他們倆才終於穿過門口。相熟似乎沒有壞了他們的禮節。亞瑟同樣慇勤，施洛德女士則同樣嬌媚。

前屋的大臥房幾乎改頭換面。亞瑟將床移到了窗邊的角落，並將沙發推到暖爐邊。一盆盆味道窒人的蕨類植物已消失，梳妝台上眾多的針織墊以及書架上的金屬小狗飾品也全都不見蹤影。三張美麗的沐浴女神著色相片換成了三張蝕刻畫，我認出那些畫原本是掛在亞瑟的飯廳裡。而一面原本立在柯比赫街公寓玄關的精美亮漆屏風，現在則擋住了盥洗台。

「都是些殘存的廢物。」亞瑟隨著我的目光望去。「我有幸能從事故中搶救出來。」

「來吧，布萊德蕭先生——」施洛德女士插話。「你來評評理。諾里斯先生說那些女神很醜。我倒一直覺得她們甜美可愛。當然，我知道有些人會覺得太老派。」

「我不會說她們醜。」我圓滑地回答。「但有時候做點改變也不壞。你不覺得嗎？」

「改變是生活的調劑。」亞瑟邊喃喃地說，邊從櫥櫃中拿出杯子。我瞄到櫃中有一整列的酒瓶。「想喝點什麼，威廉——茴香酒還是香甜酒？我知道施洛德女士喜歡櫻桃白蘭地。」

我終於可以在日光下好好看看他們倆，但一看竟深感兩人的反差之大。可憐的施洛德女士似乎老了很多，真的可說是老嫗了。她的臉龐因憂慮而添了許多垂墜和皺紋，儘管皮膚已抹上了厚厚一層脂粉，卻仍顯灰黃。她一直沒辦法好好吃飯。反觀亞瑟，他看上去顯然年輕多了。他的臉頰更肥厚，如同玫瑰花蕾般鮮嫩；他理了髮，修了指甲，還噴了香水。他戴了一只我沒見過的碩大綠寶石

戒指，身上是貴氣的棕色新西裝。他的假髮讓人感覺更搶眼、更濃密，光滑、呈波浪狀的髮綹茂盛地覆蓋在太陽穴之上。他整體的外觀有種瀟灑，甚至放蕩不羈的情調，說他是知名演員或富有的小提琴家也不為過。

「你回來多久了？」我問。

「我想想，應該將近兩個月了……時光飛逝呀！我真要為自己疏於寫信道個歉。一直都太忙了！而施洛德女士似乎也不太確定你倫敦的地址。」

「我們兩個恐怕都不怎麼擅於寫信。」

「心有餘而力不足呀，老弟。希望你相信我。我一刻都沒忘記你。你能回來實在太令人高興啦。我感覺心中的一塊大石頭已經移去了。」

這話聽起來有點不妙。或許他又瀕臨破產了。我只希望可憐的施洛德女士不需要為此受苦。她坐在沙發上，酒杯在手，笑盈盈地傾聽著一字一句；她的腿太短，黑色絨皮鞋在地毯上方一吋之處懸盪著。

「布萊德蕭先生，你看。」她伸出手腕。「諾里斯先生送我的生日禮物。你可相信？我高興到哭出來了。」

那是一個別緻的金鐲子，想必要價至少五十馬克。我深受感動。

「你人真好，亞瑟！」

他臉紅了，手足無措。

「只是點不成敬意的小東西。我無法表達施洛德女士對我來說是多麼大的撫慰。我真希望能長期雇她當我的祕書。」

「嗳，諾里斯先生，別說傻話了！」

「我跟你保證，施洛德女士，我是認真的。」

「布萊德蕭先生，你看他是怎麼取笑一個老太婆的。」

她有點醉意。亞瑟為她倒第二杯櫻桃白蘭地時，她灑了一些在衣服上。等到這意外引發的騷動平息之後，亞瑟說得出門去了。

「抱歉得打斷這歡樂的聚會……職責在身。希望今晚能再見到面，威廉。乾脆一起吃晚餐如何?這主意不錯吧？」

「很不錯。」

「那就八點再見囉。」

我起身去整理行李。施洛德女士跟到我的房間，堅持要幫忙。她仍然醉醺醺，不斷把東西放到錯誤的地方──襯衫放進了書桌抽屜，書本塞到衣櫥中跟襪子擺在一起──也不斷歌頌亞瑟的好。

「他真彷彿上天派下來的救星。我拖欠了一些房租，這是自從通貨膨脹那些日子以來就沒發生過的事。門房的老婆為此來找過我好幾次。她說：『施洛德女士，我們清楚你的為人，也不想為難你，但大家都得生活呀。』有幾個晚上我鬱悶到幾乎要把頭塞進烤箱。然後諾里斯先生來了。我本來以為他只是來探望我一下。『你前屋那間臥房收多少錢？』他問。我高興到一根羽毛就可以把我敲昏。『五十馬克。』我說。景氣那麼壞，我也不敢開高。我全身打顫，就怕他會認為太貴。結果你猜他怎麼回答？他說：『施洛德女士，好歹也要六十馬克才說得過去吧。不然根本是搶你錢嘛。』我跟你說，布萊德蕭先生，我差點要去親吻他的手了。」

淚水在施洛德女士的眼眶打轉。我真怕她會崩潰。

「他有定期付租金嗎？」

「從不延誤，布萊德蕭先生。簡直比你還要分秒不差。我從沒認識這麼特別的人。哎，你知道嗎？他連牛奶錢都不肯讓我墊繳再月結！他每週都會付清。我不喜歡欠人任何一分錢的感覺，他這麼說……真希望這世上有更多像他這樣的人。」

那天晚上，當我建議到常去的餐館吃飯，亞瑟出乎意料地反對。

「那裡太吵了，老弟。一想到得聽整晚的爵士樂，我敏感的神經就不舒服。菜色就更別提了，就連在這未開化的城市也是數一數二的差勁。我們去蒙馬特吧。」

「可是，親愛的亞瑟，那裡貴得要命。」

「沒關係，沒關係。人生如此短暫，可不能老計較著花費。你今晚是我的貴賓。讓我們在這幾小時裡拋開這殘酷世界的煩憂，盡情享受吧。」

「你人可真好。」

在蒙馬特餐廳，亞瑟點了香檳。

「碰上如此難得的良辰吉時，放寬一下我們嚴苛的革命生活規範，應該不為過吧。」

我笑道：「我得說，看來你的生意很興隆呀。」

亞瑟小心翼翼以拇指和食指捏著下巴。

「沒得抱怨，威廉。至少目前是如此。但未來恐怕就不怎麼樂觀了。」

「你還在做進出口貿易嗎？」

「不全然是……不是……唔，就某方面而言，或許是。」

「你之前都待在巴黎嗎？」

「多多少少。來來去去。」

「你去那裡做什麼？」

亞瑟不安地環顧這間豪華小餐廳，再用極其迷人的笑容說：

「我親愛的威廉，這是個非常誘導性的問題。」

「你是替拜爾工作嗎？」

「呃——部分是。沒錯。」亞瑟的眼裡浮現一股茫然。他試圖閃避這個話題。

「而你回到柏林之後見過他？」

「當然。」他突然懷疑地看著我。「為何這麼問？」

「不知道。上次見到你的時候，你對他似乎不甚滿意。如此而已。」

「拜爾和我好得很。」亞瑟語帶強調地說。停了一會兒，他又補充道：

「你沒告訴任何人我跟他有過一些紛爭吧？」

「當然沒有，亞瑟。你覺得我還能告訴誰呢？」

亞瑟明顯鬆了口氣。

「請原諒，威廉。我不該懷疑你那令人欽佩的謹慎。但要是一個不小心，拜爾與我不合的事傳了出去，我的立場會變得極其尷尬，你明白吧？」

我笑了。

「不，亞瑟。我一點也不明白。」

亞瑟面帶微笑舉起酒杯。

「對我有點耐心，威廉。你也知道，我向來喜歡保有一些小祕密。總有一天，我會給你一個解釋。」

「或者捏造一個。」

「哈哈，哈哈。看來你還是一樣刻毒呀……這倒提醒了我，我有欠考慮地跟安妮約了十點碰面……所以我們或許該趕快進入正餐了。」

「當然，你可千萬別讓她等。」

接下來的用餐時間，亞瑟詢問我關於倫敦的種種。柏林和巴黎兩個城市均被巧妙地迴避過去了。

亞瑟無疑讓施洛德女士的日常生活公式為之一改。由於他堅持每天早上要洗熱水澡，她得提早一個小時起床，好為老式小鍋爐添柴生火。她對此沒有抱怨，甚至好像還欣賞亞瑟為她增添的麻煩。

「他真是特別，布萊德蕭先生。與其說是紳士，其實更像個淑女。他房裡的每樣東西都有固定位置，如果沒照他希望的擺我就有麻煩了。但我還是得說，伺候一個這麼懂得惜物的人是種榮幸。你該瞧瞧他的襯衫，還有他的領帶。真是完美無缺！還有他那些絲質內衣！我有次跟他說：『諾里斯先生，你應該把那些給**我**穿才對，對男人來說也太精美了。』當然，我只是開玩笑。諾里斯先生很有幽默感。你知道，他每天要讀四份日報，更別提那些週末畫刊。他還不允許我丟棄任何一份呢。全都得照日期順序，不厭其煩地堆疊起來，放在櫥櫃上。有時一想到那積了多少灰塵，我就要抓狂。然後呢，他每一天出門前，都會給我一張像你手臂那麼長的訊息清單，讓我轉達給來電或來拜訪的人。我得記住他們所有人的姓名，還有哪些人他想見，哪些又不想見。現在，門鈴總是響個不停，全都是給諾里斯先生的電報、快遞、航空信和其他我也搞不清楚的東西。過去兩星期尤其嚴重。如果你問我，我會說女人是他的小弱點。」

「你為何會這麼認為呢，施洛德女士？」

「這個嘛，我注意到諾里斯先生老是收到巴黎來的電報。一開始，我會拆開來看，心想若是發生什麼緊急要事，諾里斯先生會想要立即知道。但我完全看不懂。電報全都來自一位名叫瑪歌的女士。其中有些還非常深情款款。『獻上我的擁抱』和『上一次你忘了附上香吻』之類的。我得說自己是絕對不敢寫下這種句子的。想想看郵局職員讀到會作何感想！這些法國妞肯定是臉皮夠厚。據我的經驗，一個女人如此招搖自己的情感，大概也不怎麼值得珍惜了……此外，她還寫了一大堆胡言亂語。」

「什麼樣的胡言亂語？」

「哦，我已經忘了大半。茶壺、水壺、麵包、奶油、蛋糕之類亂七八糟的東西。」

「可真古怪呀。」

「你說得沒錯，布萊德蕭先生。是很古怪……跟你說說我是怎麼想的吧。」施洛德女士壓低音量，目光朝門邊瞥去。或許她也染上了亞瑟的習性。「我相信那是某種密語。你明白嗎？每個字都有第二層意義。」

「一種密碼？」

「對，正是。」施洛德女士神祕兮兮地點頭。

「但這個女的為何要用密碼寫電報給諾里斯先生？你覺得呢？那似乎沒什麼道理。」

施洛德女士對我的天真報以微笑。

「哎，布萊德蕭先生，你雖然那麼聰明又有學問，但還是有所不知。只有我這種老太婆才會瞭解那些小祕密。事情相當清楚：這位自稱瑪歌的小姐（我不認為那是她的真名），肯定是懷了孩子。」

「而你認為那是諾里斯先生……」

施洛德女士使勁點著頭。

「再明顯不過了。」

「真的嗎？我得說，很難想像……」

「喲，你大可儘管笑，布萊德蕭先生，但我是對的，你等著看。諾里斯先生畢竟仍值壯年。我認識的一些男士年紀大到可以作他父親了，照樣成家。不然，她還能有什麼理由得要這樣寫電報呢？」

「我完全想不出來。」

「看吧？」施洛德女士得意洋洋地拉高聲音說：「你不知道。我也不知道。」

每天早上，施洛德女士就像一台小蒸汽引擎，拖著腳步高速穿過公寓，尖聲嚷著：

「諾里斯先生！諾里斯先生！你的洗澡水好了！不快點來鍋爐就要爆了！」

「老天！」亞瑟以英語喊道：「先讓我戴個假髮就好。」

若沒先開水解除爆炸的危險，亞瑟就不敢進浴室。施洛德女士會英勇地衝進去，將臉撇到一旁，用裹著浴巾的手使勁扭開熱水龍頭。如果已經非常接近臨界點，一開始會先排放蒸氣，同時鍋爐裡的水會邊滾邊發出如雷巨響。亞瑟就站在門邊看著施洛德女士在裡面奮戰。她一張臉因慌張咆哮而糾結，而他則準備隨時逃命。

亞瑟沐浴過後，街角的理髮店每天都會派一位小男孩上來，幫他刮鬍及梳理假髮。

「就算在亞洲的蠻荒——」亞瑟有次跟我說：「只要可以請人代勞，我從不自己刮鬍子。這種骯髒惱人的工作，會讓人心裡一整天都不舒服。」

理髮師離開後，亞瑟會呼喚我：

「請進，老弟，我現在可以見人了。我搽粉的時候來陪我聊聊天吧。」

他會套上雅緻的淡紫色外衣，坐在梳妝台前與我分享他各式各樣梳妝打扮的祕訣。他驚人地講

究。認識他這麼久之後，我才發現他每次公開露面背後都有這麼一連串複雜的準備過程，真是大開眼界。比如說，我作夢也沒想到，他每週三次，每次十分鐘，要用一對鑷子打薄眉毛。（「是打薄，威廉，不是拔毛。那樣太娘娘腔，我很不喜歡。」）一個滾輪按摩器又佔去他每天寶貴的十五分鐘，接下來還要仔仔細細在臉頰各處抹上面霜（七至八分鐘），及些許恰到好處的脂粉（三到四分鐘）。修剪腳趾甲當然不是例行公事，但亞瑟通常會花點時間在腳趾上塗軟膏，以免起水泡或長雞眼。他也從來不省略用藥水漱口的程序。（「像我這樣每天要跟普羅大眾接觸的人，必須做好防範工作，抵禦病菌的入侵。」）而這一切還不包括他真正在臉上上妝的日子，（「我感覺這個早上需要一點顏色調劑，天氣實在太令人鬱悶了。」）或者每隔一週就要用脫毛液清理手背和手腕的重要洗手禮。（「我不喜歡被點醒我們跟猿猴的親屬關係。」）

好不容易完成這些繁瑣的作業，也難怪亞瑟面對早餐時總是胃口大開。他已成功將施洛德女士訓練成一位烤吐司高手；而她在頭幾天之後，端上來的煎蛋就再也沒有煎過頭了。亞瑟吃的果醬是由一位住在威爾默斯多夫區的英國女士手工自製，價格將近市價的兩倍。他用自己專屬的咖啡壺，是他從巴黎帶回來的；喝的是特別調配的咖啡，得由漢堡直接寄送過來。亞瑟是這麼說的：「經歷了漫長而痛苦的生活後，比起許多過度宣傳和過分評價的奢侈品，我現在更珍惜生活中一些小事物

本身的價值。」

他十點半出門，然後到入夜之前我很少會再見到他。我忙著授課。午飯過後他習慣回家在床上躺個一小時。「信不信由你，威廉，我可以讓自己的頭腦完全放空整整一小時。當然，這只要多練習就行。要是少了午睡，我應該很快就會得精神病了。」

安妮小姐一週有三晚會來，讓亞瑟好好享受他獨特的癖好。他們的聲音在客廳也清晰可聞，而施洛德女士就坐在那兒幹針線活。

「我的老天爺！」她有次對我說：「真希望諾里斯先生別弄傷自己。他都這把年紀了，應該要更小心點才是。」

一天下午，約莫是我抵達柏林一週後，我剛好獨自一人在屋內。連施洛德女士都出門了。門鈴響起。是給亞瑟的電報，從巴黎發出。

這誘惑簡直難以抗拒！而我連掙扎一下都沒有。更方便的是，信封還沒有貼牢，到我手中就彈開了。

我讀道：「非常渴，希望另一個水壺的水趕快滾，親親乖男孩——瑪歌。」

鎖。

我從房裡拿了瓶膠水，小心翼翼將信封貼好，然後將電報擱在亞瑟桌上就出門看電影。

當天晚餐時，亞瑟明顯意志消沉。他似乎一點食慾也沒有，只是坐在那兒直視著前方，眉頭深鎖。

「怎麼了？」我問。

「還不就那些事，老弟。這個邪惡世界的情勢。一點點悲觀主義。如此罷了。」

「振作點。真愛從來就不會一帆風順的。」

但亞瑟沒有反應。他甚至沒問我是什麼意思。用餐結束前，我得到餐廳後面打個電話。我返回時，他正聚精會神地讀著一張紙，見我靠近便趕忙塞進口袋。但他的速度不夠快。我已認出是那份電報。

10

亞瑟抬頭望著我，眼神有點過於天真無邪。

「對了，威廉……」他故作輕鬆地說：「你下週四晚上有事嗎？」

「目前沒有。」

「好極了。那可以邀請你參加一個小晚宴嗎？」

「聽起來很不錯。還有誰會去？」

「噢，只是個非常小的活動。只有我們倆和佩格尼茨男爵。」

亞瑟盡可能以最不經意的態度提起這名字。

「庫諾！」我驚呼。

「你似乎很驚訝，威廉，雖然還不至於不高興。」他一臉無辜。「我一直以為你和他不是很要好的朋友嗎？」

「我也這麼以為，直到上次相遇。他幾乎對我視而不見。」

「哦，老弟，請別介意我這麼說，但我想這肯定有一部分是出自你的想像。我相信他絕不會做

這種事。完全不是他的作風。」

「你不是在暗指我胡謅吧？」

「當然不是，我一點也沒有懷疑你說的話。如果他真如你所說有點心不在焉的，八成是為了那繁重的職責操心。你大概也知道，他在新政府有一席之位。」

「我應該有在報紙上讀到過，沒錯。」

「總之，即便他真在你說的那個場合裡表現得有點奇怪，我也可以保證那是出於一些小誤會，而誤會早已冰釋了。」

我笑了。

「你用不著這樣神祕兮兮的，亞瑟。我已經知道事情一半的原委了，所以你大可直接告訴我另一半。我想，跟你的祕書有關吧？」

亞瑟皺起鼻頭，擺出一張可笑的苦瓜臉。

「別這樣稱呼他，威廉，拜託，直呼施密特就好。我不喜歡想起和他之間的關係。傻到將蛇當寵物養的人遲早會被反咬一口。」

「好，那就施密特吧……請繼續。」

「看來如同往常，你的消息比我所想的更加靈通。」亞瑟嘆了口氣。「好吧，好吧，要是你真想聽聽悲慘的真相，而且非聽不可。畢竟要回頭講起對我來說也是件苦差事。你應該知道，我在柯比赫街那最後幾個星期，都因財務上的焦慮而飽受折磨。」

「我是知道。」

「好吧，就別深入太多不堪的細節了，反正那些都無關緊要。總之我那時不得不設法籌錢。各種可行和不太可行的門路我都摸遍了。等到豺狼真的找上門，我只好把自尊先放進口袋，使出狗急跳牆的最後手段……」

「找庫諾借錢？」

「謝了，老弟。你照例為我的感受百般設想，替我帶過故事中最痛苦的部分……沒錯，我沉淪得徹底，打破了自己最神聖的原則——絕不向朋友借錢。（我確實將他視為朋友，一個親密好友。）沒錯……」

「而他拒絕了？那個小氣鬼！」

「不，威廉，這你就妄下斷語了。你錯怪他了。我完全不認為他會拒絕。恰恰相反。這是我頭一次找他商量錢的事。但施密特得知了我的意圖。我只能猜想他一直有計劃地偷拆我的信件。總而

言之，他直接去找佩格尼茨，當面建議他別貸款給我，還提了各式各樣的理由，其中大部分都是荒謬的惡意中傷。儘管我對人性頗有閱歷，也很難相信竟然會遇上這種背信棄義的事……」

「他到底為何要這麼做？」

「多半是出自純粹的惡意吧。正常人很難理解他那扭曲的心靈是怎麼運作的。但這一次，那傢伙肯定是怕煮熟的鴨子就這麼飛了。你知道，通常都是他在安排這些借貸，且在把錢交出來之前私下還會先抽成……跟你說這些真是讓我羞得無地自容。」

「而我猜他沒弄錯？我是指，這一次你不打算分他任何一毛，對吧？」

「嗯，沒錯。他對客廳地毯的事擺出那麼窮凶惡極的態度之後，很難期望我繼續睜隻眼閉隻眼吧。你還記得地毯那件事？」

「怎麼可能忘。」

「這麼說吧。地毯事件是我們之間的導火線，不過我仍以最公平的態度盡力滿足他的要求。」

「那庫諾對這一切怎麼說？」

「他自然是心煩意亂，氣憤不已——而且我得說，還有點沒必要地苛刻。他給我寫了一封讓人極其不快的信。當然，措詞一如往常地相當文雅，但冷冰冰的。非常冷漠。」

「我很驚訝他竟然相信施密特，卻不相信你。」

「施密特肯定使出某些辦法跟手段去說服他。你或許也知道，我生命中有些事件能輕易讓人產生誤解。」

「而他把我也拖下水了？」

「很遺憾，的確如此。整件事最令我痛心的就是這個。我已滿身泥濘就算了，沒想到連你也被拖了進來。」

「他究竟跟庫諾說了我什麼？」

「他似乎暗示……我就直說吧，你是我邪惡罪行的同謀。」

「真該死。」

「不消說，他把我們倆都描繪成最深紅的布爾什維克分子。」

「這還真是過獎了。」

「這個嘛——呃——是沒錯。這當然也是一種看法。很不幸，革命的激情並不合男爵的脾胃。他對左翼分子的觀感有點粗淺。在他想像中，我們的口袋裡全塞滿了炸彈。」

「可是，儘管如此，他下週四還準備要跟我們共進晚餐？」

「哦，我可以高興地說，現在我們的關係已經大大改善了。回到柏林後我見了他許多次。當然，這得用上不少交際手腕，但我想多少已說服他，施密特的指控純屬無稽之談了。也藉著一絲運氣，我得以幫上他一點小忙。佩格尼茨本質上是個明理的人，向來通情達理。」

我笑道：「你似乎為了他惹上不少麻煩。希望一切都會證明是值得的。」

「我的個性，威廉，你也大可稱之為缺陷，就是無法忍受失去朋友，只要能免就盡量避免。」

「而我失去朋友，你也很憂心？」

「嗯，沒錯，可以這麼說。只要我覺得是我造成你和佩格尼茨之間的長期疏遠，即便是間接造成，也都會讓我悶悶不樂。如果任何一方心裡確實仍存有一點疑慮或芥蒂，我誠摯希望能藉這次的會面而化解。」

「我個人是不會放在心上。」

「很高興你這麼說，老弟。非常高興。老是懷恨在心實在太愚蠢了。人這輩子，可會因為不合時宜的自尊而失去很多東西的。」

「失去很多錢，這是一定的。」

「沒錯……那也是。」亞瑟捏著下頦，看上去若有所思。「不過我剛剛說的比較是從精神層面

的角度出發，而不是物質層面。」

他的語氣中隱隱流露出溫和的非難。

「對了——」我問：「施密特現在在做什麼？」

「親愛的威廉……」亞瑟一臉痛苦。「這我怎麼會知道呢？」

「我以為他或許還會來煩你。」

「我在巴黎的頭一個月，他寫過一些信來，信中盡是荒唐的恐嚇與勒索。我都直接棄之不顧。在那之後，我就沒聽過任何消息了。」

「他沒有在施洛德女士那邊出現過？」

「謝天謝地，沒有，目前為止還沒有。我的惡夢之一，就是他不知從哪裡發現了這個地址。」

「我想他注定會發現吧，只是早晚而已？」

「別說這種話，威廉，別說了，拜託……眼下已經有夠多事要煩心，我真的煩不勝煩了。」

聚會當晚，前往餐廳的路上，亞瑟給了最後一點指示。「你會謹言慎行，對吧，老弟？別提及任何關於拜爾或我們政治信仰的事喔。」

「我還沒瘋。」

「當然，威廉。我無意冒犯，但有時即便是最小心的人也會失足……可能還有另一個小地方要注意：目前這個階段，不要直呼佩格尼茨的教名似乎是較明智的做法。這樣也可以維持點距離。畢竟這種事很容易造成誤解。」

「你別擔心，我會像根火鉗般一板一眼。」

「千萬別太拘謹，老弟，求求你。完全放鬆，完全自然就好。或許稍微帶點恭敬，但一開始這麼做也就夠了。讓他來主動。我們只是禮貌一點，含蓄一點，如此而已。」

「如果你再說下去，我就完全不知道到時該怎麼開口了。」

我們抵達餐廳時，庫諾早已坐在亞瑟訂的位子上。他指間的香菸幾乎燒盡，臉上掛著甚有教養的無聊表情。一見到他，亞瑟明顯嚇得倒抽一口氣。

「親愛的男爵，請務必原諒我。我怎樣也沒想到會發生這種事。我不是說八點半嗎？真的？所以你已經等了十五分鐘？我真是羞得無地自容了。真的，不知該怎麼道歉才好。」

亞瑟不迭的道歉似乎讓男爵和他自己都陷入了尷尬。他魚鰭似的手做了個虛弱、惹人反感的手勢，嘴裡咕噥著一些我聽不清楚的話。

「……太蠢了我，真不明白我怎麼會那麼愚蠢……」

我們全都坐下。亞瑟喃喃個沒完；他的致歉像支會變奏的曲調不斷延伸發展。他責怪自己的記憶，並回想其他記憶出錯的事件。（「這讓我想起在華盛頓時一件極其不幸的事：我完全忘了要參加西班牙大使館一個重要的外交宴會。」）他發現手錶出了毛病，並告訴我們最近錶走快了。（「每年差不多這個時候，我都固定將錶送到蘇黎世的製造商那邊檢修。」）而且他跟男爵保證了至少五次，說這個錯誤跟我完全無關。我巴不得馬上挖個地洞鑽進去。看得出來，亞瑟的緊張是下意識的；這些變奏顫顫巍巍，隨時都有崩解成噪音的危險。我很少見他如此囉嗦，更從沒見他如此無趣過。庫諾已隱身到他的單片鏡之後，臉龐跟菜單一樣凝重，一樣晦澀難明。

魚吃到一半，亞瑟已無話可說。一陣沉默隨之襲來，甚至比他的喋喋不休更令人難受。我們圍坐在高雅的小餐桌前，像三個全神貫注於艱困棋局的棋手。亞瑟搔弄著下巴，偷偷朝我投來絕望的目光，示意我聲援。我拒絕回應，繃著臉生悶氣。我之所以出席今晚的聚會，是認為亞瑟已多少修補了跟庫諾的關係。我以為邁向大合解的道路已經鋪設完成，結果完全不是這麼回事。庫諾仍對亞瑟疑心重重，而照亞瑟現在的行為舉止來看，這也難怪。我察覺到他懷疑的目光也不時落在我身上，然後再目不斜視地繼續用餐。

「布萊德蕭先生剛從英國回來。」亞瑟彷彿從我背後猛力一推，將我推到了舞台中央。他的語氣懇求著我好好演。他們倆現在都望著我。庫諾看似感興趣但仍一派謹慎，亞瑟則一臉卑劣。這兩人各有其滑稽之處，讓我不禁笑了出來。

「對。」我說：「這個月初回來的。」

「請問，你是待在倫敦嗎？」

「部分時間是。」

「真的？」庫諾的眼睛亮起溫柔的微光。「容我問一句，那邊情況如何？」

「我們九月的天氣挺宜人。」

「是嗎？我知道了……」他唇邊泛起一絲隱約淡漠的微笑，看來正在品味美好的回憶。單片鏡閃現著夢幻般的光澤。他高雅、保養良好的側影如今顯得憂愁、傷感、哀戚。

「我一向認為——」無可救藥的亞瑟插話。「九月的倫敦有種獨特的魅力。我還記得，一九零五年的秋天真是美不勝收。我常在早餐前散步到滑鐵盧大橋邊，欣賞聖保羅大教堂。當時我下榻薩弗伊酒店……」

庫諾顯然沒在聽他說話。

「那請問，皇家騎兵隊怎麼樣了？」

「還是老樣子。」

「是嗎？很高興聽到你這麼說。非常高興……」

我咧嘴一笑。庫諾也笑了，平淡而幽微。亞瑟突然粗魯地噗哧一笑，又連忙伸手掩嘴。隨後，庫諾將頭一仰，放聲大笑起來：「呵！呵！呵！」我之前從沒真正聽他笑過。他的笑是珍品，是古物，是上個世紀的餐桌邊所流傳下來的東西。那笑既充滿貴族氣派、男子氣概，也帶著虛假，如今已難得聽聞，除了在舞台劇中。他自己似乎也覺得有點窘，因此一鎮定下來，就以道歉的口吻加了句：

「真不好意思。你們瞧，我都記得非常清楚。」

「這讓我想起——」亞瑟傾身探向桌子，語氣變得猥褻。「一個過去常說的，關於某位貴族成員的故事……就稱呼他X閣下吧。我在開羅見過他一次，可以擔保，他真是個極其古怪的人……」

毫無疑問，這場聚會因此而得救了。我開始更自在地呼吸。庫諾在不知不覺間放鬆下來，從拘謹猜忌轉變成盡興歡樂。亞瑟找回了他的厚臉皮，變得低級又好笑。我們喝了一大堆白蘭地和整整三瓶波瑪葡萄酒。我說了個極端愚蠢，關於兩名蘇格蘭人跑進猶太教堂的故事。庫諾開始用腳輕輕

推我。在一段短如晃眼的時間後，我瞧了瞧時鐘，發現已經十一點。

「我的老天爺！」亞瑟驚呼。「請見諒，我得先閃了。有個小約會……」

我一臉疑惑地看著亞瑟。我從沒聽過他跟人約在這麼晚的時間，何況今天也不是安妮之夜。不過，庫諾似乎完全不覺掃興。他萬般體恤地說：

「無妨，親愛的好友……我們完全理解。」他的腳在桌下踩著我。

等亞瑟離開後，我說：「我真的也該回家了。」

「哎，還早得很。」

「不早了。」我堅定地說，並微笑著將腳移開。他正剝著一根玉米。

「我很想讓你瞧瞧我的新公寓。搭車十分鐘就到。」

「我很樂意參觀，但不是今天。」

他微微一笑。

「那或許容我送你回家？」

「多謝了。」

一名英俊非凡的司機傲慢地行了個禮，將我們塞進巨大黑色豪華轎車的深處。當我們沿著選帝侯大街向前滑行，庫諾將我的手拖到他圍膝的毛皮毯下。

「你還在生我的氣。」他語帶責備地低聲說。

「我為何要生氣？」

「唉，不會錯的。恕我直言，你是在生氣。」

「我真的沒有。」

庫諾軟綿綿地捏了捏我的手。

「可以問你一件事嗎？」

「儘管問。」

「我不是想探人隱私，不過你相信柏拉圖式的友情嗎？」

「大概吧。」我說，語帶提防。

他似乎挺滿意這個答案。他的語氣變得更加信任。「你確定不上我家看看？就五分鐘？」

「今晚不行。」

「確定？」他捏了捏。

「確定。非常確定。」

「那改天晚上？」又捏了一下。

我笑著說：「我想白天會看得比較清楚，不是嗎？」

庫諾輕輕嘆了口氣，但沒有再追問。一會兒後，轎車停在我住處門外。我瞥了眼亞瑟的窗戶，見燈亮著。不過我沒有向庫諾提及此事。

「那麼，晚安，謝謝你送我一程。」

「請別這麼客氣。」

我跟司機點了點頭。「該跟他說送你回家嗎？」

「不用，謝謝。」庫諾語氣有點憂傷，但臉上仍強作微笑。「恐怕還不會回去，時候還早。」

他躺靠回座椅，面容仍凝結著笑。他的單片鏡映射著街燈若隱若現的透亮微光，接著便隨車遠去。

我一進屋，亞瑟就出現在他的臥室門邊，外套已脫只著襯衫。他看上去有點忐忑不安。

「已經回來啦，威廉？」

我咧嘴一笑。「你不高興見到我嗎，亞瑟？」

「怎麼會，老弟。這是什麼問題！我只是沒料到你會這麼快回來罷了。」

「我知道你沒料到。你的約會似乎也沒花多少時間。」

「那個啊——呃——就散了。」亞瑟打了個呵欠。他睏得連謊都懶得撒。

我笑道：「你是一番好意，我知道。別擔心，我們道別時已經和好如初了。」

他立刻一臉喜色。「真的？噢，我真是太高興了。先前還怕會發生什麼小阻礙。現在我可以放心睡覺去了。威廉，我得再一次感謝你無價的協助。」

「隨時樂於效勞。」我說。「晚安。」

11

十一月的首週，運輸業宣布罷工。天氣惡劣，濕氣襲人。戶外每樣東西都罩著一層油汙汙的落塵。少數電車仍有行駛，車前車後都站著警察。有些車遭受攻擊，窗戶被打破，乘客被迫下車。街上空蕩、潮濕、陰冷、灰暗。人們預期巴本（Franz von Papen）政府會宣布戒嚴。整個柏林對此似乎無動於衷。戒嚴、槍擊、逮捕，全都不是什麼新鮮事了。海倫・普拉特將錢押在施萊謝爾（Kurt von Schleicher）身上。「他是裡面最狡猾的一個。」她對我說：「聽著，我跟你賭五馬克。聖誕節之前他就會上台。要賭嗎？」我婉拒了。

希特勒跟右翼政黨的協商破裂，卍字旗甚至還跟錘子鐮刀旗眉來眼去。據亞瑟的說法，兩個敵對陣營間已經有電話聯繫了。納粹衝鋒隊會跟共產黨人一同奚落破壞罷工的工賊，並朝他們丟擲石塊。在此同時，濕漉漉的廣告柱上，納粹的海報卻將德國共產黨描繪成穿著紅軍制服的骷髏怪。再過幾天就會有另一場選舉，今年的第四次了。人們踴躍出席政治集會，畢竟這比看電影或買醉便宜。年長者足不出戶，安坐在潮濕破舊的屋中，烹煮麥芽咖啡或淡茶，死氣沉沉地漫談著經濟崩盤。

十一月七日，選舉結果出爐。納粹少了兩百萬票。共產黨增加了十一席，在柏林贏了超過十萬票。我對施洛德女士說：「看吧，這都是你的功勞。」我們說服她下樓到街角的啤酒店投票；那是她有生以來第一次。現在，她就有如下注在贏家身上一樣歡欣鼓舞。「諾里斯先生！諾里斯先生！真想不到！我完全照你的話做，而結果真的跟你說的一模一樣耶！門房的老婆氣個半死。她關心選舉好多年了，還說這次納粹會再贏一百萬票。我跟你說，我好好嘲笑了她一番。我對她說：『啊哈，施耐德太太，你看，我現在也懂點政治了吧！』」

早上亞瑟跟我到威廉大街的拜爾辦公室走了一趟，依亞瑟的說法是：「去嚐嚐勝利的果實。」另外有幾百人似乎也抱著同樣的念頭。大批人群在樓梯上來來去去，光是要進入那棟建築就讓我們費盡千辛萬苦。每個人都精神抖擻，對著彼此吼叫、祝賀、吹哨、歌唱。我們奮力往上擠時，遇到正要下樓的奧托。他興奮得幾乎要將我的手擰斷。

「天呀！小威！我們出頭啦！看看誰還敢說要解散這個黨！誰敢說，我們就不客氣！老納粹已經沒戲唱了，肯定的。再過六個月，希特勒的衝鋒隊就一個都不剩了。」

他身邊跟了五、六個朋友。他們一一跟我握手，盛情可比久違的兄弟。在此同時，奧托整個人像隻小熊般撲向亞瑟。「什麼，亞瑟，你這老豬哥，你也在？真是太棒了！太開心了！嘿，我興奮

到可以一拳打得你不省人事喔！」

他朝亞瑟的肋骨揮了一記深情的鉤拳，亞瑟被打得一陣扭動。幾個旁觀者同情地大笑。「老亞瑟好樣的！」奧托的一位朋友高聲呼喊。其他人聽到了這名字，開始口耳相傳。「亞瑟……誰是亞瑟？咦，老兄，你不知道亞瑟是誰嗎？」不，他們不知道，也不在乎。那只是個名字，是這些興奮的年輕人凝聚他們滿腔熱血的一個焦點。一招見效。「亞瑟！亞瑟！」的聲音從四面八方響起，不管是上方樓層、下方門廳，都有人喊著這名字。「亞瑟來了！」、「亞瑟萬歲！」、「我們要亞瑟！」的聲浪立即澎湃地捲來。上百個喉嚨不由自主地迸發出充滿生氣又半帶滑稽的巨大歡呼，一波接著一波。要命的老樓梯間為之搖撼，一小片灰泥塊從天花板脫落下來。這狹窄的空間有絕佳的迴響效果，其間所創造的音量又讓群眾興奮不已。一股強而有力的推擠朝內湧動，全都衝著那看不見的偶像而來。一波仰慕者一路向上推擠，和另一波從樓上滾滾而下的人群撞個正著。每個人都想摸摸亞瑟。手掌如雨落在他畏畏縮縮的肩頭。有人七手八腳地想將他舉到空中，結果差點讓他一頭栽在欄杆上。他的帽子已經被拍掉，我設法撿了回來，也預備好隨時去救他的假髮。亞瑟上氣不接下氣，兩眼昏花地想要應付這局面：「謝謝……」他勉力開口。「很榮幸……不足掛齒……要命！老天爺！」

若非奧托和他那幫朋友推開一條直達樓梯頂端的路，亞瑟恐怕早受重傷了。我們在他們橫衝直闖的強壯身軀後面跟蹌地追隨著。亞瑟緊抓著我的臂膀，半是害怕，半是怯生生的歡欣。「威廉，真沒想到他們竟然認識我。」他在我耳邊氣喘吁吁地說。

但群眾還沒打算放過他。我們現在來到辦公室門前，居高臨下，而擠在下方樓梯動彈不得、掙扎不已的大批人群也看到我們了。一見到亞瑟，又一陣巨大的歡呼聲震撼了整棟建築。「發表感言！」有人大吼。而這聲吶喊不斷迴響。「發言！發言！發言！」樓梯上的人開始有節奏地跺腳和喊叫。鞋子的重踏就如同巨型活塞的跳動一般有力。照這情況看來，如果亞瑟不做點什麼來阻止，整個樓梯間極可能都會垮掉。

在這危急的時刻，辦公室的門開啟了。拜爾親自出來瞧瞧這些喧囂是怎麼回事。他就像個寬容的校長，眉開眼笑又饒富興味地看著這一幕。這場騷動一點也沒讓他張皇失措。他很習慣了。他笑著和驚駭又困窘的亞瑟握手，並將一手安慰地搭在他肩頭上。「路德維希！」旁觀者大喊。「路德維希！亞瑟！發言！」拜爾對他們笑了笑，氣定神閒地比了個敬禮和解散的手勢，然後轉身，護送著亞瑟和我進入辦公室。外頭的喧囂逐漸平息成歌唱和不時嚷嚷的笑話。前屋的辦公室中，打字員正賣力地想在一群熱烈爭論的男女間專心工作。牆上貼滿了顯示選舉結果的新聞報導。我們一路推

擠進入了拜爾的小房間，而亞瑟立即跌坐在一張椅子上，用那頂失而復得的帽子搧風。

「哎呀呀……真要命！我感覺相當、相當激動，彷彿就身處歷史的洪流之中，完全無力招架。對我們偉大的理想來說，今天真是個值得紀念的日子呀。」

拜爾眼神銳利，隱含興味地看著他。

「讓你很驚訝，是嗎？」

「這個嘛——呃——我得承認，我再怎麼樂天地作夢，也不敢妄想會有這麼決定性的——呃——勝利。」

拜爾讚許地點點頭。

「是很棒，沒錯。但我認為若過分誇大這次成功的重要性，就不太明智了。有很多因素促成這結果。你們是怎麼說的？暫時的震狀？」

「症狀。」亞瑟輕咳一聲，開口糾正。他的藍眼睛不自在地移往拜爾書桌上凌亂的紙堆上。拜爾朝他露出燦爛的笑容。

「喔，對，症狀。這是我們目前所處階段會出現的症狀。我們還沒準備好要跨過威廉大街。」他做了個有趣的手勢，直指窗外外交部和興登堡官邸的方向。「還早得很。」

「你覺得——」我問：「這表示納粹往後沒戲唱了嗎？」

他果斷地搖搖頭。「很不幸，並非如此。我們不能太過樂觀。這次的挫敗對他們來說只是一時的。你知道，布萊德蕭先生，經濟情勢對他們有利。我想我們的朋友不會沉寂太久。」

「唉，拜託別說這些讓人不愉快的話了。」亞瑟邊咕噥，邊玩弄著他的帽子，雙眼仍鬼祟地在書桌上探尋著。拜爾的目光亦步亦趨。

「你不喜歡納粹，是吧，諾里斯？」

他別具興味地問道。顯然此刻的他覺得亞瑟格外有趣。我感到困惑不解。他移到桌旁，好似不經意地整理起散在桌上的文件。

「你開玩笑吧！」亞瑟語氣驚訝地抗議。「這還用問嗎？我當然厭惡他們。那些令人作嘔的傢伙……」

「哦，那你就錯了！」拜爾刻意慢條斯理地從口袋中取出一把鑰匙，打開書桌的抽屜，再從中取出一個沉甸甸的密封包裹。他紅褐色的眼眸閃著挑逗的光芒。「這種看法不切實際。今日的納粹分子可能就是明日的共產黨員。一旦他們看清那些領袖會將他們帶往何方，或許就不難說服他們投靠了。我希望所有反對的聲音都可以如此克服。你知道，這種論點許多人都聽不進去。」

他面露笑容，手中翻轉著那個包裹。亞瑟的眼睛死盯在那上面，彷彿中了催眠。拜爾似乎以行使這種催眠般的力量為樂。不管怎麼說，亞瑟顯然極度不自在。

「呃——沒錯。好吧……或許你說得對……」

一陣詭異的沉默。拜爾的嘴角若有似無地微微一笑。我從沒見過他處在這種情緒狀態中。突然間，他似乎意識到手中拿著什麼。

「哦，對了，親愛的諾里斯……這些是我答應要給你看的文件。可以麻煩你明天送還給我嗎？你也知道，我們得儘快傳閱下去。」

「當然，沒問題……」亞瑟簡直是從椅子上一躍而起，接過那包裹。他就像隻受託看顧一塊糖的小狗。「我會好好保管的，我保證。」

拜爾只是微笑，什麼也沒說。

幾分鐘後，他慇勤地送我們從直通庭院的後樓梯間離開公寓。亞瑟得以避開他那群仰慕者。我們走在街上時，他若有所思而且隱約有些不快。他嘆了兩次氣。

「你累了？」我問。

「不是累，老弟。不是……只是沉迷於我最喜愛的惡習：哲學空想。等你到了我這年紀，就會

越來越清楚人生是多麼奇妙難解又錯綜複雜。就拿今天早上來說吧，那些年輕人單純的熱情深深打動了我。在那種時刻，人會感覺自己是如此一文不值。我想有些人是不受良心所苦的，但我不是那種人。」

關於這突如其來的感性之言，最怪異的是亞瑟顯然句句發自肺腑。這是一段真情的告白，但我完全無法理解。

「沒錯。」我試探性地敲邊鼓。「我有時候也會有這種感覺。」

亞瑟沒有回應，只是嘆了第三口氣。一陣憂慮的陰影突然劃過他的臉龐，接著，他慌忙用手指摸了摸口袋隆起處，那是拜爾交給他的文件。文件安在，他大大鬆了一口氣。

十一月平靜無波地過去。我的學生人數再度增加，忙碌不已。拜爾還拿了兩份長手稿給我翻譯。

有傳聞說德國共黨將被勒令解散；很快，就在幾週後。奧托對此不屑一顧。他說政府絕對不敢，黨會起而反抗。在他所屬的組織裡，每個人都有左輪手槍。他跟我說，他們將槍用線懸吊在集會所地窖中一個格窗的柵欄上，以免被警察搜到。近日警察出沒頻仍。聽說柏林會被徹底整頓一

番。便衣已經好幾次突擊檢查歐嘉處所，但及至目前都無功而返。她非常小心謹慎。

我們跟庫諾吃了幾次飯，也在他的公寓喝過茶。他時而多愁善感，時而心事重重。內閣中持續上演的陰謀詭計大概令他憂心忡忡。他也懷念早先放蕩不羈的自由生活。公共職責將他跟我在梅克倫堡別墅中見到的那些年輕男子隔絕開來，現在只剩他們的相片可以提供他撫慰。那些相片全都貼在一本豪華相簿上，鎖進了一個隱密的櫥櫃。有天我和庫諾獨處時，他特別將相片展示給我看。

「有時，在夜裡，我喜歡望著他們。你懂嗎？然後我會對自己編故事，說我們全都居住在太平洋的一個荒島上。不好意思，希望你不會覺得這很傻？」

「一點也不會。」我跟他保證。

「我就知道你能理解。」他受到鼓舞，便進一步羞怯地掏心以告。世外荒島的幻想並不是天外飛來，他已經玩味好幾個月，逐漸發展成一種私底下的狂熱。在其影響下，他已經收藏了一小批男孩讀的故事書，語言多半是英文，設定全都是這種荒島大冒險。他跟書商說是要買給倫敦的外甥讀的。庫諾發現其中大多數著作無法令人全然滿意。故事中的成年人、埋藏的寶藏、非凡的科學發明等，對他來說都是多餘。只有一個故事真正取悅了他，書名叫《迷途七子》。

「我覺得這是天才之作。」庫諾相當認真，眼睛也綻射出熱忱的光芒。「如果你肯花些時間讀

一讀，我會非常開心。你說呢？」

我將書帶了回家。此書在該類型作品裡的確不壞。七個年齡從十六到十九歲的男孩被沖上了無人島，而那島上有水和豐富的植物。他們身上沒有食物，沒有工具，只有一把斷掉的小刀。故事大致承襲了《海角一樂園》（The Swiss Family Robinson），以寫實筆法描述男孩如何打獵、捕魚、搭建小屋，最後終於獲救。我一口氣讀完，隔天就交還庫諾。聽到我稱讚此書時他很高興。

「你記得傑克嗎？」

「很擅長捕魚的那個？記得。」

「現在，請告訴我，他是不是很像關特？」

我不知道關特是誰，但很自然地猜測他是梅克倫堡派對上的其中一位客人。

「是啊，是有點像。」

「真高興你也這麼覺得。那東尼呢？」

「那個了不起的攀登專家？」

庫諾熱切地點頭。「他是不是讓你想起了漢茲？」

「我懂你的意思。」

我們就這樣將其他角色一個個拿出來談，庫諾也為那些泰迪、鮑伯、雷克斯、迪克都找了相應的人物。我很慶幸自己真的有讀完這本書，才得以高分通過這奇特的測驗。最後我們聊到吉米，這位書中的英雄，游泳冠軍，總是在危急時領導其他人，並能靈機一動化解所有危機的男孩。

「也許，你沒認出他來？」

庫諾的語氣忸怩，有點古怪又可笑。我意識到自己必須小心謹慎，萬萬不可給出錯誤的答案。但我究竟要說什麼？

「是有些想法……」我大膽地說。

「真的？」他臉紅了。

我點頭微笑，試著看起來胸有成竹，並等待著一點提示。

「你知道，他就是我。」庫諾滿口篤定，確信不疑。「就像我小時候。真的分毫不差……這作家是個天才。他說出了我一些別人不可能知道的事。我就是吉米，吉米就是我。真是太不可思議了。」

「的確非常奇妙。」我附和。

之後，我們又談了幾次關於荒島的事。庫諾精確地跟我說出他心目中的島是什麼樣子，鉅細靡

遺地描繪一位位幻想同伴的外貌跟性格。他確實有極其鮮活的想像力。我真希望《迷途七子》的作者也能在場聽聽，他肯定會為自己無甚野心的創作所結出的奇異果實驚訝到瞠目結舌。我猜自己大概是庫諾在這話題上唯一的知己，而這感覺就像被迫加入某個祕密社團的倒霉鬼一樣尷尬。要是亞瑟跟我們在一起，庫諾那急欲擺脫他好跟我獨處的心思根本昭然若揭。亞瑟當然察覺了，並僅依表面所見來解釋我們私下的會面，令我惱火不已。即便如此，我還是沒勇氣洩漏庫諾那可憐的小祕密。

「我說……」我有次告訴庫諾：「你何不就真的去呢？」

「什麼？」

「你何不就拋開一切，前往太平洋，找個像書中那樣的小島，真的在上面生活呢？這不是沒有人做過。沒有理由你就不可以。」

庫諾悲哀地搖頭。

「抱歉，行不通。這是不可能的。」

他的語氣如此確切，如此憂傷，我只好沉默。日後，我再也沒提過這種建議。

隨著時序推進，亞瑟變得越來越鬱悶。我沒多久就發現他手頭的錢比先前少了。他並沒有抱怨。確切來說，他對自身問題變得極其隱諱。面對如此這般的經濟狀況，他盡可能低調：放棄計程車改搭公車，理由是兩者同樣便捷；避免去昂貴的餐廳，據他的說法是高級食物讓他消化不良。安妮登門造訪的次數也降低了。亞瑟開始早早上床。他白天不在家的時間比以往更長了。我發現他花了很多時間往拜爾的辦公室跑。

沒多久，另一封從巴黎發出的電報來了。施洛德女士對此的好奇跟我一樣無恥。我不費吹灰之力就說服她趁亞瑟回來睡午覺前，用蒸汽融開信封。我倆頭挨著頭，讀道：

你寄的茶完全不行，不懂為何會相信你，找別的女孩去，無吻。

瑪歌

「看吧。」施洛德女士以高興又嫌惡的語氣高聲說：「她一直想斷。」

「到底是……」

「哎唷，布萊德蕭先生！」她性急地輕拍了一下我的手。「你怎麼這麼遲鈍呢！當然是那個嬰

兒呀。他一定寄了什麼東西給她……唉，這些男人！要是他來找我，我就會為他指點指點。絕不會失敗。」

「老天，施洛德女士，千萬別跟諾里斯先生提起這件事。」

「喔，布萊德蕭先生，這你可以放一百萬個心！」

儘管如此，我想她的舉止肯定讓亞瑟察覺到我們做了什麼，因為自此之後，不再有法國電報送來。我猜精明的亞瑟已安排電報送到別的地址去了。

然後十二月初的一個晚上，亞瑟不在家，而施洛德女士正在洗澡，門鈴響了。我去應門。門後站著施密特。

「晚安，布萊德蕭先生。」

他看上去邋遢寒酸，那張油膩的大餅臉一片慘白。我起先還以為他一定是醉了。

「你要幹嘛？」我問。

施密特令人不快地咧嘴笑笑。「我要見諾里斯。」他肯定看穿了我的心思，於是補了句：「你不需要跟我扯謊，我知道他現在就住在這裡。明白嗎？」

「反正你現在見不到他。他出門了。」

「你確定他出門了？」施密特透過半閉的眼睛，笑著打量我。

「百分之百肯定。不然我不會這麼說。」

「所以……我明白了。」

我們站著凝視對方好一會兒，笑容的背後是滿心厭惡。我很想當著他的面將門甩上。

「讓諾里斯先生跟我見一面會比較好。」一陣沉默後，施密特以一種隨興輕鬆的口吻，一副首度提起這話題的樣子說道。我盡可能偷偷將腳緣頂住門，以防他突然來硬的。

「我想——」我和氣地說：「這得由諾里斯先生自己決定。」

「可以跟諾里斯先生說我來了嗎？」施密特瞄了瞄我的腳，放肆地露齒而笑。我們的聲音輕柔低調，任何經過樓梯間的人都會以為我們是兩個正在寒喧的鄰居。

「我已經跟你說過了，諾里斯先生不在家。你是聽不懂德語嗎？」

施密特的笑容令人格外有種被冒犯的感覺。他的瞇瞇眼帶著某種興味，某種有所保留的非難打量著我，彷彿我是一張拙劣的畫。他說話慢條斯理，刻意按耐著性子。

「那能否請你幫我傳個話給諾里斯先生？不會太麻煩吧？」

「好，我會轉達。」

「能否麻煩你跟諾里斯先生說，我會再等三天，但最多就三天？你明白嗎？本週末，如果我還沒他的消息，就會照我信上所說的去做。他知道我的意思。或許他以為我不敢。那麼，他很快就會發現自己犯了大錯。我不想惹是生非，除非他自找麻煩。我也得生活……我得顧好自己，就跟他一樣。我會據理力爭。他別以為可以把我扔進陰溝裡不管……」

他竟然全身打顫。某種暴烈的情緒、盛怒或極端的虛弱讓他的身子抖個不停。我一度以為他就要倒下。

「你病了嗎？」我問。

我的問題在施密特身上產生非同小可的效果。他油膩、輕蔑的笑容僵化成一張滿布恨意的緊繃面具。他完全失控，朝我走近一步，毫不馬虎地對著我的臉大吼：

「這不干你屁事，聽見沒?你只管把我說的告訴諾里斯。如果他不照辦，我會讓他痛不欲生！你也一樣，蠢豬！」

他歇斯底里的暴怒瞬間感染了我。我退後一步，猛力將門一甩，希望可以砸到他那張直往前伸、吼叫不停的臉，直接給他下顎來上一記。但沒有碰撞發生。他的聲音像被抬起了唱針的留聲機

般驟然停止。他也沒再發出任何聲音。我站在關上的大門後，心臟因憤怒而劇烈跳動，同時聽著他的腳步輕聲穿過樓梯平台，下樓遠去。

12

一小時後，亞瑟返家。我跟著他進房通報消息。

「施密特剛來過。」

就算亞瑟頭上的假髮突然被一名漁夫釣走，他的臉色大概也不會像現在這麼驚訝。

「威廉，拜託有什麼壞消息趕快說，別讓我七上八下的。什麼時候的事？你親自見到他？他說了什麼？」

「他想勒索你，對吧？」

亞瑟迅速看向我。

「他承認了？」

「他用不著開口我也猜得到。他說有寫過信給你，還說若週末前你沒照他說的去做，就會有麻煩。」

「他真這麼說？老天……」

「你該告訴我他寫過信來的。」我語帶責備。

「我知道，老弟，我知道……」亞瑟一臉苦惱。「在過去兩週裡，這事好幾次都到了我嘴邊，但我不想讓你擔無謂的心。我一直希望一切會在不知不覺間自動煙消雲散。」

「聽我說，亞瑟。重點是：施密特真的握有什麼能對你造成傷害的把柄嗎？」

他本來一直焦慮地在房內踱步，現在，這個衣衫不整的慘淡身影跌坐在椅子上，可憐兮兮地審視著自己的帶扣短靴。

「有，威廉。」他的聲音細小而愧疚。「恐怕他真的有。」

「他知道些什麼？」

「我真的……即使是對你，我也沒辦法細數自己不堪的過去。」

「我不用聽細節。我只要知道施密特會不會把你牽扯進任何刑事犯罪裡。」

亞瑟思考了一會兒，凝神搔著下巴。

「我不認為他有這膽量。不會的。」

「我可不敢這麼肯定。」我說：「在我看來，他的處境似乎很糟。狗急會跳牆。他那樣子好像連飯都吃不飽。」

亞瑟再次起身，在房內快速兜轉，步伐細碎而焦躁。

「我們鎮定點，威廉，一起安靜地想想辦法。」

「依你對施密特的瞭解，如果先拿筆錢打發他，他會就此閉嘴收手嗎？」

亞瑟毫不遲疑地回答：

「我敢肯定不會。這只會讓他食髓知味，得寸進尺……老天啊，老天！」

「要是你就此離開德國呢？這樣他還有辦法威脅你嗎？」

亞瑟在極端煩躁的姿態中驟然止步。

「不行吧，我想……那樣，不，肯定沒辦法。」他驚慌地望著我。「你該不會真建議我這麼做吧？」

「似乎極端了點。但還有其他選擇嗎？」

「我看是沒有。」

「我看也是。」

亞瑟絕望地聳了聳肩。「是啊，是啊，親愛的老弟，說得簡單，但哪來的錢呢？」

「我以為你現在不是挺寬裕的嗎？」我稍微故作驚訝。亞瑟原本直視我的目光躲避似地往下一滑。

「只有在某些條件下才是。」

「你是說，只有在這裡你才賺得到錢？」

「這個嘛，多半是……」他不喜歡這種咄咄逼人的詰問，開始渾身不自在。我忍不住要瞎猜一番。

「但巴黎那邊有付你錢吧？」

一語中的。亞瑟不實的藍眼睛閃現一絲驚愕的火光，但僅此而已。或許他對這問題並不是全無防備。

「親愛的威廉，我完全不明白你在說什麼。」

「算了，亞瑟。這不關我的事。我只是想幫你，如果我幫得上。」

「你是一片好心，老弟，我相信。」亞瑟嘆氣。「這真的是太煎熬，太複雜了……」

「無論如何，至少有一點是清楚的……現在，最好的辦法就是立即拿些錢塞住施密特的嘴。他要多少？」

「先給一百馬克。」亞瑟以幾不可聞的聲音說：「然後每週五十馬克。」

「簡直是獅子大開口。你想你湊得到一百五十馬克嗎？」

「必要的話，應該可以。不過得用非常手段。」

「我知道，但這最後會替你省卻十倍的麻煩。我的建議是，你寄給他一百五十馬克，並附上一封信，保證餘款會在一月一號——」

「真的嗎？威廉——」

「先聽我說。這段期間，你要安排在年底前離開德國。這樣就有了三週的寬限。若你現在乖乖付錢，到年底前他都不會再來煩你。他會認為已經吃定你了。」

「對，我想你說得沒錯。我得讓自己接受這想法。這一切都太突然了。」亞瑟轉瞬間義憤填膺。

「可惡的陰險小人！就別讓我逮到機會徹底解決他……」

「放心，他不會有好下場的，只是早晚的事。當前最重要的是湊足錢送你上路。我猜你沒有人可以借了吧？」

但亞瑟的思緒已經飄往另一個方向了。

「我會找到解套的辦法。」他的語氣開朗了許多。「給我點時間想一想。」

亞瑟想著想著，一個星期過去了。天氣沒有好轉，陰沉的短晝讓我們所有人的情緒都受到影響。施洛德女士抱怨背痛。亞瑟的肝臟出了點毛病。我的學生遲到早退且屢教不會，讓人既氣憤又

沮喪。我開始厭惡我們昏暗的公寓、我窗戶正對面那醒目的破舊屋面、潮濕的大街，也受不了我們去吃經濟簡餐的那家悶熱且吵雜的館子，還有簡餐裡那燒焦的肉、那永遠不變的德國泡菜、那湯。

「老天爺！」有天晚上我對亞瑟嚷道：「只要能讓我離開這鬼城鎮一兩天，要我怎樣都行！」

亞瑟原本鬱鬱出神地剔著牙，此時若有所思地望著我。有點出乎我意料，他似乎準備好對我的牢騷表示關心同情。

「我得說，威廉，我發現你最近不像先前那麼活潑有生氣。說真的，你的臉色蒼白了許多。」

「是嗎？」

「我看你最近恐怕是工作過度了。待在戶外的時間不足。像你這樣的年輕人需要充分的運動和新鮮的空氣才對。」

我笑了，既感有趣又略微困惑。

「亞瑟，你好像醫生在對病人說教喔。」

「我的老弟呀……」他裝作有點受傷的樣子。「我這麼誠摯地關心你的健康，竟還被你嘲笑，真讓人遺憾。好歹我的年紀也可以作你父親了，有時候代替父母嘮叨兩句也無可厚非吧。」

「請原諒孩兒不肖，老爹。」

亞瑟微笑，笑中藏著些許惱怒。我沒有接上他理想中的答案，他也因此無法順利接上自己的話題，不管那究竟是什麼。總之，他試著不著痕跡地提起。經過一陣躊躇後，他再次嘗試。

「話說，威廉，在你的旅遊經歷中，可曾走訪過瑞士？」

「實不相瞞，我曾在日內瓦的寄宿學校待了三個月，想學法文。」

「對喔，你好像提過。」亞瑟不自在地咳了一下。「不過我指的其實是那邊的冬季運動。」

「沒有，興趣不大。」

亞瑟看上去大吃一驚。

「哎呀，老弟，請別介意我這麼說，我覺得你太小看體育活動了，我說真的。我絕不是要貶低心靈活動。但是請記住，你還年輕呀。我不希望看到你剝奪了自己享受某些樂趣的機會，而這些樂趣往後無論如何都是難以重溫的。再坦白點說，這無非是有點故作姿態吧？」

我笑開了。

「恕我直言，我想請問，你自己二十八歲的時候，從事哪種運動呢？」

「這個嘛——呃——你也知道，我的身體一直很虛弱。我們的情況完全不一樣。儘管如此，我不妨告訴你，有次待在蘇格蘭的期間，我成了一位相當投入的漁夫。事實上，我經常捕獲那些有著

紅褐色斑紋的漂亮小魚。那種魚的名字我一下想不起來了。」

我邊笑邊點起一根香菸。

「好了，亞瑟，演完慈愛父親的精彩好戲，該說說你在打什麼主意了吧？」

他嘆氣，既無可奈何，又懊惱不已，或許也有幾分如釋重負。他用不著再惺惺作態了。再次開口時，他的語氣已完全不同。

「威廉，我不知道自己到底為何要這麼拐彎抹角。我們認識也夠久了。對了，從我們初次相遇到現在，有多久了啊？」

「超過兩年了。」

「真的？有這麼久？讓我想想。沒錯，你說得對。如我剛說的，我們認識得夠久，所以我很清楚你雖然年紀輕輕，但已是個成熟世故的人……」

「你可真會說話。」

「跟你保證，我是很認真的。現在，我要說的只是(不過這一切只是個極其模糊的可能性，請別太放在心上，因為除了你的意願之外，至為關鍵的是，整件事需要第三方的同意，而該方目前對此計劃尚一無所知)……」

在這一長串插入語後，亞瑟停下來喘口氣，也要克服自己對開誠布公那與生俱來的反感。

「我現在只是想問：這個耶誕假期，你是否有興趣到瑞士待個幾天？就在某個冬季運動度假勝地？」

終於坦白以告之後，他變得手足無措，不斷閃避我的目光，還緊張地摸起瓶罐架。顯然他的神經耗費了好大一番力氣，才得以開口說出這項提議。我注視了他一會兒，接著出乎意料地突然笑了起來。

「哎，我的媽呀！這就是你費了老半天勁兒想要說的啊！」

亞瑟有點害羞地和我一起笑，同時偷偷端詳我驚愕的表情，各個面向都不放過。隨後，他在他認為顯然已是補話的最佳時機，說上一句：

「當然，一切花費都不用你操心。」

「但這到底是……」我正要開口。

「別放心上，威廉，別放心上。這只是一個想法罷了。或許不會——很可能不會成真。現在就請別多問了。我只想知道：這事你是否願意考慮看看，還是完全不考慮？」

「沒什麼是不能考慮的。但有好多細節我想先弄清楚，比如說……」

亞瑟舉起他纖細白皙的手。

「先別問，威廉，拜託。」

「就一個問題：我該……」

「我現在什麼都無法討論。」亞瑟堅決地打斷我。「就是不能。」

接著，彷彿害怕會管不住自己的嘴，他立刻招呼侍者買單。

大半個星期過去，亞瑟沒再提及神祕的瑞士計劃。我相當努力地克制自己不要去提醒他；或許那跟其他許多絕妙的計劃一樣，早已被他拋到腦後。何況，眼前還有更重要的事要想。聖誕節就要來臨，今年很快就會結束；然而，據我所知，他一點也沒有在為逃跑湊錢的跡象。當我問起，他含糊其詞。當我催促採取行動，他顧左右而言他。他似乎陷入一種危險的惰性，顯然低估了施密特的惡意與殺傷力。我可沒有。我無法輕易忘懷對祕書那張臉的最後一瞥是何其令人不快。亞瑟置身事外的樣子有時幾乎叫我抓狂。

「別擔心，老弟。」他會邊含糊不清地咕噥，邊心不在焉地撥撚著上好的假髮。「將來的事就等將來再煩惱……沒錯。」

「真等到那一天——」我反駁：「你接下來的兩三年都會煩惱個沒完。」

隔天早上，有件事證實了我的恐懼。

我坐在亞瑟的房間，按例旁觀著他梳妝打扮的儀式，此時電話響起。

「可以麻煩你去看看誰打來嗎，親愛的老弟？」亞瑟拿著粉撲說。只要可以避免，他從不親自接電話。我拾起話筒。

「是施密特。」一會兒後，我掩著話筒大聲宣布，聲音中不能說沒有一點幸災樂禍。

「老天！」如果追殺他的人就站在臥房門外，他大概就是這副慌張的模樣了。那焦急的目光甚至有一瞬間掃過床下，彷彿在估量可以容身躲藏的空間。

「隨便跟他說什麼都好。就說我不在家……」

「我想——」我堅決地說：「你親自跟他說會比較好。反正他又咬不到你。或許你也會比較清楚他究竟有什麼打算。」

「唉，好吧，如果你堅持……」亞瑟不情不願。「我得說，我覺得這完全沒必要。」

他手持粉撲有如防衛武器，躡手躡腳地朝話機前進。

「是的，是的。」他的酒窩在臉頰側邊抽動。接著，他像隻神經質的獅子咆哮：「不……不是

這樣，真的……拜託先聽我說……不行，沒騙你……我沒辦法……」

他的聲音逐漸減弱成時而抗議時而哀求的低語。最後他搖晃著聽筒架，陷入無濟於事的愁苦。

「威廉，他掛斷了。」

亞瑟的沮喪太過滑稽，我忍不住微笑。「他跟你說了什麼？」

亞瑟穿過房間，重重跌坐在床上。他似乎精疲力盡。粉撲從癱軟的指間滑落地板。

「他讓我想起了毒蛇，不聽弄蛇人指揮的那種……真是個怪物呀，威廉！願你一輩子都不會被這種惡鬼纏上……」

「告訴我他說了什麼。」

「就是一味的威脅恐嚇，老弟。大多前言不對後語。我覺得他只是想提醒我他的存在吧。還有他很快就會需要更多錢。要我跟他說話實在太殘忍了，搞得我接下來一整天都會心煩意亂。來摸摸我的手，抖個不停呀。」

「可是，亞瑟……」我撿起粉撲放在梳妝台上。「光煩惱是沒用的。這一定是給你的警告。你看，他是來真的。我們得想點辦法才行。你有任何計劃嗎？有什麼可以採行的手段？」

亞瑟費力打起精神。

「對，對，你說得對，當然。木已成舟。應該要採取些應對措施。事實上，一刻都不該浪費。能否麻煩你幫忙撥給長途接線生，說我要轉接巴黎？這時候應該不會太早吧？不會……」

我撥通亞瑟給的電話後，隨即識相地留他獨自一人，直到晚上才再見到他。我們照舊約在餐館共進晚飯。我馬上注意到他開朗了許多。他甚至堅持我們該喝葡萄酒，看我猶豫便說酒錢由他來出。

「紅酒促進健康。」他勸說。

我露齒而笑。「還在擔心我的健康？」

「你真是非常刻薄。」亞瑟笑著說。但他不為所動。一兩分鐘後，我直截了當地問起事情的進展，他則回答：

「我們先吃飯吧，老弟。對我耐心點，拜託。」

但即便用完餐，我倆點的咖啡也都已送上（又一額外的奢侈享受），亞瑟似乎仍不急於報告新消息。他反而對我最近做了什麼深感興趣，我收了什麼學生，我在哪裡吃午餐，諸如此類。

「我想，你最近沒見到我們的朋友佩格尼茨吧？」

「事實上，我明天就要跟他喝茶。」

「真的嗎？」

我忍住不笑。到了現在，我已經看透亞瑟一貫的手法了。他語氣中新起的弦外之音，雖然討好地隱藏著，但還是逃不過我的耳朵。於是，我們終於講到了重點。

「要我幫你傳什麼話嗎？」

亞瑟一臉滑稽相。我們興致勃勃地審視著彼此，有如兩個夜復一夜在不賭錢的牌局中算計著對方的牌手。我們不約而同地笑了出來。

「你究竟想從他身上撈些什麼？」我問。

「威廉，拜託……你把事情說得太不堪了。」

「這樣省時間。」

「對，對，你說得對。時間，哎呀呀！現在可是非常重要的。很好，這麼說吧，我急於跟他做點小生意。或者該說，幫他介紹個做生意的機會？」

「你可真好心！」

亞瑟嘻嘻笑道：「我很好心，對吧，威廉？這點很少人能理解。」

「是什麼樣的生意？什麼時候要進行？」

「那還有待分曉。希望很快。」

「我猜你能從中得到點賺頭吧?」

「這是自然的。」

「很大的賺頭?」

「事成的話,沒錯。」

「足夠讓你離開德國?」

「哦,綽綽有餘。其實,簡直是顆小金蛋了。」

「那可真太好了,是吧?」

亞瑟不安地攪著頭髮,並極其仔細地審視自己的指甲。

「很不幸,其中有些技術上的困難。一如既往,我需要你寶貴的忠告。」

「沒問題,說來聽聽。」

亞瑟考慮了一會兒。我看得出來他在猶豫該告訴我多少。

「主要是——」他終於開口。「這筆生意不能在德國進行。」

「為何不行?」

「因為會招來太多的關注。交易的另一方是位知名商人。你大概也知道，商界高層是個相對窄小的圈子。他們會注意彼此的一舉一動。任何消息，光是一點點風吹草動，都會瞬間傳遍整個圈內。如果這個人要來柏林，此地的商界人士在他抵達前就會知道。而保密對此事有舉足輕重的影響。」

「一切聽起來都很令人興奮，但我不知道庫諾也在做大生意呀。」

「嚴格說起來，他沒有。」亞瑟刻意閃避我的眼神。「這僅僅是一點副業。」

「我明白了。那這會面你打算在哪裡進行？」

亞瑟謹慎地從面前的小碗中挑出一根牙籤。

「這個嘛，親愛的威廉，就是我希望你提供寶貴意見之處。當然，這地方必須離德國邊境不遠。某個人們在這時節可以去度假，卻不會引起注意的地方。」

亞瑟慢悠悠地將牙籤折成兩段，並列在桌布上，頭也沒抬就補了句：

「我想到瑞士，不知你覺得如何？」

我們沉默了一段相當長的時間，臉上都掛著微笑。

「原來是這麼回事？」我終於開口。

亞瑟再將牙籤折成了四段；他抬眼看著我，目光虛假，笑容純真。

「你猜得沒錯，老弟，就是這麼回事。」

「好呀，好呀，你這狡猾的老東西。」我笑著說：「我終於理出一點頭緒了。」

「得說實話，威廉，我發現你的理解力變差了。這一點也不像你喔。」

「真抱歉，亞瑟。但這些謎語搞得我暈頭轉向。何不乾脆別打啞謎，直接從頭說起？」

「放心，老弟，關於這件事我會知無不言，但其實我知道的也不多。好吧，長話短說，佩格尼茨對德國一間最大的玻璃工廠有興趣。是哪間並不重要，你在董事名單上也找不到那人的名字，但他在檯面下極具影響力。當然，我也不會假裝真的懂這些事。」

「玻璃工廠？好吧，聽起來是沒什麼害處。」

「哎唷，親愛的老弟……」亞瑟焦急地保證道：「當然沒害處囉。別讓謹慎多疑的天性干擾了你的判斷力。如果你覺得這個提議乍聽之下有點奇怪，只是因為你還不習慣高階金融界的作業方式。哎，這種事可是每天都在發生的。隨便找個人問問就知道。最大的生意幾乎都是在檯面下談成的。」

「好了！好了！繼續。」

「讓我想想。說到哪了？喔，對。現在，我在巴黎最要好的朋友，一位著名的金融家——」

「一位自稱瑪歌的仁兄？」

但這一次我沒有讓亞瑟措手不及，甚至無法猜到他有沒有因此感到驚訝。他只是笑了笑。

「你還真敏銳，威廉！好吧，或許如此。總之，方便起見，我們就稱他瑪歌吧。沒錯……無論如何，瑪歌非常渴望跟佩格尼茨見上一面。雖然他沒有具體明說，但我清楚他想跟佩格尼茨提議以某種方式聯合兩人的公司。但這完全是非正式的，也不會涉及我們。至於佩格尼茨，他得聽過瑪歌的提議後，自行決定這對他的公司是否有利。這相當可能，甚至十之八九是有利的。如果不然，也沒什麼損失。瑪歌只能怪自己。他要求我的只是安排他跟男爵可以自在地於第三地見個面，能避開一大堆財經記者的騷擾，安靜地好好談談。」

「而一撮合他們，你就能拿到現金？」

「一旦他們碰上面——」亞瑟壓低了聲音。「我就能拿到半數。事情談成的話，我才能拿到另一半。但最糟糕的是，瑪歌堅持要立即見到佩格尼茨。他每次一想到什麼總是這樣急如星火。極沒耐心的一個人……」

「而他真的準備給你這麼大一筆錢，只要你安排會面？」

「要知道，威廉，這對他來說只是點零頭。如果交易成功，他大概會賺進數百萬。」

「好吧，我只能說，恭喜了。這筆錢應該不難賺。」

「很高興你這麼認為，親愛的老弟。」亞瑟的語氣中帶著戒心與疑慮。「怎麼，有困難嗎？不就只是聯絡庫諾，將整件事解釋給他聽就得了？」

「威廉！」亞瑟有如驚弓之鳥。「那就完蛋了！」

「我看不出為何會完蛋。」

「你看不出？說真的，老弟，在我心目中你應該更精明才是。不行，那是絕對行不通的。你不像我那麼瞭解佩格尼茨。他對這種事格外敏感，而我正是付出了代價才有所領悟啊。他會認為這是不正當地干預他的事務，他會立即退縮。他具有真正的貴族性格，在這搶錢的時代實屬罕見。我承認很欽佩他這點。」

我咧嘴一笑。

「如果有人提供賺大錢的機會，他卻覺得受到冒犯，這種商人還真是萬中無一呀。」

亞瑟聽了相當激動。

「威廉，拜託，現在不是耍嘴皮的時候，你肯定懂我的意思。佩格尼茨拒絕將私事與公事混為

一談，我個人也完全同意。由你或由我提議去跟瑪歌或其他任何人商談，都是不恰當的。他也會對這件事產生極大的反感。因此，我拜託你，不管怎樣，別跟他洩漏任何一個字。」

「我當然不會。別激動。可是，亞瑟，我沒弄錯的話，你是希望庫諾在不知道會跟瑪歌碰面的情況下，跑去瑞士？」

「你真是一針見血。」

「嗯……這的確讓事情變得有點複雜。儘管如此，我還是看不出有何特別為難之處。庫諾反正八成會去運動度冬。他還挺熱衷的。我不太明白的是，我要怎麼幫得上忙？只是跟去湊人頭充場面，或是提供笑料緩和氣氛，還是怎樣？」

亞瑟挑出另一根牙籤，折成兩段。

「我正要說到這個，威廉。」他語氣小心地不帶情感。「你呢，恐怕得獨自跟他去。」

「單獨跟庫諾去？」

「沒錯。」亞瑟說話的速度開始因緊張而加快。「礙於幾個理由，我不太可能同行或親自處理此事。首先，一度離開了這個國家卻又再回來，而想當然我勢必得回來，就算只有幾天，也實在是太奇怪了。第二，這個一同參與冬季運動的建議，若由我開口，聽起來會非常不自然。佩格尼茨很

清楚我既沒體格，也沒興趣從事這些活動。不過，如果由你開口，就非常合情合理，對吧？他八成會迫不及待要跟如此年輕迷人的旅伴同行。」

「好，我大概能理解了……但我要怎麼跟瑪歌接頭呢？我連他長什麼樣子都沒見過。」

亞瑟手一揮駁回了這些困難。

「這就交給我跟他來傷腦筋，老弟。放鬆心神，忘掉今晚我跟你說的一切，好好享受就行了。」

「就這樣？」

「就這樣。一旦讓佩格尼茨跨過邊界，你的任務就結束了。」

「聽起來真輕鬆愜意。」

亞瑟的臉立即亮了起來。

「所以你會去囉？」

「我得考慮考慮。」

他捏著下巴，一臉失望。牙籤被折成了一段段。漫長的一分鐘過後，他遲疑地說：

「相關開銷，我應該跟你說過，都會預先支付。除此之外，還會提供一點小心意作為答謝。」

「免了，多謝，亞瑟。」

「請原諒，威廉。」他聽起來寬心不少。「我早該知道你不會接受的。」

我一笑。

「我可不會奪取你的正當收入。」

他謹慎地看著我的臉，也笑了。他不確定該怎麼理解我的意思，態度一改。

「當然，老弟，務必考慮清楚。我不希望以任何方式影響你。如果你決定反對這計劃，我就此隻字不提。然而，你也知道這對我有多重要。這是我唯一的機會。我不喜歡求人。或許這樣要求太過分了。我只能說若你幫我這個忙，我會永懷感激。一旦有能力回報你……」

「夠了，亞瑟，別說了！再說我要哭了。」我笑著說：「好、好，庫諾那邊我會盡力。但老天爺，別抱太大希望。我不認為他會去。他八成已經有了別的計劃。」

在此共識下，這話題今晚就到此為止。

隔天，我從庫諾家的茶會返回時，亞瑟正焦慮不已地在自己的臥室等著我。他幾乎等不及把門關上就要聽我的消息。

「快點，威廉，拜託。壞消息也照說，我可以承受。他不去？是嗎？」

「會。」我說：「他會去。」

喜悅似乎讓亞瑟好一會兒說不出話，也動彈不得。接著又彷彿一股電流穿過四肢，他開始又蹦又跳。

「親愛的老弟！我要、真的要好好給你個擁抱！」而他真用手臂摟住我的頸項，還像個法國將軍般親吻我兩側臉頰。「詳細跟我說說。有碰上什麼困難嗎？他怎麼說？」

「哦，我還沒開口，他就自己做出類似的提議了。他想去黎森葛柏格山區，我便接著指出阿爾卑斯山的雪會好得多。」

「你真這麼說？厲害，威廉！太高明了……」

我在一張椅子坐下。亞瑟繞著我翩翩起舞，滿口稱讚，滿心歡喜。

「你確定他沒有起任何一絲疑心？」

「百分之百確定。」

「那你們何時啟程？」

「聖誕夜吧，我想。」

亞瑟關切地看著我。

「你的語氣聽起來不是很熱忱，老弟。我希望你也能好好享受。你該不會是身體不舒服吧？」

「一點也沒有，謝謝。」我站起身。「亞瑟，我要問你一件事。」

聽到我的話，他的眼皮不安地跳動著。

「哦——呃——沒問題。儘管問，老弟，儘管問。」

「我要你說實話。你跟瑪歌打算詐騙庫諾嗎？是還不是？」

「親愛的威廉——呃——真是的……我想你是以為……」

「直接回答我，拜託，亞瑟。我得知道，這很重要。現在我也牽涉其中了。究竟是還不是？」

「這個嘛，我得說……不是，當然不是。正如我已經跟你解釋過的，我……」

「你發誓？」

「哎呀，威廉，這裡又不是法院。別那樣看我，拜託。好好，如果這樣能讓你安心，我發誓。」

「謝謝，這樣就夠了。若有失禮之處那很抱歉。你也知道，我的原則是從不干涉你的事。不過，這次也是我的事了，你明白吧。」

亞瑟虛弱，甚至略帶顫抖地一笑。

「我很瞭解你的不安，老弟，那是理所當然。但這件事，我跟你保證，完全用不著擔心。我有充分的理由相信佩格尼茨將從這次交易中獲得極大的利益，只要他夠聰明地點頭。」

我直視亞瑟雙眼作為最後的考驗。但不行，這由來已久的方法起不了作用。那對眼睛在此並非靈魂之窗，僅僅是他臉上的一部分，那淡藍色的膠狀物也像是岩石裂隙間的貝肉，沒有什麼能引人注意之處，沒有火花，沒有精神上的微光。儘管努力，我的目光還是往其他更有趣的容貌部位游移：那柔軟肥大的鼻子、那手風琴般的下巴。嘗試了三、四次之後，我宣告放棄。完全無效。我別無選擇，只能相信亞瑟的說詞。

13

我跟庫諾的瑞士行就像權宜婚姻後的蜜月。我們相敬如賓，謹慎體貼，還有點害羞。庫諾是無微不至的典範。他親手把我的行李安置架上，在最後一刻衝下車幫我買雜誌，還以旁敲側擊的方式問出我比較喜歡睡上層臥鋪，並在我換便服時避至走道。當我厭倦了閱讀，他就在一旁，和善可親又見聞廣博，等著告訴我一座座山的名字。我們會起勁地聊上五分鐘，接著重新陷入突如其來、心不在焉的沉默。我們倆都有很多事要思考。我猜庫諾是在擔心德國政壇層出不窮的險惡陰謀，或已陷入他那七個男孩的島嶼幻想；我則利用閒暇從各層面檢視瑪歌這個謎題：他真的存在嗎？嗯，我頭上正擱著一個全新的豬皮旅行箱，裡面裝著前天才量身訂製完成的晚禮服。亞瑟相當氣派地揮霍著我們雇主的錢。「需要什麼不用客氣，老弟。你可不能顯得寒酸。況且，這麼難得的機會……」一陣猶豫後，我半信半疑地聽從建議，但還不至於照他主張的那般恣意妄為。亞瑟甚至打算依他自己所謂的「差旅支出」定義，逼我收下一對黃金袖扣、一支手錶、一支鋼筆。「不用客氣，威廉，公事公辦。你不像我那麼瞭解這些人。」說起瑪歌，他的語氣變得異常尖酸。「若是你請求**他**幫忙，他可會毫不猶豫榨乾你每一分錢。」

耶誕節次日，瑞士假期的頭一早，樓下積雪街道傳來尖細的雪橇鈴鐺聲，浴室裡也發出同樣怪異的金屬喀嚓聲，讓我從睡夢中醒了過來。透過半掩的門，我瞧見庫諾穿著運動短褲，正用擴胸器做著運動的身影。他竭盡了全力，脖頸上的青筋浮起，鼻孔也隨著每一次使勁而一開一闔。他顯然沒有意識到有人在旁觀。少了鏡片，他的雙眼出神地凝視著短淺的虛空，顯示他是在進行一項私密的宗教儀式。出聲跟他說話就像干擾他禱告一般不敬。我在床上翻過身繼續裝睡。過了一會兒，我聽見浴室門輕輕關上。

我們的房間在旅館二樓，能夠俯瞰村落房屋沿著冰凍的湖泊一路散布至閃閃發光的滑雪坡邊。坡道厚實平滑，輪廓有如一具覆蓋著毯子的龐大身軀，黑色蜘蛛線似的纜車穿越其上，直通雪橇滑道的起點。就一個進行跨國商業交易的地點而言，此處似乎有點不倫不類。但亞瑟說得沒錯，我對金融貿易一無所知。我慢慢地著裝，想著仍未露面的東道主。瑪歌已經抵達了嗎？經理跟我們說旅館客滿。昨晚在寬闊的餐廳時，據我目測，起碼已有好幾百人下榻入住。

庫諾與我共進早餐。他的穿著輕鬆卻一絲不苟，下身是灰色法蘭絨長褲，上身套了件夾克，並繫上一條牛津大學色系的絲質領巾。

「昨晚睡得好吧？」

「很好，謝謝。你呢？」

「我，不是很好。」他露出笑容，臉上一紅，略感困窘。「不過沒什麼關係。我夜裡有東西可讀，你瞧。」

他羞怯地將手上的書拿給我看。書名是《比利漂流記》。

「好看嗎？」我問。

「我發現有一章寫得很不錯……」

我還沒來得及聽那章的內容，一名侍者就推著小餐車送餐點來了。我們立即恢復原本不甚自然的蜜月態度。

「要來點奶油嗎？」

「一點就好，麻煩。」

「這樣可以嗎？」

「謝謝你，剛剛好。」

我們的聲音聽起來如此愚蠢，差點讓我放聲大笑出來。我們就像兩個無足輕重的角色，在戲的第一幕以對話開場，直到主角現身。

等我們用完早餐，巨大的白色坡道已群集了許多小小身影，有些像蜻蜓般飛快交錯掠過，有些則像受傷的螞蟻般跟蹌跌撞。湖上還有許許多多的溜冰者。一個用繩索圈起的場地中，有位身著黑色緊身衣，敏捷到近乎非人的生物，在專注的觀眾面前大秀身手。一些比較積極的旅客背起背包，戴上頭盔，穿上靴鞋，有如走出豪華營房的士兵，啟程前往山勢深處展開較長程、較危險的遊覽。而在這支龐大部隊的營房裡，傷兵隨處可見；他們拄著拐杖或是吊著手臂，步履蹣跚地做著痛苦的復健散步。

庫諾如往常一般慇勤，自認理當要教我滑雪。其實我寧可獨自一人胡混，想要禮貌地勸退他卻徒勞無功。他認為自己責無旁貸，沒什麼好說的。於是我們在初學者坡道度過了辛勞的兩小時：我跌跌撞撞、連滾帶滑，庫諾則在一旁諄諄提醒、又攙又扶。「不對，恕我直言，這樣還是不太對……你的姿勢太僵硬了，明白嗎？」他的耐心似乎永無止盡，而我只期盼能快點吃午餐。

早晨約莫過了一半，一名年輕人來到我們附近，熟練地在新手間打轉。他停下來看著我們；或許是我笨拙的動作讓他感到有趣。他就站在一旁，讓我有點不快，我並不想要觀眾。半是意外，半是刻意，我突然出其不意地轉向他，不偏不倚地撞得他四腳朝天。我們倆都頻頻向對方道歉。他協助我站起身，甚至用手替我拂去身上的雪。

「不好意思……我叫范霍恩。」

他一身雪板等裝備，欠身的動作極不自然，乍看還以為是要找我決鬥。

「布萊德蕭……幸會。」

我想諧仿他的動作，結果馬上一臉栽倒在地；這次是庫諾親自扶我起來。就在如此稍嫌非正式的場合下，我介紹他們互相認識。

此後，庫諾指導我的興致大大降低，讓我如釋重負。范霍恩是名高大、白皙的男孩，有副北歐人的嚴肅面孔，頗為英俊，雖然剃去大部分的頭髮有點破壞了他的外貌。那片光禿禿的後腦勺曬得火紅。他告訴我們曾在漢堡大學讀了三個學期。每當庫諾掛起那謹慎討喜的微笑對著他說話，他就滿臉緋紅，羞怯不已。

范霍恩可以做出某種轉身動作，而庫諾對此大感興趣。他們到有點距離的地方去做示範跟練習。過沒多久，午餐時間到了。回旅館的路上，年輕人跟我們介紹他的叔父，一位精力充沛、胖嘟嘟的小荷蘭人，正在冰上做花式滑冰。老范霍恩先生跟他嚴肅的姪子正好成對比。他的眼睛愉快地閃爍，似乎很高興結識我們。他的臉跟陳年靴鞋一樣呈現深褐色，頭上相當禿，臉上則留著側髯和尖鬚。

「你已經交到朋友啦？」他用德語對姪子說。「沒錯。」他閃爍的眼睛打量著庫諾和我。「我跟皮特說，他應該去認識個好女孩，但他不肯；他太害羞了。說真的，我在他這年紀可不是這樣。」

皮特．范霍恩臉一紅，皺起眉頭，撇開眼睛，拒絕回應庫諾私下投來的同情目光。老范霍恩邊脫冰鞋，邊對著我喋喋不休。

「所以你喜歡這裡？老天，我也好喜歡！我好多年沒這麼享受了。我敢打賭自己已經減了一兩磅。哎，這個早上，我覺得自己根本還不到二十一歲。」

走進餐廳時，庫諾提議范霍恩叔姪與我們同坐一桌，說話的時候，還朝皮特意味深長地瞥了一眼。我覺得有點尷尬；庫諾的手法未免粗糙了點。但范霍恩先生立即答應了，而且由衷樂意。他似乎不覺得這提議有何奇怪之處，或許只要多幾個人可以講話聊天，就夠他開心了。

午餐席間，庫諾幾乎把全副心神都放在皮特身上。他似乎成功融化了一些冰霜，讓那男孩好幾次笑了出來。在此同時，老范霍恩朝著我耳朵傾瀉著一連串最陳腐幼稚的低級故事，而且說得津津有味。我幾乎沒在聽。經歷戶外凜冽的空氣後，餐廳的溫暖讓我昏昏欲睡；樂隊還在棕櫚樹後演奏著輕柔的音樂。食物美味，我很少吃到這麼棒的午餐，加上我一直隱隱揣測瑪歌正在何方，又會何

時以何種方式現身。

幾句法語不時侵擾我模糊的意識，而且越來越頻繁。我只能偶爾理解幾個單詞：有趣、暗示性、極其典型。是說話者的聲音引起我的注意。那聲音就由隔壁桌傳來。我懶洋洋地轉過頭。

一名高大的中年男子與一名充滿異國情調的金髮美女相對而坐。女子是那種唯有巴黎才能產出的類型。他倆都朝著我們的方向看，並以謹慎克制的語氣交談著，顯然是針對我們。男子似乎尤其感興趣。他的頭呈蛋形，頂上無毛；一雙眼睛放肆、暴凸、渾圓、嚴肅。淺黃到趨近於白的頭髮環繞腦袋底部梳整，就像一對攏起的翅膀。他的聲音響亮而刺耳，整個外貌有種難以言喻的討厭與邪氣。我感覺一股奇異的震顫穿過神經系統，其中夾雜了敵意、憂懼與期盼。我快速掃視其他人。沒反應。他們似乎完全沒察覺這陌生人帶著譏誚且毫不遮掩的目光。庫諾正傾身跟皮特說話，面無表情、輕柔撫愛、溫文爾雅。老范霍恩終於住口，趕進度似地猛啃烤牛排。他把餐巾一端塞進衣領，然後盡情大嚼特嚼，完全不用擔心肉汁會濺上背心。我彷彿聽見鄰桌的法國人說出這個詞：噁心。

我常在心中描繪著瑪歌的樣貌，曾想像他更胖、更老、更平凡。我的想像全都太過保守，沒想到他會這麼真實、這麼絕對、這麼無庸置疑。這種時刻，絕對沒有人的直覺會出錯。我百分之百確定他的身分，好像已認識他多年似的。

真是令人興奮的時刻。我唯一的遺憾就是無人可分享這種興奮。亞瑟會多麼樂在其中呀！可以想見，他將難掩滿腔的歡喜，甚至整個人開始坐立不安。他那些每個人都會察覺的暗號，為了掩飾祕密而故作談笑風生的滑稽企圖！一想到這些，我就想縱聲大笑。我不敢再冒險瞥向鄰座，以免他們從我臉上看出端倪。我早先就下定決心，不管事情進展到什麼階段，我絕不會洩漏自己的共謀關係，連眼皮也不會眨一下。瑪歌信守他的承諾，我也會表現出同樣謹慎且值得信賴的行事風範。

他會怎麼展開攻勢呢？這真是一個引人入勝的問題。我試著設身處地，開始想像最誇張的詭計。或許他，或那個女孩，會扒走庫諾的皮夾，然後假裝在地上發現，再順便自我介紹。或許當天晚上就會來場虛晃一招的火警。瑪歌會在庫諾房中暗置煙霧彈，然後衝進去將他從濃煙中救出來。在我看來，他們顯然會採取一些激烈的手段。瑪歌不像是會滿足於半調子行動的男人。他們現在在做什麼？我聽不見他們的聲音了。我使出有點笨拙的技倆，讓餐巾落到地上，彎身去撿並趁機偷看一眼，卻失望地發現那兩人已經離開了餐廳。我感到悵然若失，但再仔細想過後，也不會特別驚訝。這僅僅是事前偵察。入夜前，瑪歌大概會按兵不動。

午餐後，庫諾誠心建議我去休息。依他解釋，初學者頭一天還是別太勉強自己比較好。我欣然同意，內心竊笑。沒過一會兒，我便聽見他跟皮特・范霍恩相約去滑雪橇。老范霍恩已經告退回房

去了。

午茶時間，交誼廳有舞會。皮特和庫諾沒現身，老范霍恩也沒有；我鬆了口氣。我一個人看著賓客起舞，自得其樂。不久，瑪歌單獨走了進來。他隔著陽台大片玻璃帷幕而坐，離我的桌子不到兩碼。我偷偷朝他的方向一瞥，正好和他四目相接。那對眼睛跟先前一樣冰冷、圓凸、充滿放肆的好奇。我的心不安地砰砰跳。情況變得相當微妙。假設我現在走過去同他攀談呢？畢竟，我這個做法可以替他省下一大堆麻煩。只要介紹他是我的一位舊識，偶然在此巧遇即可。庫諾根本沒理由懷疑我們事先做了任何安排。我們為何還要繼續這有點陰險的猜謎遊戲呢？我躊躇著，半站起身，又再坐下。我第二次對上他的眼睛。而這次，我似乎完全明白他的意思了。「別幹傻事。」那眼神說：「交給我。不懂的事別胡亂插手。」

「好吧。」我在心裡跟他說，並微微聳肩。「隨你便，反正不干我的事。」

在些許忿忿不平的情緒下，我起身走出交誼廳。我再也受不了這種無言的**面面相覷**了。

當天晚餐時，庫諾和老范霍恩雖表現方式不同，但都同樣興高采烈。皮特則一臉無聊。或許他發現自己的晚禮服跟我的一樣僵硬。若真是如此，我由衷同情。他的叔叔三不五時就嘲弄他的沉默，而我則思考著自己會有多厭惡跟老范霍恩一同旅行。

一直到我們快要用完餐，瑪歌和他的同伴才進入餐廳。我一眼就瞧見他們，因為自就座開始，我就下意識地注意著門口。瑪歌身穿燕尾服，扣眼上別了朵花。女孩一身華貴，衣飾閃閃發亮有如銀色的盔甲。他們穿行過桌間長長的通道，吸引了不少目光。

「瞧，皮特。」老范霍恩高聲說：「那邊有個美女很適合你。今晚跟她邀支舞吧，她的父親不會咬你的。」

要走到座位，瑪歌得就近通過我們的椅邊。經過的片刻，他點了點頭。向來親切有禮的庫諾也點頭致意。那一瞬間，我以為瑪歌會把握這次機會開場攀談，即使只是老套地評論天氣也好。他沒有。那兩人直接就座。緊接著，我們便起身移至吸菸室喝咖啡。

此時，老范霍恩的話題出乎意料地轉了個彎。他彷彿意識到交心之言與可疑的故事已經說得過多，於是冷不防談起了藝術。他跟我們說他在巴黎有間屋子，裡面滿是老家具及蝕刻版畫。儘管言詞謙虛，但他很快就顯露出自己是這方面的專家。庫諾非常感興趣。皮特依舊無動於衷。我不只一次見到他偷瞄手錶，想必在看上床時間到了沒。

「恕我冒昧，各位先生。」

刺耳的聲音讓我們所有人都嚇了一跳；沒人發現瑪歌接近。他優雅又傲視一切的身形聳立在我

們面前，斑駁色黃的指間夾著一根雪茄。

「我必須問這位年輕人一個問題。」

他凸起的雙眼定在皮特身上，那份專注會讓人誤以為他正觀察某種得借助放大鏡才能看見的微小昆蟲。那可憐的孩子困窘得直冒汗。至於我呢？我對瑪歌策略上的急轉直進太過詫異，只能目瞪口呆地望著他。瑪歌本人顯然很享受這戲劇性登場所造成的效果，唇上彎出一道邪惡的微笑。

「你是純正的亞利安血統嗎？」

不等受驚的皮特回答，他又補充：

「我是馬塞．亞寧。」

我不知道其他人是否真聽說過他，或只是假作客套關心。我倒恰巧相當熟知這個名字。亞寧是弗里茨．溫德熱愛的作家之一。弗里茨曾借我一本他的著作《午夜陽光下的吻》，書是以時髦的法國筆法寫就，揉雜了羅曼史和報導體，描述發生於挪威亨默菲斯特俗麗且明顯虛構的情色生活。他還有六本其他類似的創作，同樣豔情，故事背景從聖地牙哥到上海都有。從亞寧的衣著判斷，他獨樹一幟的情色描寫應該十分投合大眾的口味。他跟我們說自己剛寫完第八本，內容是在某座冬季運動酒店中發生的特殊情緣。也因此，他才會出現在這裡。唐突的自我介紹之後，他開始向我們展現

最平易近人的一面，沒有再多問什麼，只跟我們滔滔不絕地暢談自己的職業、目標和寫作方法。

「我寫得很快。」他告訴我們。「對我來說，看一眼就足夠了。我不相信第二印象。」

從遊艇上岸幾天後，亞寧已收集到寫作所需的大部分材料。現在瑞士也已被棄置一旁了。他正尋找可征服的處女地，目前鎖定納粹運動。他和他的祕書隔天就要啟程前往慕尼黑。「一週內——」他胸有成竹地斷定：「我就可以弄個一清二楚。」

我納悶亞寧的祕書（他好幾次強調這稱謂）在他閃電般的研究中扮演何種角色。她或許類似一種簡便的化學試劑，碰到某些化合物就會產生某些已知的結果。看來是她發覺了皮特。亞寧興奮得有如踏上陌生領地的獵人，過分急躁，一味向前採取攻勢。不過當他發現這並非自己所需的獵物，似乎也沒有很失望。他為了省時而早成公式的歸納法不會輕易受到動搖。對方是荷蘭人還是德國人，對他來說都一樣可資利用。我猜想，皮特仍然會穿著一身借來的納粹服裝在新書中露面。像亞寧這樣有技巧的作家，可不會浪費任何一點素材。

一個謎底揭曉，卻生出另一個重重的謎團。整個晚上，我百思不得其解。如果瑪歌不是亞寧，那是誰？又在哪裡？在如此焦急地把庫諾弄來之後，又這樣平白浪費二十四小時似乎說不過去。我想，他明天肯定會現身。我的沉思被庫諾打斷；他敲門問我睡了沒有。他想聊聊皮特．范霍恩。我

雖然感到睏，卻不忍拒絕。

「說起來……你不覺得他有點像東尼嗎？」

「東尼？」我今晚很蠢。「誰是東尼？」

庫諾略帶責備地看著我。

「喔，抱歉……我是指書中那個東尼，你知道吧？」

我笑了。

「你覺得皮特比漢茲更像東尼？」

「正是。」庫諾對此非常肯定。「像多了。」

於是可憐的漢茲被逐出了小島。勉強同意之後，我們互道晚安。

隔天早上，我決定自行做些調查。當庫諾在交誼廳和范霍恩叔姪聊天，我正與大廳服務員攀談了起來。沒錯，他跟我保證，有許多從巴黎來的商人正下榻此處，其中有些是非常重要的人物。

「比如說，伯恩斯坦，那個工廠老闆，有數百萬身價……瞧，先生，他就在那兒，桌子旁邊。」

我只來得及瞥見一個黝黑的肥胖男子。他的表情就像個含怒的嬰孩，是我在附近從沒注意過的陌生臉龐。他穿過門進入吸菸室，手上握著一捆信件。

「他是不是有一間玻璃工廠？」我問。

「這我就不清楚了，先生。有也不意外，人們說他幾乎每件事都有份。」

這天過去，還是沒有進一步的發展。下午老范霍恩終於成功逼他羞怯的姪子去跟一些活潑的波蘭女孩為伍。他們結伴一同出去滑雪。庫諾不怎麼高興，但仍如平時風度翩翩地接受了。他似乎漸漸喜歡與老范霍恩交際往來。他們兩人在室內共度一整個下午。

午茶過後，我們正要離開交誼廳時，跟伯恩斯坦撞個正著。但他一絲興趣也沒有地經過我們身旁。

當晚躺在床上，我幾乎要斷定瑪歌是亞瑟憑空想像的人物。至於他為了什麼目的而捏造此人，我就想不通了。我也不怎麼在乎。這地方很不錯。我過得很愉快，再過一兩天就能學會滑雪。我決定善加利用假期，並聽從亞瑟的建議，忘掉來此的原因。至於庫諾，我的恐懼並不成立，他什麼也沒被騙走。所以，還有什麼好擔心的呢？

我們入住的第三天下午，皮特主動邀我和他到湖上溜冰。我在午餐時就注意到，這可憐的孩子已瀕臨爆發。他受夠了他的叔叔，受夠了庫諾，受夠了那些波蘭女孩。他非得找個人宣洩情緒不可，而在一群渾球中，我看起來好像有點同情心。我們踏上冰沒多久，他就開始說。我驚愕地發現他言語中帶著何等的怒火。

我覺得這地方怎麼樣？他問。這些奢華不是很讓人作嘔嗎？還有那些人？是不是難以形容的白癡跟噁心？歐洲當前這種情勢，他們怎麼還能如此？難道一點羞恥心也沒有嗎？他們沒有民族的自尊嗎，竟跟正摧毀他們國家的猶太人混在一起？我對此有什麼感覺？

「你的叔叔怎麼說？」為避免回答，我反問。

他氣憤地聳聳肩。

「唉，我叔叔……他對政治一點興趣也沒有，只在乎他那些老畫。我爸說，與其說他是荷蘭人，他還比較像個法國人。」

德國的教育將皮特培養成忠實的法西斯主義者。亞寧的直覺終究不算離譜。這位年輕人比穿著衝鋒隊服的人還衝。

「我的國家就需要像希特勒這樣的人。真正的領袖。一個沒有企圖心的人毫無存在價值。」他

那張俊俏、缺乏幽默感的臉轉了過來，嚴厲地注視著我。「你，跟你的帝國，肯定很清楚這點。」

但是我拒絕被牽著鼻子走。

「你經常跟叔叔一起旅行嗎？」我問。

「沒有。事實上，他開口邀我同行時，我很驚訝。何況還這麼臨時。他一週前才說的。但我熱愛滑雪，而且本以為一切會相當簡樸，就像我去年聖誕跟幾個同學的旅行。我們跑去黎森葛柏格山區，每天早上用一個桶子裡的雪清洗身體。人一定要學會強化身軀。這年代最重要的是懂得自我鍛鍊……」

「你們是哪天抵達這裡的？」我插嘴。

「我想想，應該是你們來的前一天。」一個念頭突然閃過皮特腦海。他變得更有人性，甚至還笑了。「對了，有件事很有趣，我差點忘了……我叔叔非常急著想認識你。」

「認識我？」

「對……」皮特紅著臉，笑著說：「事實上，他要我試著去弄清楚你是誰。」

「真的嗎？」

「是這樣的，他認為你是他一個朋友的兒子，一個英國朋友。但他只見過那兒子一次，而且事

隔久遠，所以不太確定。他擔心如果你見到他，而他沒認出你，你會不高興。」

「嗯，那我的確幫了你一把，不撞不相識，對吧？」我們倆都笑了。

「沒錯，的確是。」

「哈哈！真有趣！」

「可不是嗎？確實非常有趣。」

回到旅館喝午茶時，我們費了番工夫才找到庫諾和老范霍恩。他們同坐在吸菸室一個小角落，跟其他賓客拉開了段距離。老范霍恩不再掛著笑容，輕聲正經地說著話，眼睛直盯著庫諾的臉；庫諾則如判官般肅穆。我隱約覺得他對談話的主題深感不安與茫然。但這只是個模糊的印象，一閃即逝。老范霍恩一察覺我接近，便放聲大笑，輕輕推了一下庫諾的手肘，好似正講到一個有趣故事的高潮之處。庫諾也笑了，只是少了點熱忱。

「哎呀呀！」老范霍恩高聲說：「男孩們回來了！我敢說你們肯定餓得跟鬼一樣！而我們兩個老頑固浪費了整個下午在屋內瞎扯。老天爺，已經這麼晚了嗎？喂，我要喝茶！」

「有您的電報，先生。」一名聽差的聲音傳來，就在我身後。我以為他是對著別人發話，便讓

到一旁。他將銀色托盤舉向我。沒有錯，我在信封上見到自己的名字。

「啊哈！」老范霍恩嚷道：「你的心肝寶貝等得不耐煩了，要你回到她身邊。」

我撕開信封，攤開信紙。信息只有五個字：

請即刻返回。

我反覆讀了幾次，微笑道：

「事實上——」我跟老范霍恩說：「你說得一點也沒錯。她是不耐煩了。」

電報的署名是「路德維希」。

14

很明顯，亞瑟出事了。否則，如果他要見我，會親自發電報來。而他惹上的麻煩，不管是什麼，肯定都跟共產黨有關，畢竟電報是由拜爾簽發的。我的推論到此為止，再下去都是臆測和可能，其朦朧和無盡一如包覆著列車的黑暗。我躺在鋪位上，想睡卻睡不著。車廂的搖擺、車輪的匡啷聲和我興奮、焦慮的心跳共振著。亞瑟、拜爾、瑪歌、施密特。我將這個謎翻來轉去，前思後想，仍舊不得其解，於是徹夜未眠。

彷彿歷經數年，但其實只是隔天下午，我轉動鑰匙進入了公寓。接著，我迅速地一把推開我房間的門。房內正中，施洛德女士正在一張頂好的扶手椅上打瞌睡。她除下了拖鞋，穿著襪子的腳擱在腳凳上。每當有房客出遠門，她就經常這麼做。她沉迷於多數女房東共有的夢：這整個地方皆屬於她。

她醒來看到我的身影在門邊，隨即發出刺耳的尖叫，聲音恐怕比見到我死而復生還淒厲。

「布萊德蕭先生！你嚇死我了！」

「真抱歉，施洛德女士。不，請別起來。諾里斯先生在哪裡？」

「諾里斯先生？」她還有點恍惚。「這我就不知道了。他說七點左右會回來。」

「那他還住在這裡囉？」

「咦，當然呀，布萊德蕭先生，怎麼會這麼問呢！」施洛德女士帶著詫異和不安望著我。「出了什麼事嗎？怎麼沒告訴我要提早回來？我還打算明天要將你的房間徹底清理一番的。」

「沒關係的，我相信沒這個必要。諾里斯先生沒生病吧？」

「什麼？沒有呀。」施洛德女士越發感到困惑。「就算有，他也沒跟我透露，而且他從早到晚都跑來跑去的。他寫信跟你說的嗎？」

「喔，不，他沒有……只是……我走的時候覺得他看上去有點蒼白。有人打電話或留訊息給我嗎？」

「都沒有，布萊德蕭先生。記得嗎？你跟所有的學生說要出遠門，到新年才回來。」

「對，當然記得。」

我走到窗邊，俯瞰潮濕空蕩的街道。不，並非完全空無一人。下方轉角處站了一名小個子的男人，身著密不透風的大衣，頭戴毛氈帽。他安靜地來回踱步，雙手交疊在背後，彷彿在等女友。

「要替你倒杯熱水嗎？」施洛德女士婉轉地問。我瞥見鏡中疲憊、骯髒、滿臉鬍渣的自己。

「不用了，謝謝。」我微笑著說：「有件事我得先處理，大概一個小時左右就回來。或許可以麻煩你先幫我燒洗澡水？」

「路德維希在。」威廉大街辦公室外間的女孩跟我說。「直接進去就行。」

拜爾似乎一點也不驚訝見到我。他帶著笑，從報上抬起頭。

「你來了，布萊德蕭先生！請坐。假期還愉快吧？」

我面露微笑。

「這個嘛，我才正要開始……」

「就收到我的電報？真抱歉，但這是必要的，請見諒。」

拜爾停了一下，若有所思地凝視著我，然後繼續說：

「我接下來要說的話恐怕不太中聽，布萊德蕭先生，但實在不該繼續把你蒙在鼓裡。」

鐘上指針滴答作響的聲音清晰可聞——就在房中某處。忽然之間，整個空間似乎萬籟俱寂。我的心臟難受地敲擊著肋骨。我大概猜得到接下來的發展了。

「你去了瑞士。」拜爾接著說：「身旁還跟著一位佩格尼茨男爵，對吧？」

「對，沒錯。」我舔了舔嘴唇。

「我現在要問你一個問題，但這問題或許太過涉及你個人隱私。請別覺得冒犯。如果不想，就不用回答，明白嗎？」

我的喉嚨乾涸，想清一清，卻發出響得離譜的咕嚕聲。

「你問什麼我答什麼。」我有點嘶啞地說。

拜爾的雙眼讚許地一亮，越過書桌朝我傾身。

「我很高興你採取這種態度，布萊德蕭先生……你有意協助我們。這很好……現在，能否請你告訴我，諾里斯是基於什麼理由，要你和這位佩格尼茨男爵一同前往瑞士？」

我再度聽見鐘的聲音。拜爾將手肘擱在桌上，仁慈地注視著我，眼神專注而帶著鼓勵。我第二次清了清喉嚨。

「嗯……」我開口：「首先，是這樣……」

這是個冗長且愚蠢的故事，似乎花了我好幾個小時才講完。我從沒意識過其中有些部分聽起來會如此可笑、可鄙。我感到無地自容、滿臉通紅，打算故作詼諧卻有氣無力，先是辯護又譴責自己的動機。我刻意略去某些細節，一會兒後卻在他親切眼神的循循善誘下衝口說出。當著這位沉默傾

聽的男人，我似乎在故事中供認了自己所有的弱點。我這輩子從來沒感到這麼羞恥過。

當我終於說完，拜爾略微動了動。

「謝謝你，布萊德蕭先生。這一切，跟我們猜測的非常接近……我們在巴黎的人對這位范霍恩先生非常瞭解。他是個聰明人，為我們添了不少麻煩。」

「你的意思是……他是警方的密探？」

「沒錯，非官方的。他收集各種情報，再賣給願意出錢的人。幹這種事的人很多，但大部分都相當愚蠢，也完全不具危險性。」

「我懂了……而范霍恩一直利用諾里斯收集情報？」

「正是如此。」

「但他究竟是怎麼讓諾里斯願意幫忙的？他編了什麼說詞？我很驚訝諾里斯竟然沒起疑心。」

儘管一臉嚴肅，拜爾的眼中還是閃過一絲樂趣的火光。

「諾里斯可能確實充滿疑心。但你誤會我的意思了，布萊德蕭先生。我沒說范霍恩欺騙了他。沒這個必要。」

「沒必要？」我愚蠢地重複。

「沒必要。對……諾里斯相當清楚范霍恩要什麼。他們彼此都心知肚明。自諾里斯回到德國後，就一直定期透過范霍恩收到法國情報局的錢。」

「我不相信！」

「無論如何，這千真萬確。我可以證明給你看。諾里斯收錢監視我們，搜集我們計劃和行動的資訊。」拜爾微笑並舉起一隻手，好似預期會有異議。「喔，這沒有聽起來那麼糟糕。我們洩漏的情報都無關緊要。我們的運動並不需要什麼了不得的陰謀策劃，一點也不像資本主義媒體或浪漫犯罪小說描述的那樣。我們的行動完全公開。任何人都可以輕易地知道我們在做什麼。我們有些頻繁來往於柏林跟巴黎兩地的信差，諾里斯有可能把其中某些人的名字給了他朋友。或許還包括了某幾個地址。但這也只有在一開始。」

「那麼，你很早之前就知道他的身分了？」我幾乎認不得自己的聲音。

拜爾燦爛地一笑。

「沒錯，很早之前就知道了。」他的語氣令人鎮靜。「諾里斯對我們來說很有助益，雖然他自己並沒有意識到這點。我們偶爾可以透過這個管道，向敵手傳達錯誤的印象。」

一片片拼圖在我腦中以眩惑的速度自動排列組合。瞬間又加進了另一片。我想起選舉過後的那

天早上，拜爾就在這個房間，從書桌抽屜中拿出一個密封的包裹交給亞瑟。

「是的……我現在懂了……」

「親愛的布萊德蕭先生——」拜爾的口吻和藹，幾乎有如父親。「請別太過憂慮。諾里斯是你的朋友，我知道。請注意，我說這些不是要否定他的為人；他的私生活跟我們無關。我們都確信你對此一無所知。你從頭到尾都對我們真誠以待。我真希望此事能一直瞞著你。」

「我還不明白的是，佩格尼茨怎麼會……」

「啊，我正要說到這個……諾里斯呢，他發現這些情報再也無法滿足巴黎的朋友了。這些情報太常出現缺漏或錯誤，於是他提議范霍恩親自與佩格尼茨會面。」

「那玻璃工廠？」

「那只存在於諾里斯的想像。這一點，他利用了你的不諳世故。范霍恩支付你到瑞士的開銷可不是為了生意。佩格尼茨男爵是政治人物，不是生意人。」

「你的意思該不會是……？」

「沒錯，我要跟你說的就是這個。佩格尼茨可以接觸到許多德國政府的機密。他可能取得地圖、平面圖和機密文件的複本，而范霍恩的雇主會樂意花大錢看上一眼。或許佩格尼茨會禁不起誘

惑。這不關我們的事。我們只是想當面警告你，你有可能因叛國罪被關入大牢，而且發現並非全然冤枉。」

「我的老天……你究竟怎麼會知道這些？」

拜爾微笑。

「你以為我們也有自己的間諜？不，沒那個必要。這類資訊全都可以很輕易地從警方那邊取得。」

「那警察知道了？」

「我不認為他們已經摸得一清二楚了，但應是滿腹狐疑。有兩個人來這裡詢問諾里斯、佩格尼茨，還有你的事。從那些問題中就可以猜出許多。我想我們應該說服了他們，你不是一個危險的叛亂分子。」拜爾笑著說：「儘管如此，似乎最好還是立即打個電報給你，別讓你進一步牽扯其中。」

「勞你費心，竟這麼為我著想。」

「我們一向人助我，我助人，雖然有時候還是很不幸地難以幫上忙。你還沒見到諾里斯？」

「還沒，我到家時他不在。」

「哦？那太好了。這些事你最好親自跟他說。他有一個禮拜沒來了。請告訴他，我們並不想傷害他，但為了自身安全，他最好立刻離開德國。也請警告他，警方已經在密切監視他了。他們會拆閱他收到或寄出的每封信，這點我很肯定。」

「好的。」我回答：「我會跟他說。」

「真的？那好。」拜爾站起身。「最後，布萊德蕭先生，請別自責。你或許做了點傻事。別放在心上，我們三不五時都會做些傻事。沒什麼好可恥的。我想現在，你在交友這方面會更加謹慎，對吧？」

「對，我會的。」

拜爾面露微笑，勉勵地拍了拍我的肩膀。

「那接下來，我們就忘了這不愉快的事吧。你最近還想幫我們翻點東西嗎？太好了……把我的話轉達給諾里斯，好嗎？再會。」

「再會。」

我依稀是跟他握了手，態度自然地離開了那棟樓。我的舉止一定相當正常，因為外間辦公室的人沒有一個盯著我瞧。只有當踏上大街時，我才開始狂奔。我突然變得急不可待，想要把這事做個

了結，越快越好。

一輛計程車經過，司機還沒來得及減速我就已經跳上車。我跟他說：「能開多快就開多快。」我們在車陣間穿梭竄行；外頭下著雨，路面泥濘濕滑。天色漸暗，路燈已經點亮。我點起一根菸，抽兩口就扔了。我的手在打顫，不過除此之外我極其鎮靜，沒有憤怒，甚至連反感也沒有；一片空無。拼圖完美地結合在一塊兒了。只要我願意看，一眼就能飽覽一片完整鮮明的全景。我只想做個了結。馬上。

亞瑟已經回來了。我開啟前門時，他從臥室探出頭。

「請進，老弟！快請進！這真是美妙的驚喜啊！當施洛德女士跟我說你已經回來了，我還難以置信。什麼風把你這麼早就吹回來？你想念柏林的家了嗎？還是你懷念我的陪伴？請別否認！我們在這裡全都非常想念你。聖誕大餐少了你真是食之無味。不過……我得說你的氣色沒有預期的好。或許長途旅行讓你感到疲憊了？過來坐。喝茶了嗎？喝杯什麼來提振一下精神吧？」

「亞瑟，不用了，謝謝。」

「不用？好吧，好吧……也許等一下你會改變心意。我們的朋友佩格尼茨怎麼樣？生龍活

虎？」

「是的，他很好。」

「很高興聽到你這麼說。非常高興。現在，威廉，我真要恭喜你，用令人欽佩的機智和手腕完成了這次的小任務。瑪歌滿意得沒話說。而他這人是非常挑剔，非常難取悅的……」

「這麼說，你跟他聯絡過了？」

「噢，是的。我今早收到一封長電報。錢明天就會入帳。這我得稱讚瑪歌，他在這些事上真的是極其精準確實，向來可以讓人放一百二十個心。」

「你的意思是，庫諾同意了？」

「不，不是啦！還沒有。這種事不是一兩天就能決定的。但瑪歌無疑抱有很大的希望。一開始佩格尼茨似乎有點難以打動。他看不太出來這交易對他公司的益處。但他現在明顯變得極感興趣。當然，他需要時間考慮。在此同時，我可以照約定先拿一半。令人欣慰的是，這筆款項已經超出我旅行所需了。如此一來，我心中就少了一塊大石頭。至於剩下的部分，我個人確信，佩格尼茨最終會答應的。」

「是啊……我猜他們多半都會。」

「幾乎都會，沒錯……」亞瑟心不在焉地應和，並隨即意識到我的語氣有些不尋常。

「威廉，我不太明白你的意思。」

「是嗎？那我說得更清楚點：我猜范霍恩不管想買什麼，通常都能成功讓人賣給他吧？」

「嗯——我不確定這一次能不能用買賣來形容。我應該跟你說過……」

「亞瑟——」我不耐地插話。「你不用再撒謊。我全都知道了。」

「哦。」他開口，卻是沉默。驚愕讓他喘不過氣。他重重跌坐在一張椅子上，凝視著指甲，慌張的神色表露無遺。

「說真的，這大概全是我自己的錯。真傻啊我，竟然會相信你。說句公道的話，你多少警告過我了，而且不只一次。」

亞瑟迅速抬頭望著我，像隻將被鞭懲的小獵犬。他的嘴唇動了動，但沒說話。深陷的酒窩有那麼片刻浮現在他垮落的下頦。他偷偷搔了下臉頰，又立即縮手，彷彿害怕這動作會惹惱我。

「我早該料到你會找機會利用我。這是遲早的事，就算只是把我拿來作個誘餌。你總是可以找出每個人的利用價值，對吧？如果我鋃鐺入獄，也是我活該倒楣。」

「威廉，我以名譽向你保證，從來沒有……」

我繼續說：「我不會假裝自己在乎庫諾的死活。如果他傻得一腳踩進去，那也是自找的……但我要說的是，亞瑟，如果是拜爾以外的人跟我說你會出賣黨，我肯定罵他是個該死的騙子。你大概會覺得我太感情用事了吧？」

聽到拜爾的大名，亞瑟明顯吃了一驚。

「所以拜爾知道了，是吧？」

「當然。」

「老天，老天啊……」

他似乎萬念俱灰，一如雨中的稻草人。鬆弛、鬍渣滿布的臉頰暗沉浮現，血色全失。他的雙唇微張，發出悲痛的虛啞哀叫。

「我從沒真的告訴范霍恩什麼重要的事，威廉。我跟你發誓沒有。」

「我知道。你從沒機會這麼做。就我看來，就算當個騙子，你當得也不怎麼樣。」

「別生我的氣，老弟。我承受不了。」

「我沒生你的氣。我是氣自己竟然這麼蠢。我還以為你是我的朋友。」

「我不求你原諒。」亞瑟低聲下氣地說：「你肯定永遠不會原諒我。但請別太嚴厲地批判我。

你還年輕，標準還很苛刻。等你到了我這年紀，或許，看事情的眼光就會不同了。沒有面對誘惑的人，總能輕而易舉地發出譴責。請記住這點。」

「我沒譴責你。至於我的標準，要真有的話，也被你徹底攪翻了。我想你說得沒錯。換作是我，大概也會做同樣的事。」

「看吧？」亞瑟急切地順水推舟。「我就知道你會這麼想。」

「我什麼都不想去想。我實在對這整件齷齪事厭煩到……老天爺，我希望你滾得遠遠的，讓我再也別見到你！」

亞瑟嘆氣。

「你好狠心，威廉。我真想不到。在我眼中你向來是如此富有同情心的。」

「我猜你本來就指望這個吧?好，那你應該會發現這些溫柔的人遭受欺騙後，反彈會比其他人更強烈。他們更無法釋懷，因為覺得要怪也只能怪自己。」

「你完全有道理，毫無疑問，所有指責都是我應得的。別饒過我。但我要極其嚴肅地向你保證，我一刻也沒想過要連累你，害你背負任何罪名。你看，一切都照著我們的計劃進行。這之中哪有什麼風險？」

「風險比你想得更大。我們的小冒險還沒啟程，警察就已經全都知道了。」

「警察？威廉，你不是說真的吧！」

「難道你以為我是在開玩笑嗎？拜爾要我警告你。他們已經去找他查問過了。」

「我的老天……」亞瑟身上最後一絲強硬終於消失殆盡。他像個皺巴巴的紙袋癱坐在那兒，藍色雙眸閃著恐懼。

「但他們不可能……」

我走到窗邊。

「如果你不相信，就過來看。他還在那邊。」

「誰還在那邊？」

「監視這屋子的警探。」

亞瑟一言未發，趕忙來到窗前，站在我身旁窺看了一眼穿著密實大衣的男子。

接著他緩緩走回椅子，似乎突然間冷靜了下來。

「我該怎麼辦？」他顯然在自言自語，而不是對我說話。

「你必須離開，毫無疑問。一拿到錢就走。」

「他們會逮捕我，威廉。」

「喔不，不會的。如果要逮捕，他們早就動手了。拜爾說他們一直有在檢閱你的信……而且，他們還沒有弄清楚每件事。他是這麼認為。」

亞瑟靜靜沉思了幾分鐘。然後面露懇求的緊張神色，抬頭望著我。

「那你不會……」他住口。

「不會怎樣？」

「去告訴他們——呃——所有事吧？」

「天啊，亞瑟！」我真的倒抽一口氣。「你到底把我當什麼人了？」

「不是的，不是這樣，老弟……原諒我。我早該知道……」亞瑟歉疚地咳了一聲。「我只是一時間感到害怕。或許有相當大筆的賞金在等著，你也知道……」

有好幾秒鐘我完全啞口無言。

我很少如此震驚。我目瞪口呆地望著他，眼神中混含著憤慨與興味、好奇與厭惡。他的目光怯生生地跟我對上。無庸置疑，他是真的沒意識到自己說出了什麼驚人或失禮的話。我終於找回自己的聲音。

「好吧，再怎樣……」

但我脫口的話語被一連串猛烈的敲門聲打斷。

「布萊德蕭先生！布萊德蕭先生！」施洛德女士語氣十萬火急。「水滾了但我打不開水龍頭呀！快點來，不然我們全都要被炸成碎片了。」

「我們晚點再談。」我對亞瑟說完，便匆匆離開房間。

15

過了三刻鐘，我在沐浴刮鬍之後回到亞瑟房間。發現他正躲在蕾絲窗簾的遮蔽處，小心翼翼往下方街道瞧。

「現在換了一個人，威廉。」他跟我說：「他們大約五分鐘前換的班。」

他的語氣歡快，似乎相當享受當前的情況。我也來到窗邊。的確，一位頭戴圓禮帽的高個男子接替了他同僚吃力不討好的任務，繼續等待著不可見的女友。

「可憐的傢伙。」亞瑟咯咯笑著。「他看起來冷得要命，對吧？如果我送個裝滿白蘭地的藥瓶下去，再附上一張名片，你覺得會觸怒他嗎？」

「他大概看不出其中的笑點。」

說來奇怪，覺得尷尬的是我。亞瑟一派不合時宜的自在，彷彿忘了我不到一小時前才說過那些不中聽的話。他對我的態度自然得有如什麼事也沒發生。我感覺自己對他的態度又再度轉硬了。入浴時，我本已心軟，對某些殘酷的字眼感到後悔，也責備自己不該那麼惡毒或自傲。我還演練了部分和解過程，打算展現我的寬宏大量。不過，亞瑟當然得先表示善意才行。而眼前的他卻帶著慣常

的慇勤好客，若無其事打開酒櫃。

「不管怎樣，威廉，你不反對來一杯吧?可以為晚餐增加點胃口。」

「免了，謝謝。」

我試著用嚴峻的語氣回話，但聽起來只像在生悶氣。亞瑟的臉立即垮了下來。我現在察覺了，他那輕鬆的態度只是種測試。他深深嘆了口氣，開始更進一步地懺悔，臉上擺出有如參加上流社會喪禮的表情，穩重、假惺惺、無謂哀傷。他瞬間變得如此病懨懨，讓我不由自主笑了出來。

「真服了你，亞瑟，我敗給你了！」

他小心翼翼不敢回應，只露出怯懦、詭祕的微笑。這一次他可不願操之過急。

「我猜……」我若有所思地接著說：「到最後，沒有人曾真的對你發過脾氣，對吧？」

亞瑟並沒有假裝誤解，只是一本正經地檢視著指甲。

「唉，不是每個人都像你這麼寬大為懷的，威廉。」

沒有用，我們又回到那爾虞我詐的言語牌戲了。原本可以多所彌補的真心時刻，就這樣被漂亮地迴避開。亞瑟東方式的敏感心靈畏懼粗暴、健康、現代自由摔角般赤裸裸的坦誠與告解；他用一句恭維取而代之。就如同過去經常發生的，我們又來到一條微妙、幾乎可見的界線邊，那線分隔了

我們兩個的世界。現在我們大概是不可能跨越了。我不夠老練或圓滑，無法找到法門。我們陷入一陣掃興的沉默，而他打開櫥櫃，從中翻找著。

「你**確定**不來點白蘭地嗎？」

我嘆氣，心灰意冷，露出笑容。

「好吧，謝了，我來一點。」

我們互碰酒杯，鄭重其事地啜飲。亞瑟咂了咂嘴，帶著毫不掩飾的滿足。他顯然認定這其中具有某種象徵：是和解，不然至少也是休戰協定。但並非如此，我沒這種感覺。醜陋骯髒的事實仍存在，就在我們面前，再多白蘭地也無法沖走。

目前看來，亞瑟對這事實尚無所覺。我很高興。我感到一股突如其來的焦慮，想要保護他，讓他免於領悟自己到底幹了什麼。悔恨不適合年長者。悔恨在他們身上不會產生淨化或提升，只會帶來恥辱與悲慘，就像是某種膀胱疾病。亞瑟絕不能後悔。而說真的，他似乎也不太可能會後悔。

「我們出去吃吧。」我說，感覺越快離開這不祥的房間越好。亞瑟不由自主朝窗戶瞥了一眼。

「威廉，你覺得施洛德女士可以幫我們弄些炒蛋嗎？我現在不太有心情出門冒險。」

「我們當然要出門，亞瑟。別傻了。你一定要盡可能保持正常，不然他們會認為你正在策劃什

麼陰謀。況且，也為樓下那不幸的人想想。他肯定無聊得要命。如果我們出門，或許他也可以順便吃點東西。」

「嗯，我得承認──」亞瑟半信半疑地同意。「我沒想到這點。好吧，如果你確定這樣明智的話……」

知道自己正被警探跟蹤是種很奇妙的感覺，特別是你其實並不急於擺脫他的時候，就像此刻的我們。我跟亞瑟肩並肩出現在大街上，感覺像是內政大臣跟著首相一同離開下議院。戴圓禮帽的男子若非新手，就是對工作極度厭倦。他完全不打算隱藏自己，大剌剌地站在路燈的光圈中直視著我們。一種扭曲的禮貌感阻止我轉頭看他有沒有跟上；至於亞瑟，他的困窘簡直一望即知。他的脖子似乎疊縮進身軀中，於是有四分之三的臉埋進了外套領子下；其步伐可比逃離命案現場的凶手。我很快就發現自己正下意識地調整腳步：先是出於擺脫追趕者的本能慾望而急急前行，然後又減慢，以免完全甩掉了他。步行到餐館的途中，亞瑟跟我都沒說一句話。

我們剛就座，警探就進來了。他看也不看我們一眼，便大步走到吧檯邊，愁眉苦臉地將一盤煮香腸和一杯檸檬水吃乾喝淨。

「我猜他們值勤時是不准喝啤酒的。」我說。

「噓，威廉！」亞瑟咯咯地笑。「他會聽見的！」

「我才不在乎。他又不能因受取笑就逮捕我。」

然而，此時一個人的教養發揮了潛在的力量，讓我的音量壓到近乎耳語。

「他的開銷想必可以報公帳。嘿，我們真該帶他去蒙馬特餐廳才對，好好犒賞他一頓。」

「或是去歌劇院。」

「要是去教堂就逗了。」

我們交頭竊笑，像是兩個作弄校長的小男孩。高個男子就算意識到我們的品頭論足，也表現得相當有尊嚴。他對著我們的側臉陰鬱而多思，甚至富有哲學味道；說不定他還寫詩。吃完香腸，他點了盤義大利沙拉。

如此這般的笑話持續了整頓飯。我有意盡量拖長這笑話。我想亞瑟也是如此。我們心照不宣地互相協助，都害怕有所停頓。沉默將太過懾人，而我們之間能談的又那麼少。我們在適當的時間儘速離開餐廳，警探陪同著我們一路回家，像個見到我們上床才會安心的褓母。我們從亞瑟房間的窗戶看著他回到原本的位置：房屋對面的街燈柱旁。

「你覺得他會在那兒待多久？」亞瑟憂心地問我。

「大概整晚吧。」

「老天，希望不會。如果真這樣，我一整晚都無法入睡了。」

「要是你穿著睡衣出現在窗前，也許他就會離開。」

「別鬧了，威廉，這麼不雅的事我可做不出來。」亞瑟摀嘴打了個呵欠。

「好了。」我有點尷尬地說：「我該上床睡覺了。」

「我也正要這麼說，老弟。」亞瑟心不在焉地用拇指和食指托著下巴，茫然四顧，用一句簡單到排除了所有諷刺意味的話作結：

「我們都度過了累人的一天。」

無論如何，到了隔天早上，我們也沒時間尷尬了，有太多事情要做。一等亞瑟的頭脫離理髮師的雙手，我便穿著晨袍進他房間商議。現在換成一位身穿大衣，較矮小的警探在值勤。亞瑟得承認他不知道他們之中有沒有人在屋外守了整晚。同情心終究沒有妨礙他的睡眠。

頭一個問題當然是要決定亞瑟的目的地。必須跑一趟最近的旅行社打聽可能的航班和路線。亞瑟已經下定決心遠離歐洲。

「雖然難以割捨，但我覺得需要徹底換個環境。人在這裡是那麼侷限，那麼拘束。隨著年紀增長，威廉，你會感覺世界越變越小。邊界似乎逐漸在逼近，直到幾乎沒有空間能讓你呼吸。」

「那肯定很不好受。」

「是啊。」亞瑟嘆氣。「的確是。我現在可能有點過度緊張了，但還是得說，在我看來，歐洲完完全全就是一堆捕鼠器的集合。唯一的差別，只是其中有些用的起司比較高檔。」

接下來，就該討論我們誰該出門去打聽。亞瑟對此極不情願。

「可是，威廉，若我親自去，樓下的朋友肯定會跟著我。」

「當然會。這正合我們的意。一旦讓主管機關知道你打算遠走高飛，他們就安心了。我相信他們最渴望的就是目送你離去。」

但亞瑟不喜歡這樣。這種手法違背他凡事神祕兮兮的本性。「這似乎不太恰當。」他又說。

「聽著——」我狡猾地說：「如果你真要我去，我就去。但有一個條件，就是我出門時，你得親自跟施洛德女士宣布這消息。」

「別鬧了，老弟……不行，這我實在沒辦法。好吧，就照你的意思……」

半小時後，我從我房間的窗戶看著他現身大街上。警探顯然一點也沒注意到他離去，正忙著研

讀對屋門口的名牌。亞瑟迅速動身，目不斜視。他讓我想起某首詩中的男子，就怕瞥見在他身後亦步亦趨的魔鬼。警探依然抱著極大的興趣在研究名牌。正當我對他的盲目開始感到惱火時，他直起身子，看了看錶，明顯有點訝異，遲疑了一下，似乎在思考，然後像是個已等待太久的人，邁開快速、不耐的步伐而去。我望著他的渺小身影從視線中遠去，樂不可支地感到欽佩。他真是個藝術家。

這段期間，我自己也有苦差事要辦。我在客廳找到正在排塔羅牌的施洛德女士。這是她每天早上固定的習慣，用牌預知這一天會發生什麼事。都到這種時候了，我也無須拐彎抹角。

「施洛德女士，諾里斯先生剛得到一些壞消息，得馬上離開柏林。他請我跟你說……」

我住口，感覺極度不適，吞了口口水，然後衝口而出：

「他請我跟你說……除了一月，他也願意付整個二月的房租……」

施洛德女士沉默不語。我彆腳地解釋道：

「因為他得這麼臨時地離開，所以……」

她沒抬頭。我只聽聞含糊沉悶的聲音，然後一大顆淚珠滴落在她眼前桌面的紙牌上。我也想哭了。

「或許……」我真懦弱。「他只是離開幾個月。還會回來……」

但施洛德女士不是沒聽見，就是不相信。她啜泣得更厲害，完全沒打算克制。也許亞瑟的離去只是最後一根稻草，一旦起了頭，所有值得一哭的事便排山倒海而至：拖欠的租金和稅金、付不出的帳單、運煤人的粗魯無禮、她的背痛、她的疔瘡、她的貧窮、她的寂寞，以及漸漸朝她逼近的死亡。聽她說話真是可怕非常。我開始在屋內徘徊，焦慮地觸摸家具，陷入痛苦的恍惚。

「施洛德女士……沒事的，真的，那……別這樣……拜託……」

最後她終於平復，用桌巾的一角抹著眼睛，深深嘆了口氣。哀傷間，她紅腫的雙眼掠過成列紙牌，突然懷著某種淒切的得意，高聲驚呼：

「哇，真想不到。布萊德蕭先生，快來看！黑桃A……上下顛倒耶！我早該料到會有這類的事發生。紙牌是從不會錯的。」

約莫一小時後，亞瑟搭計程車從旅行社回來，雙手滿是文宣資料及圖像冊子。他看起來又累又沮喪。

「進展如何？」我問。

「給我點時間，威廉，給我點時間……我有點喘不過氣……」

他重重癱倒在椅子上，用帽子搧著風。我踱步到窗邊。警探沒有在他的老位子上。不過，我將頭朝左一撇就瞧見他了。他在相隔一段距離的街道遠端，正檢視著一間雜貨店的貨品。

「他回來了嗎？」亞瑟詢問。

我點點頭。

「真的？平心而論，那位年輕人在那惹人厭的職業中應該前途無量……你知道嗎？威廉，他臉皮厚到敢走進旅行社，直接站在我旁邊的櫃台耶！我甚至聽見他詢問去哈茨山的行程。」

「也許他真的想去，誰知道。他或許就快要放假了。」

「好吧，好吧……不管怎麼說，那真是太讓人心煩意亂……我差點難以做出這麼生死攸關的決定。」

「那最後有何定論？」

「很遺憾。」亞瑟沮喪地注視著靴上的扣子。「恐怕別無選擇，只有去墨西哥了。」

「我的老天！」

「唉，老弟，在這麼緊迫的時間內，選擇非常有限……我當然更寧可去里約，或是阿根廷。我

甚至考慮了中國。但現今不論哪裡都有一堆荒謬的手續規定，要問各式各樣愚蠢又無禮的問題。我年輕的時候可是大不相同……一名英國紳士到哪兒都受歡迎，尤其是拿著頭等艙的票。」

「那你何時動身？」

「明日正午有一班船。我想今天就該搭夜車前往漢堡。比較舒服，而且依情況看來，或許也比較明智，你不覺得嗎？」

「應該是。沒錯……突然間，這一步似乎踏得妙極了。你在墨西哥有朋友嗎？」

亞瑟咯咯笑道：「我到哪裡都有朋友，威廉。或者該說是共犯？」

「那你抵達後要做什麼？」

「我會直接前往墨西哥城（一個最讓人沮喪的地方；不過自我一九一一年造訪過以後，那邊應該改變了許多）。然後會到最好的酒店租個房間，等待靈感降臨……我想我不會挨餓的。」

「不會的，亞瑟。」我笑著說：「我無法想像你會挨餓！」

他面露喜色。我們喝了幾杯，變得生氣勃勃。

施洛德女士被喚了進來，好幫亞瑟著手打包。一開始她憂愁滿面，還帶有點不諒解，但一杯白蘭地發揮了神奇的力量。對亞瑟忽然要離開的原因，她自有一套解釋。

「唉，諾里斯先生呀，諾里斯先生！你應該要更小心點的。像你這種年紀的紳士，對這些事該有足夠的經驗才對……」她背著他，搖搖晃晃地對我眨了下眼。「你怎麼不相信你的老施洛德呢？她會幫你的，她一直都知情！」

亞瑟既困惑又隱約覺得困窘，一臉疑惑地望著我尋求解釋。我假裝一無所知。現在行李箱到了，是由門房和他兒子從公寓頂層的閣樓搬下來。施洛德女士邊打包，邊為亞瑟衣服的精美華貴而驚呼連連。慷慨又愉快的亞瑟本人則開始大放送。門房拿到了一套西裝，門房老婆是一瓶雪利酒，他們的兒子得到一雙蛇皮鞋。鞋子對他來說遠遠太小，但他堅持總是有辦法塞進去的。一疊疊報紙和期刊準備送給醫院。亞瑟一派神氣地發送東西，很清楚該怎麼扮演好大地主的角色。門房一家人離開時滿懷感激，沒齒難忘。我看見一則傳奇的開頭已經寫好了。

至於施洛德女士呢，她的禮物多不勝數。除了蝕刻版畫和日式屏風，亞瑟還給了她三瓶香水、一些護髮液、一個粉撲、酒櫃裡所有的東西、兩條美麗的圍巾，以及在這麼多讓人臉紅的東西中，再添上兩條令人夢寐以求的絲綢連衫褲。

「我真希望威廉你也收些什麼。就一些小東西……」

「好吧，亞瑟，多謝你了……這樣吧，你還留著《史密斯小姐的拷問室》嗎？你那些書裡，我

一直最喜歡這本。」

「真的?沒開玩笑?」亞瑟樂得滿臉通紅。「你這麼說真是太讓人高興了!哎,威廉,我真覺得必須要告訴你一個祕密。我最後的祕密……那本書是我自己寫的!」

「亞瑟,不會吧!」

「真的,我保證!」亞瑟開心地傻笑。「好多年前了……年輕時幹的荒唐事,往後都讓我感到有點羞愧……是我自己私下在巴黎印的。據說歐洲一些最知名的藏書家還收藏了幾本。是非常稀有的珍品喔。」

「而你沒再寫過其他東西?」

「絕對沒有啦!……我把天分都投注在我的生活,而不是藝術上。書也不是第一次有人稱讚。算了,別提了。喔對,說到這個,你知道我還沒跟親愛的安妮說再見呢?我真覺得今天下午或許該請她過來一趟,你說呢?畢竟我也要到午茶後才會離開。」

「最好不要,亞瑟。你需要為長途旅行保留點精力。」

「好吧,哈,哈!你說得對。分手的痛肯定會劇烈無比……」

午餐後，亞瑟上床小憩。我將他的行李用計程車載到雷爾特車站，存放在寄物處。亞瑟極力想避免在住處進行拖拖拉拉的告別儀式。現在是高個子的警探在值勤。他感興趣地看著計程車裝載的行李，但並沒有跟上來。

午茶時亞瑟不安又抑鬱。我們同坐在凌亂的臥室中，空蕩蕩的櫥櫃敞開著門，床角的褥墊捲起。我莫名感到憂慮。亞瑟無精打采地搔著下巴，嘆氣道：

「我好像老了，威廉，應該很快就會進棺材了。」

我笑著說：「再過一星期你就會坐在甲板上曬太陽，而我們卻只能繼續泡在這悲慘的城市裡凍個半死。告訴你，我嫉妒你。」

「是嗎，老弟？有時我真希望自己不用如此漂泊。我骨子裡是個居家的人，只希望能安頓下來，別無所求。」

「哦，那為何不這麼做呢？」

「我也經常這麼問自己……似乎總是有什麼東西從中作梗。」

終於到了該動身的時刻。

亞瑟一陣忙亂，穿上外套，遺失又找到手套，為假髮做最後的梳理。我幫他把手提箱拿到玄

關。一切就緒，只剩下最叫人痛苦的難關了：跟施洛德女士說再見。她從客廳出現，濕著眼眶。

「喔，諾里斯先生……」

門鈴大聲響起，並傳來兩下敲門聲。突如其來的打擾嚇了亞瑟一大跳。

「老天爺！會是誰呀？」

「是郵差吧，我想。」施洛德女士說：「讓我來，布萊德蕭先生……」

門還沒完全打開，外頭那人就一把推門進來。是施密特。

他喝醉了，就算還沒開口也顯而易見。他搖搖晃晃地站著，沒戴帽子，領帶甩到一邊肩膀上，領子歪斜。他的大臉又紅又腫，把眼睛擠成一條隙縫。玄關對四個人來說太小了。我們站得如此貼近，我都可以聞到他的呼吸了。臭氣沖天。

在我身旁的亞瑟發出含糊的驚呼聲，而我自己只能張口結舌。說來奇怪，我對眼前的詭異景像是全無心理準備。過去的二十四小時裡，我完全忘了施密特的存在。

他現在掌控了情勢，而他自己也很清楚這點。他的臉上散發著強烈的惡意。他一腳踹上身後的門，然後審視著我們兩個：亞瑟身上的外套、我手上的旅行箱。

「想跑路，啊？」他大聲地說，彷彿隔了中遠距離對著一大群聽眾喊話。「我懂了……以為可

以甩掉我，對吧？」他向前踏了一步，與又驚又慄的亞瑟面對面。「還好我來了，不是嗎？但對你來說，就不好了……」

亞瑟再度發出聲音，這次是一種恐懼的尖銳聲響。這激得施密特掀起一股狂怒。他緊握拳頭，駭人地猛烈吼道：

「你這下流的王八蛋！」

他抬起手臂。他或許真打算揍亞瑟；若真如此，我也來不及阻止。在那一瞬間，我只來得及將手提箱扔到地上。但施洛德女士的反應更迅速，也更有效。她一點也不知道這場爭執的原由。這她不在意，光是知道諾里斯先生正被一個不知名的醉漢侮辱就夠了。她發出一聲義憤填膺的刺耳吶喊，隨後便衝了過去。那伸出的手掌一把抓住施密特的後腰，將他往前推，就像一個火車頭在推動車廂轉向。原本腳步搖晃的施密特猝不及防，於是跌跌撞撞穿過開啟的門，一頭栽進客廳，成大字形趴跌在地毯上。施洛德女士立刻敏捷地將門一鎖。整個過程不過五秒鐘。

「真沒禮貌！」施洛德女士嚷著。她的臉頰因使勁而鮮紅。「就這樣闖進來，好像這地方是他的一樣，而且還醉醺醺的……**我呸！**……噁心的豬。」

她似乎不覺得這件事有什麼特別詭祕的地方。也許她用某種方式，將施密特連結上瑪歌以及那

不幸的嬰孩了。就算如此，她也夠圓滑，不會說破。客廳門傳來一連串劇烈的敲擊聲，讓我無心繼續編造更多解釋。

「他不會有辦法從後面出來吧？」亞瑟緊張地問。

「你可以放心，諾里斯先生。廚房門是鎖著的。」施洛德女士語帶威嚇地對著看不見的施密特說：「安靜，你這惡棍！我等等再來對付你。」

「不過……」亞瑟如坐針氈。「我想我們也該走了……」

「你要怎麼打發他？」我問施洛德女士。

「哎，這你別擔心，布萊德蕭先生。等你們一走，我就請門房的兒子上來。他會乖乖走的，我保證。不然的話，他就等著後悔吧……」

我們匆匆道別。施洛德女士太過興奮與得意，無暇傷感。亞瑟親吻了她的雙側臉頰。她站在樓梯頂端朝著我們揮手，可聽見她身後又爆出一陣隱隱的敲擊聲。

我們坐上計程車前往車站。開到半路後，亞瑟才恢復了鎮靜，能夠開口說話。

「真要命……我很少這麼極度不愉快地離開一個城市，應該從來沒有……」

「真可說是熱烈刺激的歡送呀。」我向後瞥了一眼，確認另一台載著那高大警探的計程車仍跟著我們。

「你覺得他會怎麼做，威廉?也許會直接去報警?」

「我很肯定他不會。只要他還醉醺醺的，警察就不會理他；而等到他清醒了，也會明白那沒什麼用。況且他完全不知道我們要去哪裡，頂多知道你今晚就要離開這國家了。」

「你說得或許沒錯，老弟。我真心希望如此。必須說我很不願留你獨自面對他的敵意。你千萬要小心，好嗎？」

「哎，施密特不會來煩我的。在他眼中，我沒這種價值。他大概輕輕鬆鬆就能找到另一個受害者了吧。我敢說他的本子裡肯定有一長串名單。」

「他在我手下做事的時候，的確有機會。」想了會兒之後，亞瑟同意道。「我相信他定有善加利用。那傢伙很有天分——邪惡的那種……喔，毫無疑問……沒錯……」

一切終於結束：跟寄物間的職員溝通誤會、為行李手忙腳亂、尋找在角落的座位、給小費。亞瑟將身子探出車廂窗外；我站在月台上。我們還有五分鐘可話別。

「幫我向奧托致意，好嗎？」

「我會的。」

「並告訴安妮我愛她？」

「沒問題。」

「真希望他們可以在這裡。」

「真遺憾，是吧？」

「但這樣不明智，在目前這種情況下。你說對吧？」

「對。」

我盼望著車開動。看來已經沒有什麼話好說了，除了眼下絕對不能說的話，因為要說也為時已晚。亞瑟似乎意識到這股真空，不安地搜索著他儲藏的語句。

「真希望你能跟我一道走，威廉……我會非常想念你的。」

「是嗎？」我尷尬地笑著，感覺到強烈的不自在。

「我真的會……你一直是我的重要支柱。從我們相識的那一刻開始就是……」

我臉紅了。驚人的是他竟能讓我感覺自己如此卑劣。難道我終究是誤會他了？我錯怪他了嗎？

我有在不經意間惡劣地對待過他嗎？為轉換話題，我問道：

「你還記得那次旅行嗎?真不明白他們在邊境為何要那樣大驚小怪。我猜他們那時大概已經盯上你了吧?」

亞瑟不太關心這段回憶。

「我想是吧……沒錯。」

亞瑟沉默。我絕望地瞄了眼時鐘。還有一分鐘發車。他笨拙地再次開口:

「請別把我想得太壞,威廉……我不希望這樣……」

「說什麼傻話,亞瑟……」我盡可能輕描淡寫地帶過。「怎麼會嘛!」

「人生實在太過複雜。我的行為也許前後矛盾,但我可以誠實地說,在內心裡我一直、也將永遠忠於共產黨……說你相信我,拜託。」

他真是肆無忌憚、荒謬絕倫、毫無羞恥之心。但我能怎麼回答呢?在那種時刻,就算他要我宣稱四加四等於五,我也會照辦。

「好,亞瑟,我相信。」

「謝謝你,威廉……老天,列車真的要開了。希望我所有的行李都上了車。願上帝保佑你,老弟。我會一直掛念著你。我的雨衣呢?喔,沒關係。我的帽子沒歪吧?再見。多寫信,好嗎?再

見。」

火車漸漸加速，將他那乾淨細緻的手從我手中帶離。我沿著月台走了一小段，佇立揮手，直到最後一節車廂從視線中遠去。

我轉身要離開車站時，差點跟一名就站在我身後的男子撞個正著。是那位警探。

「不好意思，警官大人。」我喃喃低語。

但他一笑也不笑。

16

三月初，選舉過後，天氣突然變得溫暖和煦。「希特勒的天氣。」門房的老婆說；她兒子則開玩笑地評論，我們應該要感謝范得呂伯*，因為燒毀國會大廈讓雪也融了。「這麼好看的一個男孩呀。」施洛德女士嘆著氣論道：「怎麼會做出那麼可怕的事呢？」門房的老婆對此嗤之以鼻。

轉進我們的街道會發覺看起來相當歡樂繽紛，可以瞧見黑白紅的旗幟平靜地懸掛在窗戶上，映襯著春季的藍天。諾倫多夫廣場上的人們穿著大衣坐在咖啡店戶外，讀著巴伐利亞的政變新聞。戈林（Hermann Göring）的聲音自角落的廣播喇叭中傳出。德國醒了，他說。一間冰淇淋店已開張。四處都有身穿制服的納粹邁著大步，一臉不苟言笑，彷彿在執行重大任務。咖啡店前讀報的人轉頭看著他們經過，然後露出笑容，似乎很高興。

他們對這些腳踏招搖大靴，要去推翻凡爾賽條約的年輕人投以讚許的笑容。他們很高興，因為夏天就快來到，因為希特勒承諾會保護小商人，因為報上寫著好日子已經不遠了。忽然之間，他們

＊ Marinus van der Lubbe，荷蘭共產黨分子，涉嫌在一九三三年二月二十七日於德國國會大廈縱火；國會大廈全毀，他則於次年被當時執政的納粹處死。此案的真實原因及有無共犯至今未明，卻也讓納粹對共黨的清剿更加明正言順。

以金髮碧眼為傲，並且像孩子般為一種不可明說的感官愉悅而興奮不已，因為猶太人（他們商業上的競爭對手）及馬克思主義者（跟他們無關，界定模糊的一小撮人）已不負眾望，終於被判定為戰敗及通貨膨脹的罪魁禍首，準備等著受罰。

城裡盡是蜚短流長；大家都在傳半夜非法逮捕，犯人在衝鋒隊隊營受虐，被逼著對列寧像吐口水，吞蓖麻油，吃舊襪子的事。人們淹沒在政府憤怒、巨大的聲響之中，眾說紛紜，莫衷一是。但就算是戈林也無法讓海倫．普拉特保持沉默。她決定自行調查種種暴行。早晨、午間和夜晚，她都在城裡四處打聽，搜尋被害人或他們的親屬，忙著盤問種種細節。想當然，不幸的人們謹慎緘默，而且怕得要死。他們可不想再來一次。但海倫跟他們的施暴者一樣絕不善罷甘休。她利誘、哄騙、死纏爛打。有時失去耐心了，她也會威脅。關於他們之後的處境，她其實不感興趣。她只要真相。

是海倫頭一個告訴我拜爾已死。她有絕對可靠的證據。他辦公室的一名職員獲釋後，說曾在斯潘道營區見過他的屍體。「很有趣。」她說：「他的左耳整個被扯掉了……天曉得為什麼。我相信那幫人裡頭有些根本是瘋子。咦，小布，怎麼了？你的腮幫子都發青了。」

「我感覺正是如此。」我說。

弗里茨・溫德發生了一件尷尬的事。他前幾天出了車禍，手腕扭了，臉上的皮也擦破了。傷勢並不嚴重，但他還是得貼著一大片膏藥，用吊帶托著手臂。而現在，雖然天氣美妙，他仍舊不願意放膽出門。不論什麼繃帶都會引起誤會，特別是弗里茨這種膚色深，頭髮又黑得像煤一樣的人。路人會說些令人不快的閒言惡語。當然，弗里茨不會承認這點。「去他的，我是說，感覺真是蠢斃了。」他變得異常小心，絕口不提政治，就連我倆獨處時也是。「終歸要來的。」這是他對新政權下的唯一評語，而他說這話的時候，還避開了我的眼神。

隱隱潛伏，具傳染力的恐懼瘟疫蔓延了整座城市。那就像流行性感冒一樣，我可以從骨子裡感覺得到。就在破門搜索的消息剛傳來的時候，我和施洛德女士討論過拜爾先前給我的文件。我們把文件和我那本《共產黨宣言》藏到廚房裡的柴堆底下。移動再疊起柴堆花了半個小時，但還沒忙完，我們的預防措施已經開始顯得幼稚了。我有點替自己感到羞愧，於是不斷向施洛德女士誇大我職位的重要與危險，她尊敬地聽我說，且越聽越火。「布萊德蕭先生，你是想說他們會進到我屋裡嗎？噢，還真有臉。那他們就試試看吧！哼，看我賞他們兩記耳光。先聲明，我一定會這麼做！」

一兩天過後的夜裡，我被外門巨大的拍打聲給吵醒。我從床上坐起開燈。才三點。輪到我了，我心想。不知他們會不會讓我打電話到大使館。我用手順了順頭髮，試著裝出一副傲慢輕蔑的神

態，但不太成功。等到施洛德女士終於拖著腳步開門一看才真相大白：那只是附近的房客。他喝醉了，才會跑錯樓層。

經過了這次的驚嚇，我就一直受失眠所苦。我不停幻想自己聽到房外傳來重型汽車停下的聲音。我躺在黑暗中，等待門鈴響起。一分鐘。五分鐘。十分。有天早晨，我半夢半醒地盯著頭頂的壁紙，上面的圖案突然化成一連串拖著彎鉤的十字。更糟的是，我發現房裡每樣東西都泛著褐色；綠褐色、黑褐色、黃褐色，或是紅褐色；總之都是褐色，一點也沒錯。吃過早餐也上過廁所後，我才覺得好多了。

一天早上，奧托來訪。

他一定是在六點半左右按下了門鈴。施洛德女士還沒起床；我自己開門讓他進來。他一身髒汙，頭髮凌亂糾結，鬢角旁劃破的口子在他臉龐下方留了一點血漬。

「唷，小威。」他咕噥，接著突然抓住我的手臂。我費了好大的勁兒才沒讓他摔倒。但他不是我原本猜測的喝醉了，只是精疲力竭。他跌進我房裡一張椅子上。等我關了外門回來，他已經睡著了。

該怎麼處置他是個問題。我有個學生一早會來。最後，施洛德女士和我一人一邊，總算將半夢半醒的他扛到了亞瑟先前的臥室，將他放到床上。他重得叫人難以想像。他一躺下就開始打呼，呼聲大到在我房裡都能聽見，關起門來也沒用；整堂課，那呼聲都持續不斷，清晰可聞。同時，我這位很快有望當上校長的男學生，正熱切地呼籲我不要相信那些「猶太移民捏造的」政治迫害故事。

「事實上——」他向我保證：「這些所謂的共產黨員不過是一小撮罪犯，街上的人渣。而且大多數根本就不是德國人。」

「我以為——」我客氣地說：「你才剛跟我說過威瑪憲法是他們起草的？」

這一時間壓住了他的話。但他很快回過神來。

「不是的，不好意思，威瑪憲法是馬克思主義猶太人的功勞。」

「啊，是猶太人呀……沒錯吧。」

我的學生露出一抹微笑。我的愚蠢讓他多少有點優越的感覺。我想他甚至喜歡我這一點。隔壁房間傳來一聲特別大的呼嚕聲。

「對一個外國人來說——」他客氣地退讓了一步。「德國政治是非常複雜的。」

「非常。」我表示同意。

奧托大約在午茶時醒來，餓壞了。我出門買了些香腸和雞蛋，施洛德女士在他梳洗時為他做了頓餐點。接著我們都到我房裡坐下。奧托菸一根接著一根抽，神經緊張，坐立難安。他的衣服很破，毛衣的領口也磨壞了。一張臉上滿是凹陷。他現在看來像個大人了，至少老了五歲。

施洛德女士強迫他脫下夾克。她邊聽我們聊天邊縫縫補補，還不時插話：「這可能嗎？這種事……他們怎敢這麼做！我倒想知道！」

奧托說他已經逃了半個月了。國會大廈失火後兩天，他的死對頭韋納．貝多夫夜裡帶著手下六名衝鋒隊員，要來「逮捕」他。奧托用這個字眼時不帶諷刺；他似乎覺得這很自然。「這段時間裡，很多舊帳都結清了。」他補了一句，很簡潔。

不過，奧托在穿過天窗，踹了一個納粹的臉之後，終究逃了出來。他們朝他開了兩槍，但沒打中。從那時起他就在柏林流浪，白天睡覺，晚上徘徊於街頭，就怕遇上家戶搜索。第一個星期還不算太糟；同志們輪番收留他，一個傳一個。但現在這風險變得太大了。他們許多人不是死了，就是被送進了集中營。他只能盡量抓緊能睡的時間，在公園的長椅上短暫打盹。但他必須不停眼觀四方，根本沒法好好休息。他再也撐不下去了。明天他就要離開柏林。他要想法子去薩爾。有人告訴他這是最容易跨越的邊界。危險自是不在話下，但總比被困在這兒好。

我問到安妮的近況。奧托不清楚。他聽說她又和韋納・貝多夫在一起了。你以為還能怎樣？他甚至不覺痛苦，只是不在乎了。那歐嘉呢？噢，歐嘉過得挺好。這個了不起的女生意人藉助她某個客戶，一名納粹軍官的顯赫影響力而逃過了清算。其他納粹軍官也開始去那兒了。她的未來已有保障。

奧托也聽說了拜爾的消息。

「他們說台爾曼也死了。還有潤恩。年紀輕輕，年紀輕輕……」

我們交換了關於其他知名人士的傳言。施洛德女士搖著頭，說到誰都會囁嚅個兩句。她如此真心地感到不快，沒有人料想得到這些名字她大多都還是頭一次聽聞。

話題很自然地轉到亞瑟。我們給奧托看了從坦皮科寄來的明信片，是寄給我們兩個的，一星期前才到。他不無欽羨地端詳著。

「我想他在那邊會繼續進行工作吧？」

「什麼工作？」

「當然是黨的工作啊！」

「噢，是啊。」我連忙表示同意。「當然會。」

「他那個時候離開，還挺幸運的，對吧？」

「是啊……的確是。」

奧托雙眼發亮。

「我們黨內需要更多老亞瑟這樣的人。他是個演說家，真的！」

他的熱情溫暖了施洛德女士的心。淚水在她眼眶裡打轉。

「我總是說諾里斯先生是我所認識最優秀、最傑出又最正直的紳士。」

我們都沉默不語。在暮光籠罩的房間裡，我們獻上感激、虔敬的一刻來追憶亞瑟。接著奧托繼續以深具信念的口吻說道：

「你知道我是怎麼想的嗎？他正在那邊為我們奔波，忙著搞宣傳和募款；總有一天，你等著瞧，他會回來的。到時希特勒和他那些狐群狗黨最好把皮繃緊一點……」

天色漸暗。施洛德女士起身把燈點亮。奧托說他得走了。他感覺已回復元氣，因此決定今晚就動身。破曉時，他將把柏林遠遠拋在身後。施洛德女士極力抗議。她非常喜歡他。

「別胡說了，奧托先生。今晚你得睡這兒。你需要徹底休息。納粹不會發現你在這裡的。他們得先把我砍成碎片才行。」

奧托笑了笑，親切地向她道謝，但他是勸不了的。我們得讓他走。施洛德女士在他口袋裡塞滿三明治。我給了他三條手帕、一把小刀，及一張印在明信片上的德國地圖。那是塞到我們信箱裡的腳踏車廠廣告。雖然這只是張明信片，總也聊勝於無，因為奧托的地理糟得令人擔心。無人指引，他極可能不知不覺就走向了波蘭。我還想給他一些錢。起先他不同意，我得借用我們都是共產黨弟兄的虛偽理由，並巧妙地補上一句：「你日後可以再還給我。」我們鄭重其事地為此握手。

他離開時情緒高昂得令人驚訝。光看他的舉止會讓人以為需要鼓勵的是我們，而不是他。

「高興點，小威。別擔心……我們的時代會來臨的。」

「當然會。再見了，奧托。祝你好運。」

我們從窗子後頭看著他上路。施洛德女士已經開始吸鼻子了。

「可憐的孩子……你覺得他有機會嗎，布萊德蕭先生？我肯定會整晚都睡不著，光惦記著他。他就像是我親生的兒子一樣。」

奧托回望了一次；他輕鬆地揮著手微笑著。接著他將手塞入褲袋，聳起肩，邁起厚重機靈一如拳擊手的步伐，快速沿著幽長黑暗的街道走進亮晃晃的廣場，消失在他那些四處閒晃的敵群中。

我再也沒見過他或聽聞他的消息。

三個星期後我回到了英國。

海倫·普拉特來探望時，我已在倫敦待了將近一個月。她前一天才從柏林凱旋歸來，成功地用一系列燙手的文章，讓她的期刊在全德國遭禁。她受邀並已接下美國一份更好的工作，半個月內就會搭船進軍紐約。

她全身散發著活力、成功和新聞的氣息。納粹革命肯定讓她重獲新生。聽她說話，你會以為她先前兩個月都躲在戈培爾（Joseph Goebbels）的寫字台或希特勒的床底下。她清楚每段私人談話的細節，每樁醜聞的內幕。她知道沙赫特（Hjalmar Schacht）對諾曼（Montagu Norman）說了什麼，巴本對邁斯納（Otto Meissner）說了什麼，也預期施萊謝爾或許很快會對皇太子說些什麼。她知道蒂森（Fritz Thyssen）支票上的金額。她有關於羅姆（Ernst Röhm）、海因斯（Edmund Heines）、戈林和他那些制服的新故事。「我的天，小布，可熱鬧了！」她滔滔不絕說了好幾個小時。

總算說完了所有大人物的惡行惡狀之後，她開始談起雜魚小蝦。

「你應該聽說過佩格尼茨事件了吧？」

「不，完全沒聽說。」

「天，你真落伍！」海倫因為又有一個故事可講而滿臉喜色。「唉，是你離開不到一個星期的事。當然，這事報紙上寫得語焉不詳。是一個《紐約先驅報》的老友跟我報的內幕消息。」

但是在這件新聞上，海倫並未掌握所有內情。她當然不會知道范霍恩的所有事。我有股強烈的衝動想要填補她故事裡的漏洞，或至少洩漏一些我所知曉的事。感謝老天，我沒屈服。將新聞交給她，就好比將一碟牛奶推到貓的面前般不值信賴。而她消息靈通的同業獨力挖出這麼多事，也的確讓我驚訝不已。

警方一定從我們的瑞士行後，便持續監視著庫諾。他們的耐心確實了不起，因為整整三個月間，他完全沒做出會引人懷疑的事。接著，十分突然地，他在四月初和巴黎接上線了。他說已準備好重新考慮他們談過的生意。他的第一封信很短，很小心地語焉不詳；一個星期後，在范霍恩的壓力下，他寫了封篇幅長得多的信，詳列他準備要賣些什麼。他透過特殊信差遞送，做足防護措施，還用了密碼。不過幾個小時內，警方就破解了每一個字。

警方當天下午就到他的住處抓人。庫諾出門去了，和一個朋友喝下午茶。他的男僕在警方接管一切之前，抓住僅有的時間打電話警告他。庫諾似乎完全失了主意。他做了最糟的選擇：跳上一輛計程車直奔動物園站。那兒的便衣即刻認出他來。他們早上剛收到庫諾樣貌的形容，而且誰會認不

出庫諾呢？殘酷的是，他們先等他買了下班車的車票，而車正巧是開往奧德河畔法蘭克福*。當他拾級而上，前往月台，兩名警探趨前逮捕了他；不過他已有準備，調頭就跑。不用說，所有出口都有人留守。追捕者在人群中失去了他的蹤影，在他穿過百葉門衝進洗手間時，才又瞥見他。等到他們推擠過重重人群，他已經將自己鎖在其中一間廁所裡了。（海倫語帶輕蔑地說：「報紙寫的是電話亭。」）警探命令他出來。他不回應。最後他們得淨空整個地方，準備破門。就在那時庫諾舉槍自盡。

「而他連這事也幹得不乾不脆。」她補充。「子彈偏了，幾乎將他的眼珠轟了出來，殺豬似的鮮血直流。他們還得將他送到醫院了結。」

「真可憐。」

海倫投來好奇的目光。

「照我看來，這種人渣是罪有應得。」

「是這樣的。」我語帶歉意地坦白：「我跟他，略有交情……」

* 此與眾所熟知的大城美因河畔法蘭克福（Frankfurt am Main）不同；此為柏林東方與波蘭交界處的小鎮，原名Frankfurt an der Oder。

「哎，真沒想到！真的嗎？對不住。不過我得說，小布，你這人挺好，但真有些怪裡怪氣的朋友。好吧，那這事你應該會感興趣。你該知道佩格尼茨是個同性戀吧？」

「大概猜到了。」

「好，我的老友得知佩格尼茨為何會幹下這種賣國通敵勾當的隱情。他亟需現金，因為他正被人勒索。而你猜，是誰在勒索他？不是別人，正是你另一位親愛的老友，那位哈里斯的祕書。」

「諾里斯嗎？」

「沒錯。嗯，看來他這個寶貝祕書……對了，他叫什麼名字？」

「施密特。」

「是嗎？應該沒錯。真是人如其名啊……施密特手上握有大批佩格尼茨寫給某個年輕人的信。天曉得他是怎麼弄到的。佩格尼茨都甘冒生命危險贖回了，肯定是很勁爆的東西。我自己是覺得不值，還不如抬頭挺胸面對。但這些人向來沒什麼種……」

「你的朋友有查出施密特後來怎樣了嗎？」我問。

「應該沒有吧，不清楚。他何必查？這些禽獸還會怎樣？八成正在國外某個地方揮金如土吧。看來他已經從佩格尼茨身上撈了不少。要我說的話，隨他去，誰在乎啊？」

「我知道有個人或許會感興趣。」我說。

幾天後，我收到亞瑟的來信。他目前正在墨西哥城，一點也不喜歡那個地方。

給你點發自肺腑的建議，老弟，絕對不要踏上這可憎的城市。就物質層面而言，這話一點也不假。我想方設法要維持過往的安逸，但這裡完全缺乏有智慧的社交圈（至少就我對這詞彙的理解來看），讓我深感苦惱。

亞瑟沒有提到太多生意上的事。他比以往更謹慎防備。

「景氣很差，但整體而言，沒得抱怨。」這是他唯一透露的。不過在關於德國的事上，他倒是暢所欲言：

想到勞工朋友落到這些人的手上，真讓我義憤填膺。不管怎麼說，這些人都不過是一群罪犯。

再讀下去還有：

看到一個狡獪又無恥的騙子竟可以瞞騙數百萬人，就算在這種世道，還是令人悲從中來。

信的結尾，他大力推崇了拜爾一番：

我一直景仰和尊敬他這個人。能夠說自己曾是他的朋友，我感到非常驕傲。

再次收到亞瑟的消息是在六月。那是張寄自加州的明信片。

我正沐浴在聖塔莫尼卡的陽光中。和先前的墨西哥相比，這裡簡直是天堂。手邊有點小計劃正在進行，可以說跟電影業並非全然無關。我預計也希望能夠賺上一筆。很快會再來信。

他的確寫信來了，而且無疑比原本計劃的更早。信中附了另一張明信片，日期跟上張只相隔一天。

最糟的情況發生了。今晚就要前往哥斯大黎加。詳情容抵達後再述。

這次還有一封短信。

如果墨西哥是地獄，那現在我就是身處無間煉獄了。

加州那段田園牧歌的生活因施密特的出現而被硬生生地打斷！！！這怪物的鬼腦筋真是超乎常人。他不只跟著我來到這裡，還將我打算做的小生意查得一清二楚。我只能完全任他擺布，不得不將辛苦賺來的大半積蓄都送給他，並立即動身離開。

能想像他有多麼厚顏無恥嗎？竟然提議我應該跟以前一樣雇用他！！

我還不知道自己是不是成功甩掉他了。真不敢抱太大希望。

至少，亞瑟的心沒有懸在半空太久。短信之後，很快又來了一張明信片。

怪物來了！！！要試試祕魯。

我時不時便會接到關於這段詭異旅程的隻字片語。亞瑟到了利馬也躲不掉厄運。施密特不消一週就現身了。你跑我追的戲碼從那兒往智利進行下去。

「**消滅**爬蟲的計劃一敗塗地。」他從瓦爾帕萊索寄信來。「反而招惹出其毒液。」

我推想這是亞瑟曾企圖殺掉施密特的漂亮說法。

然而，他倆在瓦爾帕萊索時，似乎達成了某種休戰協議，因為下一張明信片即宣告他們將搭火車前往阿根廷，並指出了一種新的事態。

我們今天下午啟程，一起走，前往布宜諾斯艾利斯。現在鬱悶到無法再提筆了。

他們目前在里約，或者該說我最後聽聞如此。不可能有辦法預測他們的動向。施密特隨時會出動尋找新的獵場，並且拖著亞瑟這位不情願的雇主兼禁臠一道走。他們新的合作關係不會像過去那

麼容易解除了。今後，他們注定要同行於世。我經常想起他們，思量著如果某天真的不巧與他們狹路相逢，自己該怎麼做。我並不特別為亞瑟感到難過。畢竟，他毫無疑問弄到了大筆的錢。但他深深自憐。

「告訴我，威廉——」他最後一封信的結尾寫道：「我究竟做了什麼，要落得如此下場？」

再見，柏林

柏林日記

1930年　秋

我的窗外，是一條深邃凝重的大街。表面層層疊疊的陽台，讓建築物顯得頭重腳輕；其陰影籠罩著酒窖整天不滅的燈，髒兮兮的灰泥牆上雕有渦卷形裝飾和貴族徽章。整個區域都是如此：一條街通向另一條街，兩旁都是有如破舊巨型保險箱的房子，裡面塞滿了失去光澤的財寶，跟來自中產階級破產家庭的二手家具。

我是一台不閉快門的相機，完全被動，不斷記錄，毫不思考。記錄著男子在對面窗前剃鬍，以及女子穿著和服在洗頭。有一天，這一切都必須被小心沖洗、曬印、定影。

晚上八點鐘，家家戶戶都大門深鎖，孩子們享用晚餐，店家歇業。街角那間以小時計價的小旅店，此時也點亮了門鈴上的電子招牌。沒多久，口哨聲就會響起，是年輕男孩在呼喚他們的女孩。他們佇立在寒風中，朝上對著亮燈的窗口吹哨，而窗內是溫暖的房間，房內的床已經鋪好。他們希望能一探芳閨。他們的哨音在空盪深邃的街道迴響，挑逗、私密且憂傷。就因為這些哨音，我不在乎晚上待在房裡。這讓我想起身處異鄉城市，孤伶一人，離家萬里。有時候我下定決心充耳不聞，拿起一本書試著閱讀，但肯定很快會響起一聲呼喚，如此刺耳，如此急切，如此無可救藥地充滿人性，逼得我最終不得不起身，從百葉窗簾的縫隙往外窺看，好確定那不是——而我也很清楚不可能是——在呼喚我。

關上窗點起壁爐時，房裡會瀰漫一股奇特的味道，不能說難聞，是一種混合了燻煙和過期麵包的氣味。高聳的磚砌壁爐色彩華貴，就像一座祭壇。盥洗台則像座哥德式神龕。櫥櫃也是哥德式，櫃門有如教堂的雕窗：俾斯麥和普魯士國王在彩繪玻璃上相對而視。我最好的椅子就算拿去當主教的寶座也不為過。房間角落，三支仿造的中世紀長戟被紮在一起成了帽架。施洛德女士不時就將戟頭卸下來擦拭一番。那些戟頭非常沉重，銳利得足以致命。

房裡每樣東西都是如此：毫無必要的結實，異乎尋常的沉重，危機四伏的尖銳。眼前的寫字桌上，列著一整排金屬物——形如兩蛇交纏的一對燭臺、有鱷魚頭從中浮現的菸灰缸、彷彿羅倫斯匕首的裁紙刀，以及尾端捲著一個小破鐘的銅製海豚。這些東西將來會怎麼樣呢？怎麼可能摧毀得了它們？它們大概過了幾千年都仍將完整無缺：人們會將其珍藏於博物館。也或許就輕易地熔掉，再製成戰爭用的軍火。每天早晨，施洛德女士謹慎地將它們擺放到某些固定不變的位置；它們巍然而立，無可動搖，一如她對資本與社會、宗教與性愛的觀點。

她一整天都在寬敞昏暗的公寓裡來來回回，身形走樣但靈活，搖搖擺擺從一個房間晃到另一個房間。腳穿絨毛拖鞋，身著花樣圖案的晨袍，袍子巧妙地攏在一起，完全遮掩住襯裙或胸衣。她輕

彈著塵撢，四處窺看，將又短又尖的鼻子一一伸進房客的櫥櫃或行李中打探。她有雙黝黑明亮，充滿好奇心的眼睛，以及一頭引以為傲的漂亮棕色波浪鬈髮。她肯定有五十五歲了。

很久以前，在一次大戰和戰後通貨膨脹之前，她曾經算得上富裕。夏天會去波羅的海度假，還有女僕負責打理家務。過去三十年來，她則一直住在這裡，並將房子分租給房客。會這麼做是因為她喜歡有人陪伴。

「我的朋友們曾對我說：『麗娜，你究竟怎麼辦到的？怎麼能忍受陌生人住在你家，弄壞你的家具，尤其是你的錢明明夠用，可以獨立自主？』而我總是給他們同樣的答案：『我的房客不只是房客。』我都這麼說：『他們是我的貴賓。』」

「我跟你說，伊希烏先生*，以前要讓哪種人入住我可是非常挑剔的。得看得順眼才行。我都只選出身好、教養好的那種人——斯文的上流人士（就像你，伊希烏先生）。曾有一個男爵做過我房客，還有一個上尉，跟一個教授。他們常送我禮物——一瓶白蘭地、一盒巧克力或一些花。當他們出國度假時，總是會寄明信片給我——倫敦啦、巴黎啦，或是巴登巴登。我以前收到多少美麗的卡

---

* 敘述者保留此角呼喚其名時帶有的德國口音。

片啊……」

而現在施洛德女士連自己的房間都沒有。她得睡在客廳一個屏風後面，一張彈簧壞掉的小沙發上。就跟許多較老舊的柏林公寓一樣，我們的客廳連通著屋子的前半部與後半部。住在前屋的房客要到浴室就必須穿過客廳，所以施洛德女士晚上常常受擾。「但我翻個身就能立刻入睡，所以不會造成困擾。我太疲憊了。」所有家務事她都得自己動手，而這就佔去她每天大部分時間。「二十年前，如果有人敢叫我刷家裡地板，我肯定賞他一記耳光。但久了也就習慣了。人什麼事都能習慣。唉，我記得以前寧願剁掉右手，也不願空出這房間，而現在……」施洛德女士說，邊說也邊動手，「老天爺！這對我來說就跟倒杯茶一樣容易！」

她很熱衷於為我指出，曾居住在這房間的房客所留下的各種痕跡汙漬：

「對，伊希烏先生，他們每個人留下的痕跡，我都記得一清二楚……瞧這裡，地毯上——我送洗不知道多少次了，但完全沒辦法去掉——內斯克先生慶生派對後就吐在那裡。他到底吃了什麼鬼東西啊，竟然弄成這樣？他可是來柏林念書的。他父母親住在布蘭登堡——一流的家庭。喔，我跟你保證！他們有一大堆錢！他的老爸是外科醫師，當然希望兒子能繼承父業……多麼討人喜歡的年

輕人啊！我以前會跟他說：『內斯克先生，恕我直言，你得更用功點——你有那麼好的頭腦！想想你的老爸老媽，這樣浪費他們的錢對他們不公平。唉，你還不如把錢丟到施普雷河裡，至少還會濺起些水花！』我簡直就像他媽一樣。每一次，只要他又惹麻煩了——他這人非常莽撞——就會來找我：『施洛德嬸嬸，』他老這麼喊。『拜託別生我的氣……我們昨晚在玩牌，而我輸掉了這個月全部的零用錢。我不敢告訴父親……』然後他會用他那雙大眼睛望著我。我知道他在打什麼主意，那個兔崽子！但我沒那種鐵石心腸能夠拒絕，於是我會坐下來寫封信給他老媽，懇求就原諒他這麼一次，並再寄些錢來。而她總是會……同為女人，我當然知道如何觸動一個母親的情感，儘管我自己從沒生過小孩……你在笑什麼，伊希烏先生？哎喲，你知道，錯誤總是會發生的！

「而上尉先生老是在那裡打翻咖啡，濺到壁紙上。他以前總愛跟他的未婚妻同坐那張沙發。我常對他說：『上尉先生，麻煩請到桌上喝咖啡。恕我直言，什麼事情喝完再做也不遲……』但他偏不，老要坐在沙發上喝。然後，當他情緒開始高漲，就會把咖啡杯弄翻，毫無例外……他還真是個英俊的紳士！他的老媽和妹妹偶爾會來拜訪。她們喜歡到柏林來。老跟我說：『施洛德小姐，你不知道自己有多幸運能住在這裡，就在一切事物的中心。我們只是鄉下親戚——我們好嫉妒你！現在快告訴我們最新的名人八卦！』當然，這都是玩笑話。她們有一間漂亮的小屋，離哈爾伯施塔特不

遠，就在哈爾茨山。她們給我看過相片，簡直是人間仙境！

「你有看到地毯上那些墨水痕嗎？柯赫教授老是在那邊甩鋼筆。我跟他講過一百次了。最後，我甚至在他的座椅周圍鋪了吸墨紙。他實在太心不在焉了……不過真是個老好人！單純得不得了！我好喜歡他。只要幫他縫補襯衫或襪子，他就會含著淚跟我道謝。他也喜歡胡鬧。有時候，他聽到我要走進來了，就會關燈躲在門後，然後像頭獅子般吼叫嚇我，跟個小孩子一樣……」

施洛德女士可以這樣不斷說下去，連說好幾個小時，且完全不會重複。我每次聽她說上一段時間，就會發現自己再次陷入一種莫名恍惚的消沉狀態中，開始感覺極度不快樂。那些房客如今身在何方？再過十年，我自己又將身在何方呢？肯定不會在這裡。我得跨越多少邊境和汪洋才能抵達遙遠的那一天？我得徒步，騎馬，乘汽車、單車、飛機、輪船、火車、電梯、手扶梯、電車，跋涉多遠？如此漫長的旅程需要花多少錢？途中得一口一口，不厭其煩地吞進多少食物？我會穿壞多少雙鞋？我會抽完幾千根菸？我會喝下多少杯茶，多少杯啤酒？多麼糟糕乏味的前景啊！更有甚者，還終須一死……一陣突如其來、隱而未明的恐懼化作苦痛，糾結著我的腸胃，讓我不得不告辭去洗手間。

一聽說我曾是醫學院學生，她便向我吐露自己因為胸部太大而非常不快樂。她深受心悸所苦，而且十分肯定這都是因為心臟負擔過重所致。她在想是不是應該動個手術。她認識的人中有些建議她去，有些則反對。

「老天爺，隨身扛著這包袱可不輕鬆！而且伊希烏先生，你要知道——我以前可是跟你一樣苗條耶！」

「我猜你一定有很多仰慕者吧，施洛德女士？」

沒錯，她過去的追求者不少，但只有一個男友。是一個有婦之夫，跟他那不願離婚的妻子分居兩地。

「我們在一起十一年。後來他死於肺炎。有時我會在寒冷的夜裡醒來，希望他就在身旁。一個人睡，似乎怎樣都很難真的感覺溫暖。」

這間公寓中除了我還有四名房客。我的隔壁，前屋的大房間中住的是柯斯特小姐；對面可以俯瞰庭院的房間住的是麥爾小姐；巴比的房間則在穿過客廳的後屋；而巴比的房間後面，浴室上方、樓梯頂部，是一間小閣樓。出於某些難以理解的原因，施洛德女士稱之為「瑞典閣」。她以一個月

二十馬克的價錢，將這間租給一位白天和大多數夜晚都不在的推銷員。週日早晨，我偶爾會在廚房碰見他，穿著汗衫和長褲晃來晃去，邊道歉邊找火柴。

巴比是個調酒師，在城西一間叫「三頭馬車」的酒吧工作。我不知道他的真名。他取這名字是因為英文教名近來在柏林的花街柳巷間很風行。他是個蒼白、愁容滿面、穿著時髦的年輕人，有著一頭柔細光亮的黑髮。午後不久，他差不多剛起床，會穿著短袖上衣，頭戴髮網，在公寓中走來走去。

施洛德女士和巴比非常親密。他會搔她癢，拍她的屁股；她則會用煎鍋或拖把敲他頭。我頭一次不經意看到他們如此打打鬧鬧時，他們倆都有點窘。現在倒是對我的存在視而不見。

柯斯特小姐是個紅光滿面的金髮女孩，有雙呆板的藍色大眼睛。當我們穿著浴衣在浴室門口錯身時，她會矜持地迴避我的目光。她身材豐滿，但曲線仍美妙。

有一天我直截了當地問施洛德女士：柯斯特小姐過去在哪裡高就？

「高就？哈、哈，說得好！這詞太恰當了！沒錯，她的工作是挺高尚。就像這樣……」

以一種極端戲謔的態度，她開始像隻鴨子般搖搖擺擺地橫越廚房，故作斯文地用食指和拇指夾著抹布，走到門邊，再得意洋洋地一轉身，把抹布當絲質手帕揮舞，並對我嘲弄地送飛吻：

「呵、呵，伊希烏先生！她們就是這樣做的！」

「我不太懂，施洛德女士。你的意思是她是走鋼索的？」

「嘻、嘻、嘻！非常好，伊希烏先生！對，沒錯！正是如此！她為了生活是走在鋼索上。這樣形容太貼切了！」

不久後，有天晚上我在樓梯遇見柯斯特小姐。她身旁跟著一名日本人。之後施洛德女士跟我解釋說那是她最好的恩客之一。她曾問柯斯特小姐，當他們倆不在床上時要怎麼相處，因為那個日本人幾乎不會說德語。

「這個嘛，」柯斯特小姐說：「我們會一起聽聽留聲機、吃吃巧克力，我們也常常笑。他非常愛笑……」

施洛德女士真的很喜歡柯斯特小姐，對她的行當也沒有任何道德上的排斥。然而，當柯斯特小姐弄壞茶壺嘴，或是打完電話忘了在客廳的板子上註記，她又總會大發雷霆，並千篇一律地嚷著：「畢竟，對那種女人你還能期待什麼呢？一個低級妓女！嗳，伊希烏先生，你知道她以前做什麼的？是個女僕！然後她跟雇主變得異常親密，於是有一天，果不其然，她發現自己陷入了某種困境……那個小麻煩被拿掉之後，她就只能夾著尾巴跑了……」

麥爾小姐是音樂廳的約德爾調*歌手——全德國數一數二，施洛德女士語帶恭敬地向我保證不假。施洛德女士未必喜歡麥爾小姐，但對她滿懷敬畏。這也是可想而知的。麥爾小姐有副牛頭犬般的下顎、一雙壯碩的手臂，及一頭粗糙的深色頭髮。她說著帶有奇特強烈重音的巴伐利亞方言。在家中時，她會像匹戰馬一樣徹夜坐在客廳桌前，幫施洛德女士排紙牌。她們倆都是內行的算命師，沒卜個卦一天是無法開始的。目前她們倆最想得知的都是：麥爾小姐何時會再訂婚？對這事施洛德女士跟麥爾小姐一樣感興趣，因為麥爾小姐已經遲繳房租了。

天氣好的時候，莫茲路街角會有一名衣著落魄、雙眼凸出的男人站在攜帶式帆布攤子旁邊，攤子邊上釘了占星圖，及心滿意足的顧客親筆寫的推崇信。每當施洛德女士有閒錢負擔他的收費時，就會去找他商談。事實上，他在她的生活中扮演了極為重要的角色。她對他的態度混合了諂媚與威脅。如果他承諾的好事成真了，她說會親吻他，並邀請他共進晚餐，還買金錶送他；如果沒有，那她會掐死他，賞他耳光，向警察告發他。在許許多多預言中，占星師說她會在普魯士國家彩券中贏得一筆財富。到目前為止，她還沒這好運。但她總是在討論贏了錢之後要做些什麼。當然，我們每

*一種起源於阿爾卑斯山脈地區，用真假嗓音反覆變化吟唱的歌唱法。

個人都會有禮物。我會拿到一頂帽子，因為施洛德女士認為像我這種教育程度的紳士，出門沒戴帽子實在不像話。

不算紙牌時，麥爾小姐會邊喝茶，邊跟施洛德女士講述自己過去在劇場的輝煌成就：

「經理就跟我說：『弗麗琪，你一定是從天而降的救星！我的女主角病了，你今晚就啟程來哥本哈根。』更過分的是，他不接受拒絕。『弗麗琪——』他會說（他老是這樣叫我）。『弗麗琪，你不會讓一個老朋友失望吧？』於是我就去了……」麥爾小姐滿懷回憶啜飲著茶：「很有魅力的一個男人，非常有教養。」她笑道：「不拘小節……又總是能謹守分寸。」

施洛德女士熱切地點著頭，專注傾聽每一個字，沉醉在其中：

「我猜一定有些經理是不知羞恥的無賴吧？（再來點香腸吧，麥爾小姐？）」

「（謝謝，施洛德女士，一小片就好。）對，有些是……說出來你絕對不會相信！但我一向能照顧好自己，即使當我還是個瘦弱的小女孩時……」

麥爾小姐渾圓的手臂上，裸露的肌肉令人倒胃地起伏著。她揚起下巴：

「我是巴伐利亞人，而巴伐利亞人從不會忘記受過的傷害。」

昨晚走進客廳時，我發現施洛德女士和麥爾小姐趴在地板上，耳朵貼著地毯。兩人偶爾對彼此會心一笑，或高興地掐掐對方，然後同時發出一聲「噓！」

「聽！」施洛德女士低聲說。「他在砸家具耶！」

「他會把她揍得鼻青臉腫！」麥爾小姐帶著興高采烈的語氣驚呼。

「砰！聽這聲音！」

「噓！噓！」

「噓！」

施洛德女士樂不可支。當我問她怎麼回事時，她費力爬起身，搖搖擺擺地走向前來，摟住我的腰，跟我跳起了華爾滋。「伊希烏先生！伊希烏先生！伊希烏先生唷！」直到她喘不過氣為止。

「到底發生了什麼事？」我問。

「噓！」麥爾小姐在地板上命令。「噓！他們又開始了！」

我們正下方的公寓中，住了一位葛朗涅克太太。她是加利西亞*的猶太人，單憑這點就足以讓麥

* Galicia，一指西班牙西北、葡萄牙北部的自治區。一指東歐古地名，該區域現分屬烏克蘭及波蘭兩國。依小說背景跟地緣，所指應為此區域。

爾小姐與她為敵：不用說，麥爾小姐是名忠貞的納粹。除此之外，葛朗涅克太太似乎曾針對麥爾小姐的約德爾調和她在樓梯間起過口角。或許是因為並非亞利安人，葛朗涅克太太說她寧可聽貓叫。因此，她不只是侮辱了麥爾小姐，也侮辱了所有巴伐利亞人、所有德國女人，而麥爾小姐樂於擔起這個責任，替她們復仇。

大約兩星期前，這事就已街知巷聞：年屆六十，醜得跟巫婆一樣的葛朗涅克太太在報紙上刊登徵婚啟事。更有甚者，應徵者已經出現了：一名來自哈雷市，喪妻的屠夫。他已經見過葛朗涅克太太了，並依然打算要娶她。麥爾小姐的機會來了。經由旁敲側擊，她查出了屠夫的姓名和地址，並寫了封匿名信給他，詢問他是否知悉葛朗涅克太太（一）房子裡有蟲；（二）曾因詐欺被捕，後因精神失常的理由被釋放；（三）曾將自己的臥房出租，供人行傷風敗俗之事；並且（四）事後沒換床單就繼續睡在上面。現在屠夫拿著信來跟葛朗涅克太太對質了，兩人的聲音相當清晰可聞：普魯士人憤怒的咆哮和女猶太人尖銳的嘶吼。不時還會傳來拳頭敲打木板的重擊聲，間或夾雜著玻璃碎裂聲。爭吵持續了一個小時以上。

今天早上聽說有鄰居向門房抱怨這場騷動，也聽說有人看見葛朗涅克太太有黑眼圈。婚事顯然是吹了。

這條街的居民已經對我很面熟了。在雜貨店開口要一磅奶油時，人們不再因為我的英國口音而轉過頭來。街角入夜後，三名流鶯也不再於我經過時用低沉的喉音呼喚：「來嘛，帥哥！*」三名流鶯顯然都超過五十歲了。她們並不打算隱瞞年紀，沒有刻意塗脂抹粉。穿著寬鬆的舊毛皮外套、稍長的裙子，戴著主婦帽。我偶然跟巴比提及她們，他解釋說這類讓人感到自在的婦女一向有固定市場，很多中年男性喜歡她們更勝過年輕女孩。她們甚至還能吸引青少年。巴比解釋，男孩跟同齡女孩會感到害羞，但跟年紀可以做媽的女性則不會。如同大多數酒保，巴比在跟性有關的問題上可是專家。

某個晚上，我在他上班時間去探班。

我到三頭馬車時大約九點，時間還很早。那地方比我預期的更大更堂皇。一個頭髮編得像王公貴族的門口守衛狐疑地直盯著我沒戴帽子的頭，直到我開口對他說英文為止。一個時髦的衣帽間女孩堅持要幫我脫大衣，但那大衣正好替我遮掩著寬鬆法蘭絨長褲上的難看汙漬。坐在櫃台的接待員

*原文直接引用德語，故以不同字體標示，後文亦同。

連起身幫忙開內門都省了。看到巴比讓我鬆了口氣，他在一個藍銀色的吧檯後面工作。我像接近一個老朋友般朝他走去，他也親切熱情地跟我打招呼：

「晚安，伊薛伍德先生，很高興在這裡見到你。」

我點了杯啤酒，在角落的一張凳子坐下。背靠著牆，我可以環視整個房間。

「生意如何？」我問。

巴比那張憔悴、上了妝、屬於夜貓子的臉龐變得嚴肅。他越過吧檯，將頭傾向我，帶著一種表示信任，討人喜歡的正經：

「不怎麼樣，伊薛伍德先生。現今的客人啊……你想都想不到！唉，要是一年前，我們早就把這些人擋在門外了。他們點個一杯啤酒，就以為有權利在這裡坐一整晚。」

巴比的口氣極為刻薄，我開始感覺不舒服。

「那你會喝什麼？」我邊問邊內疚地一口嚥下我的啤酒。唯恐產生誤會，我又補了句：「我要來杯威士忌蘇打。」

巴比說他也要來一杯。

屋內空盪盪，我察看著為數不多的顧客，嘗試用巴比看穿一切的目光打量他們。有三名精心打

扮的迷人女孩坐在吧檯邊：最靠近我的那位尤其出眾，有種跨越國界的氣質。不過在她們聊天的空檔，我不經意聽見一些她跟其他酒保間的隻字片語，其中帶著濃重的柏林口音。她又疲倦又無聊，垮著嘴角。一名年輕男子接近她，並加入討論——是一名英俊、肩膀寬闊的男孩，穿著剪裁良好的晚禮服，簡直就是來度假的某間英國公立學校年級長。

「不，不，」我聽見他說，「不在我這兒！」他咧著嘴笑，還擺了個魯莽粗俗的街頭手勢。

另一頭角落坐了個聽差，正在跟穿白上衣的老廁所服務員講話。聽差說了些什麼，笑了笑，突然停下打了一個大呵欠。三名樂師正在舞台上閒聊；顯然在有值得為之演奏的聽眾光臨前，他們不打算開始。其中一張桌子好像坐了位真正的顧客，是個留著鬍子的胖男人。不過一會兒之後，我跟他四目相接，他微微欠身，於是我明白他一定是店經理。

門開了，兩男兩女走進來。女人都上了年紀，粗腿、短髮，穿著昂貴的晚禮服。男人們昏昏欲睡，臉色蒼白，八成是荷蘭人。不會錯，這肯定是白花花的銀子上門來了。瞬間，三頭馬車為之一變。店經理、聽差、廁所服務員同時起身。廁所服務員消失無蹤，店經理焦躁地低聲跟聽差交代了幾句，聽差便離開。然後經理躬身微笑，走向客人桌旁，跟兩個男人握了握手。聽差再次出現時拿著賣菸托盤，後面一個侍者拿著酒單急急忙忙趕來。同時，三人樂隊奏起輕快的旋律。吧檯邊的女

孩轉過身背靠檯子，露出一種間接邀請的微笑。職業舞男好似完全不相識地走向她們，恭敬鞠躬，以充滿教養的語氣邀舞。聽差一身整齊，掛著謹慎的笑容，像朵花般搖擺著腰，端著他的賣菸托盤穿過房間：「菸！菸！」他的聲音清晰且戲謔，就像個演員。侍者操著相同音調跟巴比點酒，只是更大聲、更戲謔、更歡欣，好讓我們全都聽得見：「海德希克香檳！」

帶著可笑又急切的認真，舞者們展演著精密複雜的進化，每個動作都表現出他們對正在扮演的角色充滿自覺。薩克斯風手讓他的樂器甩開頸上繫帶自由搖擺，並拿著擴音器走到舞台邊緣：

她笑，
我愛
我的女人……

他邊唱邊拋出心照不宣的眼神，將我們全都納入這場陰謀。他在聲音裡注滿諷刺，以一種癲癇發作似的狂喜姿態，不斷轉著眼珠。巴比神采奕奕且優雅地開著酒瓶，彷彿瞬間年輕了五歲。在此同時，那兩位不怎麼結實的男士彼此交談著，八成在談生意，對他們喚起的夜生活看也不看一眼。

他們的女人則沉默地坐著，一副茫然、不安、備受冷落，非常無聊的樣子。

希碧．伯恩斯坦小姐是我的第一個學生，住在古魯衛特一間幾乎全用玻璃打造的房子裡。柏林最富有的家庭多數都居住在古魯衛特，很難理解為什麼。他們的別墅齊集了所有已知昂貴兼醜陋的風格，從怪異的洛可可式建築，到平板屋頂、鋼筋玻璃共構的立體派盒子，全都擠在這個潮濕陰鬱的松林中。沒幾家能負擔得起大花園，因為地價貴得驚人；他們唯一的景觀就是鄰居的後院，而每個後院都被鐵絲網與惡犬嚴密戒護著。對竊盜與革命的恐懼讓這些可悲的人陷入自我戒嚴，他們沒有隱私或陽光。這一區其實是百萬富翁的貧民窟。

我按下花園大門的電鈴，一名男僕拿著鑰匙從屋裡出來，後面跟著一頭不斷吠叫的大狼犬。

「我在旁邊牠不會咬你。」男僕跟我保證，咧嘴笑著。

伯恩斯坦家的大廳有金屬釘裝飾的門、一座用螺栓釘在牆上的蒸汽鐘，還有各種現代主義風格的燈，被設計成看上去像是壓力計、溫度計和電話撥號盤。但家具跟屋子及其陳設並不搭。這地方像個發電廠，工程師想讓這裡舒服點，便從一間歷史悠久的老式招待所搬來一些桌椅。素樸的金屬牆上掛的是裱著厚重金色畫框，用色濃豔的十九世紀風景畫。伯恩斯坦先生大概是一時魯莽，跟某

個當紅前衛建築師訂了這棟別墅，結果看到房子後卻嚇壞了，只好努力用家庭物品盡量裝點一下。

希碧小姐是個漂亮的胖女孩，十九歲左右，有一頭光滑的栗色頭髮、一口好牙，及一雙瞳鈴大眼。她有種慵懶、宜人、任性的笑容，以及發育良好的上圍。她的英語說得像女學生，還帶有一點美國口音，相當出色。她對此自得不已，且很明顯無意做任何功課。當我畏縮地想提出一些課程規劃時，她就會不斷插話，要我享用巧克力、咖啡、香菸。「不好意思，暫停一下，沒些水果了*。」她笑著拿起內線電話的話筒。「安娜，請拿些柳橙來。」

等女僕拿了柳橙來，我儘管抗議，還是被逼著吃下一頓有盤子有刀叉的正餐。這摧毀了師生關係間最後一層偽裝。我感覺像是一名警察來到廚房，接受一個迷人廚師的招待。希碧小姐坐在一旁看我吃，臉上掛著她和善、慵懶的笑容。

「請告訴我，你為何來到德國？」

她很愛打探我的事，但只是像牛一樣徒勞地將頭在柵門的欄杆間穿進穿出。她並不特別希望柵門打開。我說我覺得德國很有趣。

＊此角說英文時常有文法錯誤，在此以中文錯誤替代，下文亦同。

「德國的政治和經濟情勢——」我即興發揮，用權威的教師聲音說，「比起其他歐洲國家都來得有趣。」

「當然，除了俄國。」我嘗試性地補充道。

但希碧沒有反應，只是溫柔地笑著。

「我覺得你在這裡應該很無聊吧？你在柏林沒有很多朋友，對吧？」

這似乎引起了她的興致。

「你不認識一些好女孩嗎？」

此時內線電話鈴響了。她帶著懶散的笑執起話筒，但顯然沒有在聽裡頭傳出的細小語音。我可以清楚聽見伯恩斯坦夫人——希碧的母親——真正的聲音從隔壁房傳來。

「你把紅色本子丟在這裡了嗎？」希碧小姐嘲弄地複述，邊對著我笑，彷彿這是場一定要我參與的玩笑。「沒有，我沒看見。一定是在樓下書房。打給爸爸。對，他在那邊工作。」她作勢再拿一顆柳橙給我，我禮貌地搖搖頭，接著我們都笑了。「媽咪，我們今天中午吃什麼？是嗎？真的？太棒了！」

她掛上話筒，繼續盤問：

「你沒認識有好女孩嗎？」

「是沒有認識好女孩……」我語帶迴避地糾正她。但希碧小姐只是面帶微笑，等待著這個問題的答案。

「認識一個。」我最後還是補充說，心裡想著柯斯特小姐。

「只有一個？」她有如漫畫人物般驚訝地揚起眉毛。「請告訴我，你覺得德國女孩不同英國女孩嗎？」

我紅了臉。「你覺得德國女孩不同……」我開始糾正她，話沒說完，突然發現自己也不完全確定是該說「不同於」還是「有所不同」比較好。

「你覺得德國女孩不同英國女孩嗎？」她重複問題，笑容裡帶著堅持。

我的臉更加通紅無比。「對，非常不同。」我大膽地說。

「怎樣不同？」

謝天謝地電話再度響起。是廚房打來的，說午餐會比平常提早一小時。伯恩斯坦先生當天下午要進城。

「很抱歉。」希碧小姐起身說。「我們今天得到此為止了。星期五互見吧？那麼掰掰囉，伊薛

伍德先生。我非常感謝你。」

她在包包中摸索了一陣，交給我一個信封，我彆扭地塞進口袋，等走到看不見伯恩斯坦家時才打開。裡面是一張五馬克的鈔票。我把鈔票拋向空中，飄逸無蹤，花了五分鐘才在沙土裡找到，然後我一路跑向電車站，沿途邊唱歌邊踢著路邊的石頭。我感覺格外有罪惡感卻又得意洋洋，好似剛成功犯下一宗小竊行。

就連假裝要教希碧小姐一點什麼，也只是白費時間。如果她不知道某個字，就用德文說。如果我糾正她，她就用德文複述。她這麼懶散我當然樂得輕鬆，就怕伯恩斯坦夫人發現自己女兒一直沒什麼進步。但這不太可能。多數有錢人，一旦決定要完全信任你，就可以死心塌地到極點。要做家教真正的問題只有該如何踏進大門。

至於希碧，她似乎很享受我的來訪。前幾天從她的一些話中，我聽出她大概對學校的朋友吹噓自己有個真正的英國老師。我們很能互相理解。我接受水果的賄賂，不要對英語課感到厭煩；而她呢，則告訴父母我是她碰過最好的老師。我們用德文閒聊她感興趣的事，不過每隔三、四分鐘就會被打斷，因為她跑去參與這個家庭的遊戲：用內線電話交換完全不重要的訊息。

希碧從不擔心未來。跟柏林所有人一樣，她不斷提及政治情勢，但只是很簡短地敘述，還帶著慣有的憂愁，一如人們談及宗教。這些對她來說很不真實。她打算去念大學，四處旅遊，好好快活一陣子，最終當然要嫁人。她已經有為數不少的男朋友了；我們花了很多時間聊他們的事。其中一位有輛好車，一位有架飛機，一位為她決鬥過七場，還有一位發現了在某個點巧妙一踢就能讓路燈熄滅的秘訣。某個夜晚，從舞會返家的途中，希碧和他把社區所有的路燈全都弄熄了。

今天伯恩斯坦家的午餐吃得早，所以我也受邀，不需「教課」。全家人都出席了：豐腴、溫和的伯恩斯坦夫人、矮小、侷促、狡黠的伯恩斯坦先生，還有希碧年幼的妹妹，一個十二歲的學生，非常胖。她吃了又吃，對希碧脫口而出的嘲笑或警告無動於衷。他們似乎都非常喜歡彼此——以一種他們自以為愜意的方式。餐桌上發生了點家庭紛爭：伯恩斯坦先生不希望妻子下午開車去購物。過去幾天，城中發生了多起納粹騷亂。

「你可以搭電車去。」伯恩斯坦先生說。「我不會讓他們對我漂亮的車子扔石頭。」

「要是他們向我扔石頭呢？」伯恩斯坦太太好脾氣地問。

「噯，那有什麼關係？如果他們向你扔石頭，我會買膠布給你貼，那只會花我五格羅申。但要

是他們向我的車扔石頭，那可能要花我五百馬克。」

於是紛爭就這麼平息了。接著伯恩斯坦先生將注意力轉向我。

「你不會抱怨我們這裡對你不好吧，年輕人？我們不只每天為你準備豐盛的晚餐，還付錢請你吃耶！」

我從希碧的表情中看出，即使以伯恩斯坦家的幽默感而言，這話都有點過分了。於是我笑著回答：

「我每吃一份，你可以多付我一馬克嗎？」

這逗得伯恩斯坦先生大樂，但仍小心地表露：他知道我不是認真的。

過去一週，我們的公寓陷入激烈紛爭。事情的開端是柯斯特小姐跑來找施洛德女士，宣稱她房裡有五十馬克被偷了。她非常氣憤，更何況，她解釋道，這是她另外存放，準備拿來交房租和電話費的錢。五十馬克的紙鈔一直都躺在柯斯特小姐房門邊櫃子的抽屜裡。

施洛德女士也無可厚非地馬上聯想，錢是被柯斯特小姐某個恩客偷走的。柯斯特小姐說這不太可能，因為過去三天沒人來拜訪過她。此外，她補充，她的朋友們絕對不可能有嫌疑，因為他們都

是經濟寬裕的紳士，根本不會把區區五十馬克放在眼裡。這真惹惱了施洛德女士。

「我猜她是想指控我們其中之一偷的囉！真是不要臉！哎，伊希烏先生，你相不相信，我差點要把她大卸八塊！」

「相信，施洛德女士，我相信你做得到。」

然後施洛德女士發展出一個推論：錢根本沒有被偷，這只是柯斯特小姐不想交房租的技倆。她一再跟柯斯特小姐暗示這點，讓柯斯特小姐火冒三丈。她說，無論如何，這些錢她幾天就能賺到。而她也已經做到了，並預先告知月底就會搬離。

在此同時，相當偶然地，我發現柯斯特小姐和巴比的關係非比尋常。某天晚上我進房時，碰巧注意到柯斯特小姐的房間沒有燈光。能看出來是因為她的門上有片毛玻璃鑲板，用以增加走廊的照明。稍後，當我躺在床上閱讀時，聽見柯斯特小姐的門開啟，接著就傳來巴比的笑聲和低語聲。一陣木板咯吱聲和隱約的笑聲過後，巴比躡手躡腳走出公寓，盡可能安靜地關上身後大門。一會兒之後，他噪音大作地重新進屋，直接走進客廳。我聽見他跟施洛德女士道晚安。

就算施洛德女士不知實情，至少也心存懷疑。這解釋了她對柯斯特小姐的滿腔怒火：事實是，她極其善妒。最可笑尷尬的事件不斷發生。某天早晨，我想用浴室時，柯斯特小姐已經在裡面了。

我還來不及阻止，施洛德女士就已衝到浴室門前，命令柯斯特小姐馬上出來。柯斯特小姐自然不聽從，於是不顧我的勸阻，施洛德女士開始用拳頭猛敲浴室門。「滾出我的浴室！」她吼著。「馬上給我出來，不然我就叫警察把你拖出來！」

接著她突然哭了起來。哭泣引發了心悸，巴比得將邊嗚咽邊喘氣的她攙扶到沙發上。當我們全都手足無措地站在她身邊時，麥爾小姐出現在門邊，一副劊子手的表情，用嚇人的聲音對柯斯特小姐說：「她沒被你害死的話，算你走運，小姐！」然後她接手掌控整個局面，命令我們全都離開房內，並派我去樓下雜貨店買纈草精油。我回來時，她正坐在沙發邊，輕撫著施洛德女士的手，以她最悲情的語調喃喃地說：「麗娜，我可憐的孩子……他們對你做了什麼？」

莎莉・鮑爾斯

十月初的某天下午，我受邀到弗里茨．溫德的公寓喝杯黑咖啡。弗里茨總是請人去喝杯「黑咖啡」，特別強調黑。他對自己的咖啡很自豪。人們曾說那是柏林最濃的咖啡。

弗里茨穿著他慣常的咖啡派對服裝——非常厚的白色帆船衫和非常薄的藍色法蘭絨褲——豐滿而性感的嘴唇擺著笑迎接我：

「喲，克里斯！」

「哈囉，弗里茨，你好嗎？」

「好。」他朝咖啡機彎下身，油亮的黑髮從頭皮上揚起，跟眼睛上方一綹灑了濃烈香水的瀏海匯攏。「這鬼玩意兒就是不動。」他補充道。

「生意如何？」我問。

「爛透了。」弗里茨笑容滿面。「我是下個月談成新訂單，就是去做舞男。」

「不是……就是……」我糾正他。職業病作祟。

「我現在一口爛英語。」弗里茨慢條斯理地說，似乎頗為自得。「莎莉說她或許會給我上幾堂課。」

「誰是莎莉？」

「喔，我忘了，你不認識莎莉。我的錯。總之，她今天下午會來。」

「她人好嗎？」

弗里茨轉著下流的黑眼珠，從別緻的錫罐中拿了根蘭姆味的菸給我。

「好——極了！」他拉長聲調。「總之，我為她瘋狂。」

「她是什麼人？做什麼的？」

「一個英國女孩。她是演員，在溫德米爾夫人俱樂部唱歌——惹火尤物，相信我！」

「我得說，這聽起來不太像英國女孩。」

「總之，她有點法國血統，她母親是法國人。」

幾分鐘後，莎莉本人抵達。

「我遲到很久嗎，親愛的弗里茨？」

「只有半小時吧。」弗里茨慢聲慢氣地說，臉上堆著他招牌的愉快笑容。「容我介紹，這位是伊薛伍德先生，這位是鮑爾斯小姐。大家通常都直接叫伊薛伍德先生克里斯。」

「才不，」我說，「活這麼久大概就只有弗里茨叫我克里斯。」

莎莉笑了。她穿著黑絲綢服，肩上圍了小披肩，頭的一側時髦地戴著一頂類似侍應生的小帽。

「可以讓我借用一下電話嗎，寶貝？」

「當然，儘管用。」弗里茨朝我示意：「到另一個房間來，克里斯，我有東西給你看。」他顯然急於聽聽我對莎莉——他的新獵物——的第一印象。

「拜託喔，別留我跟這男人單獨講話！」她高聲說：「不然他會用電話引誘我。他這人熱情無比。」

她撥電話時，我發現她的指甲塗成了翠綠色。很不幸的選擇，因為那讓她的手更加惹人注目。而那手久經煙燻，跟小女孩一樣髒兮兮的。她的膚色深得可以做弗里茨的姊妹，臉又瘦又長，粉撲得死白。她有雙棕色大眼，只是眼珠顏色應該再深一點，才能配她的髮色及所用的眉筆。

「喂——」她輕聲細語，噘起漂亮的櫻桃小嘴，彷彿要親吻話筒。「是你嗎，我親愛的？」她張嘴綻露甜美傻氣的笑容。弗里茨和我坐在一旁看著她，像是在劇院裡看一齣戲。「我們明晚要做什麼？喔，好極了……不、不，今晚我會留在家裡。對、對，我真的會待在家……那再見囉，親愛的……」

她掛上電話，得意洋洋地轉向我們。

「那是我昨晚睡的男人。」她宣布道。「他做愛的功夫真不得了，還是個生意上的天才，而且

非常有錢——」她走到沙發邊，在弗里茨身旁坐下，嘆了口氣，身子沉入靠墊中。「給我點咖啡，好嗎寶貝？我快渴死了。」

我們很快就進入弗里茨最愛的話題：他將其發音為「唉」。

「平均而言——」他對我們說，「我每兩年就陷入一段熱戀。」

「那你上一段戀情到現在多久了？」莎莉問。

「正好一年十一個月！」弗里茨用他最下流的眼神瞥了她一眼。

「妙啊！」莎莉皺起鼻子，發出一聲登台演出時銀鈴般的輕笑。「請務必告訴我上段戀情的來龍去脈。」

弗里茨當然就順著話頭，開始侃侃談起一生經歷。我們聽了他在巴黎的誘惑行動、拉斯帕爾馬斯的假日豔遇細節、紐約的四段重要羅曼史、芝加哥的一段不堪回憶，以及波士頓的一場征服；然後再回到巴黎做了點消遣、在維也納有段美麗插曲、前往倫敦尋求慰藉。最後，來到了柏林。

「你知道嗎，弗里茨寶貝——」莎莉說，皺著鼻子轉向我，「我相信你的問題在於從沒找到對的女人。」

「或許正是如此——」弗里茨認真地看待這個想法。他的黑眼珠變得水汪汪又多愁善感：「或

許我仍在尋找理想中的……」

「但你總有一天會找到的，我百分之百確定。」莎莉使了個眼色，將我納入嘲笑弗里茨的遊戲之中。

「你這麼認為？」弗里茨展著肉慾的笑容，不斷對她放電。

「你不這麼認為嗎？」莎莉求助於我。

「我肯定不知道。」我說：「因為我從不清楚弗里茨理想中的女性是什麼樣。」

出於某些原因，這回答似乎很合弗里茨的意。他將之視為某種證言。「而克里斯是相當瞭解我的。」他插話。「如果克里斯都不知道，那我猜沒人會知道了。」

接著，莎莉該走了。

「我跟人約了五點在阿德龍飯店碰面。」她解釋。「而現在已經六點了！無所謂，讓那老豬哥等等也好。他要我做他姘頭，但我跟他說除非幫我付清所有債務，否則別做夢了。為何男人總是這麼禽獸？」她打開包包，迅速補了補嘴唇和眉毛的妝。「喔，對了，弗里茨寶貝，可以行行好借我十馬克嗎？我連計程車錢都沒有。」

「當然沒問題！」弗里茨把手伸進口袋，毫不猶豫掏出錢，就像個英雄。

莎莉轉向我。「我說啊，你哪天能來跟我喝杯茶嗎？給我你的電話號碼，我會打給你。」

我猜她大概誤以為我很有錢。好吧，這正好給她個教訓，一勞永逸。我在她的皮革小本子上寫下電話號碼。弗里茨送她出門。

「好啦！」他蹦蹦跳跳跑回屋內，興奮地關上門。「你覺得她怎麼樣，克里斯？我就跟你說她很標緻吧！」

「你的確是這麼說！」

「我每一次見到她就更加為她瘋狂！」隨著一聲愉悅的嘆息，他幫自己點了根菸。「再來點咖啡嗎，克里斯？」

「不了，非常感謝。」

「你知道嗎，克里斯，我想她對你也有好感！」

「喔，鬼扯。」

「我說真的！」弗里茨似乎很高興。「總之從現在起，我們應該會常見到她！」

我回到施洛德女士的公寓後，感到暈眩不已，只好上床躺了半小時。弗里茨的黑咖啡還是一樣毒。

幾天後，他帶我去聽莎莉唱歌。

溫德米爾夫人俱樂部（聽說現已不存）是間附庸風雅的「不正經」酒吧，就在陶恩沁大街的附近。老闆顯然試圖讓該店盡可能看起來像是在巴黎的蒙帕那斯：牆上貼滿了被塗鴉的菜單、漫畫和劇場簽名照——（「獻給唯一的溫德米爾夫人」、「給強尼，獻上我最誠摯的愛」）。戲迷本人的照片呢，則有真人四倍大，被高掛在吧檯上方。房內正中央的舞台上放了一架大鋼琴。

我很想看看莎莉的表現。出於某些原因，我想像過她會有點緊張，但她一點都沒有。她的聲音出人意料的低沉沙啞。她唱得很糟，毫無情感可言，雙手垂在身體兩側——然而她的演出有其獨樹一幟的味道，讓人依然印象深刻。這皆源於她驚人的外貌和對他人想法不屑一顧的神態。她雙臂漫不經心、軟弱無力地垂掛著，臉上一副聽不聽隨你的笑容，唱道：

現在我知道為何母親
告訴我要真誠；
是為了讓我遇見某個

如你這般的人。

掌聲相當熱烈。鋼琴師是一名蓄著波浪金髮的年輕俊男，起身莊重地親吻莎莉的手。接著她又唱了兩首歌，一首法文，一首德文。這兩首的反應就不如先前。

唱完後，又是更多的吻手禮，人也逐步往吧檯移動。莎莉似乎認識在場每一個人，全都直呼他們「親愛的」和「寶貝」。就一心放蕩拜金的女人而言，她似乎驚人地缺乏生意直覺和智慧。她浪費了大把時間在勾搭一名年長男士，而那男士顯然寧願跟酒保聊天。稍後，我們全都有點醉了。接著莎莉得趕赴另一個約，經理也坐到我們這桌來，跟弗里茨談論起英國的貴族。弗里茨在這兒是如魚得水。如同往昔，我又一次決定，再也不要踏進這種地方。

然後莎莉來電，正如她承諾過的，邀我去喝杯茶。

她住在選帝侯大街最乏味的尾端，通往瀚藍斯湖的地方。一位肥胖邋遢，臉頰像蟾蜍般鬆垮下垂的女房東，領我進入一間只佈置了一半的陰暗大房。角落有張壞了的沙發，及一幅褪色的十八世紀戰場畫；畫中傷者姿態優雅地倚著手肘，正欣賞腓特烈大帝的坐騎騰躍。

「喔，哈囉，克里斯寶貝！」莎莉在門邊喊道。「你能來真是太好了！我正寂寞得不得了，一直在考夫太太懷裡哭泣。**沒錯吧，考夫太太？**」她尋求蟾蜍女房東的背書。「**我是不是在你懷裡哭泣？**」考夫太太晃著胸部，像蟾蜍般咯咯地笑。

「你想喝咖啡嗎，克里斯？還是茶？」莎莉繼續說：「哪種都行，只是我不太推薦茶。我不知道考夫太太是怎麼泡的；大概是把廚房所有的汙水都集中在一個壺裡，然後放茶葉下去煮吧。」

「那我就喝咖啡吧。」

「**親愛的考夫太太，能請你行行好，煮兩杯咖啡來嗎？**」莎莉的德文不僅錯誤百出，更自成一格，每一個字的發音都要裝腔作勢，一副外國人的樣子。光從表情就看得出她是在講外語。「克里斯寶貝，你能行行好把窗簾拉上嗎？」

我照做了，儘管外面天色還很明亮。同時，莎莉打開桌燈。我從窗前轉身時，她像隻貓般優雅地蜷曲在沙發上，並打開皮包，摸索著香菸。但姿勢還沒擺完，她又跳了起來。

「要來杯醒酒生蛋*嗎？」她從盥洗台下的腳櫃中拿出玻璃杯、雞蛋和一瓶沃斯特辣醬。「我幾

＊用生蛋、沃斯特郡辣醬油、辣醬、鹽和胡椒製成的一種飲料，用於緩解宿醉或打嗝。

乎是靠這個過活的。」她熟練地將蛋打進杯中，加入辣醬，再用鋼筆尾端攪拌。「我也只喝得起這個了。」然後再次回到沙發上，優美地蜷曲起來。

她今天穿著相同的黑色洋裝，但少了披肩，添了白色小圍領與袖口，產生一種戲劇化的清純樸實感，彷彿是歌劇中的一名修女。「你在笑什麼，克里斯？」她問。

「我不知道。」我說，但仍止不住竊笑。在那一刻，莎莉的外貌實在有些格外滑稽之處。她非常漂亮：嬌小烏黑的頭、一雙大眼睛、及弧度優美的鼻子——而她對自己的美貌自覺到一種誇張的程度。她坐臥在那裡，像隻斑鳩似的悠然自得，頭不自然地平衡著，雙手講究地安置一旁。

「克里斯，你這下流胚，告訴我你在笑什麼？」

「我也搞不清楚。」

聽到這話，她也開始笑了。「你真是瘋了耶！」

「你在這裡住很久了嗎？」我邊問邊環顧陰暗的大房間。

「從我抵達柏林開始就住這兒了。我想想……那大概是兩個月前。」

我問她究竟為什麼要離鄉背井來到德國，她是一個人來的嗎？不是，她跟一個女性朋友一起來的，一個演員，比莎莉年長。那女孩曾經來過柏林。她跟莎莉說她們肯定能在烏法電影公司（UFA-

Universum Film AG）找到工作，於是莎莉向一位好心的老紳士借了十英鎊，與那位朋友一同動身。

直到她們倆抵達德國前，她的父母完全被蒙在鼓裡。「真希望你認識黛安娜。她是最厲害的拜金女，你肯定無法想像。她在哪裡都能釣到男人——能不能說他們的語言根本無所謂。她這人真是笑死人，我愛死她了。」

但她們在柏林待了三週，還沒有工作上門，黛安娜就釣到了一個銀行家，帶著她遠走高飛到巴黎去了。

「把你一個人丟在這裡？我得說她這人未免也太惡劣了。」

「唉，我不知道……每個人都得為自己著想。如果換作是我，大概也會做出一樣的事。」

「我敢說你不會！」

「無論如何，我很好。我向來都可以一個人過得很好。」

「你多大年紀，莎莉？」

「十九歲。」

「老天爺！我一直以為你是二十五歲左右！」

「我知道，每個人都這麼覺得。」

考夫太太用一個黯淡無光的托盤端著兩杯咖啡，拖著腳步走進房內。

「喔，親愛的考夫太太，你真好！」

「你為何還住這裡？」房東太太離開房間後我問：「我相信你可以找到比這好得多的房子。」

「我知道可以。」

「既然如此，那為何不搬？」

「唉，我不知道。懶吧，我猜。」

「這裡租金多少？」

「一個月八十馬克。」

「包早餐嗎？」

「沒有——應該沒有吧。」

「應該？」我驚呼。「怎麼樣都應該要確定吧？」

莎莉無意反駁。「對，我想這樣是挺笨的。但是呢，我手頭有錢就會交給老太太，所以很難計算得一清二楚。」

「但是，天啊，莎莉——我的房間一個月才五十塊，不但附早餐，還比這間好多了！」

莎莉點頭，但帶著歉意繼續說：「另一個問題是，克里斯寶貝，如果我離開，不知道考夫太太該怎麼辦。我相信她找不到別的房客了，沒有其他人能忍受她那張臉、她身上那味道，以及所有的一切。事實上，她欠屋主三個月房租。如果被發現沒有房客，馬上會被趕出去的。如果被趕出去，她說她會去自殺。」

「即便如此，我還是不懂為何要為了她而犧牲你自己。」

「我沒有犧牲自己，真的。我挺喜歡住這裡。考夫太太和我能互相體諒。她多多少少就是三十年後的我。那種正派的女房東大概一個禮拜就會把我轟出門了。」

「我的房東不會把你轟出門。」

她淺淺一笑，擤了擤鼻子。「你的咖啡要怎麼喝，克里斯寶貝？」

「只要不是弗里茨式的喝法就好。」我含糊地說。

莎莉笑了。「弗里茨很妙吧？我愛死他了。我最喜歡他說『干我屁事』的樣子。」

「他媽的干我屁事。」我試著模仿弗里茨。我們倆都笑了。莎莉點起另一支菸——她整天都在抽菸。我注意到她的手在燈光下顯得有多蒼老，微微打顫、血管暴露、異常纖瘦——根本是雙中年婦女的手。綠色指甲似乎完全不屬於手的一部分，只是機緣巧合落在這雙手上——簡直像堅硬、鮮

亮、醜陋的小甲蟲。「說起來有趣——」她若有所思地說：「你知道嗎，弗里茨和我從來沒有上過床。」她頓了一下，饒富興味地問：「你之前覺得我們有嗎？」

「這個嘛，有——我大概覺得有吧。」

「我們沒有。一次也沒有……」她打了個呵欠。「現在呢，我也不認為我們會上床了。」

我們默默抽了幾分鐘菸，然後莎莉開始講起自己的家庭。她父親是蘭開夏一間磨坊的老闆，母親是鮑爾斯大小姐，一名貴族後裔。是故，傑克森先生和她結婚時，冠上了她的姓。「爸爸是個勢利鬼，雖然他裝作一副不是的樣子。我的真名是莎莉・傑克森・鮑爾斯；當然，我在舞台上不可能叫這種名字，人們會以為我瘋了。」

「我記得弗里茨跟我說你的母親是法國人？」

「才不是！」莎莉似乎很不悅。「弗里茨是白癡，老是胡言亂語。」

莎莉有個妹妹，名叫貝蒂。「她真是個天使。我愛死她了。她十七歲了，但仍然天真無邪得要命。媽咪把她教養成一個大家閨秀。貝蒂要是知道我有多麼花天酒地肯定會嚇死。她對男人完全一無所知。」

「那你怎麼沒有成為大家閨秀，莎莉？」

「我不知道，我猜是受爸爸那邊的血統影響。你會喜歡我爸的。他誰都不在乎，是最棒的生意人。他差不多每個月都會喝個爛醉一次，把我媽那些時髦的朋友嚇個半死。就是他同意我到倫敦學表演的。」

「你一定很年輕就離開學校了吧？」

「對，我受不了學校。我故意讓自己被退學了。」

「你怎麼做到的？」

「我告訴女校長我懷孕了。」

「喔，少來，莎莉，不會吧！」

「我說真的！這可是掀起軒然大波。他們找了醫生來檢查，還通知我父母親。當他們發現什麼都沒有時，失望極了。女校長說一個能想出這種下流事的女孩子，是不可能被容許繼續待在學校汙染其他女孩的。於是我就如願了。然後，纏著我爸，直到他同意我去倫敦為止。」

她在倫敦一間旅店落腳，與其他女學生同住。儘管有門房管理，她還是有辦法在年輕男子的房裡度過大多數的夜晚。「第一個勾引我的男人完全不知道我是處女，還是我事後告訴他的。他非常棒，我愛死他了。他在喜劇方面真的是個天才，有一天肯定會大紅大紫。」

一陣子之後，莎莉有機會在電影中跑跑龍套，最終得以在一個巡迴劇團中擔任一名小角色。然後她遇見了黛安娜。

「你還會在柏林待多久？」我問。

「天曉得。溫德米爾夫人俱樂部這份工作只剩一星期。我是透過一個在伊甸酒吧認識的男人得到這工作，但他現在到維也納去了。我想我得再打個電話給烏法的人。而且啊，有個老到不行的猶太人偶爾會帶我出去。他老是保證要幫我弄張合約，但只是想跟我上床。那老豬哥。我覺得這國家的男人糟糕透了，沒一個有錢，還以為送一盒巧克力就能把你勾上手。」

「這份工作沒了之後，你要怎麼過活？」

「這個嘛，我家裡是有給一些零用錢。不過那也撐不了多久，媽咪已經威脅如果我不趕快回英國，就會停掉……當然，他們以為我是跟一個女性朋友在這裡。如果媽咪知道我是一個人，她會當場昏過去。無論如何，我會盡快想辦法弄到足夠的錢過日子。我討厭拿他們的錢。爸爸的生意現在非常不好，不景氣的緣故。」

「我說啊，莎莉——如果你真的陷入困境，希望你能讓我知道。」

莎莉笑了。「你真是好心，克里斯，但我不會佔朋友的便宜。」

「弗里茨不是你的朋友嗎？」我脫口而出，但莎莉似乎一點也不在意。

「喔，是啊，我非常喜歡弗里茨，千真萬確。但他有大把鈔票。不知為何，當人有了錢，你對他的感覺就不同了——我不知道為什麼。」

「那你怎麼知道我就沒有大把鈔票？」

「你？」莎莉哈哈大笑。「哎，我一眼看到你就知道你是個窮光蛋了！」

下午莎莉來找我喝茶，施洛德女士興奮得難以自己。她為此換上最好的衣服，還燙了頭髮。當門鈴響起，她手舞足蹈地敞開大門。「伊希烏先生，」她邊對我會心地眨眼，邊大聲宣告：「有位女士找你！」

接著我正式介紹莎莉跟施洛德女士認識。施洛德女士禮貌得不得了，不停稱呼莎莉「夫人」。莎莉的侍應生小帽垂掛在耳旁；她發出銀鈴般的笑聲，優雅地坐在沙發上。施洛德女士不斷打量著她，毫不掩飾自己的仰慕跟驚奇。她顯然從沒見過莎莉這種人。當她端茶進來時，托盤中原本放著一小塊黯淡無味的糕餅之處，現在擺滿了排成星形的果醬塔。我也注意到施洛德女士還提供了兩塊小紙巾，紙巾邊緣還像蕾絲般打了洞。（稍晚我讚賞她的這些準備時，她跟我說之前每當上尉先生

邀請未婚妻來喝茶，她總是會準備紙巾。「沒錯，伊希烏先生，你就交給我！我很清楚怎樣討年輕女士的歡心！」）

「你介意我躺在你的沙發上嗎，親愛的？」她一待我們獨處時就開口問。

「當然不介意。」

她脫去小帽，將穿著絲絨小鞋的腳翹上沙發，打開包包，開始補起妝。「累死我了。昨晚完全沒睡。我找到一個棒得不得了的新愛人。」

我開始倒茶。莎莉斜著臉瞥了我一眼。

「我這樣說話嚇到你了嗎，克里斯多福寶貝？」

「一點也沒有。」

「但你不喜歡？」

「這不關我的事。」我將茶杯遞給她。

「哎，拜託行不行！」莎莉高聲說：「別一副英國人的德性！你怎麼想當然跟你有關。」

「既然這樣，如果你想知道，那讓我感到厭煩。」

這話比我預期的更讓她不悅。她的音調變了，冷冷地說：「我還以為你會瞭解。」她嘆了一口

氣。「但我忘了——你是個男人。」

「很抱歉，莎莉。理所當然，我沒辦法不當個男人……但請不要對我生氣。我的意思只是當你那樣說話，說穿了只是出於神經緊張。你其實是有點害羞怕生的，我是這麼認為。所以你每每用這種技倆嚇唬人，好讓人對你產生強烈的好感或反感。我很清楚，因為我自己有時也會做這種嘗試……我只希望你不要在我身上試，因為不會有用的，而且只會讓我感到尷尬。就算你跟柏林的每個男人上床，然後每一次都跑來告訴我，依然不會讓我相信你就是『茶花女』——因為，說真格的，你自己也心知肚明，你不是。」

「不是……我想我不是——」莎莉用一種置身事外的謹慎語氣說。她開始享受這段談話了。我成功地用了一種新的方式奉承她。「那我是什麼，說真的，克里斯多福寶貝？」

「你是傑克森．鮑爾斯夫婦的女兒。」

莎莉啜了口茶。「對……我想我懂你的意思……或許你說得對……那你認為我應該放棄尋找愛人嗎？」

「當然不是。只要你確定自己真的樂在其中。」

「當然囉。」莎莉嚴肅地說，並稍作停頓。「我絕不會讓愛情妨礙工作。工作高於一切……但

我不相信一個沒談過戀愛的女人能成為優秀的演員——」她突然住口。「你在笑什麼，克里斯？」

「我沒在笑。」

「你總是在笑我。你覺得我是最無可救藥的白癡嗎？」

「不，莎莉，我完全不覺得你是白癡。沒有錯，我是在笑。我喜歡的人常讓我不自覺想對他們笑。我不知道為什麼。」

「那你是真的喜歡我了，克里斯多福寶貝？」

「對，我當然喜歡你啊，莎莉，不然呢？」

「但你沒有愛上我吧？」

「沒有，我沒有愛上你。」

「我太高興了。打從頭一次見面，我就希望你會喜歡我。但我很高興你沒愛上我，因為，不知為何，我不可能愛上你——所以，如果你愛上我，一切就毀了。」

「這樣的話，那可真幸運了，對吧？」

「對，非常幸運……」莎莉吞吞吐吐。「有件事我要向你坦白，克里斯寶貝……我不確定你能否理解。」

「記住，我只是個男人，莎莉。」

莎莉笑著說：「這真是再愚蠢不過的小事了，但我很不希望你是從別人口中得知……你還記得吧，前幾天，你說弗里茨告訴你我母親是法國人？」

「對，我記得。」

「而我說是他胡言亂語對吧？其實，他沒有……是我這樣告訴他的。」

「但你究竟為何要這樣說？」

我們倆都開始笑。「天曉得。」莎莉說：「我想是為了要讓他印象深刻。」

「但有個法國母親有什麼好印象深刻的？」

「我有時會這樣瘋瘋的，克里斯。你務必得對我耐心點。」

「好，莎莉，我會的。」

「你還要用名譽發誓，絕對不會跟弗里茨說。」

「我發誓。」

「說了就是豬頭！」莎莉大聲說，邊笑邊從我的寫字桌上拿起一把裁紙刀。「我會割斷你的喉嚨！」

之後，我問施洛德女士覺得莎莉怎麼樣。她喜不自勝。「簡直是畫中人，伊希烏先生！而且這麼優雅，如此漂亮的手和腳！一看就知道她是來自最上流的社會……你知道嗎，伊希烏先生，我萬萬沒料到你會有這種女性朋友！你老是這麼安靜……」

「這個嘛，施洛德女士，經常都是那些安靜的人會——」

她爆出慣有的尖銳笑聲，身軀在一雙短腿上前俯後仰。「說得對，伊希烏先生！說得對！」

除夕那天，莎莉搬到了施洛德女士這兒。

一切都在最後一刻安排妥當。莎莉在我不斷地警告下，疑心越來越旺盛，終於逮到考夫太太一次明顯的嚴重欺瞞，於是硬起心腸解除租約。她住進原本柯斯特小姐的房間。想當然耳，施洛德女士欣喜不已。

我們一起在家享用除夕大餐：有施洛德女士、麥爾小姐、莎莉、巴比和他在三頭馬車的一位調酒師同事，還有我。餐會很成功。巴比已經重獲施洛德女士歡心，大膽地在跟她調情。麥爾小姐跟莎莉則像兩個藝術大師在對談，討論著英國樂廳作品的可能性。莎莉說了些驚人的謊言，像是在衛神劇院和倫敦大劇院登台的經過，而她自己顯然在當下也半信不疑。而麥爾小姐不甘示弱，說起在

慕尼黑時，興奮的學生用馬車載著她遊街的故事。順著話題，莎莉沒多久就說服麥爾小姐唱起民謠〈阿爾卑斯山，再會〉，曲調正好觸動了一杯紅酒和一瓶廉價白蘭地下肚的我，惹得我落下了幾滴男兒淚。我們全都齊聲唱起副歌，和出結尾那震耳欲聾的一聲歡呼。然後莎莉唱起〈一如小男孩的多愁善感〉，歌聲情感豐沛，直入巴比同事的心坎，叫他情不自禁要摟起她的腰，還得賴巴比出面制止，義正詞嚴地提醒他該去上班了。

莎莉和我跟著他一同前往三頭馬車，在那裡遇見了弗里茨。跟在他身邊的是克勞斯．林克，就是過去莎莉在溫德米爾夫人俱樂部演唱時，替她伴奏的年輕鋼琴師。稍晚，弗里茨和我兩人獨坐一角。弗里茨似乎有點憂鬱，但不肯告訴我為什麼。有些女孩在薄紗後面擺著古典人像的活影畫。店內有個大舞廳，每張桌上都有具交友電話。我們如往常一般跟人東拉西扯：「不好意思，女士，聽聲音我就能肯定你是個金髮美女，有著長長的黑睫毛──正是我喜歡的那一型。我怎麼知道的？啊哈，這是我的祕密！對，一點都沒錯──我高大、黝黑、肩膀寬闊、五官端正，還留著一點點小鬍子……你不相信？那就自己過來瞧瞧！」男女們手撫著彼此的臀部跳舞，貼著彼此的臉嚷嚷，汗水淋漓。穿著巴伐利亞裝束的樂隊不時高聲呼喊，暢飲同時也揮灑著啤酒。那地方臭得像個動物園。後來，我應該是單獨一人晃出了店，在紙幡彩帶形成的叢林中徘徊了好幾個小時。隔天早上，當我

醒來時，滿床都是那些幡帶。

莎莉返家時我已經起床著裝好一陣子了。她直接走進我的房間，一臉倦容但喜上眉梢。

「哈囉，親愛的！現在幾點啦？」

「接近午餐時間了。」

「哇喔，真的嗎？太棒了！我正餓得半死。早餐只喝了杯咖啡，什麼也沒吃……」她特意稍作停頓，等著我的下一個問題。

「你去哪裡了？」我問。

「咦，寶貝，」她故作驚訝地張大眼睛。「我以為你知道呢！」

「我一點也不知道。」

「才怪！」

「真的，我不知道，莎莉。」

「喔，克里斯多福寶貝，你真是個大騙子！整件事很明顯就是你一手策畫的啊！你就那樣撇下弗里茨，他看起來火冒三丈！克勞斯和我快笑死了。」

她依然有點不自在。頭一次，我見到她臉紅了。

「你有菸嗎，克里斯？」

我遞了一根給她，點上火。她吹出一口長長的煙雲，慢慢踱到窗邊。

「我徹徹底底愛上他了。」

她轉過身，眉頭輕皺，橫過房間坐上沙發，小心翼翼地蜷曲起身子，將手腳擺放至定位。「至少我是這麼認為。」她補充道。

我禮貌地沉默了一段時間才開口問：「克勞斯也愛上你了嗎？」

「他愛死我了。」莎莉一派正經。她抽了幾分鐘菸，又說：「他說對我一見鍾情，就在溫德米爾夫人俱樂部。但只要我們一起工作，他就不敢開口。他怕會害我沒辦法繼續唱歌……他說，在遇見我之前，完全不知道女人的身體是如此美麗迷人。他之前大概只有過三個女人，這一輩子……」

我點起一根菸。

「當然，克里斯，我不期望你真的理解……這非常難以解釋……」

「我知道很難解釋。」

「我四點還會再跟他碰面。」莎莉的語氣有點挑釁。

「這樣的話，你最好睡一下。我會請施洛德女士炒點蛋給你吃。或者我自己來——如果她還宿

醉未醒的話。先上床吧，你可以在床上吃。」

「謝了，克里斯寶貝。你真是個天使。」莎莉打著呵欠說：「沒有你我該怎麼辦呢？我真不知道。」

自此之後，莎莉和克勞斯天天碰面。他們通常約在我們這兒。有一回，克勞斯還待了一整夜。施洛德女士沒對我說什麼，但我看得出來她有些吃驚。不是她不喜歡克勞斯——她覺得他很迷人。但她以為莎莉是屬於我的，看見我在一旁無動於衷，她驚愕不已。不過，我相信，如果我對這段情事一無所知，如果莎莉真的在背地裡欺騙我，施洛德女士肯定會興味盎然地從旁協助這場陰謀。這期間，克勞斯和我互相都有點尷尬。當我們在樓梯間偶遇時，只會冷淡地點點頭，如同敵人一般。

一月中左右，克勞斯突然去了英國。相當出人意料地，他得到了一個非常好的工作機會：為電影作配樂剪輯。他來道別的那天下午，公寓裡瀰漫著醫院外科室的氛圍，彷彿莎莉正在動一場危險的手術。施洛德女士和麥爾小姐坐在客廳打牌。而結果，施洛德女士稍晚跟我強調，再好不過了。

梅花八適時出現了三次。

隔天，莎莉蜷曲在她房間的沙發上一整天，腿上擱著鉛筆和紙。她在寫詩。但說什麼都不肯讓我看。菸一根接一根，醒酒生蛋一杯接一杯，卻拒絕多吃幾口施洛德女士的煎蛋捲。

「要幫你拿點什麼吃的進來嗎，莎莉？」

「不用了，謝謝，克里斯寶貝。我完全不想吃任何東西。我感覺神采奕奕，渾身輕飄飄，彷彿是個聖人什麼的。你不會瞭解這感覺有多美妙……要吃巧克力嗎，親愛的？克勞斯送了我三盒。我再吃就要吐了。」

「謝謝。」

「我想我不可能嫁給他。這會毀了我們倆的職業生涯。你懂嗎，克里斯多福，他太愛我了，老把我留在身邊對他沒有好處。」

「等你們倆都成名了，或許會結婚。」

莎莉想了想。

「不……那會破壞一切的。我們會不停嘗試找回過去的自己，你懂我的意思吧。而我們兩個都

已經不同了……他曾是如此純樸，就像神話中的牧神。他讓我感覺像個仙女，遠離塵囂，住在森林深處。」

克勞斯的第一封信準時抵達。之前我們全都焦急等待著。施洛德女士還特別早把我叫起來，告訴我信來了。或許她怕自己沒機會讀到那封信，想要仰賴我轉述內容。若是如此，她的擔憂毫無根據。莎莉不只把信展示給施洛德女士、麥爾小姐、巴比和我看，甚至在門房的老婆上樓來收租時，當面高聲讀了幾段。

從一開始，這信就在我嘴中留下不快的味道。整封信的語調既自我又有點高高在上。他說他不喜歡倫敦。在那兒感覺寂寞，食物不合胃口，而且片廠的人對他缺乏體貼。他希望莎莉在身邊，她可以在很多方面協助他。不過，既然人在英國了，他會試著好好把握，努力工作，多賺點錢；莎莉也該努力工作。工作可以提振她的精神，免於憂鬱。信的最後是各式各樣表達愛意的用語，用得有點太過流暢自然了。讀著這些，不免讓人感覺：這種東西他寫過許多次了。

然而，莎莉欣喜不已。克勞斯的規勸深深刻在她腦海，她立即打電話給幾家電影公司、一間劇場經紀公司和半打她所謂「生意上」的舊識。沒有什麼具體結論產生倒是真的。但她接下來二十四

個小時仍舊非常樂觀——她告訴我，就連在夢裡都滿是合約跟四位數的支票。「這感覺真是再美妙不過了，克里斯。我知道自己正大步向前，而且將成為全世界最棒的女演員。」

大約是一週後的某天早晨，我走進莎莉的房間，發現她手上握著一封信。我立刻就認出克勞斯的筆跡。

「早安，克里斯寶貝。」

「早安，莎莉。」

「睡得好嗎？」她的語調不自然地明快。

「還好，謝謝。你呢？」

「還過得去……鬼天氣，對吧？」

「是啊。」我走到窗邊往外瞧。的確是。

莎莉故作平常地笑道：「你知道這豬哥去了哪裡，做了什麼嗎？」

「什麼豬哥？」我才不上鉤。

「哎，克里斯！拜託，別那麼呆行不行！」

「很抱歉，今早我的理解力恐怕有點遲鈍。」

「我沒精神解釋了，親愛的。」莎莉揚起信封。「拿去，唸出來好嗎？丟臉就丟到底！唸大聲點，我要聽聽看是什麼樣的聲音。」

「**我親愛的、可憐的孩子**，」信如此開頭。克勞斯稱呼莎莉他親愛可憐的孩子，依他解釋，是因為他害怕接下來要說的話會讓她非常不高興。儘管如此，他仍然非說不可——他必須將自己做出的決定告訴她。請別認為這對他來說很容易，這實際上非常艱難而且痛苦。無論如何，他知道自己是對的。簡單說，他們必須分手。

「我現在明白了，」克勞斯寫道。「我的行為很自私，只替自己著想。但現在我明白自己一定對你產生了壞影響。我親愛的小女孩，你對我太過迷戀了。如果我們繼續在一起，你很快就會失去自己的意志和心靈了。」克勞斯進一步建議莎莉為工作而活。「工作是唯一有意義的事，我自己是這麼發現的。」他很擔心莎莉，希望她不要太過心煩意亂。「你一定要勇敢，莎莉，我可憐的小寶貝。」

就在信的最後，一切都真相大白：

「前幾天晚上我受邀參加克萊恩夫人家的晚宴，她是英國貴族的領袖。我在那兒認識了一位非

常美麗聰慧的年輕英國女孩——歌爾．艾克斯利小姐。她跟一位我不敢直呼名諱的英國侯爵有親戚關係——你大概知道我指的是誰。從那次之後，我們見過兩次面，無所不談，聊得很愉快。我從沒遇過與自己心靈如此相契的女孩——」

「這倒新奇了，」莎莉一聲輕笑，語帶尖酸地插話：「沒想到這孩子竟然還有心靈呢。」

這時施洛德女士打斷了我們。她進來，邊嗅著八卦的味道，邊問莎莉要不要洗個澡。我趁機離去，留下她們倆暢所欲言。

「我沒辦法生傻瓜的氣。」當天稍晚，莎莉在房內來回踱步，猛吸著菸說道：「我只是像個母親般替他感到遺憾。他跪倒在這些女人的裙下，他的工作怎麼辦呢？我真不敢想像。」

她再次轉過身來。

「我想如果他好好勾搭上另一個女人，而且偷偷摸摸好一陣子才跟我說，我會比較在意。但這女孩！什麼嘛，我想她連情婦都稱不上。」

「顯然如此。」我同意。「我說啊，來杯醒酒生蛋吧？」

「你真是太棒了，克里斯！你總是能想到最適切的東西。真希望我能跟你談戀愛。克勞斯連你的小指頭都比不上。」

「我知道他比不上。」

「該死的渾蛋！」莎莉大口吞下辣醬，舔著上唇，高聲說道：「竟然說我迷戀他！……最糟糕的是，還被他說中了！」

那天晚上我走進她的房間，發現她面前擺著紙筆。

「我寫了大概一百萬封信給他，然後全都撕了。」

「這樣不好，莎莉，我們去看電影。」

「你說得對，克里斯寶貝。」莎莉用她小手巾的一角拭著雙眼。「於事無補，對吧？」

「一點用都沒有。」

「現在我最好成為一個偉大的女明星——給他好看！」

「就是這種精神！」

我們去了畢羅街一間小戲院，正在播的電影是關於一個為了偉大的愛情、家庭和孩子，犧牲自己舞台生涯的女孩。我們笑得不可遏抑，以至於得在電影結束前離開。

「我現在感覺好多了。」離開戲院時莎莉說。

「那就好。」

「或許，我終究沒有好好愛過他……你覺得呢？」

「我很難論斷。」

「我常以為自己愛上了一個男人，結果又發現並沒有。但這一次……」莎莉語帶惆悵。「我原本真的感覺很篤定……但現在，不知怎麼地，似乎又有點搞不清楚了……」

「或許你是過於震驚，還沒恢復。」我建言。

莎莉非常喜歡這個想法。「你知道嗎，我想正是如此！克里斯，你真的非常瞭解女人耶！遠勝過我所認識的其他男人……我相信有一天你將會寫出最棒的小說，輕輕鬆鬆賣出數百萬本。」

「多謝你相信我，莎莉！」

「你也相信我嗎，克里斯？」

「我當然相信。」

「你是說真的嗎？」

「嗯……我相信你一定會出人頭地——只是不確定會是在什麼事上……我是說，只要你願意嘗試，有這麼多事情你都能做到，不是嗎？」

「大概吧。」莎莉陷入沉思。「至少，有時候我是這麼覺得……但有時候，我又覺得自己真是

一無是處……為什麼我連讓一個男人忠誠一個月都做不到？」

「喔，莎莉，別又老話重提了！」

「好吧，克里斯——我們不提這些，去喝一杯吧。」

接下來的幾週，莎莉和我幾乎整天膩在一起。她蜷在昏暗大房間內的沙發上，抽菸、喝醒酒生蛋，無止盡地談著未來。天氣好，而且我沒有課要教的時候，我們會散步到維騰堡廣場，坐在長椅上沐浴著陽光，評論來往經過的人。每個人都會瞥莎莉一眼，盯著她淡黃色的貝雷帽，和有如老狗皮膚長癬似的破舊毛皮外套。

「我在想——」她很喜歡這麼說：「如果他們知道我們這兩個老流浪漢，將成為世上最傑出的小說家和最偉大的女演員，不知會做何感想。」

「他們大概會非常驚訝吧。」

「等到我們開著賓士四處逛時，應該回首此時此刻，心想：其實，也不是這麼無趣嘛！」

「如果我們現在就有那台賓士，那就一點都不無趣了。」

我們不斷談論著財富、名聲、莎莉的大合約、我有一天將會寫出的暢銷鉅著。「我想——」莎

莉說：「當個小說家一定很棒。成天醉生夢死、不切實際、不守成規，人們自以為可以佔盡你的便宜，對你為所欲為——然後你坐下來，寫一本關於他們的書，公正地呈現他們全是多麼豬頭，而且大獲成功，還能賺一大筆錢。」

「我想我的問題是，我還不夠醉生夢死……」

「……要是能找到一個真正的有錢人做我的愛人就好了。我想想……一年三千塊就差不多了，還要有一間公寓，一輛像樣的車。現在，為了發財，我願意做任何事。只要有錢，你就能堅持等待一份真正好的合約，用不著什麼提案都撲上去緊咬不放……當然，我會對那男人絕對忠誠——」

莎莉說這些話時非常認真，而且顯然由衷地相信。她處於一種奇特的精神狀態，焦躁不安，時常無緣無故大發雷霆。她不停說要找工作，但一點也沒有花力氣去找。不過，目前為止，她的零用錢還沒有停，而我們過得很簡樸，因為莎莉晚上不再想出門，甚至不想見任何人。有一次，弗里茨來喝茶。稍後我留他們倆獨處，回房寫封信。我復返時弗里茨已離去，而莎莉流著淚。

「那男的真討人厭！」她啜泣。「我討厭他！真想殺了他！」

但過了幾分鐘她又恢復平靜。我照例開始調醒酒生蛋。莎莉蜷曲在沙發上，抽著菸陷入沉思。

「不知道，」她突然說：「我是不是懷孕了。」

「老天爺！」我的杯子差點脫手。「你真覺得懷孕了？」

「我不知道。對我來說很難確定，我太不規律了……我有時候會感覺噁心。八成是因為吃了什麼……」

「去看看醫生不是比較好嗎？」

「喔，我想是吧。」莎莉無精打采地打著呵欠。「沒什麼好急的。」

「當然急！你明天就去看醫生！」

「聽著，克里斯，你以為你是誰啊，這樣發號施令？早知道我就什麼都不說了！」莎莉的淚水又要奪眶而出。

「好吧！好吧！」我急忙想安撫她。「你想怎樣就怎樣。不關我的事。」

「抱歉，親愛的，我不是故意要發脾氣。我明早會再看看感覺如何。或許終究還是會去看醫生的。」

不過她當然沒有去。隔天，她確實有生氣多了。「我們今晚出門吧，克里斯。我受夠這個房間了。我們去見識點真正的生活！」

「好主意，莎莉。你想去哪邊？」

「我們去三頭馬車找那個大白癡巴比聊聊吧。或許他會請我們喝一杯——誰知道哩！」

巴比並沒有請我們喝酒，但這仍是一個好提議，因為我們就是在三頭馬車的吧檯跟克萊夫攀談了起來。

從那一刻開始，我們幾乎跟他形影不離：不是分別跟他在一起，就是三人同行。我一次也沒見他清醒過。克萊夫說他早餐前會喝半瓶威士忌，而我沒有理由不信。他常跟我們解釋為何喝那麼多——是因為他很不快樂。至於他為何那麼不快樂，我從不知道，因為莎莉老是插嘴說該出去了，或該去下一個地方了，或要來根菸，或再來杯威士忌。她威士忌喝得幾乎跟克萊夫一樣兇。她似乎從沒因此真正醉過，但她的雙眼有時會變得很不堪，彷彿被煮過一樣。她臉上的妝似乎一天比一天厚了。

克萊夫是個很高大的男人，有古羅馬式的英俊臉龐，正要開始發福。他身上帶有那種悲傷、美國式的朦朧氣質，而這一向很迷人——在一個如此有錢的人身上更是加倍迷人。他神秘、多愁、帶點茫然：模模糊糊渴望著縱情享樂，卻不知道該怎麼著手。他似乎從來不確定自己是否真的對某件事樂在其中，我們在做的事又是否真的有趣。必須有人再三向他保證。這東西是真的嗎？這真的是

最高潮了嗎？真的？沒錯，沒錯，當然是——太美妙了！太棒了！哈、哈、哈！他會如在學男孩般大笑，笑聲迴響，然後變得有點不自然，最後在語氣茫然的疑問中戛然而止。若沒有我們扶持，他一步也不敢多踏。不過，儘管他需要我們，我有時似乎仍會隱隱察覺一絲嘲弄從他臉上一閃而逝。他到底怎麼看待我們的？

每天早上，克萊夫會派一輛租來的車，接我們到他住的旅館。司機總是帶著一束美麗的鮮花，是在菩提樹大道上最貴的花店訂購的。有天早上，我有課要教，便跟莎莉約好晚點再跟他們會合。抵達旅館的時候，我發現克萊夫和莎莉早已離開，飛到德勒斯登去了。克萊夫留了字條，忙不迭地道歉，並請我一個人到旅館餐廳吃午餐，算他的賬。但我沒去。我怕看到領班那眼神。晚上，克萊夫和莎莉返回，克萊夫還帶了禮物給我：一包六件絲質襯衫。「他本想送你黃金菸盒。」莎莉在我耳邊悄聲說：「但我跟他說襯衫比較好。你的襯衫都快差不多了……況且，我們目前得慢慢來。可別讓他認為我們是淘金客……」

我滿懷感激地收下了。不然還能怎麼辦？克萊夫徹底腐化了我們。據知他將提供資金幫助莎莉的演藝生涯起飛。他常提到這事，口氣一派輕鬆，彷彿這只是朋友間舉手之勞的小事，不勞費心。但每每一觸及這話題，他的注意力似乎就又飄走了——他的思緒就跟孩童一樣容易分散。我看得出

來，有時莎莉得非常努力掩飾自己的不耐。「讓我們獨處一下，親愛的。」她會低聲跟我說：「克萊夫跟我要談公事。」但不管莎莉多有技巧地要導入正題，從來沒有真的成功。當我半小時後重新加入他們，會發現克萊夫正笑著啜飲威士忌；而莎莉也在笑，好隱藏她的熊熊怒火。

「我愛死他了。」每當我們獨處時，莎莉就會一而再、再而三，非常嚴肅地跟我說。莎莉熱切渴望要如此相信。這就像一個新出土的宗教信條：莎莉熱愛克萊夫。愛一個百萬富翁是很嚴肅的志業。那種修女臉上如癡如醉的誇張神情，開始越來越頻繁地顯露在莎莉的面容上。也的確，當克萊夫帶著他迷人的茫然，拿出一張二十馬克鈔票，交給一個明目張膽的職業乞丐時，我們會互相交換由衷敬畏的眼神。白白糟蹋這麼一大筆錢對我們的衝擊有如天啟，恍如神蹟。

某天下午，克萊夫似乎比平常更接近清醒狀態。他開始做計劃：幾天後我們三人將一同離開柏林，永不回來。東方特快車會帶我們到雅典；再從那裡飛往埃及；從埃及到馬賽；從馬賽搭船到南美洲；然後是大溪地、新加坡、日本。克萊夫唸著這些地名，就像在唸萬湖鐵路沿線的車站一般。不用說，他全都去過了。這些地方他全都很熟悉。他百無聊賴的平淡口吻逐漸為這荒謬的談話注入了現實感。畢竟，他是真做得到。我開始認真相信他不是鬧著玩的。他只要動動些許財富，就能全

盤改變我們的人生。

我們會變成什麼樣子呢？一旦啟程，就沒有回頭路了。我們將永遠離不開他。莎莉呢，當然會嫁給他。而我則會處在一個模稜兩可的位置：某種沒有職責的私人秘書。閃過眼前的畫面中，我看到十年後的自己，身著法蘭絨褲和黑白皮鞋，下巴多了幾層肉，兩眼有點無神，在加州一間旅館的酒吧裡為自己斟酒。

「快來瞧一眼喪禮。」克萊夫說。

「什麼喪禮，寶貝？」莎莉耐心地問。這樣轉移話題還是頭一遭。

「什麼，你們沒發現！」克萊夫笑了。「這真是最講究的喪禮了。過去一個小時不斷有送葬隊伍從樓下經過。」

我們三人都來到克萊夫房間的陽台上。的確，樓下街道擠滿了人，正在替赫曼・穆勒（Hermann Müller）送葬。成列臉色蒼白肅穆的職員、政府官員、工會幹事——整個單調乏味的普魯士社會民主大隊——從他們的橫幅標語下魚貫而過，朝著布蘭登堡門若隱若現的懸拱而去，其上有黑色長幡在傍晚的微風中緩緩曳動。

「嘿，這傢伙到底是什麼來頭啊？」克萊夫俯瞰著下方問道。「我猜肯定是個大人物。」

「天曉得。」莎莉打著呵欠回答。「瞧，克萊夫寶貝，這夕陽可真美，不是嗎？」

她說得沒錯。下面那些德國人，或是遊行隊伍，或是棺材裡的死人，或是橫幅上的標語，都跟我們毫不相干。我心想，幾天後，我們將跟世上百分之九十九的人，跟那些努力維生、穩定度日，為子女的未來焦慮不已的男男女女們，失去所有聯繫跟關係了。或許在中古世紀，當人們相信自己已經將靈魂賣給惡魔時，也會有這種感覺。這是一種奇特、振奮、並不惱人的刺激感；但同時，我也感到有些害怕。我對自己說，好呀，我終於走到這一步了。我迷失了。

隔天早上，我們循平常時間來到旅館。不過，我感覺門房看著我們的眼神有點古怪。

「請問您找哪位，女士？」

這問題聽起來太離奇，惹得我們都笑了。

「當然是三六五號房呀。」莎莉回答。「不然你以為是找誰？你到現在還不認得我們嗎？」

「恐怕您得請回了，女士。三六五號房的先生今天一大早就離開了。」

「離開？你是說他今天不在？這可奇了！他什麼時候回來？」

「他沒提過要回來，女士。他前往布達佩斯去了。」

正當我們站在那兒瞪著他看時，一名服務生拿著紙條迅速跑來。

「親愛的莎莉和克里斯——」上面寫道：「我沒辦法在這鬼城市再待下去，所以先閃了。望來日再會，克萊夫。」

「（這些是以防我忘了什麼）」

信封裡有三百馬克的鈔票。這些錢、凋謝的花、莎莉的四雙鞋和兩頂帽子（德勒斯登買的）、還有我的六件襯衫，這些就是我們從克萊夫身上刮到的全部資產。莎莉起初非常憤怒，但後來我們倆都笑了起來。

「克里斯，看來我們做淘金客不怎麼在行嘛，是吧，寶貝？」

我們花了將近一整天，討論克萊夫的不告而別是不是預謀的詭計。我傾向認為不是。我猜想他大概都用同樣的方式從每個新城鎮、每夥新朋友中離去。我同情他，非常同情。

接下來的問題是，該怎麼處理這筆錢。莎莉決定留下兩百五十馬克買些新衣服，剩下的五十馬克當晚就花光光。

但揮霍五十馬克並沒有我們想像中有趣。莎莉感到不適，沒辦法盡情享用我們點的美味晚餐。我們倆都很鬱悶。

「你知道嗎，克里斯，我開始覺得男人終究都會離開我。我越去想，越想起那些離我而去的男人。好恐怖，真的。」

「我永遠不會離開你，莎莉。」

「你不會嗎，寶貝？……但說真的，我相信我是某種『夢想中的女人』，你懂吧。我是那種可以讓男人拋妻棄子的女人，但我沒辦法長久保有任何人。因為我是那種每個男人在想像中渴望的類型，但得到了我之後，才發現其實他並非真的渴望。」

「但你寧可如此，也不要做心地善良的醜小鴨吧？」

「……想到我對克萊夫的態度，我就想踢自己一腳。我真不該那樣拿錢的事去騷擾他。我猜他一定覺得我只是個普通的小賤人，跟其他人沒兩樣。但我是真的愛他——某種程度上……如果我嫁給他，我會讓他成為真正的男人。我會讓他戒酒。」

「你還真是他的好榜樣。」

我們都笑了。

「那老豬頭至少可以留張像樣的支票給我啊。」

「算了，親愛的。金龜婿多得是。」

「我不在乎。」莎莉說：「我厭倦當個妓女了。我絕對不再正眼看有錢的男人。」

第二天早上，莎莉感覺很不舒服。我們都歸咎於昨晚的酒。她整個早晨都待在床上，後來從床上起身時還昏倒了。我要她立刻去看醫生，但她不肯。午茶時分，她又昏倒了，臉色奇差無比，於是施洛德女士和我未徵求她同意就請了醫生來。

醫生來後待了很長一段時間。施洛德女士和我坐在客廳，等著他的診斷。但出乎我們意料，他突然急急忙忙離開了公寓，連到客廳跟我們道聲午安都沒有。我立刻進了莎莉的房間。莎莉端坐在床上，臉上掛著有點僵硬的微笑。

「克里斯多福寶貝，我成了天字第一號大傻瓜了。」

「什麼意思？」

莎莉試著擠出笑容。

「他說我要生孩子了。」

「我的老天爺！」

「別這麼驚慌，寶貝！我多少也猜到會有這種事。」

「我猜是克勞斯的吧？」

「對。」

「你打算怎麼辦？」

「當然不會生下來囉。」莎莉伸手拿菸。我呆坐盯著腳下的鞋。

「醫生會不會……」

「不，他不會。我直截了當問他，他嚇壞了。我說：『親愛的老兄，要是生下這不幸的孩子，你覺得他會怎麼樣？我看起來像是個好母親嗎？』」

「然後他怎麼說？」

「他似乎覺得根本想都不用想。他唯一在乎的是自己的職業聲譽。」

「既然如此，我們就得找個沒有職業聲譽的了。」

「我覺得——」莎莉說：「我們最好問問施洛德女士。」

於是我們去找施洛德女士商量。她應對得很好：受到驚嚇，但極其實際。沒錯，她有管道。一個朋友的朋友的朋友曾碰過這種難題。幫忙的是完全合格的醫生，確實非常聰明。唯一的問題是，可能所費不貲。

「謝天謝地。」莎莉插話。「幸好我們沒有把那豬頭克萊夫的錢都花完！」

「我得說，我覺得克勞斯應該——」

「聽好，克里斯，我只說這麼一次：如果我發現你為這事寫信給克勞斯，我永遠不會原諒你，也永遠不會再跟你說話！」

「好吧……我不會的。只是建議一下而已。」

我不喜歡那醫生。他不斷又摸又捏莎莉的手臂，撫弄著她的手。然而，他似乎是這工作的不二人選。等到一有空床，就會安排莎莉住進他的私人療養院。一切都光明正大，符合規定。短小精悍的醫生用幾句冠冕堂皇的話，就把那最後一絲犯法的罪惡感驅散一空。他解釋道，依莎莉的健康狀態，不可能承受分娩的風險：這會有診斷證明作為依據。不用說，開立證明需要花一大筆錢。療養院和手術本身亦是。醫生要求兩百五十馬克的現金，收到錢才會著手安排一切事宜。最後，我們殺價到兩百。莎莉稍後跟我解釋，她需要剩下的五十塊來買幾件新睡袍。

終於，春天降臨。咖啡店在人行道上鋪搭起木頭平台，滾著彩虹輪子的冰淇淋車也開張了。我們駕著敞篷出租車前往療養院。因為天氣美好，莎莉比過去幾週所見都要有精神。但施洛德女士則

不然，雖然想強作笑顏，淚水仍在她眼眶打轉。「醫生該不會是個猶太人吧？」麥爾小姐嚴厲地問我。「你可別讓那些下流的猶太人碰她。他們成天就想做這種工作，那些禽獸！」

莎莉有個好房間，明亮乾淨，還有陽台。我晚上再次去探望。她沒化妝躺在床上，看上去年輕了幾歲，像個小女孩。

「哈囉，親愛的……你瞧，他們還沒殺死我。但他們已經盡力……這地方可真有趣，不是嗎？……真希望克勞斯那隻豬可以看看……這就是跟他心靈不相契的結果……」

她的情緒有點激動，笑個不停。一名護士進來了一下子，彷彿在找什麼，又馬上出去了。

「她很想偷偷瞄你一眼。」莎莉解釋：「因為我跟她說你是孩子的父親。你不會介意吧，親愛的……」

「一點也不，這是我的榮幸。」

「這樣事情就單純多了。不然，要是沒有男人，他們會覺得很奇怪。我不喜歡被當作遭人背叛的可憐女孩，被愛人拋棄，被人輕視和憐憫。這不怎麼特別值得高興，對吧？於是我跟她說我們極為相愛，卻也極為拮据，所以我們負擔不起婚禮，只能夢想著有一天當我們都成名致富了，將要組織一個十人大家庭，就為了彌補這一個孩子。那護士感動得要命，可憐的女孩。事實上，她都落淚

了。今晚她值班的時候，還要拿她男人的照片給我看。很貼心吧？」

隔天，施洛德女士和我一同到療養院探望。我們發現莎莉平躺在床上，床單直拉到下巴。

「哈囉，兩位！請坐吧。幾點了？」她在床上不自在地轉過身，揉了揉眼睛：「這些花是哪裡來的？」

「我們帶來的。」

「你們真好！」莎莉茫然地笑著。「抱歉今天一副蠢樣……都是該死的麻醉劑害的……我腦袋裡全是這些。」

我們只待了幾分鐘。回家的路上，施洛德女士非常難過。「你相信嗎，伊希烏先生，我簡直像是看到自己親生女兒受苦一樣傷心？唉，看見那可憐的孩子這樣受折磨，我寧願自己代替她躺在那兒——我說真的！」

隔天，莎莉好多了。我們全都去探望她：施洛德女士、麥爾小姐、巴比及弗里茨。當然，弗里茨完全不知道真正發生了什麼事。他只知莎莉因為內部潰瘍動了個小手術。就像所有不知情的人一

樣，他無意卻又無巧不巧地提到各種敏感字眼，包括送子鳥、醋栗叢*、嬰兒車和關於小孩的種種；甚至還轉述了一樁最近流傳的醜聞：據說柏林上流社會某位知名淑女，最近暗中動了非法的手術。莎莉和我互相避開彼此的眼神。

隔天晚上，我最後一次去療養院探視。她清晨就要出院了。她單獨一人，我們一起坐在陽台。她現在似乎好多了，已經可以在房裡走來走去。

「我跟護士說，除了你，我今天誰都不想見。」莎莉懶洋洋地打著呵欠。「一堆人讓我感覺好疲累。」

「我是不是也離開比較好？」

「喔，不。」莎莉說，語氣並不怎麼熱忱。「你一走，就會有護士跑進來東拉西扯，要是我沒有活活潑潑、興高采烈地陪她聊，他們就會說我得在這鬼地方多待幾天，這我可受不了。」

她悶悶不樂地凝望著安靜的街道。

＊醋栗叢在西方過去有女性陰毛的隱喻，後來成為一種慣用語，在孩子問自己從哪裡來時，會回答從醋栗叢下抱回來的。

「你知道嗎，克里斯，某方面而言，我真希望有留下那孩子……有個孩子應該會是相當美妙的事。過去一兩天，我有點體會到做個母親是什麼樣的感覺了。你知道嗎，昨晚，我獨自一人坐在這裡很長一段時間，懷裡抱著這個墊子，想像這是我的寶貝。而我感覺到一種極其不可思議的與世隔絕感。我想像著他如何成長，我又如何努力工作養他。每晚我哄他睡覺，然後出門跟齷齪的老男人做愛，賺錢買食物跟衣服給他……克里斯，你儘管笑沒關係……我是說真的！」

「那你何不去結婚生一個？」

「我不知道……我感覺好像對男人失去了信心。我就是完全不喜歡他們了……就連你，克里斯多福，如果你現在跑到街上被計程車撞死……當然，我在某種程度上會覺得遺憾，但其實一點也不會在乎。」

「謝謝你了，莎莉。」

我們都笑了。

「當然，我不是說真的，寶貝——至少不是針對你。現在這種情況，我說什麼你都別介意。我腦袋裡裝滿了各種瘋狂的想法。有了孩子會讓你變得極端原始，像是某種野生動物之類的，只想保護幼小。唯一的問題是，我沒有幼小可以保護……我想這是我現在對每個人都那麼暴躁的原因。」

或許部分起因於這段談話，讓我在那一晚決定取消所有的授課，盡快離開柏林，到波羅的海沿岸找個地方，開始嘗試工作。聖誕節之後，我就連一個字都沒寫過。

當我告訴莎莉這個想法，感覺她倒是有點鬆了口氣。我們倆都需要改變。我們模稜兩可地談到她之後要來找我。但就算在當時，我也感覺她不會來。她的計劃很不明確。說之後可能會去巴黎，或去阿爾卑斯山，或去南法——如果她能弄得到錢的話。「但或許呢——」她補充道：「我會繼續待在這裡。我應該會相當快樂。我似乎有點習慣這地方了。」

接近七月中旬，我回到了柏林。

這段期間我都沒有莎莉的消息，只有在最初離開的頭一個月，我們互寄了半打明信片。所以當我發現她搬離了我們的公寓，並不特別感到意外。

「當然，我相當能理解她為什麼要走。我沒辦法按照她的期望，提供夠舒適的環境，而這是她的權利。尤其是我們的浴室連自來水都沒有。」可憐的施洛德女士淚水盈眶。「但我依然感到非常失望……鮑爾斯小姐表現得很有風度，我沒得抱怨。她堅持付整個七月的房租。當然，我絕對有權

利拿這筆錢，因為她二十一號才通知說要搬——但我一句話也沒提……她是這麼迷人的一位年輕小姐——」

「你有她的地址嗎？」

「喔，有的，還有電話號碼。不用說你肯定會打給她吧。見到你她一定會很高興……其他男士來來去去，但只有你才是她真正的朋友，伊希烏先生。你知道嗎，我過去一直希望你們倆會結婚。你們肯定會是天作之合。你對她一直都有一種良好而穩定的影響，而她也會在你太投入寫作和研究時，逗你開心……沒關係，伊希烏先生，你儘管笑，但這事沒人說得準！或許現在還不算太遲！」

隔天一早，施洛德女士極其激動地搖醒我。

「伊希烏先生，真想不到啊！達姆施塔特國家銀行倒了！會有幾千人毀於一旦啊，毫無疑問！送牛奶的說兩週後就會發生內戰！可真是不得了！」

我一換好衣服，就下樓到大街上。的確，諾倫多夫廣場一角的分行外聚集了一群人，許多背著皮包的男人和提著束口袋的女人——那些女人就跟施洛德女士沒兩樣。銀行窗戶已經拉下鐵欄杆。多數人只是專注又有點愚蠢地盯著上鎖的大門。門上貼了張小告示，是用漂亮的歌德體印刷，像是

從經典著作上撕下來的一頁。上面寫道帝國總統已經做出存款保證，市場穩定無虞。只是，銀行不會開門了。

一個小男孩在人群中玩著鐵環。鐵環滾到一個女人腳邊，她隨即對著男孩怒吼：「死小鬼！你在這裡搞什麼啊！」另一名女子也加入攻擊這受驚的男孩。「滾開！你懂嗎？你又不懂。」又有一人極度挖苦地問：「怎麼，你在銀行裡也有存款嗎？」男孩在她們暗地裡蠢蠢欲動的怒火前逃之夭夭。

下午非常炎熱。晚報刊登了與新危機相關的政令細節——簡潔、官腔官調。驚悚的標題斗大地掛在刊頭，還用血紅色墨水畫了線：「全面崩潰！」一名納粹記者提醒他的讀者們，明天七月十四日是法國的國慶日；而看到德國的落魄，法國人今年絕對會慶祝得更加歡欣鼓舞。我走進一間服裝店，花十二馬克半買了兩條法蘭絨長褲——略表來自英國的支持。接著便搭上地鐵去拜訪莎莉。

她住在一個滿是三房公寓的街區。那裡的規劃類似一個藝術村，距拜騰巴赫廣場不遠。我按了門鈴，是她親自開的門。

「哈囉，克里斯，你這老豬哥！」

「哈囉，莎莉寶貝！」

「你好嗎？……小心點，親愛的，你會弄髒我。我幾分鐘後就要出門了。」

我從沒見過她一身白。很適合她。但她的臉看起來瘦了、老了。她剪了新髮型，呈現美麗的波浪。

「你真是漂亮。」我說。

「是嗎？」她露出那得意、迷人、羞澀的笑容。我跟著她進入客廳。有一面牆完全是玻璃窗。房內有些桃紅色的木製家具，一張非常矮的長沙發椅上擺了幾個俗豔的帶穗靠墊。一隻毛茸茸的白色迷你犬不斷蹦蹦跳跳吠叫著。莎莉抱起牠作勢要親，不過嘴唇沒真的碰觸。

「佛雷迪，親親寶貝，你真可愛！」

「你的？」我問，同時注意到她的德語發音大有進步。

「不是，是蓋兒達的，跟我分租公寓的女孩。」

「你跟她認識很久了嗎？」

「只認識一兩個禮拜。」

「她是什麼樣的人？」

「還不差。小氣鬼一個。幾乎所有的開銷都得由我支付。」

「這裡很不錯。」

「你這麼認為？是啊，我想是還可以。總比諾倫多夫街的那個豬圈好。」

「你為何要搬走？跟施洛德女士起了爭執嗎？」

「其實沒有，我只是厭倦了聽她說話。她說得我頭都快炸了。真是很討厭的一個人。」

「她倒是很喜歡你。」

莎莉聳了聳肩，動作裡帶著些許不耐與倦怠。打從談話一開始，我發現她始終刻意避開我的眼睛。接著是一段漫長的沉默。我感覺困惑和隱隱的尷尬，開始盤算著何時能找個藉口離開。

然後電話響了。莎莉打個呵欠，將話機拉過來擱在大腿上。

「哈囉，哪位？對，我是……不……不……我真的不知道……我說真的！要我猜？」她皺起鼻頭。「是爾文嗎？不是？保羅？不是？等等……讓我想想……」

「噢，親愛的，我非走不可了！」終於，莎莉放下話筒，大聲說道：「我已經遲到快兩個小時了！」

「交了新男友？」

但莎莉對我的笑容視而不見。她點起一根菸，臉上閃過一絲不悅。

「我得去見一個公事上的男人。」她簡短地說。

「那我們何時再見面？」

「得再看看，寶貝……目前手邊的事情好多……我明天要去鄉下一整天，或許還包括後天……我再跟你聯絡……也許我很快要去法蘭克福了。」

「你在那邊有工作了？」

「不，並沒有。」莎莉輕描淡寫地避開這話題。「總之，我決定秋天前都不嘗試電影相關的工作了。我要徹底休息一陣子。」

「你似乎交了很多新朋友。」

莎莉的態度再次轉為曖昧，刻意避重就輕。

「我想是吧……大概是在施洛德女士那兒住了那麼多個月之後的反彈。在那兒我連個鬼影都不認識。」

「這樣的話——」我忍不住露出不懷好意的笑。「希望你的新朋友中沒人將錢存在達姆施塔特國家銀行。」

「為什麼？」這立刻引起她的興趣。「出了什麼事？」

少。

「你真的完全沒聽說？」

「當然沒有。我從不看報紙，而我今天也還沒出門。」

我告訴她銀行危機的新聞。聽完之後，她臉色相當驚恐。

「你怎麼不早點告訴我？或許事關重大啊。」她不耐地高聲說。

「真抱歉，莎莉。我以為你理當早就知道了……尤其你近來似乎遊走於金融圈——」

但她沒理會這小小的挖苦，反倒皺著眉、陷入沉思。

「如果很嚴重，里歐應該早就打來通知我了……」她最後喃喃自語道。這想法顯然讓她安心不少。

我們一同出門走到街角，莎莉招了一輛計程車。

「住得這麼偏遠真是麻煩。」她說：「看來我得趕緊弄輛車來。」

「對了——」我們正要告別時她補了一句：「呂根島怎麼樣？」

「我天天游泳。」

「好吧。掰掰，親愛的，改天見囉。」

「再見，莎莉。玩得愉快。」

過了差不多一星期，莎莉打電話給我。

「你現在能過來嗎，克里斯？我有很重要的事。想請你幫個忙。」

這一次，莎莉同樣獨自一人在公寓裡。

「你想賺點錢嗎，親愛的？」她如此迎接我。

「當然。」

「好極了！是這樣的……」她穿了件毛茸茸的粉紅色袍子，整個人包得緊緊的，一副快要喘不過氣來的樣子：「我認識一個男人，他想要辦份雜誌。這雜誌將走高質感的文化藝術路線，會有很多了不起的現代攝影啦、墨水瓶啦、上下顛倒的女孩頭啦，你也知道這一類的東西……重點是，每一期都將挑出一個特定國家，做點分析評論，登幾篇介紹該國風俗習慣的文章，諸如此類……而他們頭一個選定的國家就是英格蘭，而且還請我寫一篇關於英國女孩的文章……當然，要寫什麼我是一點概念都沒有，所以我的想法是：你可以用我的名義寫這篇文章，錢就歸你——我只要別讓編雜誌的人失望就好了，因為他之後對我或許會非常有用……」

「好吧，我試試看。」

「太棒了！」

「你希望什麼時候寫完？」

「這個嘛，親愛的，這正是問題所在。我馬上就要……不然就沒意義了，因為我四天前就答應要交，今晚非交不可了……不需要很長，五百字左右就行了。」

「好吧，我盡力……」

「太好了……想坐哪邊隨你高興。這裡有些報紙。你有筆嗎？對了，這裡有本字典，以防你有什麼字不會拼……那我先去洗個澡。」

四十五分鐘後，莎莉換好裝走進來時，我已經寫好了。老實說，我對成果還頗為自得。

她仔細地從頭讀到尾，描繪漂亮的眉毛間，皺紋慢慢積聚。讀完後，她嘆了口氣，放下稿子。

「抱歉，克里斯，這完全不行。」

「不行？」我真不敢相信自己的耳朵。

「當然，我敢說從文學的角度來看非常好……」

「那麼問題在哪裡？」

「就是不夠有力。」莎莉相當篤定。「完全不是這人要的東西。」

我聳了聳肩。「很抱歉，莎莉，我盡力了。但新聞寫作真不是我的本行。」

一陣隱伏著怨氣的沉默。我的虛榮心被激怒了。

「老天爺，我知道可以開口找誰幫忙了！」莎莉突然跳起來，高聲說道：「我之前怎麼就沒想到他呢？」她抓起電話開始撥號。「喂，哈囉，寇特寶貝……」

她在三分鐘內解釋完文章的事，將話筒放回機座上，得意洋洋地宣布：「真是太好了！他馬上就寫……」她特意停頓，然後補充道：「那是寇特・羅森陶。」

「他是誰？」

「你沒聽說過他？」這惹惱了莎莉。她假裝極度驚訝地說：「我還以為你對電影很有興趣？他是最頂尖的年輕編劇。賺了一大堆錢。當然，他完全是友情相助……他說會趁刮鬍子的時候口述給秘書，然後直接送到編輯的住處……他人真是太好了！」

「你確定這次會是編輯想要的東西？」

「當然囉！寇特是個天才。他無所不能。現在呢，他正利用空閒時間寫小說。他忙得要死，只能邊吃早餐邊口述。他幾天前拿了頭幾章給我看。說老實話，那肯定是我讀過最棒的小說。」

「是喔？」

「這正是我欣賞的那種作家，」莎莉繼續說，同時小心地避開我的眼睛。「他非常有野心，無時無刻不在工作，而且什麼都能寫——什麼都行：電影、小說、戲劇、詩、廣告……一點也不會覺得有損自尊。不像那些年輕人，只因為寫了一本書，就開始高談闊論起藝術，想像自己是全世界最厲害的作家……他們讓我想吐……」

儘管對她怒火中燒，我還是忍不住要笑。

「你何時變得對我這麼不以為然了，莎莉？」

「我不是針對你，」但她不敢直視我的臉。「不完全是。」

「我只讓你覺得噁心？」

「我不知道……你似乎變了，某些地方……」

「我哪裡變了？」

「很難解釋……你似乎缺乏想要得到什麼的衝勁或渴望。你太半吊子了。這很討人厭。」

「真抱歉囉。」但我故作滑稽的語氣聽起來有點不自然。莎莉皺著眉低頭望著她小巧的黑鞋。

「你得記住我是個女人，克里斯多福。所有女人都希望男人強悍、有主見、有事業心。女人想要像母親般照顧男人，保護他脆弱的那一面，但他也得要有強悍的一面，能讓她尊敬……如果你真

的在乎一個女人，我建議你別讓她發現你沒有企圖心，不然她會看不起你。」

「我明白了……而這就是你選擇朋友的準則——你的那些新朋友？」

聽到這話她火冒三丈。

「你大可譏笑我的朋友太有生意頭腦。但就算他們有錢，也是他們努力賺來的……我猜你自認比他們好？」

「沒錯，莎莉，既然你問了——如果他們跟我想像的一樣——我的確是這麼認為。」

「看吧，克里斯多福！你就是這樣。這就是你讓我討厭的地方：你自傲又懶惰。如果敢說這種話，你就要能夠證明給大家看。」

「要怎麼證明一個人比另一個人好？況且，我的意思也不是這樣。我說的『好』——這純粹是品位問題。」

莎莉沒有回應。她點起一根菸，微微蹙額。

「你說我好像變了，」我繼續說：「說老實話，我對你也有同樣的感覺。」

莎莉似乎不覺訝異。「是嗎，克里斯多福？或許你是對的，我不知道……又或許我們兩個都沒變。或許我們只是見到彼此真實的一面。我們在很多方面都相差甚遠。」

「是啊，我注意到了。」

「我想……」莎莉若有所思地抽著菸，雙眼盯著鞋子說：「可能我們兩個都成熟了一點。」

「或許吧……」我微笑，莎莉的意思再清楚不過了。「無論如何，我們都不需要為此爭吵，對吧？」

「當然不用，親愛的。」

一陣沉默。然後我說我得走了。我們倆現在都有點尷尬，因此格外有禮。

「你確定不來杯咖啡？」

「不了，非常感謝。」

「那來點茶？非常好喝，是我收到的禮物。」

「不用了，莎莉，真的很感謝。我真的得走了。」

「非走不可？」她聽起來倒是略略鬆了口氣。「有空務必打個電話給我，好嗎？」

「好的，一定。」

直到我確實離開那屋子，在街上快步前行時，我才發現自己有多麼憤怒與羞愧。我心想，她可

真是十足的小賤貨。我對自己說，畢竟我一直心知肚明她是什麼樣的人——打從一開始就知道了。不，這不是事實：我並不知道。我是自作多情——何不坦白點？——以為她喜歡我。看來我錯了。可是我能怪她嗎？但我的確怪她，我對她滿腔怒火。此時此刻，若能看到她被狠狠鞭打一頓，將會是我最痛快的事。我是如此莫名其妙地氣憤，讓我甚至開始懷疑，一直以來，我是否以自己獨特的方式，在愛著莎莉。

但並不是，那也不是愛——是更差勁的東西。是最廉價、最幼稚的一種虛榮心受損。我一點也不在乎她對我文章的看法——好吧，或許有一點，但只有那麼一點；我文學上的自負是她說什麼都無法動搖的——我在乎的是她對我這個人的批評。女性那種讓男性自慚形穢的可怕天賦啊！就算告訴自己莎莉只有十二歲小女孩的辭彙和心智，所作所為都荒謬可笑，也沒有用，完全沒用——我只知道自己莫名地感覺是個偽君子。反正我本來不就多少是個偽君子嗎？雖然不是因為她那些荒謬的理由，而是因為那些對著家教女學生附庸風雅的高談闊論，以及新近採取的溫和社會主義立場。沒錯，我的確是。但她對這些一無所知。我大可相當輕易地打動她。這正是整件事最丟臉的部分：我從一開始就搞砸了我們的重逢。我臉紅、嘔氣，而非風度翩翩、志得意滿、高高在上、寬容大度、成熟穩重。我嘗試跟她野蠻的小寇特在他的地盤競爭；當然，這正是莎莉希望也預期我會做的事！

經過了這麼多個月之後，我犯下了一個真正致命的錯誤——讓她看見我不只是無能，更且善妒。沒錯，就跟一般人一樣善妒。我真該踹自己一腳。光想到就讓我從頭到腳羞得無地自容。

大錯已鑄成，現在只有一件事能做，就是忘掉這整件事。當然要再跟莎莉見面也不太可能了。

事過後十天左右，有天早上，一名矮小、蒼白的黑髮年輕男子來拜訪我。他說著一口流利、帶點外國腔的美語。他說他名叫喬治．山德斯，在報紙上見過我登的英語教學廣告。

「你想什麼時候開始？」我問他。

但年輕人趕緊搖了搖頭。不好，他根本不是來上課的。雖然有點失望，我還是禮貌地等他解釋來訪的原因。他似乎一點也不急於解釋，反而接過香菸，坐下開始閒聊起美國的事。我去過芝加哥嗎？沒有？那我聽說過詹姆斯．蕭博嗎？也沒有？年輕人微微嘆了口氣。感覺得到他對我，甚至對全世界都充滿了耐心。他顯然跟很多人進行過類似的談話了。他解釋，詹姆斯．蕭博是芝加哥的大人物：擁有連鎖餐廳和數家電影院。他有兩棟大型鄉間別墅，在密西根湖上還有艘遊艇。而且他擁有的車不少於四輛。這時候，我開始用手指咚咚地敲擊桌面。年輕人臉上閃過痛苦的神情。他為佔用我寶貴的時間致歉，說之所以會提起蕭博先生，只因為覺得我可能會感興趣——口氣裡隱含溫和

的不滿——也因為如果我認識蕭博先生，就知道他肯定會擔保他朋友山德斯的人格。然而……這也沒辦法……只是，我能借他兩百馬克嗎？他需要這筆錢來為一門生意起頭。這是千載難逢的機會，如果明早之前沒湊到錢，他將完全錯失這機會。他三天內就會還錢。如果我現在就給他錢，他當天傍晚就會帶著文件來證明整件事並非子虛烏有。

不行？噢，好吧……他並沒有大驚小怪，立即起身要走，就像個生意人，剛浪費了寶貴的二十分鐘在一個潛在客戶身上。他設法禮貌地暗示：這是我的損失，不是他的。走到門邊，他駐足了一會兒——我會不會碰巧認識什麼電影女明星呢？作為副業，他正巡迴推廣一種新面霜，是專門為防止皮膚在鎂光燈下過於乾燥而研發。所有好萊塢明星都已採用，但在歐洲仍不為人知。他希望能找到半打女明星親身使用並推薦，也會提供她們免費試用品和永久半價的優惠。

稍作猶豫之後，我給了他莎莉的地址。我不太清楚為何這麼做。當然，部分是因為想擺脫這位年輕人——他原本一副要重新坐下續談的樣子。另一部分呢，或許是出於怨恨。忍受他喋喋不休一兩個小時，對莎莉不會造成什麼傷害。她說過喜歡有企圖心的男人。說不定她還能得到一罐免費的面霜——如果這玩意兒果真存在的話。而他若是提起那兩百馬克……嗯，那大概也不要緊，他連個小嬰孩都騙不了。

「但不管怎樣，」我警告他。「別說是我介紹的。」

他帶著微笑，一口答應。對於我的要求，他肯定自有一番解釋，因為他沒有顯露一點覺得奇怪的樣子。他禮貌地揚了揚帽子，走下樓。隔天早上，我已經完全忘了這回事。

幾天後，莎莉親自打電話給我。我上課上到一半被叫出去接電話，滿心不快。

「喂，是你嗎，克里斯多福寶貝？」

「我是。」

「是這樣的，你能馬上到我這兒來一趟嗎？」

「不行。」

「噢……」我的拒絕顯然讓莎莉吃了一驚。沉默半晌之後，她繼續以不同尋常的謙卑語氣說：

「我猜你一定很忙碌吧？」

「沒錯。」

「那……你介意我去找你嗎？」

「有什麼事？」

「親愛的……」莎莉的聲音聽起來絕望不已。「我沒辦法在電話中解釋……是很嚴重的事。」

「喔，我懂了。」我盡可能地想把場面弄得難看。「是不是又有什麼雜誌文章要寫了？」

不過話一出口，我們倆都笑了出來。

「克里斯，你真是個渾球！」莎莉銀鈴般的爽朗笑聲沿著電話線傳來，然後她突然一板正經地說：「不，親愛的——這次我跟你保證：真的是很嚴重的事，千真萬確，一絲不假。」她暫停，然後感人地補充道：「而你是唯一能幫得上忙的人了。」

「哦，好吧……」我已經心軟了一大半。「一小時後過來。」

「親愛的，我就從頭開始說，好嗎？……昨天早上，有個男的打電話來，問我能不能來拜訪。他說事關重大。既然他知道我的名字和很多事，我就說當然好，快來吧……於是他來了。他說他名叫洛考斯基——保羅・洛考斯基——而且他是米高梅電影公司在歐洲的代理人，有個機會要提供給我。他說他們在找會說德語的英國女演員，演出一部即將在義大利里維耶拉拍攝的喜劇片。他說得好有說服力；還告訴我導演是誰、攝影是誰、美術指導是誰，劇本又是誰寫。當然，這些人我一個都沒聽過。但這似乎沒那麼出奇——事實上，聽起來反而更真實，因為大多數人都會選那些你在報

紙上見過的名字……總之，他說見過我之後，很肯定我就是那角色的不二人選，幾乎可以將角色直接給我，只要試鏡沒出什麼問題的話……我當然是興奮得不得了，就問試鏡是什麼時候。他說不會在這一兩天，因為他還得跟烏法片廠的人做些安排……接著我們開始聊到好萊塢，他跟我說了各式各樣的故事——我猜這些故事的確有可能是從雜誌上讀來的，但不知為何我很確定不是——然後他告訴我那些音效是怎麼做的，特效又是怎麼做的。他這人真的好有趣，而且肯定深入過許多製片廠內部……總之，聊完好萊塢之後，他又開始跟我說到美國其他地方、他認識的人，還有黑幫，以及紐約。他說他剛從紐約來，所有的行李都還在漢堡的海關。其實，我原本心裡就一直在想，他穿著這麼邋遢似乎有點可疑。但經他這麼一說之後，我當然就覺得這也無可厚非……然後呢——你得先保證不會笑我，克里斯，不然我就沒法跟你說了——他開始極其熱烈地跟我求愛。一開始我有點生氣，因為他把公事跟私事混為一談；但過了一會兒，我就沒那麼在意了。他相當有魅力，帶有某種俄羅斯風情……最後，他邀我共進晚餐，於是我們到侯雅餐廳吃了頓我這輩子最豐盛的大餐（這是值得欣慰之處）。只是呢，帳單送上來時，他說：『噢，對了，寶貝，你能先借我三百馬克嗎？我身上只有美金現鈔，得到銀行換才行。』於是我當然就給他了——也真是禍不單行，那晚我身上剛好帶了不少錢……接著他說：『來開瓶香檳慶祝你的電影合約吧。』我同意了，那時候我肯定相當

醉了，因為當他開口要求一同過夜時，我說好。我們去了奧格斯堡街上的小旅館——名字我忘了，但我可以輕易辨認出來……真是個爛透的鬼地方……總之，那晚之後發生的事我都不太記得了。今天一大早我的頭腦才開始清醒過來，而他尚在熟睡。我開始懷疑事情是否有點不對勁……我之前沒注意到他的內衣：他那件內衣讓我有點吃驚。這麼個舉足輕重的電影人，總會讓人料想穿的好歹是絲質貼身衣物吧？他穿的還真非同小可，是類似駝毛之類的東西；看上去好像曾被施洗約翰穿過似的。然後他的領帶夾還是一般雜貨店買的那種錫夾。東西破舊還不打緊，但你看得出來那些東西即便是全新的時候，也根本就不怎麼樣……我正下定決心要起床查查他口袋裡的東西，卻為時已晚，他醒了。於是我們點了早餐……我不知道他這時是認為我已經瘋狂愛上他，所以不會發現，還是根本懶得繼續掩飾，反正今早他完全變了一個人——一個普通的流浪漢。他拿餐刀挖果醬直接吃，當然多半滴在床單上了，而且還邊拿著蛋猛吸蛋液，邊發出恐怖的吱吱聲。我忍不住笑他，這讓他相當憤怒……然後他說：『我得來瓶啤酒！』我就說，好呀，打電話到櫃台去點幾瓶。老實說，我開始有點怕他了。他野蠻人似的沉著一張猙獰的臉，我相信他肯定是瘋了。所以心想得盡力迎合他才行……總之，他似乎覺得這個建議不錯，於是拿起電話，講了好長一段時間，講到暴跳如雷，因為他們拒絕送啤酒上來。現在回想他肯定是一直拿著話筒在演戲，但他演得還真好，而我當時也害怕

到不會去注意太多。還以為他或許會因為喝不到啤酒就把我殺了……不過，他反應很平靜，說要穿衣服自己下樓去拿。我回答，好吧……結果等了又等，他並沒有回來。最後我搖鈴問女僕有沒有看見他出去。她說：『有啊，那位先生約一個小時前付帳離開了……他說不能打擾你。』我太驚訝，只回說：『哦，好，謝謝……』好笑的是，這時我完全將他當成一個瘋子，而不再懷疑他是騙子。或許這正合他意……不過，他終究不是什麼瘋子，因為當我檢查皮包時，發現他自行取走了我所有的錢，包括我前一晚借他三百馬克後剩下的零錢……這整件事真正叫人火大的地方是，我敢打包票他一定認為我會因為羞恥而不敢去報警。我要讓他知道他大錯特錯——」

「莎莉啊，這位年輕人具體長什麼樣子？」

「他跟你差不多高，蒼白，黑髮。聽得出不是土生土長的美國人，說話帶有外國口音——」

「你記不記得他是否有提到一個叫蕭博的人，住在芝加哥？」

「我想想……有，他的確有提過！說了一大堆關於他的事……但克里斯，你怎麼會知道呢？」

「這個嘛，是這樣的……聽好，莎莉，我要向你懺悔一件不可饒恕的事……我不知道你會不會原諒我……」

我們當天下午去了亞歷山大廣場。

問案過程比我預期的還尷尬。至少對我來說是如此。莎莉就算有感覺不舒服，頂多也只是動了動眼皮，沒有其他表示。她對著兩名戴眼鏡的警官鉅細靡遺地說明事情經過，語氣輕快不帶感情，不知情的人還會以為她是因為小狗走失，或雨傘遺落在巴士上之類的事來報案的。兩名員警——顯然都有家室——一開始有點受驚。作筆錄前，他們不斷用鋼筆蘸著紫色墨水，手肘緊張羞怯地繞著圈，態度唐突而粗魯。

「關於這間旅館——」其中年長的那位嚴厲地說：「進去之前，我想你應該知道，那是某種特定的旅館吧？」

「你不會期待我們去布里斯托大飯店吧？」莎莉的口氣非常溫和而理性。「反正沒帶行李他們也不會讓我們入住的。」

「哦，所以你們沒行李？」年輕的那位得意洋洋抓住這點，好像至關重要似的。他工整的紫色字跡開始緩緩橫越畫了線的大張紙頁。他深受這主題啟發，完全沒注意莎莉的反駁。

「我沒有遇到男人邀請共進晚餐就趕快打包行李的習慣。」

不過年長的那位立即抓到了重點。

「所以是到了餐廳之後，這位年輕男子才邀你──呃──一同上旅館？」

「是在吃完晚餐之後。」

「親愛的年輕女士──」年長的那位往後靠向椅背，就像個尖刻的父親。「容我請問，你是不是經常接受陌生人這類的邀約？」

她甜美地微笑，宛如純真與坦率的化身。

「可是呢，警察先生，他並不完全是陌生人。他是我的未婚夫。」

這讓他們倆猛然坐直身子。年輕的那位甚至在他潔白的紙張上留下了一點墨漬──或許是警察總部所有無瑕的檔案中，唯一能找到的汙漬。

「鮑爾斯小姐，你是說……」儘管態度仍然粗魯，但年長的那位眼睛已為之一亮。「你的意思是，跟這男的認識僅僅一個下午，你就跟他訂婚了？」

「確實如此。」

「這不會，嗯──有點不尋常嗎？」

「我想是有一點。」莎莉認真地同意。「但這年頭，女孩可不能冒險讓男人等。如果他開了一次口，而女孩拒絕了，他可能就轉向其他人了。畢竟有這麼多單身女子──」

聽到這裡，年長的警官再也克制不住，整個人往後仰，笑得一張臉青紫。要將近一分鐘之後才能說出話來。年輕的那位有禮貌多了：他拿出一條大手帕，假裝在擤鼻子，但擤鼻子慢慢變成了打噴嚏，最後又變成狂笑不止。很快他也放棄了，不再打算認真看待莎莉。接下來的問案過程如同戲謔的喜歌劇，穿插著男性沉悶無趣的猛獻殷勤，尤其是那位年長的警官變得相當大膽。我想他們都很遺憾我在場。他們渴望跟她獨處。

「你別擔心，鮑爾斯小姐，」離開時，他們輕拍著她的手說道：「我們會為你逮到他，就算得把柏林整個翻過來也在所不惜。」

「哇！」一走到他們聽不見的地方，我就敬佩地大聲說道：「我得說，你真是知道該怎麼應付他們！」

莎莉甜美地笑著，感到相當志得意滿。「你究竟想說什麼，親愛的？」

「你跟我都心知肚明——竟然說他是你的未婚夫！讓他們笑成那樣，你真的很天才！」

但莎莉沒有笑。相反地，她微微紅了臉，低頭望著腳。臉上浮現一種內疚、稚氣的滑稽表情。

「其實呢，克里斯，那剛好是事實——」

「事實！」

「沒錯，親愛的。」這是頭一遭，莎莉真覺得窘了，說話的速度也開始變得飛快。「我今天早上就是沒辦法告訴你：發生了這麼多事之後，這事再怎麼說聽上去肯定都會很愚蠢……在餐廳時他開口向我求婚，而我說好……我是這麼想的，身處電影這一行，他大概相當習慣這類閃電婚姻，畢竟這在好萊塢是見怪不怪了……更何況，他是美國人，我以為要離婚也很容易，任何時候想離就離……而這對我的事業來說也是好事一樁——我是指，如果他真名副其實的話——不是嗎？……要是來得及，我們本來打算今天就要結婚……現在回想起來似乎很可笑——」

「莎莉啊！」我站定，張口結舌，只能發笑。「這真是……知道嗎，你真是我這輩子見過最離奇的生物了。」

莎莉咯咯地笑了笑，像是一個頑皮的孩子不經意間成功逗樂了成年人。

「我老跟你說我有點瘋瘋的，不是嗎？現在你總該相信了——」

過了一星期，警方都沒有傳來任何消息。然後，有天早上，兩名警探登門拜訪。說已追查到一

名符合我們描述的年輕男子，正密切監視中。警方知道他的地址，但希望逮捕行動前能請我先指認一下。我能否立即跟他們到克萊斯特街的小吃店走一趟？他幾乎每天差不多這個時間，都會在那邊出現。我應該可以混在人群中將他指認出來，然後馬上離開，不會有任何困擾或不愉快。

我不怎麼喜歡這點子，但已無法脫身。我們抵達時正是午餐時間，小吃店人聲鼎沸。我幾乎一眼就看見那位年輕人；他站在櫃台前，挨著熱水壺，手持杯子。見他如此孤單一人、毫無防備，似乎有點可悲；他看起來更邋遢，而且遠更年輕——只是個男孩子。我幾乎要脫口而出：「他不在這兒。」但有什麼用呢？他們終究會逮到他。「對，就是他。」我跟警探說：「就在那邊。」他們點了點頭。我匆忙轉身沿街離去，感覺內疚，並對自己說：我再也不會幫警察的忙。

幾天後，莎莉來告訴我後續發展：「當然，我得見見他……我感覺自己很殘忍；他看起來好可憐，只說了句：『我還以為我們是朋友。』我本想跟他說錢就留著吧，但他已經全花光了……警察說他真的去過美國，但他不是美國人，而是波蘭人……他不會被起訴，這是值得欣慰之處。醫生看過他，會送他去一間療養院。希望那邊會好好對待他……」

「所以他終究是個瘋子囉？」

「我想是吧，比較輕微的那種……」莎莉笑著說：「我臉上可就不怎麼光彩了，是不是？喔，對了克里斯，你知道他幾歲嗎？你絕對猜不到！」

「我想差不多二十歲吧。」

「十六歲！」

「鬼扯！」

「真的，不騙你……這案子本來是要移交給少年法庭審理的！」

我們都笑了。「知道嗎，莎莉——」我說，「我最喜歡你的地方就是，你非常容易相信別人。從不輕信他人的人都好乏味。」

「所以你仍然喜歡我囉，克里斯寶貝？」

「沒錯，莎莉。我仍然喜歡你。」

「我好怕你會生我的氣——因為前幾天的事。」

「我是生氣，氣壞了。」

「但你現在不氣了？」

「不氣……我想不氣了。」

「我就算道歉、解釋，或做什麼大概都無濟於事……我有時就是會這樣……我想你能瞭解的，對不對，克里斯？」

「對，」我說：「我能瞭解。」

自此之後，我再也沒見過她。大約兩週後，我正想該打個電話給她，卻收到一張來自巴黎的明信片：「昨夜抵達。明日會再寫信詳述。獻上滿滿的愛。」然而並沒有信隨之而來。一個月後，我收到另一張來自羅馬的明信片，上頭沒有註明地址，只說：「這一兩天就會寫信。」而這已是六年前的事了。

所以此刻我正在寫信給她。

當你讀到這兒，莎莉——如果你真有機會讀到——請接受我這最真誠的獻禮，獻給你，也獻給我們的友誼。

也麻煩再寄張明信片給我。

呂根島

1931年　夏

清晨即起，我穿著睡衣到陽台坐。林木在野地上投下長長的陰影。鳥兒猛然尖聲狂嘯，有如警鈴大作。樺樹茂盛的枝葉遮蓋了車轍遍布的鄉間塵土路。湖邊一排樹上，有塊長條軟雲沿著樹梢向上飄。一個牽腳踏車的男人正看著他的馬嚼起路邊的草。他想解開纏住馬蹄的韁繩，用雙手推了推馬，但牠紋風不動。圍著披肩的老嫗跟小男孩走了過來。男孩穿著黑色水手服，他非常蒼白，脖子還紮著繃帶。他們很快掉頭折返。一名男子騎腳踏車經過，對帶馬的男人喊了幾句。在早晨的寂靜中，他的聲音響亮清晰，卻依然費解。雞啼了。軋軋的單車聲漸行漸遠。朝露在花園涼亭的白桌椅上凝結，從茂盛的紫丁香花瓣滴落。又一聲雞啼，這次更嘹亮也更接近。我依稀還能聽見海潮，或遠方的鐘聲。

村莊隱藏在樹林間，左方的深處。幾乎完全由獨棟木屋組成，包含了各式各樣的海濱建築風格——仿摩爾風、老巴伐利亞風、泰姬瑪哈陵風，以及洛可可式小屋搭配白色浮雕露臺。樹林後方便是大海。不需要經村莊就能到海邊，只要穿過一條之字小徑，就會突然身處含沙峭壁邊緣，下方是沙灘，而溫馴平淺的波羅的海就躺在你腳下。海灣的這一端相當荒涼；開放的海水浴場在岬角的另一頭。遠方，一公里外，蒸騰的熱浪後面，巴布區海濱餐廳的白色洋蔥圓頂搖曳不定。

樹林裡有兔子、青蛇和鹿。昨天早上，我見到俄國牧羊犬追逐一頭獐鹿，橫過原野，穿梭在林

間。雖然狗似乎速度較快，腳步優雅地延展飛馳，卻仍追不上痙攣般僵硬地拚命亂跳，像是一架著魔大鋼琴的鹿。

除了我，還有兩個人待在這間屋子。一位是英國人，名叫彼得・威金森，跟我差不多年紀。另一位是德國勞工階級男孩，來自柏林，名叫奧托・諾瓦克，十六或十七歲。

彼得——我已經直呼其名了。我們頭一天晚上就走得很近，很快成了好友——纖瘦、黝黑、神經質。他戴著角質框架的眼鏡。興奮的時候會將雙手深埋在兩膝之間，緊緊交握。粗壯的血管從兩側太陽穴凸起。他會邊全身打顫，邊發出自抑、神經質的笑，直到奧托有點煩躁地吼道：「老兄，你夠了吧！」

奧托的一張臉像顆熟透的桃子。頭髮金黃濃密，直蓋到前額。有雙小而炯亮，眼神充滿淘氣的眼睛；以及使人放下戒心，純真到難以想像的熱情笑容。他笑的時候，桃子般渾圓的臉頰上會浮現兩個大酒窩。目前，他孜孜不倦地巴結我、討好我，捧我每個笑話的場，從不錯過機會適時給我一個狡猾、會心的眼色。他應該是將我視為應付彼得的一個潛在盟友了。

今早我們一起去游泳。彼得和奧托忙著堆一座大沙堡。我躺在一旁看著彼得邊奮力堆沙，邊享受眾人目光，狂暴地揮舞他那孩童專用的鏟子猛掘沙土，像是鎖著鐵鍊的囚犯，在武裝獄卒的監視

下做苦工。整個漫長炎熱的上午，他沒有一刻是安安靜靜坐著的。他和奧托游泳、挖沙、摔角、賽跑或玩橡膠足球，在沙地上跑來跑去。彼得瘦小但結實。他在跟奧托的比賽中，唯一支撐他的似乎是一種巨大、強烈的意志力。這是彼得的意志在對抗奧托的肉體。奧托的身體就代表了他；彼得則只有腦袋算數。奧托移動起來流暢自如，姿態裡有種野蠻、無意識的優雅，一如殘酷、高貴的野生動物。彼得則是將無情的意志力化作長鞭，鞭策著那僵硬、彆扭的身軀，帶著自己奔波。

奧托驚人地自負。彼得買了個擴胸器給他，有了這個，他整天無時無刻不在認真運動。午餐之後，我來到他們的臥室想找彼得，卻發現奧托獨自一人在鏡子前，像拉奧孔*般與擴胸器奮戰著：「你看，克里斯多福！」他喘吁吁地說：「我做得到！五條彈簧也沒問題！」以他這年齡的男孩而言，那雙肩膀和胸膛肯定出類拔萃——不過他整個身形卻有點滑稽：上身美麗成熟的線條突然緊縮成小得有點可笑的臀部，和細長未發育的雙腿。而這些跟擴胸器較勁的運動，讓他一天比一天更為頭重腳輕。

---

* Laocoon，希臘神話中特洛伊的祭司，因警告特洛伊人勿中木馬計而觸怒天神，連同兩個兒子被雅典娜派來的大海蛇纏死。

今晚奧托輕微中暑，感到頭痛而早早上床。彼得和我兩人走到村裡。在巴伐利亞酒館，樂團發出有如魔音穿腦的樂音，彼得對著我的耳朵吶喊出他此生的故事。

威金森家有四個孩子，他是老么。有兩個已婚的姊姊，其中一位住在鄉間，打獵維生；另一位則是報紙所稱的「社交名媛」。彼得的兄長是名科學家兼探險家，曾參加考察團去過剛果、新赫布里底群島和大堡礁。他愛下棋，說話聲音像六十歲的男人，而且彼得深信他從來沒跟女人上過床。目前彼得唯一還保持聯絡的家庭成員是他打獵的姊姊，但也很少見面，因為彼得厭惡他的姊夫。

就一個男孩而言，彼得很纖細敏感。他沒有讀小學，但十三歲時，父親送他進公立中學。他父母親為此起了爭執，一直到彼得第二學期結束，被檢查出有心臟方面的毛病，在母親鼓勵下離開學校之後才平息。一旦離開了學校，彼得開始痛恨母親，認為她的溺愛慣養讓他成了個懦夫。她明白彼得不會原諒她，但彼得又是她唯一關愛的孩子，於是她病倒了，沒多久便過世。

如今要讓彼得復學也為時已晚，所以威金森先生請了個家教。家教是名很虔誠的年輕男子，有心要成為牧師。他有一頭鬈髮和希臘人的下巴，即便冬天也洗冷水澡。威金森先生一開始就不喜歡他，兄長對他的評論也尖酸諷刺，因此彼得熱情地投身到家教那一方。他們倆去湖區徒步旅行，在陰暗的荒野景致中討論聖禮的意義。這類討論無可避免讓他們陷入情緒性的複雜爭論，終於有一天

晚上，在穀倉中爆發成一場劇烈的爭吵。隔天一早，家教離去，留下一封長達十頁的信。彼得考慮過自殺。之後他間接聽說家教留了鬍子，前往澳洲去了。於是彼得有了另一位家教，最後還進入牛津大學。

出於厭惡父親的生意和兄長的科學，他將音樂和文學當作宗教崇拜。在頭一年，他確實很喜歡牛津。他四處參加茶會並勇於發言。人們似乎真的有在聽他說什麼，這讓他既驚訝又高興。多次之後，他才開始注意到聽眾間有些許尷尬的氣氛。「不知怎麼回事，」彼得說：「我總是說錯話。」

同時，在老家，那幢位於倫敦高級住宅區，有四間浴室和可供三輛車停放的車庫，食物總是過剩的豪宅之中，威金森一家像是東西慢慢腐敗一般逐漸分崩離析。威金森先生抱著他不健康的臀、他的威士忌，和他各種「對付人」的知識，表現得憤怒、茫然、還有點可悲。他對著經過身邊的兒女斥責咆哮，像條凶惡的老狗。用餐時從沒人說話。大家互相避開彼此的眼神，吃完就趕緊上樓寫信，信中充滿怨恨與諷刺，然後寄給他們的至交密友。只有彼得沒有朋友可寫信。他把自己關在庸俗昂貴的臥室中，不斷閱讀。

而在牛津的情況也一樣。彼得不再參加茶會。他整天用功。就在考試前，彼得精神崩潰了。醫生建議他徹底改變環境，換個興趣。彼得的父親讓他到德文郡務農六個月，然後開始跟他談起生意

經。威金森先生一直無法讓其他兒女對家族收入來源產生一丁點即便是禮貌上的興趣。他們在各自的世界中全都無懈可擊：其中一個女兒即將嫁入貴族世家，另一個經常跟皇太子去打獵；他的長子在皇家地理學會發表論文。只有彼得的存在沒有正當性。其他兒女自私自利，但知道自己要什麼。彼得也很自私，卻不知道自己的想望。

不過，在這關鍵時刻，彼得的舅舅去世了。這位舅舅住在加拿大。他見過小時候的彼得一次，從此就特別喜歡這位小外甥，於是把所有的錢都留給了他。遺產不多，但夠他舒舒服服地過生活。

彼得前往巴黎開始學習音樂。他的老師說他再怎麼樣，頂多也只能成為一個尚可的二流業餘音樂家，但這只讓他加倍努力練習。他拚命練習只是為了避免思考，結果再次精神崩潰，不過比第一次輕微。這時候，他堅信自己很快就會發瘋。他回倫敦探望，發現只有父親在家。頭一天晚上他們就發生激烈的爭吵；此後，就互不說話。經過一個星期的沉默和大吃大喝，彼得有股輕微的殺人衝動。吃早餐時，他完全無法將目光從父親喉嚨上的疙瘩移開，手指則不斷撥弄著麵包刀。突然，他的左臉開始抽搐。抽動個不停，他不得不用手遮住臉頰。他相當肯定父親注意到了，而且刻意拒絕談論——其實就是故意要折磨他。最後，彼得再也受不了，一躍而起，衝出房間，衝出屋子，衝進花園，面朝下一頭栽在濕草坪上。他趴在那兒，害怕得不敢動。十五分鐘後，抽搐停止了。

那晚彼得在攝政街亂逛，揀了個妓女。他們一同回到女孩的房間，聊了好幾個小時。他跟她說了家中所有的事，付給她十英鎊，連吻都沒吻她就離開。隔天早上他左大腿原因不明地起了疹子。醫生似乎也不知道怎麼解釋起因，但還是開了些藥膏。疹子變淡了點，但要到上個月才完全消退。攝政街的事件後不久，彼得的左眼也開始出現問題。

彼得一直考慮去看精神分析師，有好一陣子了。他最後選擇了一個傳統的佛洛伊德學派。那分析師說起話來懶洋洋又易怒，還有雙大腳。彼得第一眼就不喜歡他，並且坦白相告。那個佛洛伊德學派在一張紙上註記，但沒有任何不悅的樣子。彼得之後才發現，除了中國藝術，他對任何事都不太感興趣。他們每週碰面三次，每次會面要花費兩基尼*。

六個月後彼得拋棄了那個佛洛伊德學派，開始看新的精神分析師：一位滿頭白髮、開朗健談的芬蘭女士。彼得發現很容易對她傾訴。他盡其所能將做過的每一件事、說過的每一句話、每一個想法、每一個夢境都告訴她。偶爾陷入沮喪的時候，他會跟她說一些完全虛構的故事，或從各案例記錄中收集來的軼聞。之後，他會坦承這些謊言，並和她一同討論這些謊言背後的動機，並同意這其

* 英國舊金幣及貨幣單位。

中饒富興味。在節日的夜晚彼得都會作夢，而夢境將成為他們未來幾週的話題。分析持續了將近兩年，而且從未完成。

到了今年，彼得對芬蘭女士感到厭倦。聽說柏林有位能人——有何不可呢？無論如何，都將是種改變，同時還能省錢。柏林的分析師每次會面只收十五馬克。

「你還在看他嗎？」我問。

「沒有……」彼得笑著說：「我負擔不起。」

上個月，彼得抵達柏林後一兩天，跑到萬湖去游泳。水仍然冰冷，四周的人也不多。彼得注意到一個男孩獨自在沙地上翻筋斗。稍後男孩前來要火柴。他們便閒聊起來。那男孩就是奧托・諾瓦克。

「奧托聽到精神分析師的事時驚訝得合不攏嘴。他說：『什麼！你一次給那傢伙十五馬克，就為了跟你說話！你給我十馬克，我可以跟你說上一整天，甚至一整夜也行！』」彼得開始笑得全身亂顫，雙頰漲紅，雙手互擰著。

說來也奇怪，奧托說要取代精神分析師的位置並非完全無的放矢。如同很多動物性強烈的人，他有相當驚人的療癒本能——只要他願意發揮。在這種時候，他對彼得的治療效果就再好不過了。

彼得會坐在桌邊，弓身縮成一團，下垂的嘴角掛著童年的恐懼——正是扭曲昂貴的教養下塑造出的完美案例。然後奧托進來了，懸著酒窩，咧嘴而笑，撞倒椅子，朝彼得背上一拍，摩擦雙手，愚蠢地大聲說：「喲、喲……又怎麼啦！」然後一瞬間，彼得就脫胎換骨了。他放鬆下來，自然地抱著自己。他唇邊那股緊繃感消失了，眼神也不再惶惶不安。只要這魔法持續，他就跟一個普通人沒兩樣。

彼得跟我說，遇見奧托之前，他非常害怕感染，碰過貓之後甚至會用石碳酸洗手。而現在，他經常跟奧托共用一個杯子，用他的海綿洗澡，還會分食同一盤餐點。

舞季在庫浩斯飯店和湖邊的酒館揭開序幕了。兩天前的傍晚，我們在村裡的主大街上散步時，看見了第一場舞的告示。我注意到奧托充滿渴望地瞥了一眼海報，而彼得也看到了。但他們兩個都沒說什麼。

昨天又濕又冷。奧托提議租艘船到湖上釣魚。彼得很喜歡這計劃，一口答應。但當我們在毛毛雨中空等了四十五分鐘都沒動靜時，他開始感到煩躁。回岸邊的途中，奧托不斷用槳潑水——一開始是因為他不太會划，後來就只是要惹毛彼得。彼得的確火冒三丈，對奧托破口大罵，奧托則生著悶氣。

晚飯後，奧托宣告他要去庫浩斯飯店跳舞。彼得聽了一言不發。不祥的沉默降臨，他的嘴角開始下垂；而奧托要不是真的沒意識到他的不悅，就是故意忽略，認為事情就這麼說定了。

他出門之後，彼得上樓來到我冰冷的房間中，坐著聽雨水規律打在窗戶上。

「我就覺得不可能長久。」彼得陰鬱地說：「這就是起頭，等著瞧。」

「胡說八道，彼得。起什麼頭？奧托偶爾想跳跳舞很自然啊。你的佔有慾不能這麼強。」

「我知道，我知道，又是我在無理取鬧……不過還是一樣，這就是起頭……」

有點沒想到，接下來的發展證明我是對的。奧托不到十點就從庫浩斯回來了。他很失望。現場的人很少，樂團也很糟。

「我再也不去了。」他邊說，邊含情脈脈地對著我笑。「從今而後，我每晚都跟你和克里斯多福待在家。我們三個人在一起有趣多了，不是嗎？」

昨天早上，我們躺在海灘的沙堡中時，一名矮小、金髮，有雙雪貂似的藍眼睛，留著小鬍子的男子來到跟前，請我們跟他一起玩投球遊戲。對陌生人總是過分熱誠的奧托立刻答應了，於是彼得和我若不想顯得無禮，就只能附和他。

矮個子男人介紹過自己是柏林一間醫院的外科醫生之後，馬上發號起施令，指定我們該站的位置。他對此非常堅持——當我企圖站近一點點，省得要投那麼遠的距離時，他立即命令我後退。然後彼得投球的方式顯然完全不對——矮個兒醫生也特地停下遊戲作示範。彼得一開始覺得挺有趣，後來就有點惱怒了。他相當粗魯地回嘴，但醫生不為所動。「你的肢體太僵硬了。」他笑著解釋：「那樣不行。你再試一次，我會把手放在你的肩胛骨上，看你是不是有真的放鬆……不行，你還是沒放鬆！」

他似乎很愉快，彷彿彼得的失敗，是他獨特教學方式的一種勝利。他跟奧托交換眼神。奧托會心地一笑。

我們跟醫生的相識讓彼得一整天都陷入壞情緒之中。為了逗弄他，奧托假裝非常喜歡那醫生：「這種傢伙就是我想交的朋友。」他帶著惡毒的笑說道：「一個真正愛好運動的人！你也該多多運動，彼得！這樣你就會有像他一樣的好身材！」

如果換種心情，彼得大概會對這番話一笑置之，但現在聽了卻大發雷霆：「這麼喜歡你那個醫生的話，大可現在就滾去找他！」

奧托促狹地笑著。「他沒開口約我——目前還沒！」

昨晚，奧托去庫浩斯跳舞，直到很晚才回來。

現在村莊裡來了相當多夏日遊客。碼頭旁的海水浴場掛上成排旗幟，開始看起來像個中世紀軍營。每個家庭都有張專屬的巨型柳條沙灘椅，每張椅子都有頂蓋，還有小旗幟在一旁飛揚：除了德國城市的旗幟——漢堡、漢諾威、德勒斯登、羅斯托克和柏林——也有國家、共和政體和納粹的旗幟。每張椅子周圍都環了一圈矮沙堤，領主在上面用杉樹球果排列著各種字樣：魏德斯古飯店、沃爾特家族、鋼盔黨、希特勒萬歲！很多沙堡也用納粹黨徽作裝飾。前幾天早上，我看見一個大約五歲的孩童，一絲不掛，肩上扛著卍字旗，唱著〈德意志之歌〉，單獨在街上行進。

矮個子醫生對這種氛圍相當著迷。他像傳教士般幾乎每天早上都到我們的沙堡報到。「你們真該到另一頭的海灘瞧瞧。」他對我們說：「那兒更好玩。我會幫你們介紹一些不錯的小妞。這地方有一大堆很棒的年輕人！我身為一個醫師，很清楚怎樣去欣賞他們。前幾天我在希登塞島，放眼望去全是猶太人！能回這裡看到真正的北歐人種真好！」

「我們去海灘那頭瞧瞧吧。」奧托慫恿：「這裡好無聊。根本沒什麼人。」

「你想去就去。」彼得回嘴時語帶慍怒與諷刺。「我去恐怕有點不恰當。我的祖母有部分西班

牙血統。」

但矮個兒醫生不放過我們。我們的唱反調和或多或少寫在臉上的憎惡，似乎反而吸引了他。奧托總是向他洩漏我們的底細。某天，醫生正熱烈談論希特勒時，奧托說：「你最好別對克里斯多福說這些，醫師先生。他是個共產黨！」

這似乎讓醫生大感振奮，雪貂似的藍眼閃著勝利的光芒。他將雙手深情地放在我的肩膀上。

「但你不可能是共產黨！**不可能！**」

「為什麼不可能？」我冷冷地問，並移開身體。我討厭他碰我。

「因為根本沒有共產主義這回事呀。那只是個妄想，一種精神疾病。人們只是想像自己是共產黨。他們其實不是。」

「那他們是什麼？」

但他沒在聽，只是一味對著我露出那得意、雪貂似的笑容。

「五年前我也有跟你一樣的想法。但在診所工作的經驗讓我相信，共產主義只不過是種妄想。人們需要的是紀律、自制。你可以相信我這個醫師的話。這些全是我從自身經歷中體悟出來的。」

今早大家全都聚集在我房間，準備好要去游泳。氣氛相當詭譎，因為彼得跟奧托還在持續一場冷戰，是早餐前在他們自己房裡就開打了。我翻著書，沒特別去注意他們。突然彼得猛力甩了奧托兩記耳光。他們立刻扭打成一團，在房內跌來撞去，弄翻椅子。我袖手旁觀，盡量避遠一點。場面很好笑，但同時也讓人不悅，因為憤怒讓他們的臉變得陌生又醜陋。不久奧托將彼得壓制在地上，扭著他的手臂問：「你夠了沒有？」他不斷問，還咧著嘴笑。在那一刻，他真的很恐怖，敵意讓他醜惡不堪。我知道奧托很高興我在場，因為我的存在對彼得來說等於加倍羞辱。於是我笑著離開房間，彷彿整件事只是個玩笑。我穿過樹林到巴布區，在那一頭的海灘游泳。接下來的幾個小時，我都不想再見到他們任何一人。

假若奧托希望羞辱彼得，彼得也以他不同的方式希望羞辱奧托。他想強迫奧托某種程度上屈從他的意志，而奧托本能地拒絕這種臣服。奧托的自私自然而健康，就像頭野獸。如果房裡有兩張椅子，他會毫不猶豫選擇比較舒服的那張，因為他根本沒想過要顧慮彼得的舒適。彼得的自私就沒那麼坦率，比較文明、比較執拗。只要用對方法，他會做出任何犧牲，不論那有多麼不合理或多麼沒必要。但當奧托理所當然似的挑了較好的椅子，彼得立即將此視為不能示弱拒絕的挑戰。依他們倆的個性，我想這情形沒有解套之道。彼得注定要不斷爭鬥以贏得奧托的臣服。而當他最後停止這麼

做時，就表示他對奧托完全失去了興趣。

他們的關係中，真正具有毀滅性的是那根深蒂固的無聊。彼得在奧托身邊經常感到無聊——這很自然，因為他們幾乎沒有共同的興趣——但彼得為顧及感情，絕對不會承認。奧托就沒有這種動機去掩飾，於是當他說出「好無聊喔」，我總是看見彼得臉部一陣抽動，露出痛苦的神色。然而奧托其實遠比彼得更少感到無聊；他發現彼得的陪伴充滿樂趣，很樂於幾乎整天都和他待在一起。時常，當奧托喋喋不休地說了一小時廢話，可以看出彼得真巴不得他閉上嘴走開。但在彼得眼中，開口承認就等於一敗塗地，所以他只是陪笑和搓手，並暗中示意請我協助，讓他好好裝出一副覺得奧托無比風趣討喜的樣子。

我游完泳，穿過林子返家時，看到像雪貂的金髮矮醫生直朝著我來。要掉頭已來不及。我以冷淡但不致失禮的語氣說「早安」。醫生穿著運動短褲和運動衫，向我解釋他在「越野賽跑」。「但我現在應該往回跑了。」他補充說：「要不要陪我跑一小段？」

「恐怕沒辦法。」我脫口說：「昨天腳踝有點扭到了。」

看到他眼中閃過得意的光芒，我就後悔地想把話吞回去。「啊，你扭傷腳踝？請讓我看看！」

儘管嫌惡地扭動著，我還是得屈服於他強而有力的手指。「這沒什麼，我跟你保證，完全不需要擔心。」

我們邊走，醫生邊開始詢問彼得跟奧托的事。他扭頭仰望我，一次次對我拋出尖銳、好奇的刺探。他簡直要被好奇心淹沒了。

「臨床經驗讓我瞭解，試圖幫助這類男孩是無濟於事的。你的朋友很大方、很好心，但他犯了大錯。這類男孩總是會回頭。從科學觀點來看，我發現他極為有趣。」

彷彿要作出什麼特別重要的宣言，醫生突然在路中間站定，沉默了一下讓我集中注意力，然後微笑地宣告：

「他有顆犯罪頭腦！」

「而你認為應該別管那些有犯罪頭腦的人，讓他們成為罪犯？」

「當然不是。我相信紀律。這些男孩應該被送進勞改營。」

「那你把他們送進去之後，打算怎麼辦？你說無論如何都無法改變他們，所以我猜你是打算就這樣把他們關上一輩子吧？」

醫生愉快地笑著，彷彿這是個關於他自己的笑話，而他仍懂得欣賞。他親暱地將一隻手擱在我

的臂上。

「你真是個理想主義者！別以為我不懂你的觀點，但那不科學，相當不科學。你和你的朋友不瞭解奧托這種男孩。我瞭解他們。每週都會有一到兩個這種男孩到我診所來，而我得幫他們動腺樣體、乳突或扁桃腺手術。所以你懂了吧，我徹徹底底瞭解他們。」

「我想更精確地說應該是，你很瞭解他們的喉嚨和耳朵吧。」

或許我的德語還不足以表達最後這句話的意思。無論如何，醫生完全置若罔聞。「我很瞭解這類男孩。」他重複說：「他們墮落敗壞，你對這些男孩根本一籌莫展。他們的扁桃腺幾乎毫無例外都有病。」

彼得和奧托之間總有無休無止的小爭吵，然而我並未真正覺得跟他們在一起生活不愉快。此刻我正埋首投入新的小說。為此我經常獨自一人，出門散步到遠方。確實，我發現自己越來越常找藉口避開他們倆；這很自私，因為當我在他們身邊，常可以藉著轉移話題或說笑話來化解一場爭端。我知道，彼得對我的離棄很不滿。「你可真是個苦行者啊。」他前幾天尖酸地說：「老是不知躲到什麼地方去沉思。」有次，我坐在碼頭附近的酒館裡，聆聽著樂團演奏時，彼得跟奧托正巧經過。

「原來你都躲在這裡啊！」彼得高聲說道。在那一刻，我知道彼得真的不喜歡我。

有天晚上，我們三人在主大街上漫步，街上滿是夏日遊客。奧托露出他最惡毒的笑容，對彼得說：「你為什麼老要跟我看同一個方向？」這倒是出人意外地千真萬確。不論何時，只要奧托轉頭盯著女孩瞧，彼得的眼睛便會冒出嫉妒的火焰，自動追隨他的目光。我們經過照相館的櫥窗，窗上每天都會展示海灘攝影師最新拍攝的群眾；奧托停下腳步，非常認真地細看其中一張新照片，彷彿那照片有什麼特別吸引人之處。我看見彼得緊抿著雙唇。他內心在掙扎，但無法抗拒妒嫉衍生的好奇心——他也停了下來。照片上是一個留長鬍鬚、肥胖的老男人，在搖著柏林旗幟。奧托看見自己的陷阱成功，惡劣地笑了。

晚餐後，奧托固定去庫浩斯飯店或湖邊的酒館跳舞。他不再費心請求彼得的許可；他已經建立起將夜晚留給自己的正當性了。彼得和我通常也會出門，到村子裡去。我們長時間倚靠著碼頭的欄杆，一言不發，俯瞰漆黑水面映照著庫浩斯飯店有如廉價珠寶的燈光，各自陷入沉思。有時我們走進巴伐利亞酒館，而彼得次次都喝得爛醉——當他舉起酒杯送往唇邊，那堅定、清教徒般的嘴就會帶著厭惡微微一抿。我什麼都沒說。要說的太多了。我知道彼得希望我針對奧托發表一些挑釁的言論，好讓他趁機大肆發洩情緒。我沒那麼做，光喝酒——不斷隨興漫談著書籍、戲劇和音樂會。之

後我們返家時，彼得的腳步會逐漸加快，直到進屋，拋下我衝上樓，直往他的房間去。我們通常都十二點三十至四十五分才到家，但很少發現奧托已經回來了。

火車站旁，有間提供給漢堡貧民窟孩童的安養別墅。奧托認識了其中一位教師，幾乎每晚都會一同去跳舞。有時這女孩帶著她的童子軍團會行經我們屋前，孩子們便仰望窗戶，如果碰巧奧托也正朝外看，他們就樂得開起過於早熟的玩笑，還拚命拉扯年輕老師的臂膀，催促她也抬頭朝上望。碰上這種時候，女孩會含羞帶笑，從睫毛底下瞥奧托一眼；而彼得則在窗簾後看著，從牙縫間擠出幾聲咕噥：「賤貨……賤貨……賤貨……」這種打擾比他們實際上的交情更令彼得不快。我們在林間散步時，似乎老是會碰到這些孩子們。他們邊行進邊唱歌——唱著愛國歌曲——聲音跟鳥鳴一樣尖銳。我們從遠處聽到他們接近，便得急忙掉頭往反方向走。如彼得所說，簡直就像虎克船長碰上鱷魚。

彼得為此跟奧托大吵一架，奧托不得不告訴他朋友，不能再帶著孩童經過屋前。但現在他們開始在我們的海灘游泳，就離沙堡不遠。開始的頭一天早晨，奧托的目光不斷轉向他們那邊。彼得當然心裡有數，卻仍陷溺在陰鬱的沉默之中。

「你今天怎麼回事，彼得？」奧托說：「為什麼對我擺張臭臉？」

「對你擺臭臉？」彼得放聲大笑。

「那好吧。」奧托一躍而起。「我知道你不希望我在這裡。」然後他跳過我們的沙堤，開始在沙灘上飛奔，朝老師和她的孩童們而去，姿態何其優雅，盡其所能地展現著他健美的身材。

昨晚在庫浩斯有場節慶舞會。奧托不尋常的大方，跟彼得保證不會晚於一點回來，於是彼得拿了本書熬夜等他。我還不覺疲憊，想要完成手邊的一章，便跟他提議來我房間等。

我工作，彼得閱讀。時間緩緩流過。突然我看了看錶，發現已經兩點十五分。彼得在椅子上打瞌睡。正當我猶豫該不該叫醒他時，聽見奧托上樓。從腳步聲聽來他已經醉了。他發現自己房裡沒人，就砰地敲開我的門。彼得嚇了一跳坐起身。

奧托邊笑邊懶洋洋地靠在門柱上，對我歪歪斜斜敬了個禮。「你一直看書到現在嗎？」他問彼得。

「對。」彼得很自制地說。

「為什麼？」奧托愚蠢地笑著。

「因為我睡不著。」

「為什麼睡不著？」

「你清楚得很。」彼得咬著牙說。

奧托用最令人反感的態度打著呵欠。「我不清楚，也不在乎……別小題大作。」

彼得從椅子上站起來。「你真他媽渾蛋！」他說著使勁朝奧托臉上甩了一巴掌。奧托並沒有企圖阻擋。他那雙明亮的小眼睛惡狠狠地瞪著彼得。「很好！」他聲音有點沉濁地說：「明天我就回柏林。」接著搖搖晃晃轉過身。

「奧托，回來。」彼得說。我看他氣得快要流淚了。他追著奧托到樓梯間，用尖銳的命令語氣再次喊道：「回來。」

「哎，別煩我。」奧托說：「我受夠你了。我現在要去睡覺，明天就回柏林。」

然而，今早和平重新降臨——只是代價不菲。奧托的懺悔表現在對他家人突如其來的關愛上：「我在這裡享受，從沒想到過他們……可憐的母親得像狗一樣拚命工作，她的肺又不好……彼得，我們寄點錢給她好不好？寄個五十馬克……」奧托的慷慨也讓他想起自己的需求。除了寄錢給諾瓦克太太，奧托還說服彼得替他訂製了一套新西裝，要價一百八十，還有雙新鞋、一件浴袍、一頂帽子。

作為這些花費的回報，奧托自願切斷跟老師的關係。（我們現在發現，不管怎樣，她明天就要離開這座島了。）晚餐後，她來了，在屋外徘徊。

「就讓她等到累。」奧托說：「我不會出去找她。」

不久那女孩因為不耐煩，開始大膽吹起口哨。這讓奧托激動若狂。他扯開窗戶，上上下下手舞足蹈，揮著手臂，對那老師猛做鬼臉；而她似乎被這不可思議的行為舉止嚇呆了。

「給我滾遠點！」奧托吼道：「快滾！」

那女孩轉身，慢慢走開，楚楚可憐的身影沒入漸濃的黑暗中。

「你至少該跟她說聲再見吧。」彼得說。既然看到敵人已經上路，他現在可以保持雅量了。

但奧托充耳不聞。

「反正，那些爛貨有什麼好的？她們每晚都來纏著我，要我跟她們跳舞……彼得，你也知道我這個人——很容易被人牽著鼻子走……當然，丟下你一個人是我不好，但我能怎麼辦呢？都是她們的錯，真的……」

我們的生活現在進入了新的階段。奧托的決心只是曇花一現。彼得和我幾乎整天都單獨在一

起。老師走了，而奧托跟我們一同到海灘游泳的最後誘因也隨之而去。他現在每天早上都到碼頭邊的海水浴場，跟他夜間的舞伴調情打球。矮個子醫生也消失了，彼得和我可以隨心所欲地游泳或做日光浴，要多懶散都行。

吃完晚餐，奧托去跳舞的例行準備工作就開始了。我坐在臥房，聽見彼得穿過樓梯間，腳步雀躍輕盈，如釋重負——因為這是一天當中僅有的一段時間，他感覺能完全不對奧托的活動抱持任何興趣。他敲我的門時，我立刻闔上書本。我已經到村中買了半磅的薄荷糖。彼得跟奧托道別，心裡還懷抱著一絲空虛的希望——或許今晚，他會守時。「那十二點半再見……」

「是一點。」奧托討價還價。

「好吧。」彼得退讓。「一點，但別超過了。」

「彼得，我不會的。」

奧托在陽台上揮著手，目送我們打開花園柵門，穿過馬路進入樹林。我得把薄荷糖小心地藏在外套下，以免被他看到。我們邊內疚地笑，邊津津有味地嚼著薄荷糖，一路穿過林間小徑到巴布。現在我們多半在巴布區打發夜晚，喜歡此地更勝於我們的村子。一條孤伶伶的沙石路，兩旁低矮房屋夾道，四周松木林環抱，有種浪漫、殖民地的氛圍，就像在蠻荒地帶某處一個破敗、失落的拓居

地，人們來這裡尋找不存在的金礦，後半生就此飄零無依。

我們在小餐館中吃著奶油草莓，和年輕服務生談天。服務生痛恨德國，渴望去美國。「這裡無聊得要命。」旺季期間，他完全不得閒，而冬天卻一毛錢也賺不到。巴布區的男孩大部分都是納粹；有兩位不時會進餐廳，跟我們輕鬆愉快地討論政治觀點，還對我們描述他們的野地訓練和軍事遊戲。

「你們是在準備打仗。」彼得憤慨地說。在這種場合——儘管對政治真的一點興趣也沒有——他也會相當激動。

「抱歉——」其中一位男孩反駁：「這麼說就錯了。元首並不想打仗。我們的訓練都是為了和平，為了榮譽。話說回來……」他神色煥發，若有所思地補充：「戰爭也可以是好事啊！想想古希臘人！」

「古希臘人，」我抗議：「可不用毒氣。」

男孩們對這種狡辯有點不屑一顧。其中一位高傲地回答：「那純粹是技術性問題。」

十點半，我們跟隨其他多數居民前往火車站，觀賞最後一班列車抵達。車上通常都是空的。列車跟著響起刺耳的鈴聲，鏗鏗鏘鏘朝著黝暗的樹林而去。最後天色也晚了，差不多該啟程返家。這

一次，我們走大路。草地另一頭，可以看見湖邊酒館明亮的入口，奧托就在那兒跳舞。

「今晚地獄可真燈火通明啊。」彼得總要發表幾句意見。

彼得的嫉妒轉化成失眠。他開始服用安眠藥，但承認幾乎沒什麼效果，只會讓他隔天吃完早餐後，整個上午都昏昏沉沉。他常會在海灘的沙堡中睡上一兩個小時。

今天早晨天氣陰暗涼爽，海是牡蠣灰。彼得和我租了艘船，划到碼頭外，然後任其漂流，緩緩遠離陸地。彼得點了根菸。他突然說：

「不知道還能持續多久……」

「你想持續多久就多久，大概吧。」

「是啊……我們似乎陷入一種進退維谷的形勢了，對吧？似乎沒有什麼特別的理由會讓奧托和我改變目前對待彼此的方式……」他停了一下，繼續說：「當然，除非我不再給他錢。」

「你覺得到時會發生什麼事？」

彼得手指在水中漫無目的撥弄著。「他會離開我。」

船繼續漂蕩了幾分鐘。我問：「你覺得他完全不在乎你？」

「一開始或許在乎……現在不會了。我們之間現在除了錢什麼都沒有。」

「你還在乎他嗎？」

「不……我不知道。或許吧……有時候，我依然恨他——如果這代表在乎的話。」

「也許吧。」

有很長一段時間我們倆相對無語。彼得用手帕擦乾手指，嘴巴緊張地抽動。

最後他終於開口：「那你建議我怎麼做？」

「你想怎麼做？」

彼得的嘴又抽動了一下。

「或許，其實，我想離開他。」

「那你最好就離開他。」

「馬上？」

「越快越好。買個好禮物給他，下午就送他回柏林。」

彼得搖搖頭，悲傷地笑了。

「我辦不到。」

又是長時間的沉默。然後彼得說：「很抱歉，克里斯多福……我知道你說得完全沒錯。如果我是你，我也會說同樣的話……但我做不到。事情得照原樣繼續下去——直到有什麼事發生為止。不管怎樣，這都持續不了多久了……唉，我知道我很軟弱……」

「你用不著跟我道歉，」我微笑，掩飾心中些許的不快。「我又不是你的精神分析師！」

我拾起槳，開始往岸邊划。船觸到碼頭時，彼得說：

「現在想起來真可笑——我初次見到奧托時，還心想我們會在一起一輩子。」

「真要命啊！」跟奧托一輩子在一起的景象在我眼前閃現，就像漫畫的地獄圖。我狂笑不止。彼得也在笑，緊握的雙手埋在兩膝間，臉從粉紅轉成紅色，再從紅色轉為紫色，青筋都凸起了。下船後我們依然笑個不停。

房東正在花園中等我們。「真可惜啊！」他高聲說：「兩位先生遲了一步！」他指著草地那頭，湖的方向。可以看見煙從白楊樹梢升起，小火車正駛出車站。「你們的朋友突然非得趕回柏林不可，有緊急要事。我還希望兩位來得及送送他。可惜啊！」

這一次，彼得和我都飛奔上樓。彼得的臥房一團混亂——所有的抽屜跟櫃子都被打開。有一張

便條擱在桌上，上面是奧托潦草難辨的字跡：

親愛的彼得。請原諒我無法再忍受這裡所以我回家了。

愛你的奧托
別生氣

（我發現奧托是寫在從彼得一本心理學書籍撕下來的扉頁上，該書名為：《超越享樂原則》（Beyond the Pleasure Principle））

「這……！」彼得的嘴開始抽搐。我緊張地偷覷著他，預期會有激烈的情緒失控，但他似乎相當冷靜。過了一會兒，他走向櫥櫃，開始檢查抽屜。「他沒拿走太多東西。」搜索完之後他宣布：「只有我的兩條領帶、三件襯衫——幸好我的鞋尺寸跟他不合！——還有，我瞧瞧……差不多兩百馬克……」彼得開始有點歇斯底里地笑。「大體上來說，還算客氣！」

「你覺得他是突然決定要離開的嗎？」我問。好歹得說點什麼。

「大概是吧。很符合他的作風……現在回想起來，今天早上我跟他說我們要乘船出海時，他還

問我們會不會去很久……」

「我明白了……」

我坐在彼得的床上——想著，說也奇怪，奧托終於做了件讓我有點尊敬的事。

彼得歇斯底里的高亢情緒延續了一整個早上。午飯時他變得憂鬱，一句話也不說。

「我得去打包了。」吃完飯他對我說。

「你也要走？」

「當然。」

「去柏林？」

彼得笑了。「不是，克里斯多福。別大驚小怪！只是回英國……」

「哦……」

「有班車能讓我今晚抵達漢堡。我大概會再從那邊轉車繼續走……我覺得自己必須不斷前進，直到離開這該死的國家為止……」

已經沒什麼好說的了。我默默地幫他打包。彼得將刮鬍鏡收進行李時，問道：「你記得奧托怎

麼打破這個的嗎？那次倒立？」

「我記得。」

打包完之後，彼得走到房間外的陽台。他說：「今晚，這外面會有很多口哨聲。」

我笑著說：「那我得下樓去安慰她們。」

彼得大笑。「是啊，辛苦你了！」

我送他到車站。幸運的是，列車駕駛在趕時間，所以只停了幾分鐘。

「你到了倫敦要做什麼？」我問。

彼得嘴角下垂，給了我一個苦笑。「大概再找個精神分析師吧。」

「記得要殺點價！」

「我會的。」

火車啟動，他揮著手。「再見了，克里斯多福。多謝你精神上的支持！」

彼得沒要我寫信給他，也沒邀我去他家拜訪。我猜他想忘了這個地方，以及所有和這地方相關的人。我不怪他。

就在當天晚上，我翻著一本一直在讀的書時，另一張奧托的紙條從書頁間滑落。

拜託親愛的克里斯多福別同樣也對我生氣，因為你不像彼得那麼白癡。你回到柏林時我會來看你，因為我知道你住哪。我在你的信上看過你的地址，我們可以好好聊聊。

你的摯友
奧托敬上

我心想，不知何故，他不會這麼容易打發。

其實，我這一兩天也打算回柏林了。我本以為會待到八月底，或許把小說寫完。但突然間，這地方顯得好冷清。我想念彼得跟奧托，還有他們每日的爭吵，程度遠超乎我預期。而奧托的舞伴們也不再悲傷地於暮光之中流連，於我的窗下徘徊。

421　呂根島（1931年　夏）

諾瓦克

水門街的入口是座巨型石拱門，有點老柏林的味道，上面畫有鐵錘跟鐮刀，以及納粹的卍字符號；同時也貼滿了破爛不堪的海報傳單，多半是公開拍賣或罪犯緝拿告示。這是一條幽深、破落的鵝卵石街巷，到處都是或躺或坐，哭哭啼啼的小孩。穿羊毛衣的年輕小伙子騎著自行車在街上悠悠蛇行，對提著牛奶罐經過的女孩高聲呼嘯。人行道上有人用粉筆畫了類似跳房子遊戲的格子。街尾好似立著一具高聳、尖得嚇人的紅色儀器，是一座教堂。

諾瓦克太太親自來替我開門。她的氣色比我上次見到時更不好，眼下掛著深深的大眼袋。她戴著同樣的帽子，穿著骯髒的黑色舊外套。起先她並沒有認出我。

「午安，諾瓦克太太。」

她的表情慢慢從疑神疑鬼，轉變成明亮、羞怯，幾乎是少女般的歡迎笑容。

「唷，這不是克里斯多福嘛！快請進，克里斯多福先生！請進來坐。」

「不會打擾吧，您是不是正要外出？」

「不是、不是，克里斯多福先生——我才剛進門，就前一分鐘。」她急忙將雙手在外套上擦了擦，才跟我握手。「今天是我幫傭的日子，要到兩點半才能結束，所以到現在晚餐都還沒弄。」

她側身讓我進門。我推開門，結果敲到爐上煎鍋的把手，爐子就剛好在門後方。狹小的廚房裡

幾乎無法同時容納我們兩人。整個屋內瀰漫著用廉價人造奶油煎馬鈴薯後，那種令人窒息的味道。

「進來坐，克里斯多福先生。」她重複，急著要盡主人之誼。「家裡非常亂，請你見諒。我一早就得出門，而我的葛蕾特又是個大懶蟲，雖然她已經十二歲了，但若不從頭到尾在一旁盯著，別指望她會做任何事。」

客廳天花板是傾斜的，上面散布著因陳年濕氣形成的斑點；客廳裡有一張大桌、六張椅子、一座餐具櫃和兩張大雙人床。家具擺放得太過擁擠，以至於得側身才能勉強通行。

「葛蕾特！」諾瓦克太太吼道：「你在哪裡？馬上給我出來！」

「她出去了。」奧托的聲音從裡面房間傳來。

「奧托！快瞧瞧誰來了！」

「現在沒空，我正忙著修留聲機。」

「還真忙勒！你啊！你這沒用的東西！跟你媽這樣說話的啊！給我出來，你聽見沒？」

她瞬間自動火冒三丈，勢頭驚人。整張臉糾結在一起：瘦削、氣憤、激動。她氣得全身發抖。

「沒關係的，諾瓦克太太。」我說：「等他想出來再出來，這樣他會更加驚喜。」

「我還真有個好兒子！這樣對他媽說話。」

她已摘掉帽子，正從網袋中拿出油膩膩的包裹要拆。「老天，」她抱怨：「不知道那孩子野到哪裡去了？老是在街上混。都跟她說過幾百遍了，小孩子就是不會想。」

「諾瓦克太太，您的肺還好嗎？」

她嘆氣。「有時我覺得似乎比之前還糟。會像著火一樣，就這裡。當我工作完又好像累得吃不下。會變得很暴躁……我想醫生自己也不滿意。他提到冬天要送我去療養院。你知道嗎，我之前就去過。但總是有這麼多人在等待……還有，這屋子每年到了這個時候都這麼潮濕。你看到天花板那些斑點了嗎？有時候我們還得放洗腳盆在下面接漏水。當然，他們其實不該讓人居住在這種閣樓。督察人員再三告誡過他們。但你能怎麼辦呢？人總要有地方住啊。我們一年多前就申請過遷居，他們也一再保證會處理。但我敢說，一定還有很多人更貧窮更困苦……我丈夫前幾天在報紙上讀到關於英國人和英鎊的新聞。上面說英鎊一直跌。這些事我不懂。希望你沒損失什麼錢吧，克里斯多福先生？」

「事實上，諾瓦克太太，我今天來拜訪，部分也是出於這原因。我決定搬到便宜一點的地方。想請問這附近有沒有值得推薦的房子？」

「老天，克里斯多福先生，真遺憾！」

她真的相當震驚。「但你不能住在這一區——像你這樣的紳士怎麼可以！不行，這裡恐怕完全不適合你。」

「或許我沒您想得那麼挑剔。我只需要一個安靜、整潔，一個月差不多二十馬克的房間。再狹小都無所謂，我幾乎整天都在外面。」

她懷疑地搖著頭。「這樣的話，克里斯多福先生，我再想想看有沒有什麼……」

「晚餐還沒好嗎，媽媽？」奧托問，僅著襯衫出現在裡面的房門邊。「我快餓死了！」

「我整個早上都得替你做牛做馬，現在怎麼可能準備好啊，你這懶鬼！」諾瓦克太太使盡全力尖聲怒吼，又隨即毫無滯礙地轉換成逢迎的社交口吻，補了一句：「你沒見到誰在這裡？」

「咦……是克里斯多福啊！」奧托一如往常，馬上演了起來。極端的喜悅有如旭日慢慢照亮他整張臉。笑容在臉頰上掛起酒窩。他飛奔向前，一隻手臂圈住我脖子，緊握著我的手。「克里斯多福，你這老鬼，這段時間都躲到哪裡去了啊？」他的聲音變得可憐兮兮，還帶著責備。「我們好想你喔！你怎麼都不來看我們？」

「克里斯多福是個大忙人。」諾瓦克太太以指責的口吻插話。「他沒時間浪費在你這種無所事事的傢伙身上。」

奧托咧嘴而笑，對我眨了眨眼，然後轉向諾瓦克太太數落道：

「媽媽，你在想什麼啊？你要讓克里斯多福乾坐在那兒，連杯咖啡都沒有？爬了這麼多樓梯，他一定很渴！」

「奧托，渴的是你自己吧？謝謝，不用了，諾瓦克太太，我什麼都不需要——真的。我也不再耽誤您做飯……奧托，你現在有沒有空出來，幫我一起找找房子？我剛跟你母親說要搬來這一區住……要喝咖啡的話我們到外面喝。」

「什麼，克里斯多福——你要搬來這兒，搬到哈勒門！」奧托開始興奮得手舞足蹈。「唷，媽媽，這是不是太棒了！耶，我太高興了！」

「你就跟克里斯多福先生去附近看一看吧，」諾瓦克太太說：「晚餐至少要一個小時才會好。你在這裡也只是礙手礙腳。當然不是指你，克里斯多福先生。你會回來跟我們一起吃點東西吧？」

「諾瓦克太太，您真是太客氣了，但今天恐怕不行。我得早點回家。」

「媽，走之前給我片麵包吧。」奧托可憐兮兮地哀求：「我餓得像陀螺般暈頭轉向。」

「好啦。」諾瓦克太太切下一片麵包，惱火地輕拋給他。「但要是晚上屋裡沒東西讓你做三明治時，可別怪我……再見，克里斯多福先生。你能來看我們真好。如果你真決定住在附近，希望能

常來……不過我懷疑你能找到中意的屋子。你肯定不會習慣這裡……」

奧托正要跟著我走到屋外時，諾瓦克太太把他叫回屋內。我聽見他們爭吵，然後門關上了。我慢慢沿階梯走下五層樓，來到中庭。儘管頭頂的天空有太陽在雲端閃耀，樓底的院子仍陰暗潮濕。破掉的桶子、少了滾輪的嬰兒車、單車輪胎的碎片四散各處，像是掉到某個井裡的東西。

過了一兩分鐘，奧托才咚咚地走下樓梯跟我會合。

「媽媽不好意思問你——」他上氣不接下氣地說：「她怕你會生氣……但我說你肯定寧願跟我們在一起。在這裡你想做什麼就做什麼，也知道所有東西都很乾淨，好過去住一間到處是蟲的陌生屋子……你就答應吧，克里斯多福，拜託！一定會很好玩！你跟我可以睡在裡面的房間。你可以睡陸塔的床——他不會介意。他可以跟葛蕾特睡一張床……而你早上想睡多晚就睡多晚。想要的話，我還可以送早餐到床邊……你會來住吧？」

於是就這麼說定了。

我入住諾瓦克家的第一天晚上受到盛大歡迎。我提著兩個行李箱在剛過五點時抵達，發現諾瓦克太太已經在煮晚餐了。奧托悄悄告訴我晚餐是燉豬肺，特別招待的。

「你恐怕不會太喜歡我們的食物。」諾瓦克太太說：「畢竟跟你以前吃的很不一樣。但我們會盡力而為。」她滿臉笑容，興致勃勃。我不斷微笑，感覺既尷尬又礙事。最後，我攀爬過客廳的家具，在我的床邊坐下。沒有空間可以攤開行李，顯然也沒有地方可以放衣服。葛蕾特在客廳的桌上玩香菸牌卡。她是個大塊頭的十二歲小孩，長得還挺甜，但有點過胖且彎腰駝背。我的存在讓她很不自在。她忸怩、傻笑，不斷用一種刻意、平板、「成年人」的聲音喊：

「媽咪！快來瞧瞧這些美麗的花！」

「我沒時間看什麼花！」最後，諾瓦克太太氣沖沖地大聲回應：「我有個跟大象一樣龐大的女兒，卻得自己一個人累個半死煮晚餐！」

「說得沒錯，媽媽！」奧托高興地大聲附和。他轉向葛蕾特，義正詞嚴地說：「我倒想知道你為啥不去幫忙？你也夠胖了，卻整天坐著不動。給我馬上站起來，聽見沒！把那些髒卡片收起來，不然我就拿去燒了！」

他一手抓住那些牌卡，另一手甩了葛蕾特一耳光。葛蕾特顯然沒受傷，卻立刻誇張地嚎啕大哭起來。「噢，奧托，很痛欸！」她用雙手遮住臉，並從指縫間偷看我。

「你別去惹那孩子行不行啊！」諾瓦克太太在廚房尖聲高喊。「我倒想知道你有什麼臉敢說別

人懶！而你啊，葛蕾特，不准哭了——不然我會叫奧托好好揍你一頓，讓你哭個夠。你們兩個快把我搞瘋了。」

「媽媽啊！」奧托跑進廚房，環抱著她的腰，開始親吻她。「我可憐的媽咪、娘親、母親大人啊——」他用最噁心的關懷口氣深情說著：「你工作得那麼辛苦，奧托又常惹你生氣，但他不是故意的——他只是笨……我明天去幫你挑煤好不好，媽咪？這樣你會高興嗎？」

「放開我，你這大騙子！」諾瓦克太太一邊笑一邊掙扎。「不用你來灌迷湯！你哪會關心你可憐的老媽子啊！讓我安安靜靜做事吧。」

「奧托不是個壞孩子。」等奧托終於放開她，她繼續對我說：「但就是沒什麼腦袋。跟我的陸塔正好相反——他可真是模範兒子！只要有工作，不管做什麼都不會嫌棄，而且當他攢了幾分錢，不會自己拿去花掉，而是來跟我說：『媽，給你，拿去幫自己買雙暖和的居家鞋好過冬吧。』」諾瓦克太太向我伸出手，一副要給我錢的樣子。跟奧托一樣，她慣於當場演出自己描述的場景。

「老是陸塔這樣、陸塔那樣。」奧托憤憤地插話：「永遠都陸塔個沒完。但你說啊，媽媽，是誰前幾天給了你二十馬克？陸塔要工作多久才賺得到二十馬克啊？如果你要這樣說，就別期待還會有那麼多錢了。就算跪著來求我也一樣。」

「你這小渾蛋！」她立刻又豎起全身的刺。「在克里斯多福先生面前說這些東西，你都不會羞愧嗎！哎呦，要是他知道那二十馬克——及其他更多的錢——從哪來的，肯定不屑跟你在同一間屋裡多待一分鐘；而他這樣做對極了！你也真夠厚臉皮的——敢說是你給我錢！你明明知道要不是你爸看到那個信封……」

「說對了！」奧托大吼，像隻猴子似的對著她擺鬼臉，並開始興奮地手舞足蹈。「正合我意！快跟克里斯多福承認是你偷的！你是個小偷！你是小偷！」

「奧托，你好大膽子！」盛怒之下，諾瓦克太太一手抓起平底鍋的蓋子。我往後跳一步，免得被波及，卻絆到椅子，一屁股跌坐在地。葛蕾特刻意發出一聲夾雜歡愉與擔憂的尖叫。門打開。是諾瓦克先生下班回家了。

他是個強壯、粗矮的男人，留著兩撇尖鬍子、修剪得很短的頭髮，以及濃密的眉毛。登場時半打嗝般長長哼了一聲。他顯然並不明白發生了什麼事，或只是根本不在乎。諾瓦克太太什麼也沒對他說。她把鍋蓋悄悄掛回鉤子上。葛蕾特從椅子上跳起來，張開雙臂飛奔過去。「爹地！爹地！」

諾瓦克先生低頭對著她微笑，露出兩三顆被尼古丁熏黃的牙齒。他彎腰抱起她，熟練而小心，帶著某種欣賞與好奇，像是在抱一口珍貴的大花瓶。他的職業是家具搬運工。然後他伸出手——不

急不徐，親切卻不過分矯情。

「你好，先生！」

「克里斯多福先生來跟我們同住，你高不高興，爹地？」葛蕾特攀著她父親的肩膀，用她甜美卻平板的語調說道。一聽到這話，諾瓦克先生彷彿突然間獲得新能量，開始更加熱情地握手，並大力拍著我的背。

「高興？我當然高興囉！」他點著頭表達強烈贊同。「英國人？**英國人***？哈哈，沒說錯吧？是啊，你瞧，我會說法語。現在大部分都忘了。戰時學的。我是**士官**——上過前線，跟很多俘虜說過話。都是好傢伙。跟我們都一樣……」

「你又喝醉了，老爹！」諾瓦克太太嫌惡地大聲說：「克里斯多福先生會怎麼想啊！」

「克里斯多福不會介意。是吧，克里斯多福？」諾瓦克先生拍拍我的肩膀。

「什麼克里斯多福啊！應該稱呼克里斯多福先生才對！一個紳士在面前你看不出來嗎？」

「叫我克里斯多福就行了。」我說。

*此角好賣弄法文，句中不時穿插法語，原文沿用之處以不同字體標示，後文亦同。

「沒錯！克里斯多福說得對！我們都是血肉之軀……金錢、金錢——都是一樣的東西嘛！哈哈！」

奧托拉住我另一隻臂膀。「克里斯多福已經是這家庭的一分子了！」

稍後我們坐下來享用一頓豐盛的大餐，有燉豬肺、黑麵包、麥芽咖啡和水煮馬鈴薯。諾瓦克太太頭一遭手邊有那麼多錢可以花（我預付了十馬克作為當週伙食費），於是大手筆準備了夠一打人吃的馬鈴薯。她不斷從一個大鍋中將馬鈴薯舀到我的盤子裡，直到我快要窒息為止。「多吃一點，克里斯多福先生，你都沒吃什麼。」

「我這輩子從沒吃過這麼多東西，諾瓦克太太。」

「克里斯多福不喜歡我們的食物。」諾瓦克先生說：「沒關係，克里斯多福，你會習慣的。奧托剛從海邊回來時也是一樣。跟著他的英國人享受了各種好東西……」

「閉上你的嘴，老爹！」諾瓦克太太警告。「你就不能少管那孩子嗎？他已經夠大，可以自己判斷什麼是對或錯了——因此他更該感到羞恥！」

陸塔進屋時我們還在吃。他將帽子丟到床上，禮貌卻沉默地跟我握手，並微微欠身，然後在桌邊坐下。我的存在似乎一點也未引起他的驚訝或興趣——他跟我沒有什麼眼神交會。我知道他只有

二十歲，但看上去不只這年齡。他已經是個男人了。奧托在他身旁幾乎顯得有點孩子氣。他有張瘦削、骨凸的農夫臉，上面彷彿刻畫著一族人面對荒蕪田地的痛苦回憶。

「陸塔在念夜校。」諾瓦克太太驕傲地跟我說：「他之前在一間修車廠工作，現在想讀工程。當今除非你有個什麼文憑，不然到哪裡都別想找到工作。你得瞧瞧他的畫，克里斯多福先生，等你有空的時候。老師都說真的畫得很好。」

「我很樂意瞧瞧。」

陸塔沒有回應。我同情他，也覺得自己有點愚蠢，無奈諾瓦克太太已決心要好好炫耀一番。

「你哪幾天晚上有課，陸塔？」

「週一和週四。」他執意一口一口繼續吃著，看也不看他的母親。然後或許為了表示並非惡意擺我臉色，他補充說：「從八點到十點半。」晚餐一結束，他就一言不發起身，跟我握了握手，同樣微微鞠個躬，拿了他的帽子出門。

諾瓦克太太目送他離開，然後嘆氣道：「大概又去找他的納粹朋友了。我常希望他別跟他們來往。那些人灌輸他各種無聊的想法，讓他靜不下來。自從他加入他們之後，就完全變了一個人……我是不懂這些政治上的事啦，但我總是覺得——為什麼不能恢復帝制呢？不管怎麼說，那都是美好

的時光。」

「嘿，去你的老皇帝。」奧托說：「我們要的是共產革命。」

「共產革命！」諾瓦克太太哼了一聲說：「那只是理想！共產主義者全都是跟你一樣沒用的懶鬼，一輩子沒做過一天正經工作。」

「克里斯多福是共產主義者。」奧托說：「沒錯吧，克里斯多福？」

「恐怕不是很稱職。」

諾瓦克太太笑道：「接下來你又要跟我們胡說八道什麼了！克里斯多福先生怎麼可能是共產主義者？他是個紳士。」

「我的看法是——」諾瓦克先生放下刀叉，用手背小心地擦了擦鬍子。「我們全都生而平等。你跟我一樣好，我也跟你一樣好。法國人跟英國人一樣好，英國人跟德國人一樣好。你懂我的意思嗎？」

我點點頭。

「就拿戰爭為例——」諾瓦克先生將椅子從桌邊往後推。「有天我在一座森林中。單獨一人，你懂吧。我就像越過街道般，一個人穿過樹林……突然間——我面前站著一個法國人，彷彿是從土

裡冒出來似的。他和我的距離不會比現在的你更遠。」諾瓦克先生邊說邊站起身，抓起桌上的麵包刀，像刺刀般舉在身前，擺出防衛的姿勢。濃密眉毛下的雙眼怒視著我，重現當時的景況。「我們站在那兒，瞪著對方。那個法國人臉色像死人一樣蒼白。忽然他哭喊：『別開槍！』就像這樣。」諾瓦克先生雙手交握，擺出可憐的求饒姿態。麵包刀現在成了累贅——他把刀放在桌上。

「『別開槍！我有五個孩子。』（當然，他是說法文，但我聽得懂。那時候我可以說流利的法文，不過現在已經忘掉一些了。）我望著他，他也望著我。然後我說：『阿米。』（那是法文中朋友的意思。）接著我們握手。」諾瓦克先生滿懷情感地執起我的雙手，用力緊握。「後來我們開始慢慢走開——用倒退的。我可不想讓他從背後偷襲。」諾瓦克先生依然瞪著前方，並開始一步步謹慎地向後倒退，直到猛地撞上餐具櫃。一個相框跌落，上面的玻璃碎裂。

「爹地！爹地！」葛蕾特樂得高喊：「瞧瞧你闖的禍！」

「總該學到教訓了吧。別再胡鬧了，你這老小丑！」諾瓦克太太氣憤地叫罵。葛蕾特開始刻意大聲狂笑，直到奧托賞她耳光，讓她再次上演假惺惺的哀鳴。在此同時，諾瓦克先生對他老婆一下子親吻，一下子捏臉頰，讓她怒氣為之一消。

「走開，你這老不修！」她笑著抗拒，暗地裡很高興我在場。「離我遠點，你渾身酒味！」

那段時期，我有很多課要教，幾乎整天都不在家。我的學生散布在城西的高級住宅區——都是富裕、保養得宜的女人，跟諾瓦克太太年齡相仿，但看起來年輕了十歲。無聊的下午，丈夫都在公司上班時，她們喜歡來點英語會話作為嗜好。我們坐在開放式壁爐前，腳下是絲綢坐墊，討論的是《針鋒相對》（Point Counter Point）和《查泰萊夫人的情人》（Lady Chatterley's Lover）。男僕會端著茶和奶油吐司進來。有時候，當她們厭倦了文學，我就講講諾瓦克一家人的事來娛樂她們。然而，我小心避免洩漏自己住在那裡：承認自己真的很窮對這份工作並不利。那些女士們每小時付我三馬克——付得有點心不甘情不願，還都曾盡力想將費用殺到兩馬克五十芬尼。其中多數也試過，或蓄意或下意識地，要誘騙我待超過授課時間。因此我老是得隨時注意時鐘。

沒什麼人想在早上上課，因此我通常比諾瓦克家的人都晚起得多。諾瓦克太太要去幫傭，諾瓦克先生去家具搬運公司上班；陸塔沒工作，但在幫一個朋友送報；葛蕾特去上學。只有奧托跟我作伴——除了某些早晨，他在母親無休無止的叨唸下，被趕到勞工局替失業卡蓋章。

吃完早餐（一片沾肉汁的麵包配上一杯咖啡），奧托會脫光睡衣褲開始做運動，對空練拳或倒立，不斷繃起肌肉想博取我的讚嘆。他會蹲踞在我的床上，跟我說他的故事。

「克里斯多福，我有沒有跟你說過我看到鬼手的經歷？」

「好像沒有。」

「那聽好了……有一次，我很小的時候，晚上躺在床上。很晚了，四周非常暗。我突然醒來，看到一隻黑色大手在空中展開。我嚇得叫都叫不出來，只能縮腿貼著下巴，直盯著那手。然後過了一兩分鐘，手消失了，我大叫出聲。媽媽衝進房間，我說：『媽媽，我看到鬼手了。』但她只是一直笑，完全不相信。」

奧托那張純真的臉，掛著兩個酒窩，就像塊小圓麵包，現在變得非常嚴肅。他那不可思議的雙眼又小又亮，凝視著我，集中起他所有的敘事能力。

「接著呢，幾年後，我去當一位室內裝潢師傅的學徒。有一天——是上午喔，大白天——我正坐在凳子上工作。突然，房裡似乎全暗了下來。我抬起頭，鬼手就在那兒，距離我就像你現在這麼近，整個籠罩著我。我感覺手腳都變得冰冷，不能呼吸，也無法出聲。師傅看到我臉色發白，就問說：『咦，奧托，你怎麼了？不舒服嗎？』當他跟我說話時，那手似乎又離我遠去，越變越小，最後變成一個黑點。於是我再次抬頭時，房間裡就跟平常一樣明亮得很，而之前看到黑點的地方，現在有隻大蒼蠅正緩緩爬過天花板。但我一整天都很不舒服，師傅只好放我回家。」

奧托在詳述這段往事時，面孔變得很蒼白。有一瞬間，真的有一種恐懼的神色閃過他的臉。他陷入愁雲慘霧，小眼睛閃著淚光。

「總有一天我會再見到那鬼手，那時候就是我的死期了。」

「胡扯，」我笑著說：「我們會保護你。」

奧托悲傷地搖搖頭。

「希望如此，克里斯多福。但恐怕沒辦法。鬼手最終一定會抓住我。」

「你跟了裝潢師傅多久？」我問。

「哦，不久，只有幾個禮拜。師傅對我好嚴苛，老是指派我最艱難的工作——而我那時候還只是個小鬼頭而已。有一天我遲到了五分鐘，他就大發雷霆，罵我**該死的狗雜種**。你以為我會默默忍受嗎？」奧托前傾，將臉貼向我，表情糾結猙獰，像猴子般橫眉豎目。「**不會！我才不會！**」他的小眼睛帶著野獸似的強烈敵意緊盯著我好一陣子，糾結的臉孔變得極其醜惡。然後他的五官放鬆下來，我不再是裝潢師傅了。他仰著頭，露出牙齒，開懷純真地大笑。「我假裝要打他，把他嚇個半死！」於是他模仿一個受驚的中年男子躲拳頭的動作，然後縱情地笑。

「所以你得離開？」我問。

奧托點頭，臉色慢慢變了。他又再次鬱鬱寡歡。

「你的父親跟母親怎麼說？」

「喔，他們一向不贊同我。從我小的時候開始就是這樣。如果有兩塊麵包，媽媽總是會把較大的那一塊給陸塔。我每次抱怨他們都回說：『去工作。你夠大了，要吃自己去賺。我們為什麼要養你？』」奧托由衷地自憐，濕了眼眶。「這裡沒人瞭解我，沒人對我好。他們全都討厭我，希望我死掉。」

「奧托，你怎麼能說這種話！你的母親肯定不討厭你。」

「可憐的媽媽！」奧托同意。他立即改變語氣，似乎完全不知道自己剛才說了些什麼。「真慘呀。我一想到她每天那樣拚命工作就受不了。你知道嗎，克里斯多福，她病得非常、非常重。她晚上經常會連咳好幾個小時，有時候還會吐血。我躺在床上心想她是不是要死了。」

我點頭，但仍不由自主開始笑。不是我不相信他說的關於諾瓦克太太的事，而是蹲伏在床上的奧托本人，肉體上是如此充滿生氣，裸露的棕色身軀如此健美油亮，使得他談到死亡時顯得荒唐可笑，像是一個濃妝豔抹的小丑在描述一場喪禮。他必定明白這點，因為他報以微笑，對我明顯的麻木不仁一點也不覺驚訝。他伸直雙腿，彎身前傾，毫不費力用雙手抓住腳掌。「這你辦得到嗎，克

里斯多福？」

他突發奇想，高興地問：「克里斯多福，如果我給你看些東西，你能發誓不對任何人說嗎？」

「好啊。」

他起身到床下翻找。窗邊一塊角落的地板鬆了；他抬起地板，撈出一個曾用來裝餅乾的錫罐。罐子裡滿是信件與相片，奧托把這些全攤在床上：

「媽媽要是發現這些，會全部都拿去燒掉……你看，克里斯多福，她怎麼樣？她的名字叫希兒妲，我在跳舞的地方認識的……這是瑪麗，她的眼睛漂亮吧？她為我瘋狂——其他男孩都很嫉妒。但她不是我喜歡的型。」奧托認真地搖了搖頭。「說來奇怪，一旦知道哪個女孩對我有意思，我就對她沒興趣了。我想跟她一刀兩斷，但她跑來這裡，在媽媽面前大鬧了一場。所以我偶爾得去見見她，安撫她……還有這位是楚德——說實話，克里斯多福，你相信她二十七歲嗎？千真萬確！那副身材可真不得了是吧？她住在西區，有一間自己的房子耶！她離過兩次婚了。我可以隨時去找她。這裡有張她弟弟幫她拍的照片。他想要拍我們倆的合照，但我不肯。我怕他之後會拿去賣——弄不好是會被逮捕的，你也知道……」奧托嘻嘻作笑，遞給我一疊信。「來，讀讀看，肯定會讓你笑出來。這封是個荷蘭人寫的，他有一輛我這輩子見過最大台的車。我春天跟他在一起。他偶爾會寫信

給我。爸爸得到了風聲，現在都會檢查信封裡有沒有放錢——下流的老狗！但我自有妙計！我已經告訴所有朋友將信寄到街角的麵包店。麵包師傅的兒子是我的死黨……」

「你有彼得的消息嗎？」我問。

奧托嚴肅地凝視著我一會兒。「克里斯多福？」

「怎麼？」

「能幫我一個忙嗎？」

「什麼事？」我小心翼翼地問。奧托總是會挑最意想不到的時刻借點小錢。

「拜託……」話裡帶著溫和的責備。「拜託別再對我提到彼得的名字……」

「噢，好。」我說，有點措手不及。「你不想提就不提。」

「你知道嗎，克里斯多福……彼得傷我非常深。我以為他是朋友。結果，突然間，他就拋下了我——獨自一人……」

在這濕冷的秋天，陰暗的庭院裡總有霧氣縈繞不散，街頭歌者和音樂家在此輪番上陣演出，幾乎不曾間斷。有幾個彈曼陀林的男孩團體、一名拉手風琴的老人，還有一名父親帶著幾個小女兒一

同合唱。最受歡迎的曲子無疑是〈青年之歌〉（Aus der Jugendzeit）。我經常一個早上聽到十幾次。女孩們的父親已經癱瘓，只能像驢子般發出絕望的喉音，但他的女兒們唱起歌來卻充滿魔鬼似的精力：「她來，她不來！」她們齊聲高唱，像是惡魔在空氣中歡慶人類的挫敗。偶爾會有一個硬幣，用報紙的一角裹著，從高處的窗戶擲下來，打在路面上，像顆子彈般彈跳，但小女孩們從不退縮。

有時家庭探訪護士會來看諾瓦克太太，對床位的安排搖了搖頭，又走了。住屋督察員是一位蒼白、穿著開領衫（顯然是他固定的打扮）的年輕男子，也常來拜訪，寫了一大堆筆記。他跟諾瓦克太太說，閣樓是絕對不衛生、不適合居住的。說這些話的時候略帶有一點指責的意味，好像我們自己也要負部分的責任。諾瓦克太太極其痛恨這些來訪。她認為他們都只是想要監視她。一直有種恐懼在她心頭揮之不去，那就是護士或督察員會在屋內凌亂不堪的某一刻闖進來。猜疑如此之深，以至於她甚至會撒謊——假裝屋頂的漏水不嚴重——只求盡快把他們趕出屋子。

另一個固定的訪客是猶太裁縫師兼服飾商，以分期付款的方式販售各種服裝。他矮小、和善，且非常能說善道。他整天都在這一區挨家挨戶拜訪，這邊收五十芬尼，那邊收一馬克，一點一滴湊起他不穩定的生計，就像隻母雞在這片顯然十分貧瘠的土地上啄食著。他從不逼人還錢，而喜歡慫

愚債務人買下更多的商品，開啟一連串新的應付款項。兩年前，諾瓦克太太花三百馬克替奧托買了一套西裝和一件大衣。西裝和大衣早就穿破了，但費用卻遠遠沒償清。我入住後不久，諾瓦克太太在葛蕾特的衣服上又投資了七十五馬克。裁縫完全沒有異議。

整個社區都欠他錢，然而他並非不受歡迎。他享受當一個公眾人物的處境：接受人們不帶真正惡意的咒罵。「或許陸塔說得對。」諾瓦克太太有時候會說：「等希特勒上台，就會給這些猶太人一點顏色瞧瞧。到時他們就不敢那麼厚臉皮了。」但當我提醒要是希特勒掌權，會把所有裁縫師都除掉，諾瓦克太太的語氣又立刻一轉：「噢，我可不希望發生這種事。畢竟他衣服做得非常好。而且，如果手頭不方便，猶太人總是會給你時間。你找不到基督徒會讓人賒那麼多帳的……克里斯多福先生，你可以問問這附近的人，他們絕不會把猶太人趕走。」

奧托一整天都悶悶不樂地在閒蕩——不是在屋內晃來晃去，就是在樓下庭院的出入口跟朋友聊天——接近傍晚他才會開始提起精神。當我工作完回來，常發現他一身毛衣配燈籠褲，已經換成了最好的西裝，肩墊得老高，內搭窄小貼身的雙排扣背心，下身則是一條喇叭褲。他有為數可觀的領帶，至少要花半小時挑選並打出滿意的結。他笑嘻嘻地站在廚房那面裂開的三角鏡前，粉紅色的李

子臉志得意滿地掛著酒窩，完全不顧一旁的諾瓦克太太抗議他礙事。晚餐一結束，他就去跳舞了。

我晚上通常也會出門。不管有多累，我都沒辦法在晚餐後立即上床睡覺：葛蕾特和她的父母倒是常常九點就上床。我會去看電影，或到酒館坐坐，讀讀報紙，打打呵欠。沒有什麼其他事好做。

街尾有一間酒窖，名為「亞歷山大賭場」。這地方是奧托有天晚上碰巧跟我一同出門時告訴我的。從街道往下走四層階梯，打開門，撥開隔絕風勢的沉重皮門幔，就會發現自己身處在幽長、低矮、昏暗的房間內。室內張著中國式紅色燈籠，結著滿布灰塵的紙綵，幾張藤桌和破舊的長椅沿牆擺放，椅子看上去像來自英國三等鐵路車廂。房間尾端有個格子結構的壁龕，架上用鐵絲纏著盛開的假櫻花。整個地方瀰漫著啤酒的濕氣。

我曾來過這裡——一年前，有段時間，弗里茨．溫德常在週六夜晚帶我去城中的低級酒館或俱樂部「見識見識」。這裡就跟我們之前來時沒兩樣，只是少了點罪惡，少了點個性，不再象徵某種關於存在意義的龐大真理——因為這次我清醒得很。同一位老闆，一名前拳擊手，將大肚子擱在吧檯上。同一位卑躬屈膝的服務生，身穿筆挺白外套，拖著腳步前進。兩個女孩，或許也是同一對，配合擴音器的呼號跳著舞。一組穿著毛衣和皮夾克的年輕人在玩牌；旁觀者在旁傾身看牌。一個手臂上刺青的男孩坐在暖爐旁，專心讀著犯罪小說。他的襯衫敞著衣領，袖子捲到腋下；下身穿著短

褲和襪子，彷彿要參加什麼比賽。遠端的壁龕處，一個男人和一個男孩坐在一起。男孩有張孩子氣的圓臉，眼皮好似缺乏睡眠而顯得紅腫。他在跟那位年長、光頭、外表體面的男人講述些什麼，男人有點不情願地坐在那兒邊聽，邊抽著一根短雪茄。男孩抱著極大的耐心，仔細說著他的故事。為了加強語氣，他還不時將手置於年長男人的膝蓋上，並仰望他的臉，精明而專注地看著他臉上表情的變化，像是一名醫師在面對緊張的病患。

後來，我跟這男孩變得相當熟。他名叫皮普斯，是個了不起的旅行者。他十四歲就逃家，因為在圖林根森林做伐木工的父親經常打他。一開始皮普斯步行前往漢堡。在漢堡他偷渡上一艘開往安特衛普的船，然後從安特衛普步行回德國，再沿著萊茵河走。他還去過奧地利和捷克斯洛伐克。他有滿肚子的歌曲、故事和笑話，本性非常開朗樂天，有什麼都會跟朋友分享，從不擔心下一餐從哪來。他是個聰明的扒手，主要在腓德烈大街的一間遊樂場做案。那裡離繁華的商店街不遠，但現今商店街到處都是警探，風險變得太高了。遊樂場裡有拳擊吊球、脫衣舞和腕力機。亞歷山大賭場的男孩們下午多半都會在那裡消磨時光，在此同時他們的女友則到腓德烈大街和菩提樹下大道搜尋獵物。

皮普斯和兩個分別叫傑哈特與寇特的朋友，同住在運河岸邊，鄰近高架鐵路車站的一間地下室

裡。地下室屬於傑哈特的阿姨所有；她是腓德烈大街一名上了年紀的妓女，腿和手臂刺了各種蛇、鳥和花。傑哈特則是個高大的男孩，笑起來空洞、呆滯、不快樂。他不幹扒手，而是去大百貨公司行竊。他從未被逮過，或許是因為偷竊手法太瘋狂無恥。他會一邊傻笑，一邊就在店員的面前將東西塞進口袋。他將所有偷來的東西都交給了咒罵他懶散，且總是讓他缺錢的阿姨。有一天，我們聚在一起時，他從口袋裡掏出一條色彩明亮的女用皮帶。「你瞧，克里斯多福，漂亮吧？」

「你從哪裡弄來的？」

「從藍道爾百貨。」傑哈特告訴我。「咦……你笑什麼？」

「沒什麼，只是藍道爾一家是我的朋友。有點好笑——如此而已。」

傑哈特當場面露驚慌。「你不會跟他們說吧，克里斯多福？」

「不會的。」我向他保證。

寇特比其他人少到亞歷山大賭場來。而比起瞭解皮普斯或傑哈特，我更能瞭解他，因為他是有自覺的不快樂。他的個性中有些魯莽與毀滅性的特質，能夠驀然間對人生的無望爆發熊熊怒火，德國人稱之為「Wut」。他會沉默地坐在角落，猛灌著酒，用拳頭敲打桌面，一臉囂張惱怒。接著突然間一躍而起，高聲說：「哦，真該死！」並大步走出去。處在這種情緒中，他會故意找其他男孩

的碴，同時跟他們三或四個人打架，直到全身是血，半昏迷地被轟到大街上。這種時候，就連皮普斯和傑哈特也會對他群起攻之，好像在對抗某種公眾威脅：他們跟其他人一樣使勁揍他，之後再一人挾一邊把他拽回家，對他經常賞的黑眼圈毫無怨恨。他的行為似乎一點也不讓他們感到訝異。隔天他們又全都成了好朋友。

我回到住處時，諾瓦克夫婦多半已經入睡兩三個小時了。奧托通常還要更晚才會回來。然而諾瓦克先生雖然對兒子其他的行為感到憤怒，卻似乎從不介意起床幫他開門，不管時間有多晚。出於某些奇怪的原因，諾瓦克夫婦無論如何就是不肯幫奧托或我配把鑰匙。除非門被緊緊閂上再鎖上，否則他們無法安眠。

這種廉價公寓是四家共用一間廁所。我們的廁所在下面一層樓。如果我睡前想要解放，還得在黑暗中穿過客廳到廚房，途中要繞過桌子，避開椅子，避免撞到諾瓦克夫婦的床頭，或動到陸塔和葛蕾特睡的床。然而不管我多小心移動，諾瓦克太太都會醒來。她似乎能在黑暗中看到我，並禮貌地為我指引方向，讓我更加不好意思。「不對，克里斯多福先生——抱歉，不是那邊，是左邊的桶子，就在火爐邊。」

躺在床上，一片黝黑中，在這有如飼養場般擠滿了人的龐大聚落，我窩在一角，可以聽見樓下院子傳來的所有聲音，清晰得可怕。院子的形狀肯定是起了類似留聲機喇叭的作用。有人下樓：八成是鄰居慕勒先生；他在鐵路值夜班。我聽著他的腳步聲一階一階逐漸微弱，然後穿過庭院。踩在濕石地上的聲音清楚黏濘。拉長耳朵，我聽見，或以為自己聽見，大門的門鎖中有鑰匙在轉動。一會兒之後，大門隨著低沉的一聲砰關上了。現在，隔壁房傳來諾瓦克太太劇烈的咳嗽聲。緊接著一片寂靜中，只聽見陸塔翻身讓床咯吱作響，同時喃喃說著些模糊難辨、貌似凶險的夢話。院子另一頭的某處，一個嬰孩開始哭嚎，一扇窗重重關上。在樓房最幽深隱蔽之處，某個非常沉重的東西悶聲敲打著一面牆。感覺陌生、神秘、詭異，彷彿孤身睡在叢林之中。

星期日，我在諾瓦克家度過漫長的一天。天候惡劣，我們沒什麼地方好去，全都待在家裡。葛蕾特和諾瓦克先生試著用陷阱捉麻雀，機關是諾瓦克先生之前就做好的，固定在窗戶上。他們坐在那兒一連好幾個小時，專注在陷阱上。啟動機關的線在葛蕾特手裡。偶爾，他們對著彼此咯咯笑，並看看我。我坐在桌子的另一側，對著一張紙皺眉；紙上有我寫下的文句：「可是，愛德華，你不明白嗎？」我試著繼續我的小說。故事是關於一個家庭，他們住在廣大的鄉間別墅，生活仰賴不勞

而獲的收入，而且非常不快樂。他們把時間花在互相解釋為何他們沒辦法好好享受生活；而其中某些原因——雖然我是自賣自誇——還挺高妙。遺憾的是，我發現自己對這不快樂的家庭越來越興趣缺缺：諾瓦克家的氛圍不是很能激發靈感。裡面的房間敞著門，奧托在一台舊留聲機的轉盤上排列著一些小飾品。留聲機現在缺了音箱和拾音臂，而奧托純粹是想看看那些飾品多久會被甩飛砸壞，以為自娛。陸塔在替鄰居磨鑰匙和修鎖；他蒼白嚴肅的臉專心一意埋在工作中。正在煮飯的諾瓦克太太，開始一番優秀與無用兄弟的說教：「瞧瞧陸塔，他就算失業也不會讓自己沒事做。而你呢，只會砸東西。你根本不是我的兒子。」

奧托懶洋洋地躺在床上冷笑，偶爾吐出一兩個髒字或用嘴唇發出放屁的聲音。他的聲音中有某些語調惹人發狂，讓人想要傷害他——而他自己也知道。諾瓦克太太尖聲的斥責演變為咆哮。「我真想把你趕出去！你替我們做過什麼？每次有工作你就太累沒法做，但半夜跑出去閒逛你又不累了——你這頑劣邪惡的廢物……」

奧托一躍而起，開始在房內跳舞，發出野獸得意的吼叫。諾瓦克太太拾起一塊肥皂朝他扔去。他閃身躲開，肥皂砸破了窗戶。接著諾瓦克太太坐下開始哭。奧托立即飛奔過去，開始用大聲的親吻來哄她。陸塔或諾瓦克先生都沒怎麼注意這場口角。諾瓦克先生甚至還好像有點樂在其中：他偷

偷對我眨了眨眼。稍晚，窗上的洞用了一片硬紙板堵住。窗子一直沒修補，讓閣樓眾多的風口又多了一個。

晚飯時，我們全都樂不可支。諾瓦克先生起身模仿猶太教徒和天主教徒不同的祈禱方式。他雙膝下跪，用頭大力朝地面磕了好幾下，嘰哩咕嚕說些沒人懂的話，假裝希伯來和拉丁祈禱文：「庫里逢得卡，庫里逢得卡，庫里逢得卡。阿門。」然後他開始說起死刑的故事，給又怕又愛聽的葛蕾特和諾瓦克太太聽。「威廉一世——就是老威廉——從不簽署死刑執行令。你們知道為什麼嗎？因為有一次，就在他即位後不久，發生了一樁舉國皆知的凶殺案，審理了很長一段時間，幾位法官都無法判定嫌犯是有罪或無罪，但最後他被判處死刑。他們將他送上斷頭台。劊子手舉起斧頭——預備，然後一揮——就像這樣，咯一聲！人頭落地。（他們當然都是受過訓練的；就算給我們一千馬克，你我也不可能一擊就把人的頭砍下來。）那頭落進籃子裡——撲通一聲！」諾瓦克先生又一次翻起白眼，舌頭掛在嘴角，極其噁心又活靈活現地模仿被斬下的頭。「然後那頭自己開口說話了，說：『我是無辜的！』（當然，那只是神經作用；但它說起話來就跟我現在一樣清楚。）『我是無辜的！』它說……幾個月後，另一個男人臨死前坦承他才是真正的凶手。所以，自此之後，威廉再也沒簽過死刑執行令！」

水門街數十年如一日。我們漏水滯悶的閣樓充滿菜餚與臭水溝的味道。客廳的暖爐點起時，我們幾乎無法呼吸；但不點，我們又會凍得半死。天氣變得非常寒冷。諾瓦克太太不工作時，就踩著沉重的腳步，從診所走到健康委員會的辦公室，然後再走回去。辦公室的走廊灌著風，她會坐在長椅上枯等好幾個小時，或對著複雜的申請表格苦苦思索。醫師們對她的病情無法做出一致的結論。有一位傾向將她立即送往療養院，另一位認為她已病入膏肓，送去也無濟於事——並且毫不避諱地就這麼跟她說。還有一位跟她保證並無大礙：她只需要去阿爾卑斯山度假兩星期就可不藥而癒。諾瓦克太太懷著無比敬意傾聽三位醫師的意見，再一字不差地向我轉述這些會診情況，要讓我確信他們每一位都是全歐洲最仁慈、最聰明的醫學教授。

她回到家，不斷咳嗽打顫，鞋子濕透，筋疲力盡，情緒近乎歇斯底里。一進屋她就會開始叱責葛蕾特或奧托，完全自動，像是一個上好發條的娃娃自己說起話來。

「你給我聽好——你最後會去吃牢飯！我真該在你十四歲時就把你送去感化院，或許對你還有點好處……回想起來，我整個家族中，從沒有一個人不是體體面面，值得尊敬的！」

「**你**值得尊敬！」奧托冷笑。「你小時候可是隨便找到一個穿褲子的就跟著跑了。」

「不准你對我說這種話！聽見沒有？不准！噢，真希望我在生你之前就死了。你這惡毒的壞孩子！」

奧托在她身旁跳來跳去，躲避她的追打，對自己掀起的紛爭欣喜若狂，興奮地扮出各種恐怖的鬼臉。

「他瘋了！」諾瓦克太太高聲說：「你快瞧瞧，克里斯多福先生。我問你，他是不是個胡言亂語的瘋子？我一定要帶他去醫院檢查。」

這說法正切合奧托的浪漫想像。經常，當我們倆獨處時，他會眼中含淚跟我說：

「我不會在這裡待多久了，克里斯多福。我的神經正在崩潰。很快他們就會來把我帶走，讓我穿上約束衣，用橡膠管餵食。當你來探望時，我不會認得你是誰。」

諾瓦克太太和奧托不是唯二有「神經」的人。儘管緩慢但毫無疑問，諾瓦克一家正在瓦解我的抵抗力。每一天，我都發現廚房水槽的氣味更難聞；每一天，奧托吵架的聲音似乎就更刺耳，他母親的則更尖銳。葛蕾特的啼哭讓我坐立難安。每當奧托甩門我就會敏感地瑟縮一下。夜晚沒喝到半醉我就無法入睡。而且，我私底下還擔心身上起了些神秘奇怪的疹子：有可能是諾瓦克太太煮的菜所造成，或其他更糟的原因。

我現在夜晚多半流連在亞歷山大賭場。我坐在角落暖爐邊的一張桌前寫信，跟皮普斯、傑哈特聊天，或只是看著其他客人當消遣。店裡通常很安靜。我們全都無所事事地坐著或倚靠在吧檯邊，等著某件事情發生。外門一傳來聲音，十幾雙眼睛就會轉往同一方向，看看皮門幔後會出現什麼新訪客。一般而言，都只是提著籃子的餅乾小販，或拿著捐獻箱和傳單的救世軍女孩。餅乾小販如果當天生意不錯，或是喝醉了，就會跟我們擲骰子賭幾包餅乾。至於那個救世軍女孩，她喃喃重複著單調的說詞，繞屋內一圈，一無所獲然後離去，不會讓我們感到一絲不舒服。確實，她已經成為夜晚例行公事的一部分，甚至在她離開後，傑哈特和皮普斯也不會取笑她。接著，一個老人會拖著腳步走進來，跟酒保耳語幾句，兩人就一起退到吧檯後面的房間裡。他是個古柯鹼上癮的毒蟲。過了一會兒，他會再度現身，舉起帽子對我們所有人含糊地致個意，然後拖著腳步離去。老人臉部神經會不自主抽搐，並不斷搖著頭，彷彿在對人生說：不、不、不。

有時候會有警察來，尋找通緝犯或逃離感化院的青少年。他們的來訪通常都在預期中，也做好了準備。皮普斯還教我，要是有什麼萬一，可以從廁所的窗戶逃到屋後的庭院中。「但你一定要小心，克里斯多福，」他補充：「好好跳遠一點，不然你會跌到輸煤槽，滾進地下室。我就發生過一次。跟在我後面的漢寶．華納笑翻了，結果就被條子逮住。」

星期六和星期天的晚上，亞歷山大賭場常人滿為患。會有來自西區的觀光客抵達。他們就像來自另一個國家的使節，其中有許多是外國人——荷蘭人及英國人佔多數。英國人說話時聲音響亮、高亢、興奮。他們討論共產主義、梵谷及最好的餐廳。其中一些人似乎有點害怕；或許他們老覺得自己在這賊窟中會被捅一兩刀。皮普斯和傑哈特跟他們同坐一桌，模仿著他們的口音，討些飲料和香菸。一個戴著角框眼鏡的肥胖男子問道：「你們有去比爾替黑人歌手辦的那個美妙派對嗎？」接著一個戴單片眼鏡的年輕男子低聲說：「這世上所有的詩意都在那張臉上了。」我瞭解他那一刻的感受。我可以同情，甚至嫉妒他。但更悲哀的是，我知道兩週後，他會對著一批上流社會俱樂部的成員吹噓在這裡的勇敢無畏，博取他們的注意——他們個個臉上掛著拘謹的微笑，圍坐在一張擺放著骨董餐具和著名紅酒的桌邊。想到這我就感覺更老了。

醫師們終於做出決定：諾瓦克太太終究要被送去療養院了，而且很快——就在聖誕節前。她一聽到這消息就跟裁縫訂了套新衣服，有如受邀參加宴會一般歡欣鼓舞。「克里斯多福先生，你知道嗎，護士長向來都非常嚴苛。她們要督促我們保持整齊清潔。我們如果沒做到就要受罰——這也是應該的……我肯定會很享受待在那裡的日子。」諾瓦克太太嘆了口氣。「要是能讓我別再擔心家人

就好了。天曉得，我不在的時候他們要怎麼辦？他們就跟羊群一般無助……」晚上她花了好幾個小時縫製溫暖的法蘭絨內衣，自顧自地笑，像是一個期待新生兒的女人。

我要離開的那個下午，奧托非常沮喪。

「你要走了，克里斯多福，我不知道自己會怎樣。或許，六個月後，我就不在人世了。」

「我來之前你不也活得好好的嗎？」

「對……但現在媽媽也要走了。爸爸大概不會再給我任何東西吃。」

「胡說八道！」

「帶我走，克里斯多福。讓我做你的僕人，我很有用的。我可以替你洗衣燒飯，替你的學生開門……」奧托很滿意自己扮演的新角色，眼睛亮了起來。「我會穿件白色小夾克——或許藍色會更好一點，搭配銀色鈕扣。」

「我恐怕請不起你。」

「克里斯多福，我當然不會要求任何工資啊。」奧托停頓，感覺這提議有點太過慷慨。「只要——」他謹慎地補充道：「偶爾給個一兩馬克，讓我能去跳舞就行了。」

「我很抱歉。」

我們的談話因諾瓦克太太返家而中斷。她提早回家幫我煮惜別大餐。她的網袋裡裝滿剛買的食材，光是提回家就把她累壞了。她喘口氣，拉上身後的廚房門，馬上開始忙進忙出，神經緊繃，隨時準備開罵。

「哎呀，奧托，你讓爐火熄了！我特別告訴你要看著啊！老天爺，這屋裡就沒有一個能讓我放心交代一件事的人嗎？」

「對不起，媽媽，我忘記了。」奧托說。

「你當然忘了！你記得過任何事嗎？你**忘記**了！」諾瓦克太太對著他咆哮，面孔擠縮成一團尖利傷人的怒火。「我為你做牛做馬做到死，而這就是我得到的感謝。我走了之後，希望你爸把你趕到街上去，看看你會有什麼感想！你這好吃懶做的大廢物！給我滾出去，聽見沒？滾出去！」

「好呀。克里斯多福，你聽見她說的話了？」奧托轉向我，臉因憤怒而抽搐。在那一刻，這對母子的相似程度令人吃驚——簡直像惡鬼上身的一對狂人。「我要讓她後悔一輩子！」

他轉身竄入裡面的房間，將搖搖欲墜的房門在身後甩上。諾瓦克太太也馬上回到爐火邊，開始清煤灰。她全身發抖，劇烈地咳嗽。我過去幫忙，將木柴和煤塊遞給她，她看也不看，一言不發地

接過去。一如往常，我感覺自己只是在一旁礙事，於是走到客廳，呆呆地站在窗邊，希望自己可以就這樣消失。我受夠了。窗台上擱著一截鉛筆頭。我拾起來在木板上畫了個小圓，心想：我已經留下記號了。然後我想起自己曾做過一模一樣的事。那是多年前，要離開北威爾斯一間宿舍的時候。裡面的房間一片沉寂。我決定面對奧托的怒火，畢竟還有行李要打包。

打開門時奧托正坐在他的床上。他出神地望著左手腕上一道傷痕，鮮血從傷口流淌過張開的手掌，再一滴滴濺落地板。他右手的拇指和食指間夾著安全剃刀片。我從他手中奪下刀片時，他沒有反抗。傷口本身並不要緊；我用他的手帕略做包紮。有段時間，奧托彷彿力氣全失，攤在我的肩頭上。

「你幹嘛要做這種傻事？」

「我要給她好看。」奧托說。他臉色非常蒼白，顯然讓自己受到嚴重的驚嚇。「你不該阻止我的，克里斯多福。」

「你這白癡。」我生氣地說，因為他也嚇到我了。「總有一天，你一個不小心，就會真的傷到自己。」

奧托對我投以悠長、責備的眼神。他的眼裡漸漸盈滿淚水。

「有什麼關係，克里斯多福？我一無是處……你覺得我老了會變成怎樣？」

「你會去工作。」

「工作……」這個念頭讓奧托淚流不止。他邊痛哭，邊用手背抹鼻子。

我從口袋中拿出手帕。「來，拿去。」

「謝謝你，克里斯多福……」他悲傷地擦擦眼睛，擤擤鼻子。然後手帕吸引了他的注意。他開始仔細檢視，一開始無精打采，隨後興致高昂。

「咦，克里斯多福——」他憤慨地大聲說：「這是我的手帕耶！」

一天下午，就在聖誕節過後幾天，我再度造訪水門街。路燈已點亮，我穿過拱門，走進幽深、潮濕的街道，四處可見骯髒的雪跡。地下商店透射出微弱的黃色光線。瓦斯燈下有台手推車，一名瘸子在賣蔬菜和水果。一群小伙子有如凶神惡煞，正旁觀兩個男孩在一扇門前互毆；其中一個男孩踉蹌倒下時，一名女孩激動地尖叫出聲。我越過泥濘的庭院，吸入廉價公寓那潮濕、熟悉的腐敗氣味，心想：我真的曾住過這裡嗎？隨著搬到西區舒適的套房，還有愜意的新工作，我已然成了這陋巷的陌生人。

諾瓦克家樓梯間的燈故障了，周遭漆黑一片。我沒費什麼勁摸索著上樓，砰砰猛敲他們大門。我盡可能大聲地敲，因為從裡面傳來的嘶吼、高唱和尖笑聲聽起來，有個派對正在進行中。

「是誰？」是諾瓦克先生大聲問道。

「克里斯多福。」

「啊哈！克里斯多福！英國人！英國人！快請進！請進！」

門被一把推開。諾瓦克先生搖搖擺擺地站在門檻上，張開雙臂擁抱我。葛蕾特站在他身後，像個果凍般打顫，喜悅的眼淚從臉頰滑落。沒有看見其他人。

「好個克里斯多福呀！」諾瓦克先生邊喊，邊大力拍我的背。「我就跟葛蕾特說他一定會來。克里斯多福不會棄我們不顧！」擺出誇張滑稽的歡迎姿勢後，他猛地將我推進客廳。整個屋內髒亂得可怕。各種衣服在一張床上亂七八糟疊成一堆，另一張床上則散布著杯子、碟子、鞋子、刀子、叉子。餐具櫃上有一個煎鍋，上面沾滿乾掉的油脂。房內的照明是仰賴三根黏在空酒瓶上的蠟燭。

「所有的燈都被切掉了。」諾瓦克先生解釋，手臂順勢一揮。「帳單沒付……當然，得找時間去付。算了——這樣不是比較好嗎？來吧，葛蕾特，我們來點亮聖誕樹。」

這聖誕樹是我見過最小的一棵，嬌小脆弱到只能在頂端放一根蠟燭。一根細金屬絲線圍繞垂掛

在樹上。諾瓦克先生劃了幾根火柴又扔到地上，好不容易才點燃蠟燭。要不是我將那些火柴踏熄，桌布差點就著火了。

「陸塔和奧托人呢？」

「不知道，在某個地方吧……他們現在很少回來了——這裡，不適合他們……無所謂，我們自己也過得很快樂，對吧，葛蕾特？」諾瓦克先生跳了幾個笨拙的舞步，開始唱：

「喔，聖誕樹！喔，聖誕樹！……來呀，克里斯多福，大家一起唱！你的葉子如此堅貞啊！」

這一切結束之後，我拿出要送的禮物：諾瓦克先生是雪茄，葛蕾特是巧克力和一隻發條鼠。接著諾瓦克先生從床下掏出一瓶啤酒喝。他遍尋不著眼鏡，找了半天終於發現掛在廚房的水龍頭上。戴起眼鏡，他開始唸諾瓦克太太從療養院寫來的信給我聽。每個句子他都重複三四次，唸到一半就不知唸到哪裡了，於是開始咒罵、擤鼻子、掏耳朵。我一個字都聽不懂。然後他和葛蕾特開始玩起發條鼠，讓它在桌上亂跑，一接近桌邊他們就大吼大叫。玩具鼠非常成功，以至於我要離去時並沒有發生百般慰留、大驚小怪的場面。「再見，克里斯多福，有空常來。」諾瓦克先生說完立刻將頭轉回桌子。當我自行步出閣樓時，他和葛蕾特正有如賭徒般熱切地俯身在桌上。

之後沒過多久，我接到奧托本人的電話。他跑來拜訪我，問我下週日要不要跟他一起去探望諾瓦克太太。療養院每個月有一天會客日：會有專車從哈勒門出發。

「你用不著替我付錢。」奧托神氣地補充道。他顯得耀眼奪目，志得意滿。

「你這身行頭可真帥，奧托……新西裝？」

「你喜歡嗎？」

「一定花了不少錢。」

「兩百五十馬克。」

「我的天啊！你發了嗎？」

奧托笑嘻嘻說：「我現在常跟楚德碰面。她的伯父留了些錢給她。我們或許春天會結婚。」

「恭喜……我猜你還住在家裡吧？」

「哦，我偶爾會順道回去看看。」奧托拉下嘴角，一副沒精打采的厭惡表情。「但爸爸總是醉醺醺的。」

「噁心死了，對吧？」我模仿他的語氣。我們倆都笑了。

「我的老天，克里斯多福，已經那麼晚了嗎？我得走了……禮拜天見。保重啦。」

我們約略中午抵達療養院。顛簸的車道蜿蜒好幾公里，穿過積雪的松林，然後倏地眼前出現一座類似教堂庭院入口的哥德式磚砌大門，門後聳立著紅色巨型建築。車停了下來。奧托和我是最後下車的乘客。我們在地面伸展四肢，對著明亮的雪眨眼——鄉間戶外一切都白得令人目眩。大家全身都非常僵硬，因為專車只是一台篷車，座位是用貨運箱和學校長椅權充。車程中座椅沒什麼移動，因為我們就跟書架上的書一樣緊緊相貼。

現在病患飛奔出來迎接我們——裹著披巾和毯子，姿態笨拙的人影，在踏雪成冰的小徑上跌跌撞撞，連跑帶滑而來。他們焦急魯莽拚命衝刺，以至於最後都止不住地打滑，整個人直溜進朋友或親人懷裡，強勁的撞擊力道讓接的人也一陣搖晃。一對夫婦於尖笑聲中雙雙滾倒在地。

「奧托！」

「媽媽！」

「你真的來了！打扮得真帥！」

「我們當然來囉，媽媽！不然還會去哪？」

諾瓦克太太鬆開奧托，轉身跟我握手。「你好嗎，克里斯多福先生？」她看起來年輕許多。豐滿、圓潤又天真的臉龐生氣勃勃，粗俗的小眼睛帶著一點狡詐，活像一張年輕少女的臉。她的兩頰輕搽了點明亮的顏色，彷彿無法停止似的掛著笑容。

「呵，克里斯多福先生，真高興你來！還帶奧托來探望我真是太好了！」她輕輕發出短暫、古怪、歇斯底里的笑聲。我們登了幾步台階進入屋內。建築物溫暖、乾淨、無菌的味道傳進我的鼻腔，有如恐懼的氣息。

「他們安排我住進比較小的病房。」諾瓦克太太跟我們說：「房裡只有我們四個。我們什麼遊戲都玩。」她得意地推開房門，開始介紹：「這位是慕琴——負責管秩序！這位是爾娜。而這位是葉莉卡——我們的寶貝！」

葉莉卡是名瘦弱的十八歲金髮女孩。她咯咯地笑著說：「原來這位就是大名鼎鼎的奧托呀！我們期待見到他好幾個星期了！」

奧托笑得微妙、謹慎，一派輕鬆自在的樣子。他身上全新的褐色西裝庸俗得難以形容，更別提腳上淡紫色的鞋套配黃色尖頭鞋。他手指上戴了一顆碩大的圖章戒指，嵌著巧克力色的方形寶石。奧托深深意識著戒指的存在，手勢擺放總是故作優雅，不時偷偷低頭覷一眼，欣賞其效果。諾瓦克

太太完全不肯放開他，非得一直抱抱他，捏捏他的臉頰不可。

「他是不是很帥啊！」她高聲說：「是不是很英俊瀟灑啊！哇，奧托，你這麼高大強壯，一定可以單手把我抱起來！」

老慕琴感冒了，她們這麼說。她的喉嚨纏著繃帶，緊貼在她老式黑色洋裝的領子下。她看上去似乎是個和善的老婦人，但不知為何有點惹人反感，活像條生瘡的老狗。她坐在床沿，一旁桌上陳列著子女及孫兒的照片，有如贏來的獎項。她看來好像暗地裡挺自得，彷彿很高興能病得這麼重。諾瓦克太太告訴我們，慕琴已經進這療養院三次了。每一次都治癒完出院，但九個月到一年內就會復發，得再次被送回來。

「德國一些最聰明的教授都來過這裡替她做檢查。」諾瓦克太太語帶驕傲地補充。「但你總是能騙過他們，對吧，親愛的慕琴？」

老婦人點頭微笑，像是受長輩誇獎的孩子。

「而爾娜是第二次進來。」諾瓦克太太繼續介紹。「醫生說她不會有事，但她吃得不夠，所以現在回到我們身邊了。對吧，爾娜？」

她是個纖瘦、短髮，約莫三十五歲的女子。過去的她肯定充滿女人味、風情萬種、潤澤柔軟；

但現在的她極其憔悴，似乎被某種絕望的信念，某種輕蔑所支配。她有一雙深邃、黝黑、飢渴的眼睛。結婚戒指在她骨瘦如柴的手指上顯得寬鬆。當她說話而且變得激動時，雙手會不知疲倦、漫無目的地飛舞，有如兩隻乾癟的飛蛾。

「我丈夫打我，然後跑了。他離開的那天晚上痛揍了我一頓，留下的傷痕好幾個月後才消。他是個非常高大強壯的男人，差點沒把我打死。」她說的時候平靜而從容，卻帶著一點刻意壓抑的興奮，眼睛一刻也沒從我臉上移開。她飢渴的視線鑽入我的腦中，急切地讀取著我的想法。「我現在還是會夢見他。有的時候。」她補充道，彷彿有點樂在其中。

奧托跟我在桌邊坐下。諾瓦克太太在我們身旁手忙腳亂地上咖啡跟蛋糕，這些都是其中一位護士帶來的。這天發生在我身上的所有事，都奇怪地沒有任何影響力：我的感官被蒙蔽、隔絕，彷彿在一個栩栩如生的夢境中運作。在這寧靜的白色房間，多扇大窗遠眺沉寂積雪的松林，桌上擺著聖誕樹，床頭結著紙綵，牆上釘著相片，盤中堆著心形巧克力餅乾，而這四名女子在其中生活移動。她們這世界的每一個角落我都可以用雙眼一一探索：溫度記錄表、滅火器、門邊的皮革屏風。每一天，她們穿上最好的衣服，乾淨的雙手不再因縫紉而受針扎，不再因做家事而粗糙；她們躺在露台上，聽著收音機，禁止說話。一起被關在這房內的女人之間，滋生出一種微微使人噁心的氣氛，就

像將骯髒的布巾鎖在毫不通風的櫥櫃中一樣。她們之間彼此嘻鬧，尖聲談笑，有如發育過度的女學生。諾瓦克太太和葉莉卡時常突然暗地裡打鬧起來，並樂此不疲。她們會互扯對方的衣服，默默扭打在一起，然後爆出做作的尖銳笑聲。她們是在我們面前炫耀。

「你不知道我們有多期待今天啊。」爾娜跟我說：「可以看見活生生的男人！」

諾瓦克太太在旁咯咯笑。

「葉莉卡來到這裡之前，可真是個純潔的女孩……你之前什麼都不懂，對吧，葉莉卡？」

葉莉卡竊笑。

「進來之後我學得夠多了……」

「沒錯，我是一清二楚！你相信嗎，克里斯多福先生，她姑媽聖誕節送了這個小人偶給她，現在她每晚都帶著它睡覺，因為她說床上一定要有個男人！」

葉莉卡放膽笑著：「聊勝於無嘛，對不對？」

她對奧托眨了眨眼，奧托骨碌碌轉著眼珠，故作驚訝。

午餐之後，諾瓦克太太得小憩一個鐘頭，於是爾娜和葉莉卡得以把我們據為己有，帶著四處走

走。

「我們先帶他們去墓地看看。」爾娜說。

墓地埋的其實是療養院職員過世的寵物。大約有十幾個小十字架和墓碑，上面用鉛筆寫了諧仿偉人碑文的詩句。死去的鳥兒、白老鼠和兔子都被埋在那兒，還有一隻暴風雪過後凍死的蝙蝠。

「想到牠們躺在那兒就讓人感覺好悲傷，是吧？」爾娜說。她拂去其中一座墓上的雪，眼中含著淚。

可是，當我們沿著小徑離開時，她和葉莉卡又都有說有笑。我們笑著互擲雪球。奧托抱起葉莉卡，假裝要將她拋進雪堆裡。再走遠些，我們經過一座涼亭，就立在離開步道，樹叢間的一座小土丘之上。一男一女正從裡面出來。

「那是克連可太太。」爾娜跟我說：「今天她老公來了。想想看，那座舊亭子是整個院區裡兩個人唯一能獨處的地方……」

「在這種天氣裡一定非常冷。」

「可不是嘛！明天她的體溫又會上升，必須待在床上兩個禮拜……但誰在乎！如果我是她，我也會做同樣的事。」爾娜掐了掐我的手臂。「年輕不要留白嘛，對不對？」

「說得一點都沒錯！」

爾娜迅速抬頭望著我的臉。她又大又黑的眼睛像鉤子般緊盯住我的雙眼，彷彿可以感覺到那視線正將我往下拉。

「你知道嗎，克里斯多福，我並不是真的肺病患者……你不會認為我是吧，只因我在這裡？」

「不會，爾娜，我當然不認為。」

「很多在這裡的女孩都不是。她們只是需要一點照料，就像我……醫生說若我好好照顧自己，就可以跟從前一樣強壯……等他們放我出去時，你猜我要做的第一件事是什麼？」

「是什麼？」

「首先我要辦好離婚，然後再去找個老公。」爾娜笑著說，帶著一種苦澀的喜悅。「那花不了多少時間——我可以跟你保證！」

喝完茶後，我們在病房中舒服地坐著。諾瓦克太太借了一台留聲機讓我們跳舞。我跟爾娜跳，葉莉卡跟奧托跳。葉莉卡頑皮又笨拙，每次滑跤或踩到奧托的腳趾就放聲大笑。奧托保持著他圓滑的微笑，富有技巧地引領著她後退前進，同時聳起肩膀跳著哈勒門區流行的黑猩猩舞步。老慕琴坐

在她的床上看著。當我摟著爾娜時，感覺她全身打顫。現在天色幾乎全暗了，但沒有人建議開燈。

一會兒之後，我們停止跳舞，在床上圍坐一圈。諾瓦克太太開始講述她的童年時光，那時她跟父母住在東普魯士的一座農場裡。「我們有一台自己的鋸木機，」她對我們說：「以及三十匹馬。我爸的馬是當地最好的，牠們還贏過獎，贏了好多次。在一個表演中……」此時病房內已經相當暗了。窗戶在漆黑中只是一大塊黯淡的長方形。坐在我身旁的爾娜摸索著我的手，然後緊緊握住；接著她將手伸到背後，把我的手臂拉過去摟著她。她正劇烈地發抖。「克里斯多福……」她在我耳邊輕喚。

「……而在夏天——」諾瓦克太太說道：「我們常到河邊的大倉庫跳舞……」

我的嘴壓上爾娜火燙乾燥的唇。我沒有什麼親密接觸的特殊激情：這一切都屬於一個漫長、有點邪惡、帶著象徵意味的夢境，而我似乎作了一整天都還沒醒來。「今天晚上，我好快樂……」爾娜低聲說。

「郵政局長的兒子時常會拉小提琴。」諾瓦克太太說：「他拉得真美……讓人想要哭泣……」

葉莉卡和奧托坐的那張床傳來扭打聲和響亮的竊笑：「奧托，你這壞孩子……真沒料到你是這種人！我要告訴你媽媽！」

五分鐘後，一名護士來通知我們專車準備出發了。

「我的媽呀，克里斯多福——」穿大衣時，奧托低聲跟我說：「我想對那個女孩幹什麼都行！我把她渾身都摸遍了……你跟你那個玩得愉快嗎？瘦是瘦了點，但我賭她一定很騷！」

然後我們跟其他乘客一同爬進專車。病患圍擠在四周道別。個個都包覆在毯子下，說他們是一個原始森林部族的成員也不為過。

諾瓦克太太開始哭泣，儘管她努力擺出笑臉。

「跟你爸說我很快就會回去……」

「這是當然囉，媽媽！你很快就會好起來，馬上就會回家。」

「只要再一段很短的時間……」諾瓦克太太啜泣。眼淚流過她青蛙般的醜陋笑容。突然間，她開始咳嗽——她的身體似乎像個活動娃娃被從中扯開。她雙手緊抱著胸，發出短促而尖銳的咳嗽，有如絕望受傷的動物。毯子從她頭上和肩上滑落，一綹頭髮從結裡四散開來，遮住了她的眼睛。她盲目地搖著頭想要甩開。兩名護士和緩地想要帶她離開，但她立即猛烈掙扎。她不肯跟她們走。

「進去吧，媽媽。」奧托哀求。他自己幾乎也要落淚了。「拜託進去吧！你會得重感冒的！」

「偶爾寫信給我，好嗎，克里斯多福？」爾娜彷彿溺水般緊抓著我的手，仰望著我的那雙眼睛帶著令人害怕、毫不掩飾的強烈絕望。「就算只是張明信片也沒關係……只要簽上你的名就好。」

「我一定會的……」

他們全都群集在我們周圍好一會兒。在那噴著氣的專車所製造的一圈小小光暈中，被燈光照亮的臉襯著黑色的松樹幹，有如鬼魂一樣蒼白。這是我夢境的高潮：噩夢即將結束的那一刻。我突然感到一股荒謬的恐懼襲來，怕他們將要攻擊我們——一群飄忽駭人，隱約難辨的形體——在一片死寂中，將我們從座位上抓起，飢渴地拖下車。但那一刻過去了。他們撤退——完全無害，畢竟也只不過是幽魂——回到黑暗中，而我們的專車，隨著輪胎一陣劇烈晃動，開始向城市行進，踉踉蹌蹌穿越看不見的深雪。

藍道爾

一九三零年十月的一個晚上，大約是選舉過後一個月，萊比錫街發生了場暴動。成群納粹暴徒上街對猶太人示威。他們對一些髮色深、鼻子大的行人施暴，並砸破所有猶太店鋪的窗子。事件本身沒有多值得一書：沒有出人命，零星幾聲槍響，被捕的不超過兩打人。我之所以記得，只是因為這是我頭一次見識到柏林的政治活動。

當然，麥爾小姐很高興。「就是應該這樣！」她大聲說：「這城市受夠猶太人了。隨便翻開一塊石頭，就會有幾隻爬出來。他們汙染了我們喝的水！他們在扼殺我們，在劫掠我們，在吸乾我們的血。看看所有大百貨公司：沃特海姆、ＫＤＷ、藍道爾。誰擁有的？都是卑鄙下流的猶太人！」「藍道爾一家是我個人的朋友。」我冷冷地回嘴，並在麥爾小姐來得及想出適當的回應前離開房內。

嚴格說來，這並不是真話。其實我這輩子從未見過任何藍道爾家族的成員。但是在離開英國之前，一位跟他們相識的共同朋友給了我一封介紹信。我不相信介紹信，而要不是因為麥爾小姐的言論，這封信大概永遠也派不上用場。現在，賭著一口氣，我決定即刻寫信給藍道爾夫人。

三天後，我初次見到娜塔莉亞．藍道爾，當時她是個十八歲的女學生。有一頭蓬鬆的黑髮——

或許太過蓬鬆了，讓她臉上雖然有對閃閃發亮的眼睛，卻顯得太長太窄。她讓我想起幼小的狐狸。握手時她依當今學生的規矩，整條手臂打得直直的。「裡面請。」她的語氣輕快且獨斷。

客廳寬廣，讓人心曠神怡；室內裝飾有戰前的風格，只是有點過度。娜塔莉亞馬上開始喋喋不休，以滿腔熱情，急切地操著那口坑坑巴巴的英語，向我介紹唱片、照片跟書。我的視線根本無法在任何東西上停留。

「你喜歡莫札特嗎？喜歡？喔，我也是！很喜歡！……這些照片是在太子宮。你還沒去過？找一天我要帶你去，好？……你喜歡海涅的詩嗎？請說真心的。」她從書架抬起頭，微笑，但其中帶著一種女教師的嚴厲。「讀讀。很美，我覺得。」

我在屋裡還待不到十五分鐘，娜塔莉亞已經拿了四本書要讓我帶回去——《托尼奧．克勒格爾》（Tonio Kröger）、雅各布森（Jens Peter Jacobsen）的故事集、一冊格奧爾格（Stefan George）詩選、哥德書信集。「你要告訴我你真心的看法。」她提醒我。

突然間，一名女僕推開房門一端的玻璃滑門，藍道爾夫人就在我們眼前：一位高大、蒼白的女士，左頰上有顆痣，頭髮整齊地往後梳並挽了個髻。她平靜地坐在餐桌前，提著俄式茶壺往杯中斟茶。桌上有一盤盤火腿和冷切臘腸，以及一大碗那種用叉子一戳，就會噴得你一身熱湯的油滑細香

腸。另外還有起司、小蘿蔔、黑麵包和瓶裝啤酒。「你喝啤酒。」娜塔莉亞命令，並將她母親遞來的茶杯放回去。

環顧四周，我注意到照片跟櫥櫃間所剩不多的牆面裝飾著實物大小的古怪畫像，有頭髮飄揚的少女，或斜著眼的羚羊，都是從畫紙上剪下來，再用圖釘釘在牆上。它們有如在對堅固的資產階級紅木家具發出可笑徒勞的抗議。不用說我也知道，這些一定都是娜塔莉亞設計的。沒錯，真是她做的，並為了一個派對而張貼起來；現在她想取下來，但是她母親不准。她們為此有番小爭執——這些小爭執顯然是家裡每天的例行公事。「哎呀，可是它們很醜，我覺得！」娜塔莉亞用英語大聲說道。「我覺得很漂亮。」藍道爾夫人平靜地用德語回應，眼睛沒有離開過盤子，嘴裡塞滿了黑麵包和小蘿蔔。

我們一吃完晚餐，娜塔莉亞就明白要求我跟藍道爾夫人正式道晚安。然後我們回到客廳，她開始盤問我。我住在哪裡？租金多少？我一回答完，她馬上說我選錯了區域（市中心的威默爾斯多夫區好多了），而且我被騙了。我可以用同樣的價錢，租到同樣條件，而且還附自來水跟中央暖氣的房子。「你應該來問我。」她補充道，顯然忘了我們當天晚上才頭一次見面。「我會親自幫你找房子。」

「你朋友說你是個作家？」娜塔莉亞忽然質問。

「不算真正的作家。」我聲明。

「但你寫了一本書？對吧？」

對，我是寫過一本書。

娜塔莉亞得意地說：「你寫過一本書還說不是作家。你瘋了，我覺得。」

於是我得跟她說明《一夥同謀》（All the Conspirators）的來龍去脈，包括書名由來、故事主題、出版年月，諸如此類。

「請帶一本給我。」

「我手邊沒有。」我告訴她，頗覺稱心。「而且絕版了。」

這暫時讓娜塔莉亞有點沮喪，不過接著她就急切地嗅著新獵物的氣味。「而這次你在柏林要寫些什麼？請告訴我。」

為了滿足她，我開始跟她敘述多年前，為劍橋大學的一份雜誌所寫的一個故事。我邊說，邊盡可能即興加以修改潤飾。重新述說這個故事讓我相當興奮——甚至讓我開始覺得其中有些想法其實還不賴，或許真的能重新改寫。每個句子結束時，娜塔莉亞緊抿雙唇，用力點著頭，一頭黑髮在她

臉上起起落落。

「是啊，是啊。」她不斷說：「是啊，是啊。」過了幾分鐘我才發現，我說的她一句也沒聽進去。她顯然聽不懂我的英語，因為現在我講得快多了，用字也沒有選過。儘管她極其用心地要保持專注，但還是看得出來她在注意我的頭髮如何分邊、領帶結磨損得有多嚴重。她甚至偷偷瞥了一眼我的鞋。不過我假裝沒發現這些。突然停下來的話太失禮，而且也將刻薄地破壞娜塔莉亞的樂趣：因為儘管我們實際上才剛相識，我卻正如此親密地對她說著一件自己真正感興趣的事。

我一說完，她馬上問：「那會寫完——什麼時候？」因為她已經將這個故事占為己有，還包括我其他所有的事。我回說不知道。我很懶。

「你很懶？」娜塔莉亞嘲弄地睜大眼。「哦？那很抱歉，我幫不了你。」

不久後，我說必須走了。她送我到門口。「你會很快把故事帶來給我吧。」她緊咬不放。

「會。」

「多快？」

「下星期。」我心虛地承諾。

再次拜訪藍道爾家已是兩個星期過後。吃完晚餐，藍道爾夫人離開餐廳，娜塔莉亞通知說我們要一起去電影院。「媽媽要請我們。」當我們起身要離開時，她突然從餐櫃中拿了兩顆蘋果和一顆橘子，塞進我的口袋。她顯然決意相信我飽受營養不良之苦。我的反駁軟弱無力。

「你再說一個字，我就生氣囉。」她警告我。

「你帶來了嗎？」我們正要出門時，她問道。

我心知肚明她指的是那個故事，卻以盡可能無辜的聲音說：「帶什麼？」

「你知道的，答應的東西。」

「我不記得答應過什麼東西。」

「不記得？」娜塔莉亞輕蔑地冷笑。「那很抱歉，我幫不了你。」

不過，待我們抵達電影院時，她已經原諒我了。強檔電影是類似《勞萊與哈台》的搭檔喜劇。娜塔莉亞嚴肅地論斷：「你不喜歡這種電影吧，我想？對你來說不夠聰明？」

我否認只喜歡「聰明」的電影，但她半信半疑。「很好，我們等著瞧。」

從電影開始到結束，她不斷偷覷我，看我有沒有笑。一開始，我誇張地狂笑。然後我開始感到厭倦，就完全不笑了。娜塔莉亞對我越來越不耐煩。影片快結束前，她甚至開始在該笑的時候用手

肘輕推我。沒多久燈亮起來，她發難：

「你看吧？我說得沒錯。你不喜歡，不對？」

「我真的非常喜歡。」

「哦，是啊，我相信！現在說真心話吧。」

「我跟你說了，我喜歡。」

「但你沒有笑。你坐著總是一臉……」娜塔莉亞試著模仿我。「一次也沒笑。」

「我被逗樂的時候從來不笑。」

「哦，是啊，或許吧！那八成是你們英國的習俗之一吧，不笑？」

「英國人被逗樂的時候沒有一個會笑。」

「你以為我會相信？那我告訴你：你們英國人都瘋了。」

「這說法不算新鮮。」

「而我的說法一定都要新鮮嗎，這位親愛的先生？」

「當你跟我在一起時，就要。」

「白癡！」

我們在動物園站附近的咖啡店坐了一下，吃冰淇淋。冰淇淋結塊，而且嚐起來有點馬鈴薯的味道。冷不防，娜塔莉亞開始談起她的雙親：

「我不懂現代有些書是什麼意思，他們說：父母親永遠必須和孩子吵架。你知道，要我和父母親吵架是不可能的。」

娜塔莉亞目光如炬地盯著我，看我相不相信。我點頭。

「絕對不可能。」她嚴肅地重複。「因為我知道父母親很愛我。所以他們想的永遠不是自己，而是什麼對我最好。我的母親，你也知道，她不強壯。她有時候會頭痛得很厲害。於是，當然，我不能放她不管。經常，我想去電影院或劇院或音樂廳，而我媽，她什麼也沒說，但我看著她，知道她不舒服，我就說，不，我改變主意，不去了。但關於她所忍受的痛苦，她從來沒有提過一個字。從來沒有。」

（當我下次拜訪藍道爾家時，花了兩馬克半買玫瑰送給娜塔莉亞的母親。錢花得很值得。藍道爾夫人的頭痛，從沒在我提議要跟娜塔莉亞出門的夜晚發作。）

「父親總是希望我得到最好的一切，」娜塔莉亞繼續說：「爸爸總希望我說：我的父母親很富有，我不需要擔心錢的事。」娜塔莉亞嘆口氣。「但我不是這樣。我總是有最壞的打算。我知道今

日德國的情況，而我爸有可能突然間失去一切。你知道，那已經發生過一次了？戰前，我爸在伯森曾有間大工廠。戰爭一來，爸不得不走。明天，這裡也可能相同。但我爸，他是個男子漢，所以對他來說都一樣。他可以從一芬尼開始，工作工作再工作，直到全部賺回來為止。

「正因為如此——」娜塔莉亞繼續說：「我希望離開學校，去學點有用的東西，能讓我自己掙麵包吃。我無法知道父母親能富有多久。父親希望我參加入學考試，進入大學。但現在我會同他談談，問能不能到巴黎學藝術。如果我會畫畫，或許能以此維生；而且我還要學烹飪。你知道我不會做菜嗎？最簡單的都不會？」

「我也不會。」

「對一個男人來說，那沒這麼重要，我覺得。但一個女孩就必須全都準備好。」

「如果我想要——」娜塔莉亞認真地補充：「我會跟我愛的男人走；我會跟他同居，就算我們無法結婚也無所謂。然後我必須能自己做所有事，你瞭解嗎？不能光說：我進了大學，我有大學學位。他會回說：『拜託喔，我的晚餐在哪？』」

一陣沉默。

「你沒有被我剛剛說的話嚇到？」娜塔莉亞突然問：「說我會沒有結婚就跟一個男人同居？」

「不，當然沒有。」

「請別誤會我。我並不欣賞總是男人一個接一個換不停的女人——那實在太……」娜塔莉亞做了個厭惡的手勢。「太墮落了，我覺得。」

「你不認為女人應該被容許改變心意嗎？」

「我不知道。這類問題我不懂……但那確實是墮落。」

我送她回家。娜塔莉亞有個習慣：會領著你走上門階，然後以飛快的速度握手，閃身進屋，當著你的面甩上門。

「你會打給我？下禮拜？好？」我這一刻還聽得見她的聲音，而下一秒她大門一甩，沒等我答覆就走了。

娜塔莉亞避免一切肢體接觸，不管直接或間接的，就像她不願跟我站在自家門階上說話。如果坐下來，我也發現她總希望兩人之間能隔張桌子。她討厭我幫忙穿外套：「我還沒六十歲，親愛的先生！」我們起身要離開一間咖啡店或餐廳時，如果她見我的目光移向懸掛外套的衣架，就會立刻撲過去，拿著外套躲到一角，有如一隻野獸在捍衛自己的食物。

有天晚上，我們走進一間咖啡廳，點了兩杯巧克力。巧克力送來時，我們發現侍者忘了娜塔莉亞的湯匙。我已經啜了自己那杯一小口，又用湯匙攪拌了一下；接著我將湯匙遞給娜塔莉亞，這似乎再自然不過，結果卻讓我出乎意料也有點不耐。她帶著些許厭惡的表情拒絕了。她甚至連這種跟我嘴巴的間接接觸都不願意。

娜塔莉亞有莫札特協奏曲音樂會的票。這個夜晚並不怎麼美好。哥林多柱式的音樂廳冷颼颼，我的眼睛也被古典式的電燈照得昏花。光亮的木椅堅硬難坐。聽眾明顯把這音樂會視作一種宗教儀式。他們肅穆、專注的熱誠像頭痛般壓迫著我；我一刻也無法忽視那些閉目、半皺著眉、凝神傾聽的腦袋。即使是莫札特，我仍不禁覺得：這樣消磨夜晚也太折騰了吧！

回家的路上，我又累又氣，結果與娜塔莉亞起了點口角。起頭是她提起希碧．伯恩斯坦。我在伯恩斯坦家的工作是娜塔莉亞介紹的（她跟希碧同校）。兩天前，我剛幫希碧上了第一堂英語課。

「你還喜歡她嗎？」娜塔莉亞問。

「很喜歡。你不喜歡嗎？」

「我也喜歡……但她有兩個缺點。我想你還沒發現吧？」

看我沒上鉤，她嚴肅地補充：「我希望你會真心地告訴我，我有哪些缺點吧？」

換作另一種心情，我會覺得這很有趣，甚至有點感人。但當時，我只覺得：她在試探我。於是我厲聲說：

「我不知道你說的『缺點』是指什麼。我不會對人妄下斷語。要評語你最好去問你的老師。」

這讓娜塔莉亞暫時閉上了嘴。但沒多久，她又開始了。我讀了她借我的書嗎？

我沒讀，卻說：有，我讀了雅各布森的《瑪莉・葛魯伯夫人》（Frau Marie Grubbe）。

那我覺得如何？

「非常好。」我說，因為內疚而語帶怒氣。

娜塔莉亞嚴厲地看著我：「我恐怕得說，你很沒誠意。你沒說出真正的想法。」

我突然幼稚地發起脾氣。

「當然沒有。我為什麼要說？爭論讓我厭煩。我不打算說任何你可能會有意見的話。」

「但如果是這樣——」她真的又驚又慌。「那我們根本無法認真地討論任何事。」

「當然沒辦法。」

「那我們是不是乾脆別開口了？」可憐的娜塔莉亞問。

「最好就是——」我說：「我們都發出像農村動物的叫聲。我喜歡聽你的聲音，但一點也不在

乎你說什麼。所以如果我們只是叫著『哞——』或『咩——』或『喵——』就更好了。」

娜塔莉亞脹紅了臉，困惑又深感受傷。不久，一陣漫長的沉默後，她開口說：「好的，我明白了。」

快到她家的時候，我嘗試彌補，將整件事變成一段玩笑，但她沒有回應。於是我感到萬分羞愧地回家。

然而，幾天之後，娜塔莉亞自動打電話來，請我去吃午餐。她親自開門——顯然一直等著要這麼做——並大聲叫著「哞——哞！咩！喵！」來迎接我。

有一瞬間，我真以為她瘋了。然後我想起我們的口角。娜塔莉亞在開玩笑，她已經準備重修舊好了。

我們進入客廳，她開始放阿斯匹靈藥片到花盆裡——她說是為了讓花盛放。我問她過去幾天做了些什麼。

「這整個星期，」娜塔莉亞說：「我都沒去學校。我不舒服。三天前，我站在鋼琴邊，忽然就倒下了——就是這樣。你們是怎麼說的——Ohnmächtig？」

「你的意思是，昏倒了？」

娜塔莉亞忙不迭點頭。「對，沒錯，我昏倒了。」

「這樣的話你應該躺在床上啊。」我突然感覺充滿男子氣概，一心保護弱小。「你現在感覺如何？」

娜塔莉亞開心地笑著，說真的，我沒見過她這麼容光煥發。

「喔，那不重要！」

「我必須告訴你一件事。」她補充：「對你來說應該是個驚喜，我想——今天我父親要回來，還有我堂哥伯恩哈德也會來。」

「真是好消息。」

「是啊！可不是嗎？每次父親回來總是帶給我們很大的喜悅，他現在經常出差。他在世界各地都有生意，巴黎、維也納、布拉格。總是搭火車跑來跑去。你應該會喜歡他，我想。」

「我肯定會。」

不出所料，玻璃門推開時，藍道爾先生就在門後等著接待我。他身旁站著伯恩哈德·藍道爾，娜塔莉亞的堂兄，一個高大蒼白的年輕男子。他一身黑西裝，看上去只比我年長幾歲。「非常榮幸

認識你。」伯恩哈德邊跟我握手邊說。他的英語完全沒有一點外國口音。

藍道爾先生是個精力充沛的矮小男子，皮革般的深色肌膚刻著皺紋，像是擦得光亮的舊靴。他的棕色眼睛閃閃發亮有如鞋釦，眉毛則宛如滑稽戲的演員——又濃又黑，彷彿是用焦炭塗上去的。他對家人的熱愛顯而易見。他慇勤地替藍道爾夫人開門，彷彿眼前是一位年輕貌美的女孩。他親切愉悅的笑容擁抱著在場所有人：煥發著父親歸來喜悅的娜塔莉亞、臉色微紅的藍道爾夫人，以及平靜、低調、彬彬有禮卻莫測高深的伯恩哈德，甚至連我都包含在內。確實，藍道爾先生幾乎從頭到尾都對著我說話，並小心避免提及家庭事務，以免讓我想起自己在這張餐桌上是個陌生人。

「三十五年前我在英國待過。」他帶著強烈的口音跟我說：「我為了寫博士論文去了你們的首都，調查猶太勞工在倫敦東區的情況。我看到了許多你們英國官員不希望我看到的事。我那時還是個年輕小伙子——我猜比現在的你還年輕。我跟一些碼頭工人、賣淫女子，和你們稱為小酒館的老闆做了些極其有趣的訪談。真的非常有趣……」藍道爾先生懷舊地說著：「而我這無足輕重的小論文還引起了不少討論。已經被翻譯成不下於五種語言。」

「五種語言！」娜塔莉亞用德語對著我重複。「你瞧，我父親也是個作家！」

「哎呀，那是三十五年前了！遠在你出生之前呢，我的寶貝。」藍道爾先生不以為然地搖了搖

頭，鞋釦般的眼睛閃爍著慈愛的光輝。「我現在沒時間做這種研究了。」他再次轉向我。「我正在讀一本法文寫的書，是關於你們偉大的英語詩人拜倫。一本極其有趣的書。現在我很樂於聽聽看，身為一個作家，你在這至關重要的問題上有何看法——拜倫是否犯了亂倫罪？你覺得呢，伊薛伍德先生？」

我感覺自己開始臉紅。奇怪的是，此刻主要讓我覺得尷尬的，並非娜塔莉亞在場，而是藍道爾夫人在一旁平靜地享用著午餐。伯恩哈德眼睛盯著盤子，竊笑著。「這個嘛——」我開始說：「有點難說……」

「這是一個很有趣的問題。」藍道爾先生插話，目光親切地環顧我們所有人，志得意滿地咀嚼著。「我們該不該容許有才華的人成為例外，可以做出例外之事？還是我們應該說：不行——你或許可以寫出優美的詩或畫出美麗的畫，但在日常生活中，你的行為必須跟一般人一樣，你也必須遵守我們替一般人所立的法律。我們不容許你**非同凡響**。」藍道爾先生依序凝視我們每一人，得意洋洋，嘴裡塞滿食物。突然他的目光直射向我。「你們的劇作家奧斯卡·王爾德……這又是另一個例子。我要把這例子交給你了，伊薛伍德先生。我很想聽聽你的意見。你們英國的法律懲罰奧斯卡·王爾德是正當的嗎？還是不正當？請告訴我你的想法。」

藍道爾先生興味盎然地注視著我，叉子上一塊正要送往口中的肉懸在半空。我注意到伯恩哈德在這片背景之中謹慎地微笑。

「這個嘛……」我開口，感覺耳根在燃燒。不過這一次，藍道爾夫人出乎意料地解救了我。她用德文跟娜塔莉亞說了幾句，內容跟蔬菜有關。她們交換了一點意見，而藍道爾先生在這之間似乎完全忘了自己的問題，繼續心滿意足地進餐。但現在娜塔莉亞就是非得插上這麼一句：

「請告訴我父親你那本書的書名。我記不得了，一個很有趣的名字。」

我試著不讓其他人發現，偷偷對她不滿地皺了皺眉頭。「《一夥同謀》。」我冷冷地說。

「《一夥同謀》……對，就是這名字！」

「哦，伊薛伍德先生，你寫的是犯罪小說？」藍道爾先生面露讚許的笑容。

「這本書恐怕跟犯罪沒什麼關係。」我委婉地說。

藍道爾先生看起來困惑且失望。「跟犯罪沒關係？」

「麻煩解釋一下。」娜塔莉亞命令。

我深吸一口氣。「書名代表某種象徵……是取自莎士比亞的《凱撒大帝》……」

藍道爾先生立刻喜上眉梢。「嘿，莎士比亞啊！好極了！這真是太有趣了……」

「在德國——」我對自己的狡猾微微一笑：我正誘他岔到另一個話題。「我相信你們也有很棒的莎士比亞譯本吧？」

「完全沒錯！這些譯本在我們的語言中也是數一數二的作品。多虧它們，你們的莎士比亞幾乎已成了德國詩人……」

「但你還沒說——」娜塔莉亞窮追猛打，好似真有什麼血海深仇。「你的書是關於什麼？」

我咬緊牙關。「是關於兩名年輕男子。其中一位是藝術家，另一位是醫學系學生。」

「那你的書裡就只有這兩個人嗎？」娜塔莉亞問。

「當然不是……不過我很訝異你的記性竟然那麼差。不久前我才跟你說過整個故事。」

「白癡！我不是為自己問的。你跟我說的我自然全都記得。但是我父親沒聽過，所以請你繼續說。然後呢？」

「藝術家有個母親和一個姊姊。他們全都非常不快樂。」

「那他們為什麼不快樂？我爸、我媽還有我，我們都很快樂。」

我真希望大地將她吞噬掉。「不是所有人都一樣。」我避開藍道爾先生的眼睛，小心地說。

「好吧。」娜塔莉亞說：「他們不快樂……然後呢？」

「藝術家逃離家庭，他的姊姊嫁給一個非常惹人厭的年輕人。」

娜塔莉亞顯然看出我的忍耐已到了極限。她補上最後一刀：「後來你賣出了多少本？」

「五本。」

「五本！那未免也太少了吧？」

「確實是很少。」

午餐結束，大家似乎都有某種默契——伯恩哈德和他的伯父伯母要共同討論家族事務。娜塔莉亞問我：「你要不要跟我一起去散個步？」

藍道爾先生很鄭重地跟我道別。「伊薛伍德先生，我們家的大門隨時為你敞開。」我們互相深深一鞠躬。「或許——」伯恩哈德邊說，邊遞上自己的名片。「哪天晚上您可以大駕光臨，令家下蓬蓽生輝？」我謝過並說樂意之至。

「你覺得我父親怎麼樣？」我們一出屋子，娜塔莉亞就問。

「我覺得他是我所認識最好的父親。」

「你真心覺得？」娜塔莉亞喜不自勝。

「對，真心的。」

「現在坦白跟我說，我父親提到拜倫時嚇到你了——沒有？那時你的臉頰紅得像龍蝦一樣。」

我笑著說：「你父親讓我覺得自己像個老古板。他的言詞還真新潮。」

娜塔莉亞得意地笑著。「你看，我說得沒錯吧！你被嚇到了。喔，我太高興了！我跟父親說有個很聰明的年輕人要來拜訪我們，所以他想表現一下，讓你瞧瞧他也可以很新潮，也可以暢談這些議題。你以為我父親會是個愚蠢的老頭吧？請說真心話。」

「沒有。」我反駁：「我從沒這樣想！」

「他可不笨喔……他很聰明，只是沒有那麼多時間閱讀，因為他得一直工作。有時一天得工作十八、十九個小時，很可怕……但他仍是全世界最好的父親！」

「你的堂兄伯恩哈德是你父親的生意夥伴，對吧？」

娜塔莉亞點頭。「他負責管理柏林這邊的店。他也很聰明。」

「你大概常見到他吧？」

「不常……他不常來我們家……你知道嗎，他是個怪人。我想他非常喜歡自己一個人獨處。聽到他開口邀你去他家，我還嚇了一跳……你得小心。」

「小心？為什麼我會需要小心？」

「他很愛挖苦人。我想他或許會嘲笑你。」

「那也沒多糟啊，是吧？很多人嘲笑我……你自己有時候也會。」

「我呀！那不一樣。」娜塔莉亞嚴肅地搖著頭，顯然是因為不愉快的經驗有感而發。「我是為了好玩，你懂吧？但當伯恩哈德嘲笑你時，可不怎麼好玩……」

伯恩哈德在離蒂爾加滕公園不遠的一條寧靜街道上有層樓。當我按下大門門鈴，一個像地精的人物從小巧的地下室窗戶窺視著我，問我要找誰。滿腹懷疑地打量了我一會兒之後，終於按下一個按鈕開啟大門。這扇門沉重到我必須用雙手才能推開。門在身後關上時低沉地發出砰一聲，就像砲彈發射的聲音。接著是通往庭院的一扇對門，再穿過一扇門進入院中樓房，登上五段階梯，就到了他家門前。總共四扇門保衛著伯恩哈德不受外界侵擾。

今晚他在外衣上罩了一件繡有美麗紋飾的和服。他跟我記憶中初次見面留下的印象不太相同。那時看不出他有一點東方情調——大概是和服帶出了這一面。他過度文明、拘謹、細緻、形似鳥嘴的側影，讓他宛如中國刺繡上的一隻鳥。感覺他溫和、消極，卻奇特地具有說服力，就像神龕中的象牙塑像般有種寧靜的力量。他那口漂亮的英語，以及表達不贊同的手勢再次吸引我的注意。他正

跟我介紹一尊來自高棉的十二世紀砂岩佛陀頭像，就立在他的床尾：「守護著我的睡眠。」低矮的白色書架上則擺放有希臘、暹羅、印度支那的小型雕塑和石雕頭像，多半是伯恩哈德從旅途中帶回來的。在數冊藝術史、照像複製書籍、雕刻或古文物的專著之間，我見到瓦謝爾（Horace Annesley Vachell）的《山丘》（The Hill）和列寧的《怎麼辦?》（What Is to Be Done?）。這屋子跟在荒郊野外沒什麼分別——你聽不見一點外界的聲響。一名端莊的女管家身著圍裙侍候晚餐。我享用了湯、魚、豬排和開胃菜；伯恩哈德則只喝牛奶，吃了番茄和麵包。

我們聊到倫敦，伯恩哈德從沒去過；也聊到巴黎，他在當地一位雕塑家的工作室研習過一段時間。年輕時，他曾想過要成為一名雕塑家。「可是，」伯恩哈德嘆口氣，溫柔地微笑著。「上帝別有安排。」

我想跟他聊聊藍道爾的事業，但沒開口——怕太過唐突。倒是伯恩哈德順口提起：「請務必找一天到我們那兒瞧瞧，你一定會感興趣——我自己是覺得挺有趣，就當作一種當代經濟的現象來觀察。」他微笑，臉龐蒙上一層精疲力竭的神色。一個念頭閃過我的腦海：或許他身患絕症了。

不過晚餐後，他氣色似乎好了點，開始跟我講述他的旅行。幾年前他曾經環遊世界——帶著溫和的好奇、適度的嘲諷，伸著他鳥喙般的鼻子四處探索：巴勒斯坦的猶太聚落、黑海邊的猶太屯墾

區、印度的革命委員會、墨西哥的反抗軍。他吞吞吐吐，謹慎地選擇字眼，描述著跟一個中國船夫間關於惡鬼的對談，以及一段令人難以置信、足以見識紐約警察有多野蠻的實例。

一整個夜晚，電話鈴響了四五次，每一次似乎都是要尋求伯恩哈德的幫助或建言。「明天來見我。」他以疲倦、溫柔的聲音說著。「好……我相信這可以安排……現在，請別再擔心了。上床睡一覺。記得吃兩三片阿斯匹靈……」他露出溫柔、諷刺的微笑。顯然他將要借點錢給每一個來電的人。

「希望這麼問不會太唐突——」就在我離開之前，他問道：「請告訴我，是什麼原因讓你來到柏林？」

「來學德語。」我說。聽了娜塔莉亞的警告，我不打算將人生過往都攤在伯恩哈德面前。

「你在這裡快樂嗎？」

「很快樂。」

「那太好了……真是太好了……」伯恩哈德掛著那溫柔、嘲諷的招牌笑容。「一個靈魂能擁有如此的生命力，讓他即使身處柏林這種地方也能感到快樂。請務必教教我這其中的秘訣。能讓我坐在你的腳邊，學習智慧嗎？」

他的笑容縮攏、消散。再一次，因極度倦怠所造成的冷漠無感，有如陰影籠罩他年輕得不可思議的臉。「我希望——」他說：「你沒什麼要事時，能隨時來訪，千萬別客氣。」

之後沒過多久，我去伯恩哈德工作的地方拜訪他。

藍道爾百貨是棟巨大的鋼筋玻璃建築，離波茨坦廣場不遠。我花了將近十五分鐘才穿過內衣、服裝、電器、運動、餐具等部門，找到幕後那隱密的世界——批發部、觀光客專區和貴賓室，以及伯恩哈德專屬的辦公套房。一名門房帶我進入一間小小的等待室。室內牆面鋪著光亮的條紋木板，搭配深藍色地毯，只掛著一張版畫，畫上刻的是一八零三年的柏林。過了一會兒，伯恩哈德本人走了進來。今天早上他看起來更年輕、更瀟灑，身穿淡灰色西裝，打著蝴蝶結。「希望你還認同這個房間。」他說：「我想既然要讓這麼多人在這裡等待，應該或多或少要能感受到一種和諧的氛圍，好平息他們的不耐。」

「很不錯。」我說。又因為感覺有點尷尬，於是硬找些話聊：「這是哪種木材？」

「高加索核桃木。」伯恩哈德以他特有的嚴謹，極精準地發出這個詞的音。他突然咧嘴一笑。我覺得他的精神似乎好多了。「一起到店裡瞧瞧。」

走到五金部門，一名穿著工作服的女示範員，正在展示一個專利的咖啡過濾器有什麼優點。伯恩哈德停下來問她銷售的情況，她也端了兩杯咖啡給我們。當我啜飲著咖啡，伯恩哈德向她解釋說我是從英國來的知名咖啡商，因此我的意見很值得參考。女示範員一開始不疑有他，但我們倆都不停地笑，她便逐漸懷疑了起來。然後伯恩哈德失手將咖啡杯摔到地上，打碎了。他相當懊惱，不停地道歉。「沒關係。」示範員安慰他——好像他只是個小員工，會因為笨手笨腳被開除一樣：「我還有兩個杯子。」

稍後我們來到玩具部門。伯恩哈德告訴我，他和伯父都不容許玩具士兵或槍枝在藍道爾百貨販售。在最近的董事會議中，針對玩具坦克發生了一場激烈的爭論，最後伯恩哈德成功堅守住立場。「但這真的只是風雨前的寧靜罷了。」他補充。並帶著哀傷，拿起一個玩具履帶式拖拉機。

然後他給我看一個房間；小孩子可以在裡頭玩樂，而他們的母親可以趁這段時間去購物。一名穿著制服的育幼員正在協助兩個小男孩堆積木城堡。「你仔細觀察——」伯恩哈德說：「這種貼心服務在此其實結合了廣告。房間的對面，我們展示著特別便宜又引人注目的帽子。帶孩子來這裡的母親們會立刻跌入誘惑的陷阱……你恐怕會覺得我們功利得可悲……」

我問為何沒有圖書部門。

「因為我們不敢設。伯父知道我會整天待在那裡。」

店內各處都擺了用托架固定的彩燈，有紅色、綠色、藍色、黃色。我問這些燈有何用意，伯恩哈德解釋每一盞都是專屬公司某一位主管的信號燈。「我是藍燈。在某種程度上，這或許是一種象徵也說不定。」我還沒來得及問他是什麼意思，眼前的藍燈開始閃爍。伯恩哈德走向最近的電話，得知有人在辦公室等著跟他會面。於是我們就此道別。走出百貨前，我買了一雙襪子。

初冬期間，我跟伯恩哈德常常碰面。我無法說經過這些夜晚的相處，自己有更加瞭解他。他仍奇怪地跟我維持著遙遠的距離——他的臉龐在幽暗的燈光下疲累得面無表情，溫柔的聲音持續訴說著連串尚稱詼諧的趣聞。比如，他會描述跟一些非常嚴格的猶太教徒朋友共進午餐。伯恩哈德當時客套地說：「喲，我們今天要在戶外吃午飯嗎？真是太棒了！難得這季節天氣還這麼暖和，是吧？而且你們的花園看起來真漂亮。」接著突然發現主人正不是滋味地盯著他，他這才驚恐地想起，今天是住棚節*。

*猶太教節日，猶太曆七月，約略在十月。由來是要紀念以色列人出埃及時，在曠野漂流四十年住帳棚的日子。在這節期，以色列人要在屋外搭棚，住在棚內七天。

我開懷笑了，被逗得很樂。伯恩哈德很會說故事。但是時時刻刻，我都有意識地感覺到一種不耐。為什麼他好像把我當成小孩子般對待？我暗忖。他把我們所有人都當小孩子對待——包括他的伯父、伯母、娜塔莉亞和我。他跟我們說故事。他有同情心、有魅力。但他的姿態，不管是遞給我一杯紅酒或一根香菸，都披著一層傲慢，一種東區人自大的謙虛。他不會跟我說他真正的想法或感覺，同時又因為我的不解而鄙視我。他永遠不會告訴我關於他自身的事，或對他而言最重要的那些事物。因為我不像他，因為我正好相反：只要人們願意讀，我很樂意跟四千萬人分享我的想法與感受。基於此，我對伯恩哈德是喜惡參半。

我們很少談論德國的政治情勢，但有天晚上，伯恩哈德跟我說了一個內戰時的故事。有一位參與戰鬥的學生朋友來拜訪他。學生非常緊張且拒絕坐下。不久後，他向伯恩哈德坦承，他被指派捎口信到一棟正被警察團團包圍的報社辦公大樓中；要抵達這棟大樓，就必須又攀又爬地穿越許多曝露在機槍火線下的屋頂。自然，他並不急於動身。這位學生身上穿了一件厚得引人側目的大衣；伯恩哈德強迫他脫下，因為屋內暖氣充足，而且他臉上真的汗如雨下。最後經過一番掙扎，學生終於照辦，但才露出大衣內襯就讓伯恩哈德大吃一驚，裡面處處是暗袋，而且都塞滿了手榴彈。「最糟糕的是——」伯恩哈德說：「他下定決心不再冒險，並將大衣交給我。他想將大衣放到浴缸中，放

滿冷水。最後我說服他天黑後拿出去丟到運河裡會比較好——而他後來也成功辦到了……他現在是某個地區大學最著名的教授之一。想必老早就忘了這件有點難堪的叛逆行動了……」

「你曾經是共產主義者嗎，伯恩哈德？」我問。

他立刻——我從他臉上察覺——提高了戒心。過了一會兒，他慢條斯理地說：

「不是，克里斯多福。恐怕我天性上向來無法激發自己達到那種必要程度的熱誠。」

我突然覺得對他充滿不耐，甚至憤怒。「你——可曾相信過什麼嗎？」

伯恩哈德對我的尖銳微微一笑。這樣激怒我或許能讓他得到某種樂趣。

「或許吧……」然後他又加了一句，彷彿是對自己說：「不……這樣說不太對……」

「那你現在相信什麼？」我質問。

伯恩哈德沉默了一陣子，思考著——形似鳥嘴的精緻側影沒什麼表情，半閉著雙眼。最後他開口說：「我相信的可能是紀律。」

「紀律？」

「你不能理解嗎，克里斯多福？讓我來解釋……我相信對我自己的紀律，對其他人則不必然。其他人我無法評斷。我只知道自己必須擁有某些能夠遵循的規範，沒有的話我會很茫然……聽起來

很可怕嗎？」

「不會。」我說，心想：他就跟娜塔莉亞一樣。

「千萬別太嚴厲譴責我，克里斯多福。」嘲弄的笑容在伯恩哈德臉上暈開。「記住，我是個混血兒。或許，在我受汙染的血管裡終究有一滴純種普魯士人的鮮血。說不定這隻小指——」他將指頭舉到燈光下。「是一個普魯士訓練士官的指頭……而你，克里斯多福，背後有著盎格魯撒克遜人好幾世紀的自由，心上銘刻著英國大憲章的你，不會瞭解我們這些可憐的野蠻人需要僵挺的制服才站得直。」

「你為何老是取笑我，伯恩哈德？」

「取笑你！親愛的克里斯多福，我怎麼敢！」

然而，或許這一次，他不經意地對我多透露了一些。

我一直打算做個實驗：介紹娜塔莉亞跟莎莉．鮑爾斯認識。我大概事前就知道她們的相遇會有什麼結果。至少，我還沒有笨到去邀請弗里茨．溫德。

我們約在選帝侯大街一間時髦的咖啡館碰面。娜塔莉亞先到了。她遲了十五分鐘——大概是因

為她想要保有最後一個到的優勢。可惜她沒有把莎莉計算進來：她可沒有莎莉那種不知時間為何物的臉皮。可憐的娜塔莉亞！她努力想讓自己看起來成熟一點，結果卻只是弄巧成拙。她身上穿的城市風連身長裙完全不適合她；頭的一側戴了頂小帽——無意間諧仿了莎莉的侍應生帽。但娜塔莉亞的頭髮太過蓬鬆，小帽簡直就像在波濤洶湧的海面上載浮載沉的小船。

「我看起來怎麼樣？」她立即問，並在我對面坐下，感覺有點慌張。

「看起來很不錯啊。」

「請跟我說真心話，她對我會有什麼想法？」

「她會很喜歡你。」

「你怎麼能這麼說？」娜塔莉亞很憤慨。「你又不知道！」

「你先問我的意見，然後又說我不知道！」

「白癡！我不是要人恭維！」

「我恐怕不懂你要的是什麼。」

「哦，不懂？」娜塔莉亞高聲而輕蔑地說：「你不懂？那很抱歉，我幫不了你！」

此時，莎莉抵達。

「哈囉，親愛的。」她以最柔情的腔調呼喊。「真是**非常**抱歉，我遲到了——能原諒我嗎？」並優雅地坐下，一陣香水味隨即籠罩我們。她開始用疲軟無力的小動作慢慢脫著手套。「我最近在跟一個下流的猶太老製片人上床，希望他會給我一份合約。但目前，八字都沒一撇……」

我急忙在桌下踢了莎莉一腳。她話說到一半住口，一臉莫名其妙的驚愕表情——但是當然，現在已經太遲了。娜塔莉亞在我們的眼前僵化凝固。我事前的百般暗示，為莎莉可能的言行作假設性的辯解開脫，在一瞬間全都化於無形。經過一段冰冷的沉寂，娜塔莉亞問我有沒有看過《巴黎屋簷下》（Sous les toits de Paris）。她說的是德語。她不打算給莎莉任何機會嘲笑她的英語。

然而，莎莉立即插話進來，一派滿不在乎。她看過那部電影，覺得棒極了，普雷讓（Albert Préjean）真迷人是不是，我們記不記得有一幕，背景是火車經過，而他們正要開打？莎莉的德語遠比平常更加糟糕，讓我懷疑她是否刻意誇張，不知為何，好藉此取笑娜塔莉亞。

聚會剩下的時間裡，我在精神上如坐針氈。娜塔莉亞幾乎完全不說話，莎莉則繼續用那不堪入耳的德語東拉西扯，聊著她自以為輕鬆普遍的話題，主要都是關於英國電影工業。但因為每則軼事趣聞幾乎都需要解釋某人是另一人的情婦，這人酗酒，那人又嗑藥，根本無法緩和氣氛。我發現自己對她們兩個都越來越氣惱——氣莎莉她那無止盡的愚蠢情色話題，也氣娜塔莉亞如此食古不化。

終於，在感覺彷彿永恆，實際上卻僅僅不過二十分鐘之後，娜塔莉亞說她必須走了。

「老天爺，我也得走了！」莎莉以英語大喊。「克里斯寶貝，你送我到伊甸酒店，好不好？」我怯懦地瞥了娜塔莉亞一眼，試著傳達我的無可奈何。我心中再清楚不過，這將被視為忠誠度的考驗——而我已經失敗了。娜塔莉亞的表情毫無一絲憐憫，臉色僵固，確實氣憤非常。

「我們何時再碰面？」我大膽一問。

「不知道。」娜塔莉亞說——然後沿選帝侯街大步而去，彷彿再也不希望見到我們兩個。雖然只有幾百碼的距離，莎莉仍堅持搭計程車。她解釋，徒步抵達伊甸酒店是絕對不行的。

「那個女孩不太喜歡我，對吧？」我們搭上車後她說。

「對，莎莉，不太喜歡。」

「那我還真不知道為什麼……我都使盡渾身解數討好她了。」

「那就是你所謂的討好啊……！」儘管氣惱，我還是笑了。

「不然我還該怎麼樣？」

「應該是說你不該怎麼樣……除了通姦之外，你就沒有其他話題可以聊嗎？」

「人們得接受最真實的我。」莎莉理直氣壯地反駁。

「那些指甲也是？」我注意到早先娜塔莉亞的目光一次又一次落在那些指甲上，驚愕不已。

莎莉笑著說：「今天我特地沒塗腳趾甲耶。」

「哎，少來了，莎莉！你真的會塗？」

「真的，我當然會塗。」

「但那究竟有什麼意義啊？我是說，沒人——」我更正：「很少人能看見……」

莎莉給了我一個最傻的笑容。「我知道，親愛的……但那讓我感覺不可思議的性感……」

可以說從這次會面開始，我跟娜塔莉亞的關係就開始走下坡。我們之間並不曾有任何公開的爭吵或明確的決裂，甚至短短幾天後，我們又再次碰面。但我立刻就發現我們之間友情的溫度已有所改變。我們一如往常談論藝術、音樂、書籍——卻小心地避開個人觀感。我們在蒂爾加滕公園逛了近一小時，娜塔莉亞突然問：

「你很喜歡鮑爾斯小姐？」她的眼睛直瞅著鋪滿落葉的步道，惡毒地笑著。

「當然囉……我們很快就要結婚了。」

「白癡！」

我們一言不發，繼續往前走了幾分鐘。

「你知道嗎？」娜塔莉亞突然開口，感覺像是有了什麼驚人的發現。「我不喜歡你那位鮑爾斯小姐。」

「我知道你不喜歡。」

正如預期，我的語氣惹惱了她。「所以我怎麼想，一點也不重要囉？」

「完全不重要。」我揶揄地微笑。

「只有你的鮑爾斯小姐，她才重要？」

「她非常重要。」

娜塔莉亞紅了臉，咬著嘴唇。她怒火中燒。「總有一天，你會明白我才是對的。」

「這我毫不懷疑。」

我們一路走回娜塔莉亞家，途中一言不語。不過在門階上，她照例問道：「也許你哪天會撥個電話給我……」稍作暫停，然後送出分手前最後一擊：「如果你的鮑爾斯小姐允許的話？」

我笑著說：「不管她允不允許，我很快就會打電話給你。」就在話幾乎說完之前，娜塔莉亞當著我的面甩上門。

然而，我沒遵守諾言。過了一個月，我才終於撥電話給娜塔莉亞。好幾次，我話筒都舉起了一半，但我的意興闌珊總是強過想再見到她的欲望。而到最後，當我們終於碰面時，那溫度又下降了好幾度。我們似乎單單只是點頭之交。我猜娜塔莉亞深信莎莉已成了我的情人，而我不覺得有任何澄清的必要——若要這麼做就意味必須來段掏心挖肺的長談，而我現在完全沒有這種心情。況且，在解釋完一切之後，娜塔莉亞八成會發現自己跟現在一樣震驚，而且還更為嫉妒。我沒有自作多情地認為娜塔莉亞曾希望成為我的情人，但她的確開始對我表現得像是一個愛發號施令的大姊，也正是這個角色——說來可笑——被莎莉從她那兒偷走了。沒錯，是有點遺憾，但整體而言，我決定還是維持現狀比較好。所以我也配合演出地應對娜塔莉亞的各種旁敲側擊跟影射，甚至不時拋出一點琴瑟和鳴的暗示：「今天早上，我跟莎莉一起吃早餐的時候……」或「你覺得這領帶怎麼樣？莎莉挑的……」可憐的娜塔莉亞悶悶不樂地沉默以對；而我一如往昔，感覺刻薄又內疚。然後，接近二月底時，我撥電話到她家，卻被告知她已經出國。

我也好一段時間沒見到伯恩哈德了。有天早上，接到他的電話讓我吃了一驚。他想問我當天晚上願不願意跟他到「鄉下」走走，過一夜。聽起來非常神秘。當我試著打探要去哪裡、去做什麼，

伯恩哈德只是笑笑。

他八點左右來接我，坐著一輛由司機駕駛的密閉大車。伯恩哈德解釋這車是公司所有，他和伯父都會使用。我心想，依藍道爾家那種家父長制的簡單生活形態，娜塔莉亞的雙親沒有私家車也理所當然，伯恩哈德似乎還有意為這輛車的存在跟我道歉。那是一種複雜的簡單，一種否定的否定，其根源深深糾纏著對擁有的強烈罪惡感。老天，我對自己嘆口氣，我真能搞得懂這些人嗎？真有可能瞭解他們嗎？僅僅是思考著藍道爾一家人的精神結構，就每每讓我被一種不容置疑、挫敗心灰的力竭感所淹沒。

「你累了？」伯恩哈德在我肘邊慇懃地問。

「喔，沒有……」我提起精神。「一點都不累。」

「你不介意先到我的一個朋友家停一下吧？還有一個人要跟我們同去……希望你不會反對。」

「當然不會。」我禮貌地說。

「他很安靜，是我們家的一個老朋友。」不知為何，伯恩哈德似乎樂不可支。他自顧自地輕聲竊笑著。

車停在法薩嫩街的一間別墅外。伯恩哈德按按門鈴，有人開門讓他進屋。一會兒之後，他重新

出現，懷中抱著一隻斯開島梗犬。我笑了出來。

「你非常客氣。」伯恩哈德笑著說：「即便如此，我還是察覺到你身上有點侷促不安……我沒說錯吧？」

「或許吧……」

「不知道你原本以為會是誰？某個無聊得要命的老紳士？」伯恩哈德輕拍著梗犬。「但克里斯多福啊，你的教養恐怕太好，現在是絕不會跟我承認的。」

車子減速，並在阿沃斯快速道路的收費閘門前停下。

「我們要去哪裡？」我問：「希望你老實跟我說！」

伯恩哈德掛著他溫柔坦率，充滿東方情調的笑容說：「我很神秘，是吧？」

「非常。」

「能在夜色中乘車疾馳，不知去向，這肯定是很美妙的經驗吧？如果告訴你我們正要去巴黎，或去馬德里，或去莫斯科，那就不會有任何神秘之處，而你也會失去一大半的樂趣……你知道嗎，克里斯多福，我挺嫉妒你的，因為你不知道我們要去哪裡。」

「當然，那是一種觀點……但至少我已經知道我們不是要去莫斯科。我們正朝相反方向開。」

伯恩哈德笑著說：「你有時真的非常英國，克里斯多福。我很好奇，你自己有發現嗎？」

「我想是你引出了我英國的那一面。」我答完立刻感到些許不安，彷彿這說法有點侮辱人。伯恩哈德似乎看穿了我的想法。

「我應該把這當作恭維，還是責備？」

「當然是恭維。」

車子在漆黑的阿沃斯路上飛奔，進入冬夜鄉間無垠的黝暗。巨型反射鏡因為車頭燈倏地迸現光亮，轉眼又像燃燒殆盡的火柴般熄滅。柏林已在我們身後化作天空中一個紅色的光點，被逐漸聚合的松樹林一點點快速吞沒。柏林電視塔的探照燈在夜色中揮舞著那一小束光線。筆直的黑色道路朝我們呼嘯狂奔而來，彷彿迎向毀滅。舒適黯淡的車內，伯恩哈德正輕拍著膝上焦躁不安的小狗。

「好吧，我告訴你……我們正要去萬湖岸邊的一幢房子。之前屬於我父親，你們在英國稱之為鄉間小屋。」

「小屋？非常好……」

我的語氣逗得伯恩哈德很樂，從他說話的聲音就聽得出來他在笑。

「希望你不嫌棄。」

「我一定會很喜歡。」

「乍看之下可能有點簡陋……」伯恩哈德靜靜對自己笑著。「不過，還是很有趣……」

「當然……」

我本來大概隱約期待著一間旅館，有燈光、音樂、上好的食物。我酸不溜丟地想，只有富裕、頹廢、教養過度的城市佬，才會把隆冬到荒郊野外一間狹小潮濕的小屋過夜形容為「有趣」。而且還很典型地用豪華轎車載我去！司機要睡哪裡？八成是波茨坦最好的旅館吧……穿過阿沃斯快速道路尾端的收費亭時，在燈火映照下，我看見伯恩哈德仍自顧自地笑著。

車子向右轉，下坡，沿著一條樹影幢幢的路開。可以感覺到大湖極其接近，就隱身在我們左手邊的林地之後，看不見的地方。一個沒注意，道路已轉變成閘門和私家車道：我們在一座大型別墅的門前停車。

「這是哪裡？」我問伯恩哈德，疑惑地猜他一定又是要接些什麼東西——或許是另一隻小狗。

伯恩哈德興高采烈地笑說：

「我們抵達目的地了，親愛的克里斯多福！下車吧！」

一名穿著條紋外套的男僕打開車門。小狗一躍而出，我與伯恩哈德跟在後面。他將手搭在我肩

膀上，領著我穿越大廳上樓。我注意到富麗堂皇的地毯和裱框版畫。他打開一間粉白相間的豪華臥室，床上鋪著誘人的絲質羽絨被。另一頭有間浴室，閃耀著無暇的銀色金屬光芒，牆上吊著潔白的羊毛浴巾。

伯恩哈德微笑。

「可憐的克里斯多福！恐怕你會對我們的小屋感到失望吧？對你來說太大、太豪華？你原本是不是期待可以享受睡地板，跟蟑螂為伍的樂趣？」

整頓晚餐，我們都還沉浸在這個玩笑的餘味中。每當男僕用銀盤端上一道新菜，伯恩哈德就會跟我四目相接，歉然一笑。餐廳是保險的巴洛克風格，雖雅緻，卻也略顯平淡。我問他別墅是何時建成的。

「我父親在一九零四年建了這棟屋子。他想儘量接近英國風格——為了我母親的緣故……」

晚飯後，我們走過刮著風的花園，四周一片黑。陣陣強風從湖水那頭穿林打葉而來。我跟著伯恩哈德，梗犬不停在我腿間穿梭，害我走得跌跌撞撞。我們走下幾段石階，來到一個碼頭。漆黑的湖面滿布波紋，而另一頭，波茨坦的方向，點點跳動不定的燈光在黑色水面畫出彗星尾巴。矮牆之上，一段廢置的煤氣管在風中咯咯作響，而我們的腳下，波濤輕柔、潮濕，神秘地潑打在看不見的

岩石上。

「我小時候，常在冬天夜晚走下這些階梯，在這兒站上好幾個小時……」伯恩哈德開始說話。他的聲音壓得很低，我幾乎聽不見。他的臉轉向一邊，在黑暗中遙望著湖水。每當一股較強勁的風吹來，他的言詞就變得清楚一些——彷彿是風在自言自語。「那是在戰時。我的兄長在戰爭剛開打的時候就戰死了……之後，我父親某些生意上的對手開始抹黑他，因為他的妻子是個英國人。於是再也沒人跟我們來往，還謠傳說我們是間諜。最後，就連本地的商家都不願接近我們家……一切都有點荒謬，同時也有點恐怖，人竟然可以抱持著如此敵意……」

我微微發抖，凝視著水面。天氣很冷，伯恩哈德輕柔審慎的聲音在我耳邊持續。

「過去的冬日夜晚，我經常站在這裡，假裝自己是這世界上最後一個倖存的人類……我想我是一個比較古怪的男孩吧……跟其他男孩總是處不好，雖然我非常希望能受歡迎、能交到很多朋友。或許是我的錯——我太急於示好了。其他的男孩看出了這點，這讓他們得以殘忍地對待我。客觀來說，我可以理解……要是情況反過來，我自己或許也會這麼殘忍，很難說……但對當時的我而言，上學就像一場中國酷刑……所以你可以瞭解為何我喜歡晚上來到這湖邊，一個人獨處。然後戰爭爆發……那時候，我相信戰爭會打個十或十五年，甚至二十年。我知道自己很快就會被徵召。奇怪的

是，我不記得有感到一絲害怕。我只是接受。似乎理所當然，我們全都得死。我猜這是戰時普遍的心理狀態。但在我身上，我認為還是包含了一些猶太人特有的態度……要毫不偏頗地說這些事實在很困難。人有時候不太願意對自己承認某些事，因為自尊難以接受……」

我們慢慢轉身，開始從湖邊沿坡走回花園。我不時聽見梗犬發出喘息，在黑暗中四處探索。伯恩哈德的聲音持續傳來，吞吞吐吐，挑揀著字眼：

「我兄長戰死之後，母親幾乎不曾離開這棟屋子和其領地。我想她是試著要忘記有德國這塊土地存在。她開始學習希伯來文，全心全意專注在古猶太歷史和文學上。我覺得這真是當代猶太人發展的一種症狀——如此棄絕歐洲文化和歐洲傳統。有時候，我在自己身上也會發現這點……我記得母親在屋裡四處徘徊，就像一個正在夢遊的人。她沒有在研讀的時候，每一刻都心懷怨氣，而這對她只有壞處，沒有好處，因為當時她已癌症纏身了……她一得知自己有病，就拒絕去看醫生。她害怕動手術……最後，當疼痛變得難以忍受，她自殺了……」

我們回到屋子，伯恩哈德推開一扇玻璃門，我們穿過一間小溫室，進入一間大會客廳。開放的英式壁爐中火光灼灼，映得廳內滿是跳動的影子。伯恩哈德扭開幾盞燈，讓房內亮得耀眼。

「我們需要這麼多照明嗎？」我問：「我覺得爐火好多了。」

「是嗎？」伯恩哈德微妙地一笑。「我也覺得……但不知為何，我以為你會比較喜歡燈光。」

「這又是為什麼？」我馬上對他的語氣產生懷疑。

「我不知道。這只是我對你性格的一點想像。真是太蠢了！」

伯恩哈德的聲音中帶著嘲弄。我沒回應。他起身關掉所有燈，只留下我身旁桌上的一盞小燈。

一陣深長的沉默。

「你想聽收音機嗎？」

這一次他的語氣讓我笑了。「你用不著娛樂我呀！我這樣坐在爐火邊就心滿意足了。」

「你滿足那就太好了……我真蠢——對你的想像完全相反。」

「什麼意思？」

「我還怕你或許會覺得無聊。」

「當然不會！別鬧了！」

「你很客氣，克里斯多福。你總是非常客氣。但我能相當清楚地解讀出你在想什麼……」我之前從沒聽過伯恩哈德用這種語氣說話：滿懷敵意。「你在懷疑我為何要帶你來這棟屋子。最重要的是，你在懷疑我為何要對你說剛剛講的那些事。」

「我很高興你願意對我說……」

「不，克里斯多福，這不是真話。你其實有一點吃驚。你認為一個人不該隨便說這種事。受過英國公立學校教育的你會覺得這有點噁心——這種猶太人的多愁善感。你喜歡自認為是見過大風大浪的人，沒有任何形式的脆弱會令你反感，但你受的教育太強而有力了。你覺得不應該對他人這樣說話。這樣不禮貌。」

「伯恩哈德，你根本是在胡思亂想！」

「是嗎？也許吧……但我不這麼認為。算了……既然你想知道，我就試著解釋為何帶你來這裡……我想做個實驗。」

「實驗？你是指，在我身上？」

「不，是對我自己的一個實驗。也就是說……過去十年，我從沒有像今晚跟你說話這般，如此親密地跟其他任何人交談過……不知道你能不能把自己放在我的位置，設身處地想想看？而今天晚上……或許，終究還是無法解釋……讓我換個方式說吧。我帶你來到這兒，到這間跟你沒有任何瓜葛的屋子裡。你沒有理由感受到任何過去的壓迫。然後我告訴你我的故事……用這種方式，或許有可能驅散一些幽魂……我表達得很糟糕。聽起來會很荒謬嗎？」

「不，一點也不會……但為什麼選我參與你的實驗？」

「你說這話的時候口氣很嚴厲，克里斯多福。其實你內心正瞧不起我。」

「不，伯恩哈德，我才覺得你一定瞧不起我……我常納悶你究竟為何要跟我來往。我有時候覺得你其實不喜歡我，你的某些言語或行為中都會展現——然而，某種程度上，我又覺得並非如此，不然你不會一直要求我來找你……無論如何，我對你這些所謂的實驗已經有點厭煩了。今晚怎麼說都不是第一次了。實驗失敗，於是你對我生氣。我得說，我覺得這非常不公平……但我不能忍受的是，你用一種假意謙卑的態度來表現你的憤怒……而實際上，你是我見過最不謙卑的人。」

伯恩哈德沉默不語。他點了一根菸，從鼻孔中緩緩吐出煙霧。最後他開口：

「我不知道你說得對不對……我想不完全對，但有部分……對，你身上有些特質吸引我，讓我羨慕，然而也正是這種特質激起了我的敵意……或許那只是因為我也有部分英國血統，而你呈現了我自身性格的某一個面向……不，這樣說也不對……並不是我希望的那麼簡單……恐怕——」伯恩哈德以一種慵懶滑稽的姿勢，將手抹過額頭跟雙眼。「我是一個無謂複雜的機械裝置。」

接著一段沉寂。然後他補充道：

「但這全是些自我中心的蠢話。請務必原諒。我沒權利這樣對你說話。」

他站起來，輕輕穿過房間，扭開收音機。起身的時候，有一瞬間他將手擱在我肩膀上。伴著第一聲音樂響起，他走回爐火前的椅子，面帶笑容。他的笑容和藹，卻奇特地帶有敵意。那彷彿是某種遠古流傳下來的宿怨，讓我想起他家裡其中一尊東方塑像。

「今晚——」他輕聲笑著說：「轉播的是《紐倫堡名歌手》（Die Meistersinger von Nürnberg）的最後一幕。」

「真有趣。」我說。

半小時後，伯恩哈德帶我上樓到我的臥室。他手搭在我的肩上，仍然掛著笑容。隔天早晨吃早餐時，他神情疲倦，但愉快而風趣，完全沒有以任何方式提及我們前一晚的談話。

我們開車回柏林，他在諾倫多夫廣場一角放下我。

「早日打電話給我。」我說。

「當然，下週就打。」

「多謝你的招待。」

「多謝你來，親愛的克里斯多福。」

我將近六個月沒再見到他。

八月初，一個星期日，舉行了一場決定布呂寧（Heinrich Brüning）政府命運的公民投票。我回到施洛德女士的公寓，躺在床上度過美麗的炎夏，並咒罵自己的腳趾：上次在呂根島游泳的時候，腳趾被一片鐵皮劃傷，現在突然潰爛化膿了。當伯恩哈德出其不意打電話來時，我相當高興。

「你還記得萬湖邊那個鄉間小屋嗎？記得？我在想不知道你願不願意到那邊待幾個小時，就今天下午……是的，你的房東太太已經跟我說了你的不幸事故。真替你難過……我可以派車去接你。我覺得能暫時脫離這城市應該會有好處。你在那裡想怎樣都行——大可安靜躺著休息。沒人會干涉你的自由。」

午餐後不久，來接我的車子準時抵達。那是個燦爛美好的下午。車行期間，我對伯恩哈德的好意滿懷感激。可是抵達別墅時，我卻有如吃了一記悶棍：草坪上擠滿了人。

我惱怒不已。這真是卑鄙的把戲，我心想。我老遠而來，穿著最舊的衣服、腳上綁著繃帶、手持枴杖，被誘騙闖進一個高級花園派對！伯恩哈德穿著法蘭絨褲和稚氣的套頭衫出現，看上去驚人的年輕。他蹦蹦跳跳朝我而來，手一撐躍過矮圍欄。

「克里斯多福！你終於來了！請隨意，別客氣！」

不顧我的反對，他強行脫掉我的外套和帽子。也真不走運，我剛好穿著吊帶褲。其他賓客多半穿著時髦的里維拉法蘭絨。我面露酸澀微笑，本能地披上一副陰陽怪氣的偽裝盔甲，以便能在這種場合保護自己，並一跛一跛地走進賓客之間。幾對夫妻正伴著攜帶式留聲機的音樂跳舞；兩名年輕男子在用靠墊打枕頭戰，各自的女伴則在旁邊加油；草地上鋪了許多毯子，多數賓客都躺在上面聊天。一切都很不拘禮儀，而男僕和司機們謹慎地站在一旁，看著主人滑稽的動作，就像看顧小孩的褓母。

他們在這裡做什麼？伯恩哈德為何邀請他們？這是否又是另一次更煞費苦心的嘗試，想要祛除他的幽魂？我決定相信不是。這多半只是一個固定的聚會，每年舉辦一次，邀請家族中所有親戚、朋友、家屬齊聚。而我只是另一個被勾選的名字，遠排在名單的底端。無端失禮太過愚蠢。既然來了，我就好好享受。

接著，完全出乎意料，我看見了娜塔莉亞。她穿著某種質料輕便的黃色洋裝，帶有小泡泡袖；手裡拿著一頂大草帽。她看上去如此美麗，我差點認不出來。她開心地走過來歡迎我。

「哎，是克里斯多福呀！我太高興了！」

「這些日子你到哪裡去了？」

「在巴黎……你不知道？真心的？我一直在等你的信——卻什麼也沒有！」

「可是娜塔莉亞，你從沒寫信通知我你的地址。」

「我有啊！」

「如果是這樣，我從沒收到那封信……倒是我自己也離開過一陣子。」

「哦？你也離開過？那很抱歉……我幫不了你！」

我們倆都笑了。娜塔莉亞的笑聲變了，一如她身上其他所有事物。那笑聲不再像是來自一名會命令我讀雅各布森和歌德的嚴苛女學生。而且她臉上有種夢幻般的喜悅笑容——彷彿無時無刻不在聽著輕快悅耳的音樂。她顯然很高興再見到我，不過和我談話時卻心不在焉。

「你在巴黎做什麼？你在讀藝術嗎，如你之前所願？」

「當然囉！」

「你喜歡嗎？」

「太棒了！」娜塔莉亞大力點頭，眼睛閃閃發光，說出的話似乎特別有弦外之音。

「你母親有跟你一起去嗎？」

「有、有……」

「你們同租一層樓嗎？」

「對……」她再次點頭。「一層樓……喔，真是太棒了！」

「而你很快就要回去了？」

「唔，對……當然囉！就是明天！」她似乎相當驚訝我會問這種問題——驚訝全世界竟然有人不知道。我太瞭解那種感覺了！我現在確定，娜塔莉亞正陷入熱戀。

我們繼續聊了幾分鐘。娜塔莉亞總是微笑，總是懵懵懂懂地聽著，但不是在聽我說。然後，突然間，她急著要走。太晚了，她說。她還得打包行李，非馬上走不可。她緊緊握了握我的手，我看著她興高采烈地奔過草坪，上了一輛待命的車。她甚至忘了要我寫信，或給我她的地址。我邊揮著手跟她道別，邊感到化膿的腳趾傳來一陣嫉妒的強烈刺痛。

後來，派對中較年輕的成員在石階底下，骯髒的湖水中嬉鬧游泳。伯恩哈德也下水了。他有一副白皙、出奇純真的身軀，就像個小嬰兒，還帶有嬰兒渾圓、微凸的小腹。他笑鬧、潑水、吼叫，聲音比誰都大。當他跟我四目相接時，便會製造更多噪音——我暗自心想，這其中是不是含有某種挑釁的意味呢？他是不是跟我一樣在想著，六個月前，就站在這個地方，他跟我說的話？「一起下

來啊，克里斯多福！」他喊著：「對你的腳有好處的！」最後，當所有人上岸擦乾身體時，他和其他幾位年輕男子則在花園的樹木間互相追逐、嬉笑。

但是，儘管伯恩哈德玩得不亦樂乎，派對並不真的「成功」。賓客分散成各個小團體和黨派；甚至在氣氛最歡樂的派對高潮時，也至少有四分之一的賓客正低聲嚴肅地討論著政治。確實，其中有些人來伯恩哈德家，很明顯只是要藉機碰面討論他們自己私人的事務，也幾乎懶得裝腔作態去參與寒暄應酬。他們還不如乾脆坐在辦公室或家裡。

天色暗下來之後，一個女孩開始唱歌。她唱俄語，而且曲調一如既往地哀傷。僕人拿出玻璃杯和一大碗葡萄酒調酒。草坪上越來越冷。天上有數百萬顆星星。平靜滿盈的大湖上，最後一批幽靈般的船隻乘著微弱不定的晚風，忽遠忽近地航行著。留聲機持續播放音樂。我仰躺在墊子上，聽著一名猶太外科醫師主張法國不可能瞭解德國，因為法國人沒有經歷過任何類似德國那種讓人神經緊張的戰後生活。有個女孩突然笑出聲，在一群年輕男子中花枝亂顫。在遠方，城市裡，選舉正在計票。我想到娜塔莉亞：她逃出去了——或許正是時候。不管結果有多常被耽擱延遲，這些人全都在劫難逃。這個夜晚是一場災難的彩排，宛如時代終結前的最後一夜。

十點半，人群開始解散。我們全都分站在大廳或正門附近，有人正撥電話到柏林詢問消息。一

陣沉寂的等待之後，聆聽著話筒的那張陰鬱臉龐舒緩成笑容。政府安全過關，他對大家說。幾名賓客大聲喝采，半帶著諷刺，但也鬆了口氣。我轉頭發現伯恩哈德在我肘邊說：「又一次，資本主義得救了。」他微妙地笑著。

他安排我搭一輛要開往柏林方向的便車回家。來到陶恩沁大街時，有人正販售畢羅廣場槍擊案的號外。我想著派對上的那群人躺在湖邊草坪上，伴隨留聲機的音樂啜飲調酒；也想著那名警察，手握左輪槍，身受致命傷，跌跌撞撞爬上電影院台階，倒在一部喜劇片紙板人形廣告的腳邊死去。

再次音訊全無——這一次有八個月之久。而我還是來到這裡，按著伯恩哈德家的門鈴。他正好在家。

「真是莫大榮幸，克里斯多福。只可惜，太難得了點。」

「是啊，很抱歉。我常想到要來看你……不知為什麼就是沒來……」

「你一直都在柏林嗎？你知道嗎，我打到施洛德女士那邊兩次，都是一個陌生的聲音接的，說你到英國去了。」

「我是這樣跟施洛德女士說的。我不希望她知道我還在這裡。」

「哦，真的？你們吵架了？」

「正好相反。我跟她說要回英國，是因為不這麼說的話，她會堅持要資助我。我當時手頭有點緊……不過現在一切都沒問題了。」看見伯恩哈德臉上浮現一絲擔心，我急忙補充道。

「確定？我很替你高興……但你這段期間都怎麼過的？」

「跟一個五口之家同住在哈勒門一間兩房的閣樓。」

伯恩哈德笑著說：「有你的，克里斯多福。你的生活可真夠浪漫！」

「很高興你把這種事稱作浪漫，我自己可不覺得！」

我們都笑了。

「無論如何——」伯恩哈德說：「這種生活似乎很適合你。看你一副神采奕奕的樣子。」

我無法回敬他的恭維，只能暗忖他這麼病懨懨的模樣我還是頭一回見到。他的臉色蒼白憔悴，即便笑的時候也無法驅散臉上那股疲倦感。雙眼下掛著厚重的灰黃色眼袋，頭髮似乎也更稀疏了。年齡彷彿一下子增加了十歲。

「那你近來如何？」我問。

「我的存在，跟你相比，恐怕乏味得可悲……不過，仍有些喜悲劇色彩的消遣。」

「什麼樣的消遣？」

「比如說，這個——」伯恩哈德走向他的寫字檯，拿起一張紙遞給我。「今天早上寄來的。」

我讀著用打字機打出的字：

「注意了，伯恩哈德．藍道爾。我們將要跟你、跟你伯父、以及其他所有卑鄙的猶太人算帳。給你二十四小時離開德國。不然，你就死定了。」

伯恩哈德笑著說：「真嗜血，是吧？」

「難以置信……你想會是誰寄的？」

「被開除的員工，可能吧。或是惡作劇者。或是瘋子。或是激進的納粹學生。」

「你打算怎麼做？」

「什麼都不做。」

「總要報警吧？」

「親愛的克里斯多福，警察很快就會厭倦這些胡鬧了。這種信我們每週都會收到三四封。」

「即便如此，這一封還是很有可能是認真的……納粹或許寫起信來像學生，但他們什麼事都做得出來。正因為如此，他們才這麼危險。人們取笑他們，直到大禍臨頭……」

伯恩哈德以他疲倦的笑容說：「我很感激你對我的事如此掛心。然而，我並不值得……我的存在對我，或對其他人，都沒那麼至關重要，還不需要動用公權力來保護……至於我的伯父，他現在人在華沙……」

我看出他希望改變話題。

「你有娜塔莉亞和藍道爾夫人的消息嗎？」

「當然有囉！娜塔莉亞結婚了。你不知道嗎？嫁給一個年輕法國醫生……聽說他們很幸福。」

「真替她高興！」

「是啊……想到朋友過得幸福真令人愉快，是吧？」伯恩哈德走到廢紙簍邊，將信丟了進去。

「尤其是在另一個國家……」他的笑容溫柔、悲傷。

「你認為德國現在會怎麼樣？」我問：「會發生納粹政變還是共產革命？」

伯恩哈德笑著說：「我明白了，你一點都沒有失去你的熱忱！如果我能跟你一樣重視這問題就好了……」

將來某一個美麗的早晨，你肯定非得重視這問題不可——如此反駁已經到了唇邊。我很慶幸當時這話並沒有脫口而出；而是問道：「怎麼說？」

「因為那表示我人格中還有些比較健康的東西……當今這個時代，一個人是應該對這些事有興趣；我很清楚，這樣才正常，這樣才健康……而因為這一切對我來說似乎都有點不真實，有點——請別生氣，克里斯多福——微不足道，所以我知道自己正漸漸跟現實存在脫節了。這當然不好……人必須維持一種均衡感……你知道嗎，有好幾個夜晚，我單獨坐在這裡，被這些書籍和石像圍繞，一種難以名狀的不真實感湧上來，彷彿這就是我全部的人生？沒錯，其實有時候，我會感到一種懷疑，我們的公司——那棟從地板到天花板都塞滿我們所有積聚資產的龐大建築——是否真的存在，而不只存在於我的想像中……然後，我會有一種不愉快的感覺，好像人在夢裡會有的那種，就是我自己並不存在。這無疑很病態、很錯亂……我要跟你坦白一件事，克里斯多福……有一天晚上，我深受藍道爾百貨不存在的妄想所困擾，以至於拿起電話跟其中一名夜間守衛長談了一番，還胡謅了些愚蠢的藉口解釋為何打擾他。而這只是為了消除我自己的疑慮。你明白嗎？你不覺得我一定是要瘋了嗎？」

「我完全不這麼覺得……這可能發生在任何一個工作過度的人身上。」

「你是建議我放個假？適逢初春，去義大利待一個月？沒錯……我還記得曾經有段日子，義大利一個月的陽光就可以解決我所有的問題。但現在，唉，那解藥已經失去效力了。說件矛盾的事給你聽！藍道爾百貨對我來說已不再真實，然而我卻比以往更受它奴役！你看到一個齷齪的物質主義人生要受的懲罰了吧。不讓我埋頭苦幹，我肯定會變得不快樂……唉，克里斯多福，要以我的命運為誡啊！」

他微笑，輕鬆地說著，語氣半帶著戲謔。我不想再探究這個話題。

「你知道嗎——」我說：「我現在真的要回英國了。三或四天後動身。」

「真遺憾聽到這消息。你打算在那邊待多久？」

「大概一整個夏天。」

「你終於厭倦柏林了？」

「喔不……我感覺比較像是柏林厭倦了我。」

「那麼你還會回來？」

「對，我是這麼打算。」

「我相信你終究會回到柏林，克里斯多福。你似乎屬於這裡。」

「或許是吧，某種程度而言。」

「人們似乎屬於某個地方，這感覺還真奇怪，尤其是那個地方還並非出生地……我首度到中國的時候，簡直像是這輩子頭一次回到了家一樣……也許我死後，靈魂會飄蕩到北京。」

「乾脆用火車把你整個人送去，越快越好！」

伯恩哈德大笑。「非常好……我會遵從你的建議！但有兩個條件：第一，你要跟我一起去；第二，我們今晚就離開柏林。」

「你說真的？」

「當然是真的。」

「太可惜了！我很想去……但很不幸，我全世界的財產就只有一百五十馬克。」

「不用說，是由我來招待。」

「哇，伯恩哈德，真是太棒了！我們會在華沙停留幾天，辦理簽證。然後前往莫斯科，轉搭西伯利亞鐵路……」

「所以你會去囉？」

「當然！」

「今晚？」

我假裝考慮。「今晚，恐怕不行……我得先到洗衣店拿回送洗的衣服……明天怎麼樣？」

「明天就太遲了。」

「真可惜呀！」

「可不是嗎？」

我們都笑了。伯恩哈德似乎特別被自己的玩笑逗得樂不可支，笑聲中甚至有點誇張的成分，彷彿這情境中還有些更深層次的幽默，是我沒有看穿的。道別的時候，我們還在笑。

或許是我對玩笑的反應太慢。無論如何，我花了將近十八個月才明白這個玩笑的意義——看出這是伯恩哈德在我們倆身上最後、最大膽，也最悲觀的實驗。現在我確定——百分之百堅信——他的提議絕對是認真的。

一九三二年秋天，我回到柏林，立即撥電話給伯恩哈德，卻只聽說他不在，到漢堡出差去了。現在我責怪自己——人總是在事後感到自責——當時沒有更窮追不捨。可是當時有好多事等著我去做，那麼多學生、那麼多人要見。於是幾週變成幾個月，接著聖誕節來臨——我寄了一張卡片給伯

恩哈德，但沒有回音。他八成又出遠門了。然後，新的一年開始。希特勒上台，接著是國會縱火案、議會選舉。我納悶伯恩哈德發生了什麼事。我打過三次電話給他──從公用電話亭，免得害施洛德女士惹上麻煩──毫無回應。然後，四月初的一個晚上，我去他家探望。門房將頭伸出小窗，比過去更滿腹懷疑；一開始，他甚至似乎打算完全否認自己認識伯恩哈德。接著他厲聲說：「藍道爾先生走了……走很遠了。」

「你是說他搬走了？」我問：「能給我他的地址嗎？」

「他走了。」門房重複，並將窗戶猛地關上。

我就這樣離去──多少合情理地斷定，伯恩哈德正在國外某個地方，安全無虞。

發起抵制猶太人的當天早晨，我繞到藍道爾百貨去看了一眼。表面上，似乎一切如常。每一個大出入口有兩三名穿著制服的納粹衝鋒隊男孩站崗。每當有消費者接近，其中一人會說：「記住，這是猶太人的店！」男孩們相當有禮貌，面露笑容，彼此打趣。小群路人聚集圍觀這場演出──有的感興趣，有的看熱鬧，有的只是無動於衷；都還不確定是否該贊同。完全沒有稍晚在報上讀到的那種氣氛：報導描述地方小鎮的消費者被強迫在額頭和臉頰上用橡皮圖章蓋印羞辱。而這裡還有相

當多人進入百貨大樓。我自己也進去了，買下第一眼看到的商品——剛好是肉豆蔻磨碎器——手上轉著打包好的東西，又晃了出來。其中一個站在門邊的男孩向同伴使眼色，說了些什麼。我記得就在我跟諾瓦克一家同住的那段期間，在亞歷山大賭場見過他一兩次。

五月，我最後一次離開柏林。我的第一站是布拉格——也就是在那兒，一人獨坐的某個夜晚，在一間地下室餐廳，間接地，我最後一次聽說藍道爾家的消息。

兩名男子坐在隔壁桌，說著德語。其中一位肯定是奧地利人；另一位我無法確定——他肥胖油光，約莫四十五歲，很可能在歐洲任何一個首都擁有一門小生意，從貝爾格勒到斯德哥爾摩都有可能。兩個人毫無疑問都很富有，都屬於嚴格定義中的亞利安人，而且政治中立。肥胖男子說了一句話意外引起我的注意：

「你知道藍道爾百貨嗎？柏林的藍道爾？」

奧地利人點頭。「當然知道……從前跟他們做過很多生意……他們那地方真不賴。肯定花了不少錢……」

「看了報紙沒？今天的早報？」

「還沒，沒時間……正在搬新家。老婆要回來了。」

「她要回來了？不會吧！是去了維也納嗎？」

「沒錯。」

「玩得愉快嗎？」

「還用說！反正花得也夠多了。」

「近來維也納物價不低。」

「的確。」

「食物也貴。」

「到處都貴。」

「你說得沒錯。」肥胖男子開始剔起牙。「我剛剛說到哪？」

「你說到藍道爾百貨公司。」

「對喔……你今天早上沒看報紙？」

「沒看。」

「有篇關於伯恩哈德．藍道爾的新聞。」

「伯恩哈德？」奧地利人說：「我想想……他是家裡的兒子，對吧？」

「我不知道……」肥胖男子用牙籤剔出一小塊肉屑，舉到燈光下，若有所思地凝視著。

「我想他是兒子。」奧地利人說：「或者是姪子……不，我認為是兒子。」

「不管他是誰。」肥胖男子將肉屑彈進他的盤子裡，一派厭惡模樣。「他死了。」

「不會吧！」

「心臟衰竭。」肥胖男子皺起眉頭，舉手摀嘴打了個嗝。他戴著三枚金戒指。「報紙上是這麼說的。」

「心臟衰竭！」奧地利人在椅子上不安地動了動。「不會吧！」

「近來在德國心臟衰竭的人很多。」肥胖男子說。

奧地利人點點頭。「不能輕信所有聽到的事。這倒是真的。」

「要我說的話——」肥胖男子說：「任何人的心臟裡有顆子彈，肯定都會衰竭。」

奧地利人看起來很不自在，開口說：「那些納粹……」

「他們是來真的。」肥胖男子似乎挺樂於讓他的朋友寒毛直豎。「記住我的話：他們會把猶太佬從德國全清出去。清得一乾二淨。」

奧地利人搖著頭。「我不喜歡這樣。」

「集中營。」肥胖男子說，並點起一根雪茄。「他們把猶太人弄進去，逼他們簽東西……然後他們的心臟就衰竭了。」

「我不喜歡。」奧地利人說：「這有害生意。」

「是啊。」肥胖男子附和：「有害生意。」

「讓所有事都變得不確定。」

「沒錯。你永遠不知道是在跟誰做買賣。」肥胖男子笑著說。他令人難以言喻地感到有一點恐怖。

「搞不好是具屍體。」

奧地利人微微抖了一下。「那老頭子怎麼樣了，老藍道爾？他們把他也抓了？」

「不，他沒事。他們沒他精明。他人在巴黎。」

「不會吧！」

「我估計納粹會接管他的事業。他們現在就在那麼做了。」

「那老藍道爾大概就完蛋了吧？」

「他才不會！」肥胖男子彈了彈雪茄灰，一臉輕蔑。「他肯定有藏點老本，誰知道藏在什麼地

方。你等著瞧。他會東山再起的。可精明了，那些猶太佬……」

「沒錯。」奧地利人同意。「猶太佬可不能小覷。」

這念頭似乎讓他振奮了一點。他興奮地說：「這倒提醒了我！我就記得有什麼事想跟你說……你聽說過猶太佬和一個有條木腿的非猶太女孩之間的故事嗎？」

「沒有。」肥胖男子一口接一口抽著雪茄。他的消化系統現在運作順暢，飯後心情正好：「說吧……」

柏林日記

1932-3年　冬

今夜，入冬以來頭一次，天氣真的很冷。徹骨嚴寒靜靜襲捲城市，就跟夏日中午鋪天蓋地的熱浪一樣悄然無聲。低溫中，城市好似真的縮減凝結成一個小黑點；這黑點不比其他數百個黑點大多少，在這偌大的歐洲地圖上，一樣孤立難尋。城外，夜色下，越過最邊陲的新建水泥公寓街區，街道終止在結冰的社區出租花園，再向外即是普魯士平原。今晚，可以感覺到那些平原就在周遭，正緩緩湧向城市，宛如無邊荒野構成的一片波濤大海——其中散布著無葉灌木林和冰湖，以及只有在提起某些被遺忘得差不多的戰役時，才會想起曾充作戰場，有著古怪名字的小村落。柏林是一副骸骨，在嚴寒中作痛——有如是我自己的骨骼在發疼。我感覺到凍入骨髓的劇烈疼痛，從高架鐵路的樑柱，從陽台的鐵欄杆，從橋樑、電車軌道、路燈柱、公共廁所傳來。鋼鐵震動收縮，石塊和磚頭隱隱悶痛，灰泥則僵得麻木。

柏林是一座有兩個中心的城市——群聚的高價旅館、酒吧、電影院、商店環繞著威廉大帝紀念教堂，形成一個閃亮的光核，在城市破落暮光的映照下，好似一顆假鑽；另一是菩提樹下大道沿路建築所形成，謹慎規劃過，有著自覺的市中心。這裡的風格雄偉、國際化，充滿複製品的再複製，為我們樹立起首都的尊嚴：有一棟國會大廈、兩座博物館、一間國家銀行、一間大教堂、一間歌劇院、一打領事館、一扇凱旋門——應有盡有。而且全都如此富麗堂皇，端正合宜——除了那間大教

堂，建築式樣格格不入，像是突如其來的俗豔激情，總在嚴肅灰白的普魯士門面之後忽隱忽現。而所有激情都將被教堂那荒謬的圓頂撲滅。整座教堂顯得如此驚人的滑稽，讓人一見到就忍不住搜尋能夠搭配的可笑綽號——無玷消費*教堂。

但柏林真正的心臟是一小片潮濕的黑森林——蒂爾加滕公園。每年的這個時候，寒冷就會開始迫使鄉下男孩離開他們狹小無依的村莊，來到城市尋找食物和工作。城市雖然在平原夜空中閃爍著明亮動人的光輝，可其實是冷漠、殘酷、死寂的。它的溫暖是種幻覺，是冬季荒野上的海市蜃樓。它不會接納這些男孩，也沒有東西可以給予。寒冷將他們驅離大街，進入森林，它殘酷的核心。他們蜷縮在那裡的長凳上，挨餓受凍，夢著他們遠方農舍中的火爐。

施洛德女士厭惡寒冷。她抱著毛皮內裡的絲絨外套縮成一團，坐在角落，套著襪子的雙腳擱在火爐上。有時她抽著菸，有時她啜著茶，但多數時候她只是坐著，沒精打采地盯著火爐的磚石，彷彿陷入半夢半醒的冬眠。近來，她很孤單。麥爾小姐遠在荷蘭，參加巡迴歌舞表演。所以施洛德女

＊原文Immaculate Consumption，是諧仿Immaculate Conception，乃天主教信條謂聖母瑪麗亞蒙天恩而無原罪懷孕的無玷成胎說。

士除了巴比和我，沒有人可以說話。

巴比則深陷恥辱之中。他不只是失業和積欠三個月房租，而且施洛德女士有理由懷疑他從她錢包裡偷錢。「你知道嗎，伊希烏先生，」她跟我說：「我當初根本不該猶豫他有沒有偷柯斯特小姐那五十馬克……他絕對下得了手，那隻豬！想想我竟然還以為他是個大好人！你相信嗎，伊希烏先生，我待他就像自己親生兒子一樣──而這就是我得到的回報！他說如果得到溫德米爾夫人俱樂部那酒保的工作，就會還清我每一分錢……如果，**如果……**」施洛德女士嗤之以鼻地奚落：「這種話誰不會說！如果我祖母身上長出輪子，就會變成一台公車了！」

巴比已經被趕出原本的房間，驅逐到瑞典閣了。那上面通風一定非常好。有時可憐的巴比看上去冷得臉色發青。過去一年他變了非常多──頭髮更加稀疏，衣服更加破舊，厚臉皮變得更加刀槍不入，甚至有點可悲。對巴比這類人而言，工作就代表了他們──失去工作，他們部分的存在就消失了。有時候，他會偷偷溜進客廳，鬍子沒刮，雙手插進口袋，帶著挑釁意味不自在地晃來蕩去，自顧自地吹著口哨──他吹的舞曲已不再新鮮。施洛德女士偶爾會丟一兩句話給他，像是在勉強施捨一兩塊麵包，但她不會正眼看他，也不會在火爐邊幫他空出位子。或許她從沒真正原諒他跟柯斯特小姐的私情。搔癢拍臀的調笑日子已經結束了。

昨日柯斯特小姐意外親自登門造訪。我那時剛好不在，而回來以後，我發現施洛德女士相當興奮。「你想想看，伊希烏先生——我差點不認得她！她現在可真是個貴婦了！她的日本朋友買了件毛皮大衣給她——真的毛皮耶，我可不敢想像他付了多少錢！還有她那雙鞋——純正的蛇皮！嘖、嘖，她肯定也是努力賺來的！當今也就只有這一門生意還興隆了……我看我也該下海撈一筆囉！」但無論施洛德女士對柯斯特小姐的揮霍有多少冷嘲熱諷，我看得出她對柯斯特小姐留下了極為深刻且良好的印象。而且打動她的不是毛皮大衣或鞋子——柯斯特小姐達成了某種更高的成就，一種在施洛德女士的世界中值得尊敬的里程碑：她在一家私立療養院動了手術。「喔，不是你想的那樣，伊希烏先生！是跟她的喉嚨有關。當然，也是她朋友付的錢……想像一下，醫生從她鼻後切下一些東西；現在她可以嘴裡含著水，再從鼻孔噴射出來，簡直就像注射器！我一開始也不相信，但她真的表演給我看！我發誓，伊希烏先生，她可以從廚房這頭直噴到那頭！不可否認，跟住在這裡時相比，她的確改頭換面了……就算她哪天嫁給一個銀行董事，我也不會意外。沒錯，記住我的話，那個女孩會飛上枝頭……」

坎夫先生是名年輕的工程師，也是我的學生之一。他跟我描述了經歷大戰和通貨膨脹的童年歲月。在戰爭的最後幾年，火車車廂的窗帶都消失無蹤——全都被人割去當皮革賣了。甚至可以見到男男女女穿著車廂內裝做成的衣服四處走。坎夫的一幫校園朋友有天晚上闖入一間工廠，偷走了所有皮製傳動帶。每個人都在偷。每個人都在賣任何能賣的東西——包括自己。有一個跟坎夫同班的十四歲男孩，就在上課時間跑到街上兜售古柯鹼。

農人和屠夫的地位此時變得至高無上。如果想要蔬菜或肉，就得滿足他們任何一絲奇想。坎夫家認識柏林外一個小村莊中的屠夫，他永遠有肉可以賣。但這屠夫有個特殊的性癖好：他在情慾上最大的快感來自於捏掐和掌摑敏感、有教養之女孩或女人的臉頰。能有機會如此羞辱一位像坎夫太太這樣的淑女，讓他興奮莫名；除非能讓他實現幻想，否則他絕對拒絕做生意。於是每週日，坎夫太太會帶著孩子出城到村莊，耐心地獻上自己的臉頰供捏掐掌摑，以交換些肉片或牛排。

波茨坦大街底端有個露天市集廣場，裡面有旋轉木馬、鞦韆和偷窺秀。市集的主要賣點之一是舉辦拳擊和摔角的帳篷。你付錢進去，看摔角手打上三四個回合，然後裁判會宣布，如果還想看，得額外支付十芬尼。其中一名摔角手是個大腹便便的禿頭男子；他穿著一條褲管捲起的帆布褲，一

副要去划船的樣子。他的對手穿黑色緊身衣，還戴著像是從馬車上拆下來的皮製護膝。兩名摔角手使盡全力將彼此抛來摔去，在空中翻筋斗，娛樂觀眾。扮演落敗者的胖子被打時裝得非常憤怒，並威脅要揍裁判。

拳擊手中有一位是黑人，他總是獲勝。拳擊手們戴著露指拳套互擊，發出極大的聲響。另一個拳擊手是名高大健美的年輕人，約比黑人年輕二十歲，而且顯然也比他壯碩得多，卻莫名其妙輕而易舉就被「擊倒」。他在地上痛苦不堪地扭動，奮力掙扎，數到十之前幾乎要站了起來，卻又再次癱倒，呻吟著。拳賽後，裁判會再收十芬尼，並從觀眾中徵求挑戰者。然而，在任何真正有意挑戰的觀眾來得及回應前，另一位先前還公然跟摔角手談笑的年輕人已匆匆跳進擂臺，剝光外衣，露出原本就穿好的短褲和拳擊鞋。裁判宣布獲勝的話有五馬克獎金；而這一回，黑人被「擊倒」了。

觀眾對這些比賽認真得不得了，對著拳手嘶吼加油，甚至會私下對賭和爭執結果。幾乎所有人在帳篷中都待得跟我一樣久，而且在我離開時仍繼續留下。這政治上的寓意相當令人沮喪：這些人可以相信任何人或任何事。

今晚走在克萊斯特街上，我看到一小群民眾聚集在一輛私家車四周。車裡有兩個女孩；兩名年

輕猶太人站在人行道，跟一個高大的金髮男子激烈爭吵著。金髮男子顯然有點醉了。看上去似乎是猶太人先前正沿街慢慢開，想找機會釣女孩子，最後邀了這兩位女孩兜風。女孩答應並上了車，可是這時金髮男子出面干涉。他跟他們說，他是納粹，因此覺得有義務捍衛所有德國女人的榮譽，免於非北歐下流人士的危害。兩名猶太人似乎一點也不害怕；他們理直氣壯地叫那名納粹少管閒事。此時，女孩們趁著口角下車一溜煙跑了。接下來那名納粹嘗試拖其中一位猶太人一起去找警察，結果被抓住胳臂的那位猶太人賞了他一記上鉤拳，讓他四腳朝天平躺在地。那名納粹還來不及起身，兩個年輕人就已經跳上車揚長而去。群眾慢慢散去，同時互相爭論著。很少人公開偏袒那名納粹，有幾個人支持猶太人，但大多數人都很自我克制，只是含混地搖搖頭，喃喃自語：「太離譜了！」

三小時後，當我再經過同一地點時，那名納粹仍在附近來回巡邏，飢渴地尋找更多需要援救的德國女子。

我們剛收到一封麥爾小姐的來信，施洛德女士找我一起讀。麥爾小姐不喜歡荷蘭。她被迫在許多二流城鎮的三流酒館中唱歌，而且她的臥室經常冷得要命。她寫到，荷蘭人沒有文化；她只遇到一位真正文雅高尚的紳士，而他是一名鰥夫。那名鰥夫對她說，她是一個真正有女人味的女人——

而他對黃毛丫頭沒興趣。他送了一整套全新的內衣給她，表達對她歌藝的仰慕。

麥爾小姐跟同僚間也有些問題。在某個城鎮，一名敵對的女演員嫉妒麥爾小姐的歌唱實力，拿帽針想戳她眼睛。我忍不住欽佩那位女演員的勇氣。麥爾小姐跟她打完一架之後，傷勢嚴重到一個星期無法登台。

昨晚，弗里茨．溫德提議來趟「低級酒館」巡禮。這可以算是告別之旅，因為警察已開始對這些地方特別提高興趣，頻繁地臨檢，並抄下每一個顧客的姓名。甚至謠傳柏林會有一番大整頓。我堅持要造訪從沒去過的「莎樂美」，這讓弗里茨有點不耐。身為夜生活的行家，他對那裡相當不屑。他跟我說，那裡徒有盛名，經營者完全只想迎合外地觀光客。

結果莎樂美的消費非常昂貴，而且甚至比我想像的更悶。幾名扮裝女同志和剃光眉毛的年輕男子倚在吧檯邊，不時發出粗啞大笑或尖銳喊叫聲——顯然是想要呈現墮落罪人的歡笑。整間店都被漆成金色和地獄紅，並搭配數吋厚的血紅色絨布和巨型滑鏡。店裡人聲鼎沸。觀眾主要由體面的中年商人及其家人組成；他們愉快地驚呼著：「真的還假的？」、「哇，真想不到！」歌舞表演到一半，就在一個年輕男子身著鑲滿亮片的硬襯裙和掛著珠寶的乳帽，痛苦地完成三次劈腿之後，我們

走到了店外。

在入口我們遇到一群美國青年，喝得爛醉，正考慮要不要進去。領頭的是個矮小結實的年輕男子，戴著夾鼻眼鏡，下巴惱人地凸出。

「嘿，裡面有什麼？」他問弗里茨。

「男人扮女人。」弗里茨咧嘴一笑。

矮小的美國人簡直不敢相信。「男人打扮成**女人**？哎，**女人**？你的意思是他們是**同性戀**？」

「我們終究全都是同性戀。」弗里茨以肅穆哀戚的語調，慢條斯理地說。年輕男子緩緩打量著我們。他剛剛在奔跑，仍上氣不接下氣。其他人傻傻地群聚在他身後，準備好面對任何事——雖然他們生澀、張著嘴的臉在綠色燈光下顯得有點畏怯。

「喂，你也是**同性戀**？」矮小的美國人突然轉向我盤問。

「是啊。」我說：「如假包換。」

他在我面前站了一會兒，喘著氣，伸著下巴，似乎不太確定是否該朝我臉上揮拳。然後他轉過身，發出某種瘋狂大學生的助威吶喊，再領著身後其他人猛然衝進樓裡。

「去過動物園站附近的共產黨酒館嗎？」從莎樂美離開時，弗里茨問我。「總該去瞧一眼……或許，六個月後，我們都將穿著紅上衣……」

我同意。我很好奇弗里茨心目中的「共產酒館」會是什麼樣子。

那其實是間白色粉刷的小地窖。無裝飾的大桌邊放著長木凳，一打人圍坐在一起，簡直就像學校的食堂。牆上是凌亂的表現主義畫作，包含實際剪報、真的紙牌、啤酒瓶墊、火柴盒、紙菸盒、及頭被切掉的相片。酒館裡滿是學生，穿著多半像是配合激進政治立場似的邋遢——男生穿著水手毛衣和骯髒寬鬆的褲子；女生則穿著不合身的連身裙，裙子還可見到用安全別針固定，俗豔的吉普賽圍巾在頸上隨隨便便打個結。女店長正在抽雪茄。舉止貌似服務生的男孩唇間叼著根菸，四處閒晃，在替客人點餐的時候還會朝他們背上一拍。

一切都極其裝模作樣、無憂無慮、快活宜人，立即讓人感覺彷彿回到了家。弗里茨一如既往地認出許多朋友。他跟我介紹了其中三位：一個名叫馬丁的男人、一個名叫韋納的藝術學院學生，以及韋納的女友英琪。英琪直率活潑——她戴了頂小帽，上面有根羽毛，讓她跟亨利八世有某種滑稽的相似之處。當韋納跟英琪喋喋不休時，馬丁便沉默地坐著。他又黑又瘦，臉頰窄削，泛著滿腹心機之人那種莫測高深的尖刻笑容。當晚稍後，弗里茨、韋納和英琪移到隔桌加入另一伙人，馬丁遂

談起即將來臨的內戰。馬丁解釋，戰爭爆發後，共產黨雖僅有少數的機槍，仍將掌控屋頂。然後他們會用手榴彈將警察困在灣區。只需要堅持三天即可，因為蘇聯艦隊會立即突襲斯維慕德港，開始讓軍隊登陸。「我現在多半時間都在製作炸彈。」馬丁補充說。我點頭微笑，非常尷尬——不確定他是在開我玩笑，或是故意輕率地說些駭人聽聞的事。他肯定沒有醉，感覺也不像只是精神錯亂。

不久，一位十六或十七歲，英俊得讓人側目的男孩走進酒館。他的名字叫魯迪，身上穿著俄式罩衫、皮短褲和快遞員的靴子。他像是剛完成一個凶險任務的傳令員，以充滿英雄氣概的姿態，大步走向我們的桌子。然而，這次他沒有任何訊息要傳遞。在旋風似登場，及一連串簡明、軍人般的握手之後，他相當安靜地在我們身旁坐下，點了一杯茶。

今晚我再度造訪共產酒館。那真是個充滿陰謀和反陰謀的迷人小世界。邪惡炸彈客馬丁就是其中的拿破崙，韋納是丹唐*，魯迪是聖女貞德。每個人都在懷疑別人。馬丁先前便警告過我要小心韋納，說他「在政治上不可靠」——去年夏天他竊取了共產青年組織全部的基金。而韋納也勸我提防

* Georges Jacques Danton，法國大革命領袖之一。

馬丁：他不是納粹臥底，就是警方間諜，再不然就是拿法國政府的錢做事。除此之外，馬丁和韋納兩人都誠心建議我別跟魯迪扯上任何關係——他們斷然拒絕說明原因。

但要對魯迪視而不見不太可能。他一屁股在我身旁坐下，並立即開始說話——簡直是道熱情的颶風。他的口頭禪是「棒」：「喔，棒呆了！」他是個探勘者，想知道英國的童子軍是什麼樣子。他們有冒險犯難的精神嗎？「所有的德國男孩都愛冒險。冒險很棒。我們的童軍團團長是個很棒的人。去年他跑到芬蘭的拉普蘭，住在一間小破屋裡，整個夏天獨自一人……你是共產黨嗎？」

「不是，你是嗎？」

魯迪感到受傷。

「那當然！我們這裡全都是……如果你有興趣，我可以借你幾本書……你應該來瞧瞧我們的集會所，棒呆了……我們會唱〈紅旗歌〉和所有被禁的歌曲……你能教我英語嗎？我想學習所有的語言。」

我問他的探險隊裡有沒有女孩子。魯迪一臉震驚，彷彿我說了什麼不堪入耳的話。

「女人不好。」他不快地對我說：「她們會搞砸一切。她們沒有冒險犯難的精神。男人聚在一起比較能夠互相瞭解。彼得叔（我們的童軍團團長）說女人就該待在家裡補襪子。她們只適合幹那

種事！」

「彼得叔也是共產黨嗎？」

「那當然！」魯迪懷疑地看著我。「為什麼這麼問？」

「喔，沒什麼特別原因，」我急忙回說：「我大概是把他跟另一個人搞混了……」

今天下午我到城外的少年感化院去拜訪我的一名學生，布林克先生。他是那裡的教師，是個矮小但肩膀寬闊的男人，有著長下巴、了無生氣的金髮、溫和的眼睛，以及德國素食主義知識分子那種過分外凸的額頭。他穿著涼鞋和開領襯衫。我在健身房裡找到他，正在指導一班有智力缺陷的孩童運動——這間感化院同時收容智力缺陷的孩童及少年罪犯。帶著某種悲哀的自豪，他指出各種不同的案例：這個小男孩患有遺傳性梅毒，有嚴重的斜視；那一個是老酒鬼的孩子，無法克制地笑個不停。他們像猴子般在肋木爬上爬下，嬉笑談天，似乎相當快樂。

接著我們上樓到工作間，裡頭的男孩都較年長——全是定罪的少年犯。他們穿著藍色工作服在做靴子。布林克進來時，多數男孩都抬起頭露出微笑，只有少數幾個繃著臉。但我不敢直視他們的眼睛。我感覺極端內疚和羞愧——在那一刻，我似乎成了他們的獄卒，也就是資本主義社會的唯一

代表。我想著他們之中會不會有人真的是在亞歷山大賭場被捕，若果真有，又會不會認得我。

我們在護士長的房間吃午飯。布林克先生很抱歉讓我吃跟孩子們相同的食物──兩根香腸配馬鈴薯湯、一碟蘋果及泡梅干。我力言──對方無疑也期待我這麼說──這些東西很好吃。然而，一想到孩子們得在那棟樓裡吃這些東西，或是其他任何餐點，就讓我每一口都如鯁在喉。團體機構的食物有種難以形容，或許純粹是出於想像的味道。（我對自己的學校生活最鮮明也最不快的記憶，就是那普通白麵包的味道。）

「你們這裡沒有柵欄或上鎖的閘門？」我說：「我以為所有的感化院都有……你們的孩子不會經常逃跑嗎？」

「幾乎不曾發生。」布林克說，而承認這事似乎明顯讓他不太高興；他消沉地將頭埋在雙手之間。「他們能跑去哪裡？這裡是很糟，但家裡更糟。他們大多數都很清楚。」

「但追求自由不是一種天性嗎？」

「沒錯，你說得對，但孩子們很快就會失去這些。體制有助他們拋棄這種天性。我想或許在德國人身上，這種天性從來就不強烈。」

「那你這邊沒有什麼麻煩囉？」

「呃，偶爾還是會有……三個月前就發生了一件很糟糕的事。有個男孩偷了另一個人的大衣。他請求許可進城——這是容許的——而且有可能是打算去賣掉大衣。但大衣的主人跟蹤他，他們打了一架。原本擁有大衣的男孩撿了一顆大石頭朝另一人砸；被砸的男孩覺得既然受傷了，便故意將泥土抹在傷口上，希望讓傷勢更惡化好逃避懲罰。傷口的確是惡化了。三天後男孩死於敗血症。而另一個男孩聽到這消息，也拿廚房的刀自殺了……」布林克深深嘆一口氣。「有時我幾乎絕望，」他繼續說：「似乎有一種邪惡、一種疾病在感染今日的世界。」

「你能為這些孩子真正做些什麼嗎？」我問。

「少之又少。我們教他們一些手藝，之後試著幫他們找到工作——但這幾乎不可能。如果他們在附近有工作，晚上還可以繼續睡在這裡……院長相信透過基督教義，他們的人生可以改變。但我恐怕不這麼覺得。問題沒那麼簡單。我怕他們大多數人，如果找不到工作，必然從事犯罪。畢竟，人是不能被要求去挨餓的。」

「沒有其他選擇嗎？」

布林克起身領我到窗邊。

「看到那兩座建築了嗎？一座是機械工廠，另一座是監獄。這一區的男孩過去有兩個選擇……

但現在工廠破產了，下星期就會關閉。」

今天早上我去參觀魯迪的集會所，那也是一間探險家雜誌的辦公室。雜誌編輯兼童軍團團長彼得叔是個年紀尚輕，但形容枯槁的男人，有張羊皮紙色的臉和深深凹陷的眼睛，穿著燈心絨上衣和短褲。他顯然是魯迪的偶像。魯迪唯一會閉嘴的時候，就是彼得叔有話要說時。他們拿了一堆男孩的照片給我看，全都是鏡頭由下往上仰角拍攝，於是一個個都像史詩巨人，只見側影搭配背景大片的雲。雜誌本身有關於打獵、追蹤和覓食的文章——全都以超級狂熱的風格寫成，文句背後隱含著一種奇特的激情，彷彿所描述的行為是某種宗教或性愛儀式的一部分。屋內還有五、六個男孩在，全部都神勇地衣不蔽體，穿著最短的短褲和最薄的襯衫或汗衫，無畏天氣其實如此寒冷。

等我看完照片，魯迪帶我進入會議室。牆上垂掛著彩色長條旗幟，上面繡著字母和神秘的圖騰符號。房間的一頭有張矮桌，上面覆蓋深紅色繡花布——宛如某種神壇。桌上擺設有插著蠟燭的銅燭臺。

「每週四會點蠟燭。」魯迪解釋：「算是我們的營火晚會。我們會在地上圍坐成一圈，唱歌講故事。」

燭臺桌上方的牆面有幅類似聖像的擺設——是一個年輕探險家的裱框畫像。畫中人美得超乎自然；手持旗幟，堅定地凝視著遠方。整個地方讓我深感不適。我趕緊找了個藉口脫身。

我在一間酒館無意中聽到一名年輕的納粹跟女友坐在一起討論黨的未來。那名納粹已經醉了。「喔，我知道我們會贏，毫無疑問。」他不耐地大聲說：「但那還不夠！」拳頭在桌上用力一捶：「一定要見血！」

女孩輕撫他的手臂安慰著。她正試著勸他回家。「這還用說，一定會見血的啊，寶貝。」她柔情地低聲安撫。「主席在綱領中都承諾過了。」

今天是「銀色星期日」，街上擠滿了購物人潮。整條陶恩沁大街上，有男有女有小孩在叫賣明信片、鮮花、歌集、髮油、手鐲。待售的聖誕樹被堆在道路正中央，兩條電車軌道之間。穿著制服的納粹衝鋒隊成員敲擊著募款箱。小巷裡，幾卡車的警察正在待命——近來只要有大批群眾聚集，就可能演變成政治暴動。救世軍在維騰堡廣場立了一棵會發光的大樹，上面有顆藍色電燈星星。一群學生站在周圍，發表尖刻的評論。我在其中認出了共產酒館的韋納。

「明年此時——」韋納說：「那顆星星就會換個顏色了！」他激烈地狂笑，處於一種興奮，略為歇斯底里的情緒。他告訴我昨天經歷的一場大冒險。「是這樣的，我和另外三位同志決定要在新克爾恩區的職業介紹所進行一場示威活動。我負責發聲，其他人則確保我不被打斷。我們大約十點半到那邊，正是介紹所裡人最多的時候。當然，我們事前全都計劃好了——每一名同志把守住一扇門，不讓任何辦公室裡的職員出去。於是他們就像兔子一樣被關起來……當然，我們也很清楚，這樣是無法防止他們打電話報警的。我們估計約有六到七分鐘時間……於是門一關，我就跳上桌子。腦袋裡跑出什麼我就大聲喊出來——根本不知道自己說了什麼。無論如何，他們很喜歡……才半分鐘他們就激動得連我都有點害怕，怕他們會衝進辦公室對某人動私刑。我告訴你，那可真是場熱鬧的大派對呀！但氣氛正要熱絡起來時，一位同志走上前告訴我們警察已經到了——剛下車。我們只好趕緊開溜……他們差點就逮到我們了，幸虧群眾站在我們這邊，阻擋他們通行，直到我們從另一扇門逃到街上為止……」韋納上氣不接下氣地說完。「我告訴你，克里斯多福——」他又說：「資本主義體制不可能延續多久的，工人已經在行動了。」

今晚稍早時，我經過畢羅街。體育宮裡剛舉辦一場大型納粹集會，成群男人和男孩散場出來，

個個穿著褐色或黑色的制服。我走在人行道上，前方有三名納粹衝鋒隊隊員，肩上全都像扛著步槍般扛著納粹旗幟，旗子緊緊纏繞在旗桿上——旗桿頂端被打造成尖銳的金屬箭頭。

突然間，三名衝鋒隊隊員跟一個十七或十八歲，穿著便服的青年面對面。青年正朝反方向匆忙趕路。我聽見其中一名納粹吼道：「就是他！」三人立刻朝那年輕人身上撲過去。青年發出一聲尖叫，想要閃躲，但他們的動作太迅速，一瞬間就將他拖到房屋入口的陰影處，踩在他身上，踹他，用旗桿尖銳的金屬頭戳他。這一切全都發生得如迅雷不及掩耳，我簡直不敢相信自己的眼睛——還沒意識過來，三名衝鋒隊對員已經離開受害者，大搖大擺穿越人群，走向通往高架鐵路車站的階梯。

我和另一位路人最先來到那年輕人倒地的門口。他扭成一團縮在角落，像是被棄置的袋子。他被抬起的時候，我瞥見他的臉，感到一陣噁心——他的左眼有一半被戳出來，傷口汩汩流著血。他沒死。某人自願用計程車帶他去醫院。

這時候，有十幾個人在旁圍觀。他們看起來驚訝，但並不特別感到震撼——當今這種事太常發生了。「真離譜……」他們喃喃說。二十碼外，在波茨坦大街街角，站著一群全副武裝的警察。他們挺著胸，手放在左輪槍腰帶上，了不起地無視這整件事。

韋納成了英雄。他的相片幾天前登上了《紅旗報》，相片說明寫著：「又見警方血腥行動的受害者。」昨天是元旦，我去醫院探望他。

似乎就是在聖誕節過後，斯德丁車站附近發生了一場街頭鬥毆。韋納站在群眾邊緣，不清楚鬥毆的來龍去脈。抱著其中含有政治因素的一絲可能，他開始喊：「紅色陣線！」一名警察試圖逮捕他，韋納踹了他肚子一腳，警察便拔出左輪手槍朝韋納的腿開了三槍。之後，他叫來另一名警察，一同將韋納扛上計程車。前往警局的路上，警察用警棍敲韋納的頭，直到他昏過去為止。等他完全康復之後，八成會被起訴。

他直挺挺地坐在床上，帶著極大的滿足感跟我描述這一切。四周圍繞著面露欽羨的朋友，包括魯迪和戴著那亨利八世小帽的英琪。他的剪報散布在身旁的被單上；有人細心地用紅筆在文中每處提及韋納姓名的地方畫線。

今天，一月二十二日，納粹在畢羅廣場舉辦了一場示威遊行，就在李卜克內西之屋*前面。過去一週共產黨不斷試圖讓政府禁止這次遊行，他們說這完全是故意挑釁——當然，也確實如此。我跟著報社通訊記者法蘭克一起去旁觀。

如同法蘭克事後所說，這並不是一場納粹示威，而是警方示威——現場每一個納粹身邊幾乎都站了兩個警察。或許施萊謝爾將軍（Kurt von Schleicher）准許這場遊行只是為了展示誰才是柏林真正的主人。每個人都說他將會宣布軍事獨裁。

但柏林真正的主人不是警察，也不是軍隊，當然更不是納粹。柏林的主人是勞工——儘管聽過或讀過那麼多宣傳，參加過那麼多遊行，我今天才頭一次明白此事。畢羅廣場周遭街道上幾百名群眾中，只有極少數是有組織的共產黨員，但你會感覺好像他們每個人都團結一致在對抗這場遊行。有人開始唱〈國際歌〉，不一會兒，大家都齊聲合唱——甚至包括在頂樓觀看，抱著小孩的女人。納粹落荒而逃，夾在兩排護衛者中間，使盡全力往前衝。其中多數人眼睛盯著地面，或是目光呆滯地望著前方，少數幾個努力露出虛弱黯淡的微笑。隊伍通過之後，一名年老肥胖的衝鋒隊員不知怎

---

* Karl Liebknecht House，當時德國共產黨黨部所在地。李卜克內西為德國共產黨創黨靈魂人物，1919年遇害，後黨部大樓以他命名做為紀念。

地落在了後面，喘著氣急急忙忙跑來，一臉驚恐地發現自己落單，並徒勞地努力想追上其他人。群眾全都哄然大笑。

遊行期間，任何人都不許待在畢羅廣場上。因此人群不平靜地呼來擁去，情況逐漸變得混亂。警察揮舞著步槍，命令我們退後；其中一些比較欠缺經驗的菜鳥緊張起來，竟然一副真要開槍的樣子。然後一輛裝甲車出現，並將機槍緩緩對準我們的方向。人們四散逃竄進房屋大門或咖啡館內，但裝甲車一開始繼續行進，大家又擁上大街，吼叫歌唱。這簡直就像一場頑皮學生的遊戲，讓人無法認真提高警覺。法蘭克非常樂在其中，笑得合不攏嘴，一直蹦蹦跳跳，搭配他身上不斷拍動的大衣和貓頭鷹似的大眼鏡，簡直就像隻嘲弄、笨拙的鳥。

寫下上面那段文字後才過一星期，施萊謝爾就辭職下台了。納粹小眼鏡們露了一手。希特勒和胡根堡（Alfred Hugenberg）共組內閣，不過沒人認為那能延續到春天。

報紙變得越來越像校園刊物。上面什麼都沒有，只有新規定、新罰則，和被「拘禁」的名單。

今天早上，戈林（Hermann Göring）發明了三種新的叛國罪。

每天晚上，我會到威廉大帝紀念教堂旁邊，寬敞半空的藝術家酒館坐坐。猶太人和左翼知識分子在裡面隔著大理石桌交頭接耳，聲音低微而恐懼。其中很多人都知道自己肯定會被逮捕——不是今天、明天，就是下禮拜。因此，他們對彼此禮貌和善，並揚帽問候他們同僚的家人。持續多年惡名昭彰的文藝爭論已一概被拋諸腦後了。

幾乎每晚，都有衝鋒隊的人進入酒館。有時只是募款（每個人都不得不給點什麼），有時候是來逮人。有天晚上在場的一名猶太作家衝進電話亭想報警，結果被納粹拖了出來帶走。沒人敢動一根手指。在他們離去之前，你幾乎可以聽見針掉在地上的聲音。

外國報紙的通訊記者們每天晚上都在同一間義大利小餐館，坐在同一個角落的大圓桌吃飯。餐館裡的其他人都在看著他們，並試圖旁聽他們在說什麼。如果你有新聞提供給他們——比如逮捕的細節、受害者的地址，而其親屬可能願意接受採訪——那其中一位記者就會離開餐桌，陪你到外面街上晃晃。

我認識的一位年輕共產黨員被衝鋒隊逮捕，帶到納粹營房毒打了一頓。三四天後，他被釋放回家。隔天早上有人敲門，共產黨員一拐一拐地去開門，手臂還用懸帶吊著——結果門口站著一名手捧募款箱的納粹。一看見他，那個共產黨員完全失去理智，怒吼道：「你們把我揍一頓還不夠嗎？

竟然還敢來找我要錢？」

但納粹只是微笑。「哎唷，同志！別再做政治爭論了！記得嗎，我們全都生活在第三帝國！我們都是兄弟！你必須試著把那愚蠢的政治仇恨從內心趕走呀！」

今晚我走進克萊斯特街上的俄國茶館，D也在那兒。有一瞬間我真以為自己在做夢。他稀鬆平常地跟我打招呼，笑容滿面。

「老天爺啊！」我低聲說：「你怎麼會在這裡？」

D眉開眼笑。「你以為我已經出國去了？」

「那當然……」

「但現今的情勢這麼有趣……」

我笑了。「那當然不失為一種看法……但對你來說不是非常危險嗎？」

D只是微笑，然後他轉身跟坐在一起的女伴說：「這位是伊薛伍德先生……你可以放心跟他說話。他跟我們一樣痛恨納粹。喔，沒錯！伊薛伍德先生是個堅定的反法西斯主義者。」

他盡情地大笑，並拍著我的背。幾個坐我們附近的人無意間聽到他的話。他們的反應很奇怪，

不是完全不敢相信自己的耳朵，就是害怕到假裝什麼也沒聽見，並以一種又聾又恐懼的狀態繼續啜飲著茶。我這輩子很少感覺這麼不舒服過。

（D的方法顯然還是有其道理。他從沒被逮捕。兩個月後，他成功跨過邊界進入荷蘭。）

今天早上，我走在畢羅街上時，納粹正在查抄一間奉行自由及和平主義的小出版社。他們開來了一輛貨車，並將出版社的書全裝上車。貨車司機嘲諷地對群眾唸出書名：

「**消滅戰爭！**」他大喊，抓著封面一角將書舉起，滿臉嫌惡，彷彿是某種噁心的爬蟲類動物。大家哄然而笑。

「『消滅戰爭！』」一名肥胖、穿著體面的女人重複著，並發出輕蔑、粗魯的笑聲。「還真天才！」

N先生是我目前固定的學生之一，他是威瑪政權下的一位警察首長，每天都會來找我。他想溫習英文，因為他很快就要到美國從事一項工作。這些課程奇特的地方在於，每次都是搭乘N先生的巨型密閉式轎車，在街上四處亂逛時上課。N先生本人從不進我們的屋子——都派司機上來接我，

之後馬上離開。有時我們會在蒂爾加滕公園的邊緣停幾分鐘，在步道上來回走走，而司機總是畢恭畢敬地保持一段距離跟在後面。

N先生跟我談的主要都是他的家人。他擔心他的兒子，他兒子非常虛弱，卻不得不留下來接受一項手術。他的妻子也很虛弱，他希望旅途不會讓她疲憊不堪。他描述了她的症狀和她吃的藥。他跟我訴說兒子小時候的故事。我們以一種得體、不涉情感的方式，維持相當親密的關係。N先生總是彬彬有禮，嚴肅且仔細地聽著我解釋文法。在他說的每一句話背後，我都感覺到無盡的哀傷。

我們從不討論政治，但我知道N先生一定是納粹的敵人，甚至隨時都有被逮捕的危險。有天早上，我們車正沿著菩提樹下大道開，經過一群妄自尊大的衝鋒隊隊員。他們正在聊天，且擋住了整條人行道。行人被迫走在水溝上。N先生露出黯淡悲傷的微笑。「當今街上真是什麼奇異的景象都看得見。」這是他唯一的評語。

有時他會傾向車窗，憂傷凝止地注視著一棟建築或一個廣場，彷彿要將其影像銘刻在記憶上，並向它告別。

明天我就要去英國。幾個星期後我會再回來，但只是要收拾東西，然後永久離開柏林。

可憐的施洛德女士傷心不已。「我再也找不到另一個像你這樣的紳士了，伊希烏先生——總是那麼準時交租……我真不知道是什麼原因讓你要離開柏林，這麼地突然，就這樣……」

試著跟她解釋原因或說明政治情勢都於事無補。她已經自我調適好了。畢竟，不管面對哪一個新政權，她都會自我調適。今天早上我甚至聽見她恭敬地跟門房的老婆談到「元首」（Der Führer）。如果有人提醒她，去年十一月的選舉她投給了共產黨，她大概會摸著良心嚴詞否認。她也只是遵循自然法則，去順應時勢，就像動物換毛過冬一樣。數以千計的人都如同施洛德女士一樣在順應時勢。終究，不管哪個政府掌權，活在這個城市的他們都在劫難逃。

今天陽光燦爛耀眼，天氣相當暖和。我出門做最後一次晨間散步，沒穿戴大衣或帽子。陽光燦爛，而希特勒是這座城市的主人。陽光燦爛，而我的許多朋友——我在勞工學校的學生、我在共產組織認識的男男女女——都在牢裡，也可能死了。但我想的不是他們，不是那些頭腦清楚、堅毅果斷、英勇無畏的人；他們認清且接受這風險。我想的是可憐的魯迪，穿著可笑俄國罩衫的魯迪。他那虛假、故事書式的遊戲現在變得再嚴肅不過，而納粹會跟他一起玩。納粹不會嘲笑他；不管他假扮成什麼他們都會相信。或許就在此時此刻，魯迪正被折磨得要死不活。

我在一間店的鏡子中瞥見自己的臉，驚駭地發現自己正在笑。在如此美麗的天氣下，你無法克制笑容。電車在克萊斯特街上來來回回，一如平常。這些，和人行道上的行人，和諾倫多夫廣場車站那茶壺套般的圓頂，都有一種奇特的熟悉感，彷彿是記憶中某些稀鬆平常且令人愉快的過去——彷彿是一張非常棒的照片。

不，即使到現在，我仍無法完全相信這一切真的發生過……

作者簡介

克里斯多福・伊薛伍德

Christopher Isherwood（1904 ~ 1986）

出生於英國西北的切希爾。曾就讀劍橋大學，但中途輟學。也曾短暫於倫敦國王學院研習醫學，但1929年決定隨詩人好友奧登（W. H. Auden）前往柏林，在當地待了四年，正好見證納粹在德國的興起。離開德國後曾旅居歐洲各地，包括葡萄牙、荷蘭、比利時、丹麥。於1939年來到美國加州，二次大戰也隨即爆發，餘生即定居於此。

伊薛伍德與洛杉磯藝文界多所往來，也曾參與編劇工作，並持續寫下多本小說。在風氣未開的當時，同志身分亦廣為人知，與畫家唐巴卡迪（Don Bachardy）至死不渝的戀情蔚為佳話。

伊薛伍德的作品以自傳色彩濃厚著稱，甚至不避諱直接以作者本名作為書中敘述者的姓名，但也曾謂書中的伊薛伍德未必就等同於現實中的伊薛伍德。其餘代表作品包括《單身》（新經典文化）、《All the Conspirators》、《Prater Violet》、《Down There on a Visit》、《A Meeting by the River》、《The World in the Evening》。

譯者簡介

劉霽

大學念中文系，研究所於英國研讀文學與電影，以讀小說看電影為本分。創立一人出版社，總是把創作、翻譯與出版混為一談。譯有《影迷》、《再見，柏林》、《冬之夢—費茲傑羅短篇傑作選》、《柏林最後列車》。

國家圖書館出版品預行編目資料

柏林故事集 / 克里斯多福・伊薛伍德(Christopher Isherwood)著；劉霽譯. --初版. --臺北市：一人, 2013. 06
576面；21*13.5 公分
譯自：The Berlin Stories
ISBN 978-986-85413-9-9(精裝)

873.57　　102008864

柏林故事集 The Berlin Stories

作　　者　克里斯多福・伊薛伍德 Christopher Isherwood
選書翻譯　劉　霽
編　　輯　劉　霽
校　　訂　陳婉容
美術設計　小　子
出　　版　一人出版社
地址：臺北市南京東路一段二十五號十樓之四
電話：(02)25372497
傳真：(02)25374409
網址：Alonepublishing.blogspot.com
信箱：Alonepublishing@gmail.com
經　　銷　聯合發行股份有限公司
電話：(02)29178022
傳真：(02)29156270

二〇一三年六月　初版
定價新台幣五二〇元

Printed in Taiwan